# Ein Kühner Antrag

Unvergessliche Heiratsanträge

# JENNIE GOUTET

# KAPITEL EINS

London, 1. März 1815

Phoebe Tunstall streckte eine Hand aus der Wärme ihres pelzbesetzten Umhangs und gab den Blick auf ihren weißen Spenzer frei, während sie am Round Pond im Hyde Park wartete. Zwei Schwäne änderten ihren Kurs, hinterließen einen Pfeil aus Wellen und schwammen auf Phoebe zu, als diese eine große Handvoll Brotkrumen freigab. Die Schwäne tauchten ihre orangefarbenen Schnäbel immer wieder ins Wasser, um sich die Leckerbissen zu schnappen, ehe sie sich in einer geschmeidigen Bewegung umdrehten und davonglitten.

„Ich bin froh, dass sie es nicht für nötig hielten, nähere Bekanntschaft mit uns zu schließen", bemerkte Anna vom Weg, der an den Teich grenzte. „Ich bin mir nicht sicher, ob unsere Finger das überlebt hätten." Anna war Phoebes eineiige Zwillingsschwester, die man derzeit an der verräterischen Beule, die sich unter ihrem Redingote formte, und der damit einhergehenden Fülle ihrer Gesichtszüge von ihr unterscheiden konnte. Sie zog ihren Muff enger an ihre Mitte und wartete auf ihre Schwester.

Phoebe entfernte sich vom Wasser und stapfte den Hang hinauf. Der Boden war steif von gefrorener Erde und Gras. Mit einem Anflug von Bedauern über eine Welt, die sich ohne sie weiterdrehte, warf sie einen Blick über die Schulter auf die sich entfernenden Schwäne, ehe sie ihren Weg fortsetzte. Die Vögel hatten alles verschlungen, was sie ihnen angeboten hatte, und waren dann verschwunden, um ihren eigenen Zielen und Vergnügungen nachzugehen. Ihre Flucht schien ein bestimmtes Muster in Phoebes Leben nachzuahmen, und die grauen, spätwinterlichen Wolken entsprachen ihrer Stimmung recht gut.

„Die Schwäne hier sind nicht angriffslustig." Phoebe betrat wieder den Weg und hakte sich bei Anna unter. „Sollen wir nach Hause zurückkehren? Wenn ihr eure Reise zeitig antreten möchtet, wie Harry es sich erhofft, solltest du dich besser eilen."

„Die Amme kümmert sich um Peter, die Koffer sind gepackt und Harry weiß, dass das Wort *Eile* in meinem Wortschatz nicht vorkommt." Anna lächelte Phoebe an, beschleunigte aber ihr Tempo. Ihr Atem bildete Wölkchen, als sie dem Pfad folgten, der zu den Toren des Hyde Parks führte. Es war sonst niemand unterwegs, was nicht verwunderlich war, denn es war früh und kalt.

Phoebe war zu schwermütig, als dass sie hätte sprechen können, und auf die mystische Art ihrer Zwillingsbeziehung fasste Anna Phoebes Gefühle in Worte. „Es ist solch ein Unglück, dass du die Saison durchstehen musst, ohne dass eine deiner engeren Freundinnen sie mit dir teilt. Was wirst du tun? Ich kann mir nicht vorstellen, dass Mrs. Morris eine akzeptable Begleiterin für dich ist." Anna warf ihrer Schwester einen schiefen, tadelnden Blick zu. „Es war eine Sache, dass du Tante Shea von vorne bis hinten bedient hast. Sie ist unser eigen Fleisch und Blut. Es ist eine ganz andere Sache, wenn du die Konversation mit Leuten wie Mrs. Morris ertragen musst. Wo hat Stratford nur solch eine Frau ausgegraben?"

Mrs. Morris, eine angeheuerte Begleiterin, war auf Empfehlung der Tante von Eleanor, der Frau ihres Bruders, gekommen. Phoebe wusste, dass Annas aufmunternder Tonfall ihre Stimmung heben sollte, aber ihre Laune war so außergewöhnlich schlecht, dass sie sich nicht sicher war, ob das überhaupt möglich war. „Es soll eine vorübergehende Lösung sein. Ich nehme an, dass sie für den Moment gut genug ist."

Mit zweiundzwanzig Jahren hatte Phoebe die Hoffnung auf eine Heirat aufgegeben. Sie nahm an, dass dies albern war, denn zweiundzwanzig war in Wahrheit nicht gar so alt. Doch nachdem sie vier Londoner Saisons lang stets aufs Neue übersehen worden war, hatte sie begonnen, sich zu fragen, ob sie neben ihrer einnehmenderen Zwillingsschwester schlicht uninteressant war. Oder vielleicht spürten die Herren, dass Phoebes Herz nicht ganz frei war.

In dieser Saison hatte es niemanden gegeben, der sie gefördert hätte, denn Stratford und Eleanor waren kurz davor, ihr erstes Kind auf der Welt zu begrüßen, und ihr Bruder und dessen Frau waren die einzige Familie, die Anna und Phoebe geblieben war. Anna lebte nun mit ihrem Mann und ihrem Sohn in der ruhigen Stadt Avebury, und dass Anna mit ihrem Los zufrieden war, überraschte niemanden mehr als sie selbst. Damit blieb nur noch Phoebe, die als Einzige unter ihren Geschwistern oder Freundinnen noch unverheiratet war. Trotz der Tatsache, dass Stratford Phoebe sein Haus für die kommende Saison zur Verfügung gestellt hatte, drückte nichts ihre Stimmung mehr als der Gedanke, mit Mrs. Morris als Begleiterin an allen Veranstaltungen der vornehmen Gesellschaft teilzunehmen. Der einzige Lichtblick in den vergangenen Monaten, die sie mit Mrs. Morris verbracht hatte, war, dass diese selten vor Mittag erschien, und Phoebe Frühaufsteherin war.

Arm in Arm verließen die Schwestern den Park und gingen den gepflasterten Weg entlang, der an die belebte Straße grenzte, die von Mietkutschen und bescheideneren Exemplaren bevölkert war. Die mondäne Gesellschaft würde noch schlafen. Anna verzichtete auf ihr übliches leichtes Geplauder, was Phoebe verriet, dass sie gleich ihre Meinung zu einem wichtigeren Thema kundtun würde. Und das tat sie dann schließlich auch.

„Phoebe, ich bin überzeugt, dass dies nicht dein Schicksal ist." Anna drückte ihren Arm, um ihren Worten Nachdruck zu verleihen. „Du hast genug Jahre damit verbracht, dich um die Bedürfnisse anderer zu kümmern. Du hast vier Saisons hinter dir, und es ist nicht ein Mangel an Schönheit - wenn ich das so sagen darf - oder an einer Fähigkeit, Konversation betreiben zu können, die dich ungeeignet macht. Es ist nur so, dass du durch deine Zurückhaltung den Eindruck erweckst, nicht verfügbar zu sein. Aber ich kann mir dein Leben nicht so vorstellen. Einer unsympathischen älteren Frau als Gesellschafterin zu dienen, anstatt dass sie dir dient? Denn genau das wird aus dem Arrangement werden, wenn du nicht achtgibst."

Annas Worte waren zutreffend, und das wusste Phoebe. Die Beziehung zu ihrer Begleiterin hatte sich bereits verändert. Hatte Mrs. Morris ihr nach ihrer Ankunft gefallen und Unterhaltung bieten wollen, hatte sie nun begonnen, Phoebe Vorschläge zu machen, die sich zu Anordnungen auswuchsen, welche Phoebes Vergnügen einschränkten. *Ein Nachmittagsbesuch bei Miss Harris ist heute nicht angebracht; sie wird wahrscheinlich nicht zu Hause sein. Es ist zu kalt, um heute Abend ins Theater zu gehen, Sie werden krank werden. Die Dinnerparty der Maxwells wird sich als fade erweisen; warten Sie, bis die Saison in vollem Gange ist, ehe Sie derlei wagen.* Es brauchte mehr Willen als Phoebe besaß, um sich gegen sie zu behaupten.

„An deinen Worten ist etwas Wahres dran, nehme ich an. Doch ich wüsste nicht, wie ich nun noch etwas ändern könnte." Phoebe wusste, dass sie tief in ihrem Inneren befürchtete, eine Saison zu verpassen würde bedeuten, dass sie ihre Chance auf eine Heirat aufgeben würde. Und sie wollte *unbedingt* heiraten, auch wenn der Mann, den sie schon immer liebte, sie nie auf eine Weise angesehen hatte, die ihr Hoffnung gegeben hätte. Aber er würde in dieser Saison in London sein, und vielleicht würde er dann endlich …

Nein. Sie musste es aufgeben. Schließlich hatte es niemand jemals vermutet. Nicht einmal Anna - nicht einmal seine Schwester Lydia. Und ganz sicher nicht er.

Phoebe zwang sich zu einem Lächeln, um ihre Schwester zu beruhigen und die melancholische Stimmung zu verbergen, die sich ihrer Gedanken bemächtigt hatte. „Ich nehme nicht an, dass ihr einen geeigneten Junggesellen in der Stadt Avebury habt, der sich nach einer Frau sehnt?"

„Den haben wir nicht, muss ich leider sagen. Und es ist auch nicht wahrscheinlich, dass wir in Avebury einen entdecken, wenn es an der Zeit ist, für unsere Mädchen Ehemänner zu finden. Harry weiß, dass er mehrere Saisons in London verbringen wird, wenn unsere Töchter ihr Debüt geben. Er hat versprochen, es gut gelaunt zu ertragen."

„Vorausgesetzt ihr habt mindestens ein Mädchen", sagte Phoebe.

Anna legte eine Hand auf ihren Bauch. „Ich glaube, darauf müssen wir nicht mehr lange warten. Dieses hier erweist sich als kapriziöser als Peter es je war. Es verlangt jeden Tag nach Orangen!"

Phoebe lachte, füllte ihre Lungen mit kalter Luft und klammerte sich an den Funken Freude, der von geteiltem Humor und der innigen

Beziehung zwischen Schwestern kam. Es war nur ein kurzer Spaziergang zu Stratfords Stadthaus, in dem sie den letzten Monat verbracht hatten. Annas Ehemann, Harry Aston, wollte seine Gemeinde nur ungern für eine solch lange Zeit verlassen. Nachdem er seine Frau und seinen Sohn nach London begleitet hatte, überließ er die Schwestern daher ihrer eigenen Gesellschaft. Er war erst gestern zurückgekehrt, um Anna und Peter nach Hause zu begleiten.

Als sie sich dem Haus näherten, gluckste Anna plötzlich. „Ich hatte ganz vergessen, dir zu erzählen, dass ich bei unserer Ankunft in London einer deiner Bekannten begegnet bin. Ein kleines, recht lautes Mädchen mit einer Fülle von Sommersprossen. Sie hat mich mit dir verwechselt, also nehme ich an, sie weiß nicht, dass du eine eineiige Zwillingsschwester hast.“

„Ja.“ Phoebe unterdrückte einen Seufzer. „Du musst Martha Cummings meinen. Sie ist auf eine intimere Bekanntschaft aus, und ich habe mit wenig Erfolg versucht, sie davon abzubringen. Sie ist sehr entschlossen in ihrer Zuneigung. Wir wurden einander letzte Saison vorgestellt, und aus mir unbekannten Gründen hat Martha Gefallen an mir gefunden.“

Anna zog ihren Arm aus Phoebes und griff nach dem Geländer des Stadthauses, um die Stufen hinaufzusteigen. „Ich habe sie vielleicht in dem Glauben gelassen, dass du ihr weit voraus bist.“

Die Stimme ihrer Schwester klang eindeutig zu schelmisch, und Phoebe betrachtete sie misstrauisch, als der Lakai die Tür öffnete, um sie einzulassen. „Unmöglich. Das wird sie nur noch entschlossener machen. Was hast du gesagt?“

Anna knöpfte ihren Redingote auf und schaute Phoebe lächelnd an. „Nun, sie kam auf der Straße wie aus dem Nichts auf mich zugeeilt und rief ‚Phoebe!‘, ehe sie mit einem schockierten Blick auf meinen Bauch stehen blieb und hinzufügte, sie hätte nicht gewusst, dass ich verheiratet sei. Da sie mich mit dir verwechselte, gab ich lediglich zurück, dass ich den Sohn eines *Dukes* geheiratet habe und wo sie denn gewesen sei? Jeder in der vornehmen Gesellschaft hätte davon gewusst.“

Ein Lachen brach aus Phoebe hervor und sie wandte sich mit offenem Mund an Anna. „Nun wird Martha allen erzählen, dass ich ein

Kind erwarte und ganz London wird darüber reden. Das war es dann wohl mit meinen Aussichten auf eine Heirat."

„Nicht doch", konterte Anna. „Ganz London wird bemerken, dass du *kein* Kind erwartest und den Scherz durchschauen. Oder du brauchst nur die Stadt zu verlassen und nach Avebury zu kommen, und dies als Vorwand zur Flucht nutzen."

Am Ende des Korridors öffnete sich eine Tür, und Harry kam ihnen mit forschem Schritt entgegen. „Anna, du bist wieder hier. Guten Morgen, Phoebe. Lasst uns essen, damit wir uns auf den Weg machen können." Mit einer auffordernden Geste, ihm zu folgen, wandte er sich dem Frühstücksraum zu und machte - auf Uneingeweihte - den Eindruck eines Mannes mit begrenzter Geduld. Anna warf ihm einen scherzhaften Blick hinterher, bevor sie ihm ulkig hinterher trottete. „Du hast den Mann gehört. Ich muss jetzt essen."

Phoebe lachte, aber es klang selbst in ihren eigenen Ohren melancholisch. Wie sollte sie ohne den Trost weitermachen, den die Anwesenheit ihrer Schwester ihr in den letzten Wochen gespendet hatte? Und welchen Reiz hatte es, an gesellschaftlichen Veranstaltungen teilzunehmen, wenn es niemanden gab, mit dem sie sich wohlfühlte? Es gab nur eine Hoffnung, die Phoebe lockte und ihr den Mut gab, es eine weitere Saison zu versuchen. Doch selbst diese Hoffnung schwand mit den Jahren immer weiter. Wenn sie ihm bislang noch nicht aufgefallen war, welche Chance gab es dann überhaupt?

Sie brachten das Frühstück schnell hinter sich und dann ließ Harry seine Serviette neben den Teller fallen. „Ich werde mich darum kümmern, dass die Kutsche vorgefahren wird und Peter abfahrbereit ist." Er beugte sich hinunter und küsste seine Frau auf die Wange, und sie streckte ihre Hand aus und umfasste seine, die auf ihrer Schulter ruhte, während sie ihren letzten Bissen Brot aß. Er verließ den Raum.

Anna blickte Phoebe über ihre gemusterte Porzellantasse hinweg an, ehe sie ihren Tee austrank. „Hast du vor, Lydia noch einmal zu besuchen, ehe sie und Fitz auf das europäische Festland reisen?"

Sie kannten Lydia Fitzwilliam seit ihrer Kindheit; sie war die Schwester von Stratfords engstem Freund, Lord Ingram. Lydia sollte ihren Mann nach Brüssel begleiten, um sich dem 33. Fußregiment anzuschließen, dem Oberstleutnant Fitzwilliam kürzlich zugeteilt worden war. „Ja. Tatsächlich haben wir geplant, dass ich sie heute besuche, damit deine Abreise nicht so stark schmerzt." Phoebe begegnete dem Blick ihrer Schwester und lächelte sanft. „Dennoch werde ich sehr deprimiert sein, wenn du mir keine Gesellschaft mehr leistest."

Anna ging um den Tisch herum, setzte sich neben Phoebe und legte ihr die Arme um die Schultern. „Und meine Stimmung wird ohne dich schlecht sein. Verstecke dich nicht vor denen, die deinen Wert erkennen könnten. Mache *dies* zu der Saison, in der du eine Liebesheirat eingehst und das Glück hast, das ich habe. Versprich es mir." Sie zog sich zurück und blickte Phoebe an. „Versprich mir, dass du etwas riskierst und andere sehen lässt, was für ein Schatz in dir steckt."

Anna war ungewöhnlich ernst, und Phoebe konnte nur nicken und schluckte den Kloß hinunter, der ihr im Hals aufzusteigen drohte. Was ihre Schwester nicht wissen konnte, war, dass sie, um überhaupt eine Verbindung einzugehen, die Hoffnung auf den einen Mann aufgeben musste, den sie wirklich liebte, und das fühlte sich ein wenig wie der Tod an. Doch als Phoebe zustimmend nickte, überkam sie eine neue Entschlossenheit, die von ihrer Zwillingsschwester ausging, die schon immer die Freimütigere und Abenteuerlustigere gewesen war. Anna hatte recht. Sie durfte nicht in Niedergeschlagenheit verfallen oder ihren Traum von der Ehe wegwerfen, wenn alles, was sie brauchte, ein wenig Entschlossenheit war. Sie konnte ebenso kontaktfreudig sein wie Anna, wenn sie sich der Aufgabe widmete, und sie konnte jemand Neues finden. „Ich verspreche es."

Harry kehrte in den Frühstücksraum zurück und hielt inne. Sein Blick wurde weich, als er sah, wie sich seine Frau und ihre Schwester aus der Umarmung lösten. Er ging um den Tisch herum. „Phoebe, es tut mir leid, dass ich dir Anna entreißen muss. Bitte komm uns so bald wie möglich besuchen und wisse, dass du so lange willkommen bist, wie du zu bleiben wünschst."

Phoebe erhob sich und empfing den Kuss ihres Schwagers auf ihre Wange. Harry war von Natur aus großzügig und liebevoll veranlagt, und das - zusammen mit der Tatsache, dass seine Liebe zu seiner Frau auch die Sorge um deren Schwester umfasste - machte ihn zum idealen Schwager. Sie konnte ihm seine Frau nicht missgönnen.

Die Tür öffnete sich erneut, und Peter watschelte über die Schwelle, gefolgt von seiner Amme. Ein Lächeln erhellte Phoebes Gesicht, als sie nach vorne ging und das pummelige, blondhaarige

Kind in die Arme nahm, ihre Wange an die seine schmiegte und sich löste, um ihn anzusehen. „Gehst du mit den Pferden mit?", fragte sie ihn. „Du wirst ein aufregendes Abenteuer erleben."

Ihr Neffe zog an einer Locke, die stilvoll über Phoebes Schulter drapiert war - Annas Einfluss. Dann steckte er sich den anderen Daumen in den Mund. Phoebe gab ihm einen Kuss auf den Kopf und folgte ihrer Schwester und Harry zur Tür, wo sie dem Lakaien dabei zusah, wie er die letzte Reisetruhe einlud. Sie ging die Treppe hinunter auf die Straße und übergab Peter der Amme, die mit dem Kind in die Barouche stieg.

Anna warf ihre Arme für eine letzte Umarmung um Phoebe und löste sich ein wenig, um ihr in die Augen zu sehen. „Eine neue Saison beginnt", sagte sie. „Aber es kann auch eine neue Saison des Lebens, der Liebe und der Hoffnung sein. Schreibe mir vertrauensvoll und berichte mir von deinen Neuigkeiten."

Phoebe nickte. Anna war die Letzte in der Kutsche, ehe der Lakai die Tür schloss. Sie lehnte sich aus dem Fenster und runzelte die Stirn angesichts von Phoebes Gesichtsausdruck, der wohl verriet, wie verloren diese sich fühlte. Der Lakai setzte sich neben den Kutscher, und dann fuhren sie los.

# KAPITEL ZWEI

Right Honorable Viscount Ingram - Oberst der britischen Armee und nur den engsten Freunden als Frederick bekannt - verließ das Büro des Kriegsministers und dachte an alles, außer den Kongress in Wien. Er trat ins Freie, der Himmel war blass und wolkenlos, und fand seinen Stallknecht vor seiner Kutsche vor, die Zügel in der Hand.

„Bring die Kutsche nach Hause, Joseph. Ich werde zu Fuß gehen.“

Frederick trat den Heimweg an und Frustration beschleunigte seine Schritte zu einem zügigen Tempo. Er hätte über die Konferenz nachdenken sollen, denn er hatte soeben neue Berichte über Talleyrands Verhandlungen mit Frankreich erhalten. Die Zugeständnisse, die England und seine Verbündeten gemacht hatten, waren ihrem ehemaligen Feind gegenüber erstaunlich nachsichtig. Als jemand, der sein Erwachsenenleben sowohl als Soldat als auch als Diplomat verbracht hatte, beunruhigte ihn diese Nachricht.

Stattdessen dachte Frederick über die beiläufige Bemerkung seines Freundes Rowland nach, dass Georgiana Audley schließlich heiraten würde und den Bund der Ehe wahrscheinlich sogar bereits eingegangen war. Vermutlich hätte ihn die Nachricht nicht schockieren dürfen. Sie war schön, lebhaft und ganz sicher begehrenswert. Dennoch hatte er ihr geglaubt, als sie ihn abgewiesen und ihm geschworen hatte, dass sie niemals heiraten würde. Narr, der er war.

Frederick und Georgiana hatten eine komplizierte Vergangenheit. Von dem Moment an, als er sie auf der Halbinsel zum ersten Mal erblickt hatte, wo sie mit ihrem Vater, dem Generalmajor, dem Regiment folgte, hatte er nie eine andere geliebt. Georgiana ließ sich durch nichts einschüchtern - weder durch das plötzliche Knallen der Artillerie, das zu nah war, um nicht zu beunruhigen, noch durch den Gedanken, dass sie ihr Zelt zusammenpacken und sich auf einen Vorwärtsmarsch begeben oder sogar umgehend einen Rückzug antreten mussten. Sie belebte die Abendessen der Offiziere mit ihrem Witz und ihrem bereitwilligen Lachen, und es gab keinen Soldaten oder Offizier, der sich nicht Hals über Kopf in sie verliebt hatte.

Nachdem er die Halbinsel verlassen hatte, erkundigte sich Frederick weiter über sie, wenn auch nicht regelmäßig. Georgiana hatte deutlich gemacht, dass sie nicht daran interessiert war, sich an jemanden zu binden. Er seinerseits konnte sie nicht aufgeben. Als sie zwei Jahre später nach London zurückkehrte und sie ihre Freundschaft wieder aufleben ließen, hatte er fast zu hoffen gewagt. Doch es hatte nicht sollen sein. Georgiana lehnte seinen Antrag ganz entschieden ab, ehe sie ihren verwitweten Vater nach Wien begleitete, wo sie - laut den Nachrichten, die er soeben erhalten hatte - einen Diplomaten kennenlernte und seinem Heiratsantrag innerhalb weniger Wochen zustimmte.

*Wochen!* Frederick begann, die Straße zu überqueren und musste zurückspringen, um nicht von einem Phaeton erfasst zu werden, der von zwei hochtrabenden Pferden gezogen wurde. Er wurde sich seiner Umgebung bewusst und wartete, bis er die Möglichkeit hatte, ungehindert über die Straße zu eilen.

Frederick hatte Georgiana jahrelang den Hof gemacht. Er hatte nur Augen für sie gehabt. Wie bedauerlich, dass sie dies nicht erwiderte. Er würde nicht so töricht sein, noch einmal solch einem fruchtlosen Streben nachzugeben. Nein, er musste auf traditionellere Art und Weise eine Frau finden, auch wenn das, was er für sie empfinden würde, im Vergleich fade wäre. Dennoch wusste Frederick, dass er sich niemals mit einer Frau zufriedengeben konnte, die weniger Temperament hatte. Es war Georgianas Wagemut, der ihn anzog - ihre Bereitschaft, überall hinzugehen und jedes Abenteuer zu wagen. Es war, als hätte man eine Gefährtin, die all die temperamentvollen Streiche und Scherze eines Gentlemans und die weiblichen Vorzüge einer Dame in sich vereinte. Er konnte sich nicht vorstellen, sich mit einem jungen Fräulein zu begnügen, das keine Unterhaltung führen konnte und sich nicht getraute, einen Ballsaal zu durchqueren, ohne sich an den Arm einer anderen törichten jungen Dame zu klammern.

Frederick betrat sein Stadthaus, wo er die Geräusche von Vorbereitungen für die Abreise seiner Schwester Lydia und ihrem Mann Fitz nach Brüssel zu hören erwartete. Im Haus war es still, und Frederick hielt in der Eingangshalle inne, als er sich seines Mantels entledigte und ihn dem Lakaien übergab. Die Stille überraschte ihn noch immer, obwohl seine Mutter schon seit einem Jahr nicht mehr war.

Der Butler verließ die Bibliothek und kam durch den Korridor auf ihn zu. „Mylord, die Post kam heute Morgen und es wurden einige Karten für Sie abgegeben. Ich habe sie auf Ihren Schreibtisch in der Bibliothek gelegt. Mrs. Fitzwilliam lässt Ihnen ausrichten, dass sie letzte Besorgungen macht und dass sie und Oberstleutnant Fitzwilliam zum Abendessen zu Hause sein werden, falls Sie es wünschen. Die Köchin lässt Ihnen außerdem ausrichten, dass sie Mrs. Fitzwilliams Lieblingsspeise zubereitet.“

„Ausgezeichnet. Lassen Sie das Abendessen für acht Uhr vorbereiten.“

Dringende Angelegenheiten auf Fredericks Anwesen würden ihn morgen dorthin führen, und er wollte diesen letzten gemeinsamen Abend mit seiner Schwester und ihrem Mann nicht versäumen. Frederick freute sich für die beiden und war der Meinung, dass Fitz den leichten Posten, der ihn in Brüssel erwartete, mehr als verdient hatte. Nach einem Jahr gemeinsamer Feldzüge auf der Halbinsel mit seiner Frau hatte Major Thomas Fitzwilliam Lydia in England zurückgelassen, als er nach Amerika reiste, um den Krieg zu unterstützen. Dort war er für seine mutige Führung zum Oberstleutnant befördert worden.

Ihr freudiges Wiedersehen hatte nur einen Monat zuvor stattgefunden und Lydia hatte Fitz geschworen, dass sie ihm nie wieder gestatten würde, ohne sie wegzufahren. Fitz' bevorstehender Posten in den niederen Landen, wo er den französischen und niederländischen Adel aufbauen sollte, nachdem Napoleon als Gefangener auf die Insel Elba verbannt worden war, versprach ein angenehmer Urlaub zu werden, verglichen mit den Schrecken des Krieges und der Trennung. Dieser Tage wich das Lächeln nicht aus Lydias Gesicht.

Frederick blickte auf und sah Caldwell die Treppe hinunterkommen. „Ist meine Reisetruhe bereit?"

Sein Kammerdiener war ein ehemaliger Soldat, der eine Zeit lang als Fredericks Offiziersbursche auf der Halbinsel gedient hatte, doch Caldwell hatte es vorgezogen, im aktiven Dienst zu bleiben, anstatt Frederick nach London zu folgen. Er hatte bis zu dessen Tod als Diener von Oberst Mardland in Spanien weitergemacht, und nun, da der Krieg vorüber war, hatte Fredrick ihm den Posten gerne angeboten.

„Beinahe, Mylord." Caldwells Auftreten war grob für einen Kammerdiener und seine Manieren noch mehr, aber Frederick vertraute ihm. „Ihr Mantel ist nicht rechtzeitig von Schultz gekommen."

„Das ist egal. Ich werde wohl eher meine Reitmäntel brauchen. Ich habe nicht vor, mehr zu tun, als mit dem Gutsherrn zu speisen. Sorgen Sie dafür, dass alles für unsere morgige Abreise um sieben Uhr bereit ist."

„Sehr gerne, Mylord."

Frederick betrat die Bibliothek, wo er die Briefe durchging und einen zur Hand nahm, der von einem Freund in Wien kam, der zu Wellingtons Stab gehörte. Er war zwei Tage später datiert als die Nachricht, die Rowland aus dem Kriegsministerium erhalten hatte, und war wohl eher offizieller als klatschsüchtiger Natur. Er brach das Siegel und glättete das Papier, auf das ein paar Zeilen geschrieben waren.


*INGRAM,*


*WIR AMÜSIEREN UNS PRÄCHTIG. BEI DER FRÖHLICHKEIT, DIE UNS umgibt, würde man kaum glauben, dass der Vertrag noch einmal neu verhandelt wird (und zwar nicht zu unseren Gunsten). Es wird Dich nicht überraschen, dass Talleyrand seine sogenannten Verbündeten verschmäht hat, was natürlich seine royalistischen Absichten in Frage stellt. Wir waren darüber nicht über-*

*rascht, wie Du Dir denken kannst. Bei George, ich ziehe Napoleon fast vor.*
*Wenigstens wusste man, wie der Mann zu den Dingen stand.*

*Wellington hat Dich namentlich erwähnt. Ich glaube langsam, dass er nach*
*Dir fragen wird, wenn es noch etwas zu tun gibt, um die französischen Grenzen*
*zu sichern, sei also gewappnet. Du weißt, wie sehr er Männer schätzt, die*
*Anweisungen ohne Widerrede befolgen, und Sir Hudson droht, einen Schlagan-*
*fall bei ihm auszulösen. Derweil ist Slender Billy eben abgereist und bereitet sich*
*auf seine Rückkehr nach Gent vor. Wer weiß, ob er sich damit begnügt, dort bei*
*seinem Vater zu bleiben, oder ob er zu uns nach Brüssel kommen wird. Wenn der*
*Duke nach Dir fragt, werde ich es sein, der Dir schreibt. Halte Ausschau nach*
*meinem Brief, denn er könnte Dich noch benötigen.*


DEIN WROTHAM


FREDERICK LIESS WROTHAMS BRIEF AUF DEN SCHREIBTISCH FALLEN
und blickte durch das Zimmer in das Feuer, das im Kamin tanzte, ein
Lächeln auf den Lippen wegen der Erwähnung von Slender Billy. Das
war ihr Spitzname für den jungen Prinzen von Oranien, dessen Vater
der niederländische König war. Frederick fragte sich, wie hilfreich der
Prinz bei den Verhandlungen war und wie viel Zeit seines Aufenthalts
der Unterhaltung gewidmet war.

Er konnte nicht anders, als sich zu freuen, dass Lord Wellington an
ihn dachte. Frederick war bereit gewesen, sein Leben als Berufssoldat
aufzugeben, wenn dies bedeutete, als Verbindungsmann zwischen
London und denjenigen zu dienen, die aktiv am Feldzug teilnahmen.
Zwar war sein Leben weniger aufregend - abgesehen von dem Angriff
eines englischen Spions, der Frederick mit einem gebrochenen Bein
und einem ganz leichten Hinken zurückgelassen hatte - doch er
wusste, dass seine Fähigkeit, geschickt mit Verbündeten und Feinden
zu kommunizieren, für sein Land von Wert war. Und Frederick war
nicht unempfindlich gegenüber der Ehre, dass Englands Held wusste,
wer er war.

Es klopfte an der Haustür, und Frederick hob seinen Blick von dem
Stapel der restlichen Korrespondenz. Hartsmith würde kommen und
ihn aufklären, wenn der Besucher wichtig war. Mit Lydia zu Besuch

gab es immer einen steten Strom an Nachmittagsbesuchen und Einladungen. Nun, da sie sich auf ihre Abreise vorbereitete, wurden diese Besuche immer seltener.

Sein Butler schlüpfte durch die Tür. „Miss Phoebe Tunstall ist hier, um Mrs. Fitzwilliam zu besuchen, aber ich weiß nicht, wann die Mistress zurückkehren wird. Was soll ich ihr sagen?"

Phoebe! Sie war die jüngere Schwester seines engsten Freundes Stratford, nun Earl of Worthing, und bei ihrem Namen erhob sich Frederick. „Ich werde zu ihr gehen."

Er betrat den Korridor und ging mit ausgestreckten Händen auf Phoebe zu. Sie ergriff sie, lächelte zu ihm hoch, und er küsste sie auf die Wange. Er hatte Phoebe in diesem Winter nur einmal gesehen, seit sie beide in London waren, was überraschend war, wenn man bedachte, wie häufig sie und Anna sich in Lydias Gesellschaft befunden hatten.

„Komm in den Salon." Frederick streckte seinen Arm aus, und Phoebe legte ihre Hand darum, während er sie nach vorne geleitete. „Ich werde mit dir warten, bis Lydia zurückkommt. Überlasse es meiner verrückten Schwester, dich einzuladen und nicht rechtzeitig hier zu sein, um dich zu empfangen."

Noch immer lächelnd, protestierte Phoebe mit einem Kopfschütteln. „Nein, wir hatten vereinbart, uns heute zu treffen, aber ich sagte ihr nicht, wann ich kommen würde. Ich war mir nicht sicher, wann Anna abreisen würde, und ich nehme an, dass ich etwas zu früh dran bin."

Sie betraten den Salon, und Frederick deutete nach vorne. „Bitte, nimm Platz. Ich bedaure, dass sich unsere Wege seit dem Tod deiner Tante nicht mehr gekreuzt haben - das eine Mal, welches ich dich bei Gunter's sah, zähle ich nicht mit, denn wir waren kaum in der Lage, Höflichkeiten auszutauschen, geschweige denn miteinander zu sprechen. Es tut mir leid, dass ich mich nach der Beerdigung nicht um dich kümmern konnte. Ich weiß, dass es insbesondere für dich ein großer Verlust war. Erzähle mir, wie es dir ergangen ist."

Phoebe setzte sich mit der ihr üblichen, ruhigen Anmut. Obwohl sie genau wie ihre Schwester aussah, hatte sie nie die gleiche Aufmerksamkeit auf sich gezogen wie Anna. Vielmehr schaffte sie es irgendwie, mit ihrer Umgebung zu verschmelzen. Es war wirklich erstaunlich, dass jemand wie sie vergessen werden konnte, da sie Anna an Schönheit offensichtlich ebenbürtig war. Und sie hatte eine ruhige, kompetente Ausstrahlung, die das Vertrauen der Menschen auf sich zog.

„Ich komme gut zurecht. Aber ...“ Phoebe runzelte die Stirn und verstummte.

Frederick wartete und hoffte, dass sie sich öffnen würde. Sie konnte schwer zu durchschauen sein und er war sich nicht sicher, wie er sie ermutigen sollte. Endlich begegnete Phoebe seinem Blick. „Ich bin mir einfach nicht sicher, was ich nun tun soll. Ich finde den Gedanken, in eine fünfte Saison zu gehen, anstrengend. Natürlich wurde ich nur dafür erzogen, doch der Gedanke an Nachmittagsbesuche und die Teilnahme an immer weiteren Bällen - und das alles umsonst.“ Sie hielt inne und biss sich auf die Lippe.

„Warum heiratest du nicht?“ Frederick verschränkte die Finger auf seinem Schoß. „Du kannst mir nicht weismachen, dass dir nicht schon mehrere Anträge gemacht wurden. Ehrlich gesagt, zwischen dir und Anna war ich mir sicher, dass du zuerst heiraten würdest. Wenn jemand für die Rolle der Ehefrau und Mutter geboren ist, dann bist du es.“

Phoebe verzog ihre Lippen seltsam schmerzverzerrt und zuckte mit den Schultern. „Ich will nicht sagen, dass ich keine Anträge erhalten habe, doch ich gebe zu, dass es nur wenige waren. Und keiner, der in mir den Wunsch weckte, ihn anzunehmen.“ Sie presste die Lippen aufeinander und überraschte ihn mit einem offenen Blick, der so gar nicht zu ihrer üblichen Scheu passte. „Ich muss annehmen, dass ich dem Ehestand nicht so sehr verfallen bin, dass ich mich um jeden Preis darauf einlassen würde.“

„Männer sind töricht“, sagte Frederick und schüttelte den Kopf. „Viele Mädchen auf dem Heiratsmarkt mit nur einem Bruchteil deiner Schönheit, deiner Ruhe und deines gesunden Menschenverstandes werden verheiratet. Ich bin sicher, dass diese Saison erfolgreicher für dich verlaufen wird.“

„Ich bin sicher, du hast recht.“ Phoebes Stimme klang nicht sehr überzeugend.

Stille trat ein, während Frederick darüber sinnierte, wie sehr sich Georgiana Audley von dem sanften Geschöpf unterschied, das vor ihm saß. Selbst Georgiana hatte schließlich geheiratet. Mit ihrem dunklen Haar und ihren kohleschwarzen Augen war Georgiana eine auffallende

Schönheit. Sie brachte ein Leuchten in jeden Raum, in dem sie sich aufhielt, bis sich jeder Mann darin zu ihr hingezogen fühlte. Sie würde sich niemals mit einer faden Londoner Saison zufriedengeben, wenn ihr nicht danach wäre. Tatsächlich würde sich Georgiana mit nichts im Leben einfach nur zufriedengeben.

Frederick verlor vorübergehend den Verstand – das zumindest würde er sich später selbst einreden – und rief plötzlich aus: „Phoebe, du bist kein Opfer deines Schicksals. Du gestaltest es. Warum tust du nicht etwas Ungewöhnliches? Etwas Kühnes?"

Phoebe zog überrascht die Augenbrauen hoch, ehe sich die Maske wieder über ihr Gesicht legte. „Kühn! Ich kann mir nicht vorstellen, was du damit meinen könntest. Was könnte *ich* schon tun, das kühn wäre?"

Frederick betrachtete ihren sanftmütigen Gesichtsausdruck, und die Idee fiel in sich zusammen, noch ehe sie richtig Fahrt aufgenommen hatte. Er zuckte mit den Schultern. „Ich weiß nicht, warum ich das gesagt habe, doch nun, da ich es tat, muss ich dazu stehen. Es ist genau das, was du brauchst. Ergreife eine Gelegenheit, die dir nie im Traum einfiele und nutze sie. Ich weiß nicht, was das sein wird. Du musst einfach deine Bereitschaft in die Welt hinaustragen und dir von der Welt den Weg weisen lassen." Dann fügte er hinzu: „Sei bereit, deinen üblichen Weg zu verlassen, und die Gelegenheit wird sich dir eröffnen."

Phoebe sah nicht überzeugt aus, doch sie nickte. „Etwas Kühnes. Nun, ich denke, das könnte ich tun."

Man konnte hören, wie sich die Haustür öffnete, und nach einem gemurmelten Gespräch im Korridor betraten Lydia und Fitz das Zimmer und beendeten Fredericks *Tête-à-Tête* mit Phoebe. Er erhob sich. „Lydia, ich habe deinen Gast für dich empfangen, was du hättest tun sollen."

„Freddy!", protestierte Lydia. Wie Georgiana war sie eine dunkelhaarige Schönheit, die als verheiratete Frau nur noch schöner geworden war. Mit ihrem blonden Haar hob sich Phoebe von ihr ab, schön wie ein Engel. „Wir haben keine Zeit ausgemacht. Obwohl es mir *tatsächlich* leidtut, Phoebe. Fitz, würdest du das hier mit den anderen Päckchen auf mein Zimmer bringen lassen?" Lydia reichte ihrem Mann die Päckchen, welche dieser mit einer Fügsamkeit entge-

gennahm, die die Soldaten seines Regiments in Erstaunen versetzt
hätte.

Frederick nutzte die Gelegenheit, um sich zu Phoebe zu beugen
und den Blick ihrer großen, blauen Augen auf sich zu ziehen. „Morgen
muss ich für zwei Wochen auf mein Anwesen fahren, doch ich bin mir
sicher, dass ich dich nach meiner Rückkehr auf dem Eröffnungsball der
Stanichs sehen werde. Deine Familie mag nicht hier sein, um dich zu
unterstützen, aber unsere Wege werden sich in dieser Saison häufig
kreuzen, meine Liebe, und ich bin mir ebenso sicher, dass du am Ende
einen Antrag erhalten wirst. Denk daran, was ich dir sagte. Etwas
Kühnes." Er nahm ihre Finger in die seinen und drückte ihnen einen
kurzen Kuss auf, ehe er sich an seine Schwester wandte.

„Lydia, ich bin sicher, dass ihr beide viel zu besprechen habt, und
ich werde euch damit allein lassen. Wir werden um acht Uhr zu Abend
essen. Die Köchin macht *Syllabub*."

„Wie aufmerksam", antwortete Lydia, bevor sie sich an Phoebe
wandte. „Die Köchin weiß, dass das meine Lieblingssüßigkeit ist.
Komm, ich zeige dir, was ich soeben gekauft habe." Lydia zog sie zu
den Sesseln und ließ Phoebe mit dem Rücken zu Frederick Platz
nehmen, so dass kein weiterer Austausch möglich war.

# KAPITEL DREI

Die Tür schloss sich hinter ihr, und Phoebe atmete geräuschlos aus, in dem Versuch, ihre Fassung wiederzuerlangen, die sie beim Anblick von Frederick Ingram verloren hatte.

„Ach ja!" Lydia sprang wieder auf die Füße. „Ich muss Sarah sagen, dass sie eine zweite Garnitur Laken in die Reisetruhe packen soll, die wir mitnehmen." Sie eilte hinaus und ließ Phoebe allein im Salon zurück.

Phoebe konnte nicht sitzen bleiben. Sie stand auf und ging hinüber zum kühlen Marmor des Kaminsimses und betrachtete das große, vergoldete Gemälde darüber, das ihr von den vielen Besuchen im Hause Ingram vertraut war. Das Gemälde zeigte ein malerisches Landhaus, das nicht in einen solch strengen Salon zu passen schien, und die leuchtenden Blumen im Vordergrund hatten sie schon immer verzaubert. Sie fuhr mit dem Finger die Windungen und Schnörkel unten am Rahmen entlang.

*Nun, das war doch nicht so schwer, nicht wahr?* Phoebes Herz zog sich schmerzhaft zusammen und zerschlug ihren Zuspruch sogleich, als ihr das Bild von Frederick, der seinen zerzausten, jungenhaft gelockten Kopf vorbeugte, um ihre Finger zu küssen, durch den Kopf ging. Der Augenblick war viel zu schnell vorüber gewesen, doch sie hatte gelernt, die verzweifelte Sehnsucht, die sie in Fredericks Gegenwart überkam, mit der größten ihr zur Verfügung stehenden Härte zu unterdrücken. Wenn Monate vergingen, ohne dass sie ihn sah, kam ihr das zu lange vor. Innerhalb von Sekunden in der Gegenwart seiner sorglosen, brüderlichen Zuneigung wollte sie eher sterben, als den Schmerz einer unerwiderten Liebe zu erleiden - oder verärgert mit dem Fuß aufstampfen und ihn wieder fortschicken.

Lydia stürmte in den Salon, nachdem sie ihre Mission erfüllt hatte, setzte sich auf das Sofa und klopfte auf den Platz neben sich. „Entschuldige die Verspätung. Ich wäre rechtzeitig wieder hier gewesen, doch die Schneiderin sagte, sie habe mein Kleid fast fertig, und wenn ich noch warten könnte, müsste ich niemanden schicken, um es abzuholen. Ihre Assistentin ist krank, und sie war ganz auf sich gestellt mit so vielen Aufträgen, das arme Ding."

„Das macht nichts", erwiderte Phoebe und setzte sich neben Lydia. „Ich habe alle Zeit der Welt, im Gegensatz zu dir. Hast du denn deine Einkäufe für die Reise alle erledigt?"

Lydia runzelte nachdenklich die Stirn, ihren Augen nach durchsuchte sie ihr Gedächtnis. „Ich denke schon, doch habe ich noch den gesamten morgigen Tag Zeit, falls mir etwas entfallen sein sollte. Wenn Frederick zu seinem Anwesen gefahren ist, werde ich sicherheitshalber eine Liste erstellen. Ich werde nach Tee läuten. Möchtest du welchen?"

Auf Phoebes Nicken hin ging Lydia, gab dem Lakaien Anweisungen und kehrte dann zurück, um sich neben sie zu setzen. „Es ist eine andere Art von Packen, mit der ich nicht ganz vertraut bin. Als ich mit Fitz auf der Halbinsel war, brauchten wir Dinge, die man in kleinen Dörfern und Wäldern nicht findet - Zahnpulver für ein Jahr zum Beispiel. Wo wir nun hingehen, wird es vermutlich nicht an vielen Dingen mangeln. Die Gesellschaft wird kultiviert sein und man hat mir gesagt, dass von Picknicken bis hin zu Bällen alles organisiert werden kann. Ich werde mich angemessen kleiden müssen. Das ist es, was mich so aufbringt."

„Und wer weiß?", fügte Phoebe hinzu: „Vielleicht wird in Brüssel eine ganz andere Mode getragen - nicht dass ich das beurteilen könnte, wo ich doch nie ins Ausland reiste und es auch nie vorhatte."

„Daran dachte ich auch schon, doch ich bin nicht allzu besorgt." Lydia griff nach oben und nahm ihre Strohhaube ab, die sie immer noch trug. „Wie ich höre, gibt es dort bereits so viele Engländer, dass ich glaube, wir müssen unsere eigene Mode bestimmen. Aber eines habe ich auf meinen Reisen gelernt: Man darf nie etwas annehmen, sondern muss auf alle Eventualitäten vorbereitet sein."

Ein Diener trug das Tablett mit Tee und Kuchen herein. Er stellte es vor Lydia ab, die eine großzügige Prise Tee in das heiße Wasser gab und ihn ziehen ließ. Als der Diener fort war, nahm Phoebe die Tasse entgegen, die Lydia ihr reichte, und nippte an dem zart duftenden Getränk.

„Ich weiß nicht, wie du so tapfer sein kannst", sagte Phoebe und stellte ihre Tasse auf die Untertasse. „In deinen Briefen aus Spanien plaudertest du auf deine drollige Art, als gäbe es keine Bedrohung um dich herum. Du sprichst nicht darüber, doch ich bin mir sicher, dass du wirkliche Entbehrungen ertragen hast. Und nun bist du dabei, erneut in ein anderes Land zu reisen. Ich könnte niemals so kühn sein."

Lydia hob eine Schulter. „Ich empfinde es nicht so. Solange ich mit Fitz zusammen bin, bin ich sicher, dass sich alles zum Guten wenden wird. Er hat etwas so Beruhigendes an sich." Sie betrachtete Phoebe schweigend, ihr Blick war abwägend. „Du hast eine Melancholie an dir, die ich nicht gerne sehe. Hast du Sorge, weil keiner von uns hier sein wird, um die Saison mit dir zu verleben?"

Phoebe stellte ihren Teller auf den Tisch. Sie hatte ihren Zitronen- kuchen kaum angerührt. „Der Gedanke an eine weitere Saison erschöpft mich, wenn ich die Wahrheit sagen darf. Letztes Jahr waren du, Stratford und Eleanor den größten Teil der Saison bei mir. Ich hatte noch Tante Shae, an die ich denken musste, und konnte die Fest- lichkeiten in London mit Mary Reading genießen. Sie ist nun verhei- ratet und wird die Saison über in Worcester bleiben, und es gibt niemanden sonst, dem ich nahestehe." Sie begegnete Lydias Blick. „Aber ich möchte dich nicht beunruhigen. Es ist nur so, dass Anna heute abgereist ist und du übermorgen abreisen wirst. Da ist es nur natürlich, dass ich für ein oder zwei Tage einen Anfall von Niederge- schlagenheit erlebe."

Lydia drückte Phoebes Hand. „Anna hat mir erzählt, dass Mrs. Morris nicht die fröhlichste Begleitung für dich ist. Kannst du nicht irgendwohin gehen, wo du sie nicht brauchst - zu einem Fest auf dem Land oder ähnliches?"

Sie schnalzte ungeduldig mit der Zunge. „Ich nehme an, das ist eine dumme Frage. Du musst hier in London sein. Doch ich wünschte, es gäbe etwas, worauf du dich freuen könntest - ein Abenteuer. Denn ganz gleich, wie behäbig man sich gibt, ein bisschen Abenteuer ist für das eigene Glück unerlässlich."

Phoebe lachte. „Es ist lustig, dass du das sagst, denn Ingram hat etwas ganz Ähnliches vorgeschlagen. Er sagte mir, ich solle etwas Kühnes tun."

Lydias Augen blitzten vor Vergnügen. „Kühn? Du, Phoebe?"

Die Worte waren nicht böse gemeint. Schließlich war Lydia eine langjährige Freundin. Doch Phoebe empfand sie wie einen Schlag, und das musste sich in ihrem Gesicht widergespiegelt haben. *Ich muss in der Tat langweilig sein, wenn jeder eine solche Meinung von mir hat.*

„Es tut mir leid", stöhnte Lydia. „Das klang nicht so, wie ich es mir gewünscht habe. Natürlich könntest du etwas Kühnes tun. Warum solltest du das nicht? Und vor allem, warum solltest du das tun, was alle von dir erwarten, und in London bleiben ..."

Sie brach ab und keuchte, als ihre Hand an ihren Mund flog. „Phoebe", sagte sie mit leiser und vor Aufregung vibrierender Stimme. „Ich hatte gerade die allerbeste Idee - und ich bin erstaunt, dass ich nicht schon früher daran dachte. Du musst mich nach Brüssel begleiten."

„Brüssel!" Phoebes Augen weiteten sich, und ein hilfloses Lachen entfleuchte ihr. „Ich könnte niemals ..."

Lydias Augen glühten vor Freude über ihre Idee, und nach dem, was Phoebe von ihr wusste, bedeutete das, dass sie sich festgebissen hatte und nicht so bald wieder loslassen würde. „Hör mich an. Das ist *genau das*, was du tun solltest. Ich habe gehört, Brüssel ist wie London, nur in kleinerem Maßstab. Es gibt Feiern und Zusammenkünfte ... Picknicke - zumindest wird es welche geben, wenn es warm genug ist. Es gibt die Oper. Überall, wo du hinkommst, wird Englisch gesprochen, und einige der besten Familien sind dort zu finden. Das ist die Chance für dich, etwas Ungewöhnliches zu tun, und das Schicksal nicht einfach hinzunehmen, als könntest du es nicht beeinflussen."

Lydias Worte überschlugen sich förmlich. „Und du könnest mir Gesellschaft leisten. Ich kann dir gar nicht sagen, wie sehr ich mich danach sehne, auf der Reise und bei all den Feiern dort eine Freundin zu haben. Sage, dass du mitkommen wirst."

Als Lydia die Möglichkeiten aufzählte, spürte Phoebe, wie ihr das

Blut aus dem Gesicht wich. Ihr Herzschlag beschleunigte sich und vor lauter Angst, die sie überwältigte, konnte sie nicht über den Vorschlag nachdenken. Die Angst wuchs wie ein Summen in ihren Ohren, das alle anderen Geräusche verdrängte. Es war schlicht unmöglich, dass sie England verlassen und in ein fremdes Land gehen konnte. Phoebe war nicht von der abenteuerlustigen Sorte. Wenn überhaupt, dann war das Anna.

Sie streckte ihre Hand aus, um den Wortschwall von Lydia zu stoppen. „Es tut mir leid, dich zu enttäuschen, aber ich kann nicht mitkommen. Mrs. Morris braucht mich.“

Lydia wich zurück und ihre Augenbrauen zogen sich zusammen. „Ich dachte, es sollte andersherum sein. Erzähle mir nicht, dass du dich Mrs. Morris gegenüber verpflichtet fühlst. Sie ist lediglich eine angeheuerte Begleiterin, bis du heiratest.“

„Ja, aber ich könnte sie nicht so schnell entlassen, nachdem ich ihre Dienste in Anspruch genommen habe. Was sollte sie dann tun?“ Schon als die Worte über Phoebes Lippen kamen, wusste sie, dass es nur eine Ausrede war. Mrs. Morris hatte eine Familie, zu der sie zurückkehren konnte. Ihre Anwesenheit diente eher dazu, Phoebe als unverheirateter Frau Ehrbarkeit zu verschaffen, als dass Phoebe eine verarmte Gesellschafterin unterstützen musste. Doch ein Mensch verschwindet nicht einfach so kurzfristig nach Brüssel.

Lydia runzelte die Stirn und schüttelte den Kopf. „Das muss nichts heißen. Wie ich bereits sagte, bist du ihr gegenüber zu nichts verpflichtet. Überlege es dir einfach, Phoebe. Gib mir jetzt keine endgültige Antwort. Wir haben morgen den ganzen Tag Zeit, um Pläne zu schmieden. Und du brauchst nichts Schwieriges zu besorgen - ich habe genug von allem, um alles zu entbehren, was du benötigen könntest. Außerdem bin ich überzeugt, dass es uns in den dortigen Geschäften an nichts mangeln wird. Brüssel soll eine recht moderne Stadt sein. Du brauchst nur deine Kleidung und deine persönlichen Habseligkeiten, und ich werde dafür sorgen, dass alles andere erledigt wird.“

Phoebe kniff die Lippen zusammen, doch Lydia kam ihr zuvor. „Gib mir jetzt keine Antwort. Komm morgen her, um mich zu verabschieden. Oder“- sie schenkte Phoebe ein einnehmendes Lächeln - „um gute Nachrichten zu überbringen.“

Phoebe wusste, dass ihr Besuch dazu dienen würde, sich zu verabschieden, gab aber nach. „Nun gut. Ich werde darüber nachdenken.“ Sie wandten sich dem neuesten Londoner Klatsch und Tratsch zu, wobei Lydia ihre Unterhaltung mit allen Freuden, die Brüssel zu bieten hatte, würzte.

Sie war dabei nicht besonders subtil.

IN STRATFORDS HAUS IN DER GROSVENOR STREET löste PHOEBE DIE Bänder ihrer Schute und Mrs. Morris erschien am Geländer der oberen Etage.

„Miss Tunstall“, rief sie und ihre Stimme klang missbilligend, als sie die Treppe hinunterstieg. „Ich habe Ihre Nachricht erhalten, aber Sie hätten nicht ohne mich gehen sollen. Ich bin Ihre Begleiterin und nicht ohne Grund engagiert worden.“

Phoebe antwortete nicht sofort und wandte sich ab, um dem Butler ihre Schute zu reichen. Sie zog ihren Mantel aus und überreichte diesen ebenfalls. Als sie sich gesammelt hatte, wandte sie sich an Mrs. Morris. „Sollen wir uns in den Salon setzen?“ Ohne auf eine Antwort zu warten, begann Phoebe, die Treppe hinaufzusteigen, während Mrs. Morris hinter ihr herlief und ohne Unterlass sprach.

„Ich kann nicht behaupten, dass ich die ganze Zeit etwas Nützliches getan habe, so sehr habe ich mich gequält und gesorgt. Was habe ich denn sonst zu tun, als mich um Ihr Wohlergehen zu kümmern? Das ist schließlich der Grund, warum Lord Worthing meine Dienste in Anspruch nahm. Und wenn ich nicht bei Ihnen bin, könnte Ihnen schließlich alles Mögliche zustoßen.“

*Aber erst nach dem Mittag*, dachte Phoebe mit bitterer Ironie. Ihr Atem ging schnell, sowohl wegen des Treppensteigens als auch wegen des plötzlichen Drangs, Mrs. Morris anzublaffen, doch sie zwang sich zu einer gesetzten Antwort. „Ich war in vollkommener Sicherheit, wie in meiner Nachricht erwähnt. Ich wollte mich lediglich von einer alten Freundin verabschieden, ehe sie nach Brüssel aufbricht.“

„Nach Brüssel!“, rief Mrs. Morris aus. „Warum sollte jemand dieses großartige Land verlassen und unter Heiden leben wollen?“

„Ich hörte, dass Brüssel eine schöne Stadt ist und viele Engländer und Engländerinnen von Rang und Namen anzieht. Ich bin sicher, dass es ein vornehmer Ort zum Leben ist. Ich frage mich, ob der Frühling dort genauso kalt ist wie hier", sinnierte Phoebe, die von der wunderlichen Idee ergriffen wurde, sich selbst ein Bild davon zu machen.

„Ich bin sicher, dass es ein schmutziger, unangenehmer Ort ist", sagte Mrs. Morris und folgte Phoebe in den Salon. „Ich werde nach Tee läuten. Ich wollte keinen zu mir nehmen, solange Sie nicht hier waren. Ich würde mir nicht anmaßen, Ihre Güte in Anspruch zu nehmen. Doch nun, da Sie hier sind, wird es Ihnen sicher guttun."

„Für mich keinen", antwortete Phoebe, setzte sich und nahm ein Buch in die Hand, das vor ihr auf dem Tisch lag. „Ich habe eben mit Mrs. Fitzwilliam Tee getrunken. Aber Sie können sich gerne welchen bestellen, wenn Sie möchten. Es gibt keinen Grund, sich etwas zu versagen, denn ich finde es ganz natürlich, dass man im Laufe eines Tages den Wunsch nach Tee verspürt."

Mrs. Morris zögerte, ehe sie Phoebe einen Blick der einstudierten Resignation zuwarf. „Nein, wenn Sie nichts wünschen, dann kann ich wohl bis zum Abendessen warten. Es stimmt wohl, dass ich seit dem Frühstück heute Morgen nichts mehr gegessen habe, aber man soll nicht sagen, dass ich Ihnen die Haare vom Kopf gegessen hätte." Sie ließ ein Kichern hören, bei dem Phoebe die Zähne zusammenbiss.

„Wirklich, Mrs. Morris. Läuten Sie nach Tee, wenn Sie welchen wünschen. Wie gesagt, ich habe nichts dagegen, wenn Sie Tee trinken, auch wenn ich nicht hier bin oder selbst keinen möchte."

Mrs. Morris schüttelte entschlossen den Kopf und setzte sich auf den Stuhl neben Phoebe. „O nein. Es wäre nicht richtig, das zu tun. Aber sobald Sie Lust auf Tee verspüren, brauchen Sie es nur zu sagen, und ich werde welchen bestellen."

Phoebe rang mit sich. Sie verspürte eine grimmige Neigung in sich, die aus dem Nichts aufzutauchen schien. Was konnte Phoebe schon tun, wenn Mrs. Morris sich entschloss, hungrig zu bleiben, nachdem sie dazu gedrängt worden war, Tee zu bestellen? Und dann verspürte sie da noch einen Eigensinn, zu tun, was sie wünschte, ganz gleich, ob es Mrs. Morris Unannehmlichkeiten bereitete oder nicht. Doch Phoebes Angewohnheit, sich zum Wohle anderer zurückzunehmen war stark, und diese Stimme ließ sich nur schwer abschütteln.

„Wir können nach Tee läuten, denn bis zum Abendessen dauert es noch einige Stunden“, sagte sie schließlich.

„Ich wusste, dass Sie Ihre Meinung ändern würden“, rief Mrs. Morris strahlend, als sie hinüberging, um zu läuten. Sie ging mit dem Lakaien sprechen und kehrte dann zurück. „Tee wird genau das Richtige für Sie sein. Soll ich mit der Lektüre von Fordyce' Predigten fortfahren?“

„Nein, ich glaube, davon hatte ich gestern genug. Ich habe einen Roman, den ich gerne lesen würde. Aber Sie können Ihre Predigten lesen, wenn Sie möchten. Auf diese Weise sind wir beide zufrieden.“ Phoebe hob ihr Buch vor ihr Gesicht und schützte sich so mit der einzigen Barriere, die ihr zur Verfügung stand.

Sie sehnte sich nach Ruhe, damit sie nachdenken konnte. Das war es sogar wert, einen Tee zu trinken, den sie nicht trinken wollte, wenn sie dafür nur in Ruhe ihren Roman lesen könnte. Phoebe hatte die Erfahrung gemacht, dass, wenn sie zu viel Zeit in ihrem Zimmer verbrachte, Mrs. Morris sie später, verzweifelt nach Gesellschaft verlangend, belästigen würde und sie viel zu lange wachhielt. Es war besser, Mrs. Morris jetzt die nötige Dosis Aufmerksamkeit zu schenken, damit Phoebe früh zu Bett gehen konnte.

„Ich denke, ich sollte Ihnen ein oder zwei Predigten vorlesen. Das wird viel erbaulicher sein als ein Roman. Außerdem ist das die Aufgabe einer Begleiterin.“ Mrs. Morris griff nach dem Doppelband der *Sermons to Young Women*, der vor ihr auf dem Tisch lag. „Ich sollte nicht so egoistisch sein, mein eigenes Buch zu lesen und Tee zu trinken, während ich nichts tue, um Ihnen zu helfen.“

„Die Stille würde meinen Geist wiederherstellen“, sagte Phoebe entschlossen. „Indem Sie mir erlauben, in Ruhe zu lesen, würden Sie mir die größte Hilfe leisten.“

„Sie müssen meinem Urteil vertrauen, wie eine junge Dame ihre Zeit verbringen sollte“, antwortete Mrs. Morris unerschrocken. „Ich bin weiser und lebe viele Jahre länger als Sie. Welchen Roman lesen Sie gerade? Wenn Sie sich nicht für Fordyce interessieren, kann ich Ihnen stattdessen den Roman vorlesen.“

Es war ein Roman von Maria Edgeworth, den Phoebe sehr mochte und den sie zum zweiten Mal las. Sie hatte keine Lust, die Worte mit Mrs. Morris' nasaler Stimme zu hören.

„Ich spüre, dass ich Kopfschmerzen bekomme", sagte Phoebe, als
sie abrupt aufstand. Sie musste jetzt gehen, sonst würde sie die
hastigen Worte, die in ihr hochkochten, nicht mehr zurückhalten
können. „Ich sollte besser auf mein Zimmer gehen, um mich für das
Abendessen auszuruhen."

„Aber Sie hatten Ihren Tee noch nicht", erwiderte Mrs. Morris und
fing Phoebe ab, als sie zur Tür gehen wollte. „Ich weiß, Sie sagten, dass
Sie keine Erfrischung wünschen, aber Sie müssen erst Tee trinken."
Mrs. Morris legte ihre Hand auf Phoebes Ellbogen.

Etwas in Phoebe riss. Die dünne Schnur, die die Fragmente ihrer
Entschlossenheit immer fest zusammenzuhalten schien, war in den
letzten Monaten so spröde und brüchig geworden, dass sie mit einem
scharfen Knall zerriss. Phoebe löste ihren Arm aus Mrs. Morris' Griff
und richtete ihren Blick auf sie. Sie atmete durch die Nasenlöcher ein
und drehte sich um, um ihren Platz auf dem Sofa wieder einzunehmen.

„Vielleicht haben Sie recht mit dem Tee. Das wird uns Zeit geben,
etwas zu besprechen, denn ich habe eine Entscheidung getroffen."

In diesem Moment kam der Diener herein, und Mrs. Morris eilte
nach vorne, um ihn mit einer Geste an den kleinen runden Tisch vor
ihrem Stuhl zu führen. Sie übergoss die Blätter in der Teekanne und
schnitt, während der Tee zog, zwei große Stücke Kuchen ab und legte
sie auf zwei Teller, von denen sie einen Phoebe reichte. Sie schenkte
Tee ein, griff dann nach ihrem Kuchen und nahm ihren Silberlöffel in
die Hand. „Dann fahren Sie fort. Ich bin gespannt, was Sie zu besprechen wünschen."

Phoebe ignorierte den Kuchen, saß auf der Sofakante und drehte
sich zu Mrs. Morris um. „Ich wurde von Mrs. Fitzwilliam eingeladen,
nach Brüssel zu reisen, und ich habe beschlossen, sie zu begleiten."

Mrs. Morris konnte nicht sofort sprechen, da ihr Mund voll war,
doch ihre Augen verrieten Phoebe, was sie bei dieser Ankündigung
empfand - Überraschung, gepaart mit Empörung. Als sie schluckte,
war es nur, um zu protestieren. „Aber ich kann nicht nach Brüssel
reisen. Ich könnte London niemals verlassen. Das ist ein törichter
Plan, und Sie müssen ihn sofort aufgeben."

Phoebe ignorierte die Unverschämtheit und konzentrierte sich auf
ihr großes Ziel. Auf Mrs. Morris' entschlossene Äußerung hin wurde
der Gedanke an eine Reise, die Phoebe zuvor unmöglich erschienen

war, nun zur Gewissheit. Sie wankte nicht länger, als sie sagte: „Und doch ist die Angelegenheit entschieden. Ich werde übermorgen abreisen. Ich werde dafür sorgen, dass Sie bis zum Ende des Trimesters bezahlt werden, damit Sie Zeit haben, sich eine andere Anstellung zu suchen, falls Sie das wünschen.“

Mrs. Morris' Hände zitterten, und fast tat sie Phoebe leid. Es konnte für jemanden in Mrs. Morris' Alter und Situation nicht leicht sein, Veränderungen mit Gleichmut zu begegnen. Und doch schien Mrs. Morris ein böses Genie dafür zu besitzen, genau das auszusprechen, was Phoebes Mitgefühl tötete.

„Lord Worthing wird das niemals billigen. Ich werde ihm unverzüglich schreiben.“

„Das können Sie tun“, antwortete Phoebe mit einer hochgezogenen Augenbraue. „Das habe ich ebenfalls vor. Doch mein Bruder hat keinen Einfluss mehr auf mich, denn ich bin volljährig und verfüge über Unabhängigkeit. Ich treffe nun meine eigenen Entscheidungen.“

Mrs. Morris' Stirn legte sich so tief in Falten, dass ihre Augen funkelten. „Das ist eine drastische Idee, die Ihnen kein gutes Ende bringen wird. Ich verbiete es.“

Phoebe stand auf. „*Sie* verbieten es?“, wiederholte sie mit eisiger Ruhe. „Sie vergessen sich, Ma'am. Sie haben mir keine Befehle zu erteilen. Ich werde heute in meinem Zimmer zu Abend essen. Ich erwarte, dass Sie bis morgen abreisen.“

„Also, noch nie habe ich ...“, stotterte Mrs. Morris. „Sie werden diese absurde Idee bereuen. Merken Sie sich meine Worte. Sie werden sie bereuen!“

Phoebe sah sie nicht an, als sie aus dem Zimmer eilte. Sie bewahrte die Fassung, als sie auf dem Weg in ihr Schlafzimmer einen Diener passierte. Doch sobald sie die Tür zu ihrem Zimmer geschlossen hatte, ging sie zum Bett, warf sich mit dem Gesicht nach unten auf die Matratze und schrie hinein. Als sie ihr Gesicht hob, die Arme immer noch unter sich verschränkt, lachte und zitterte sie.

*Ich kann nicht glauben, dass ich das getan habe. Ich kann nicht glauben, dass ich das getan habe. Aber ich habe es getan!*

*Und ich bin frei.*

# KAPITEL VIER

Am nächsten Tag folgte Phoebe dem Butler in den Salon von Lord Ingrams Residenz. Sie trug noch immer Hut und Mantel, da sie zu ungeduldig gewesen war, diese abzulegen. Sie fand Lydia am Schreibtisch neben dem Kamin sitzen und einen Brief schreiben.

Lydia legte die Feder nieder und sah Phoebe mit einem Hauch von Melancholie in ihrem Blick an. „Bist du gekommen, um dich von mir zu verabschieden?"

Phoebes Puls pochte in ihrer Kehle und sie war nicht in der Lage, dem monumentalen Schritt, den sie im Begriff war zu tun, Ausdruck zu verleihen. Sie blieb wie erstarrt stehen, als der Butler sich leise zurückzog.

„Lydia, war es dir ernst damit, dass ich dich nach Brüssel begleiten soll?"

Lydias Augen weiteten sich und sie legte ihre Hand auf die Rückenlehne des Stuhls. „Wie kannst du nur an mir zweifeln?" Sie stand auf und eilte zu Phoebe hinüber. „*Natürlich* war es mir ernst. Hast du dich also entschlossen, meine Einladung anzunehmen? Wie ist es dazu gekommen? Oh, ich freue mich unsagbar. Aber hier löchere ich dich mit Fragen und muss dir auch die Gelegenheit geben, zu antworten. Komm, setz dich zu mir."

Ein nervöses Lachen entwich Phoebe, als sie sich von Lydia zu dem Sofa ziehen ließ, auf dem sie erst am Tag zuvor gemeinsam gesessen hatten. „Ich kann mir vorstellen, dass meine Entscheidung ein ziemlicher Schock sein muss. Ich habe beschlossen, dein Angebot anzunehmen. Das heißt, wenn es Fitz möglich ist, so kurzfristig eine Passage für mich zu organisieren." Sie richtete ihren fragenden Blick auf Lydia. „Kann er das tun?"

„Es besteht kein Zweifel, dass Fitz Erfolg haben wird. Mein Mann ist zu allem fähig, was er sich vornimmt." Lydia sprang wieder auf und schritt vor Phoebe auf und ab. „Ich hätte mir nie träumen lassen, dass du deine Meinung ändern würden. Du bist nicht gerade für deine Spontaneität bekannt. Was ist geschehen?"

Phoebe zeigte ihre Handflächen und zuckte mit den Schultern. „Ich weiß es selbst nicht so recht. Es ist nur ... Ich konnte den Gedanken an einen weiteren Tag in Mrs. Morris' Gesellschaft nicht ertragen."

„Das glaube ich!" Lydia schauderte übertrieben. „Ich kann mir nicht vorstellen, wie du sie auch nur einen Tag lang ertragen konntest. Aber ... wirst du bereit sein? Es gibt sicher tausend Dinge zu tun bis morgen."

„Das Wichtigste ist, eine Zofe zu finden." Phoebe gluckste. „Gertie wurde kreidebleich, als ich ihr vorschlug, mich zu begleiten."

Lydia wischte diese Sorge beiseite. „Auf der Reise kann meine sich um uns beide kümmern, und wir können in Brüssel eine weitere anstellen, falls wir eine benötigen."

Phoebe nickte. „Das beruhigt mich. Ansonsten hat Gertie begonnen, meine Reisetruhen zu packen. Ich muss nur noch bei Stratfords Bankier um Geld bitten und einen Brief an Stratford und Anna schicken. Mrs. Morris lässt ebenfalls ihre Koffer packen und wird sich noch vor dem Ende des Nachmittags auf den Weg machen, und Stratford wird seinem Butler sicher Anweisungen für die Schließung des Hauses geben. Was sonst noch zu tun ist ..." Phoebe hielt inne und dachte nach. „Ich glaube, ich habe alles, was ich benötige, es sei denn, du möchtest mir etwas empfehlen, das ich kaufen soll?"

„Nein." Die Antwort von Lydia war entschieden. „Es gibt nichts, was du brauchst, abgesehen von deiner Kleidung und deinen persönlichen Habseligkeiten. Oh, wir werden *so viel* Spaß miteinander haben. Ich werde dafür sorgen, dass Fitz deine Passage kauft, sobald er zurück ist. Wir brechen morgen zur unpassenden Zeit von acht Uhr auf. Kannst du das ertragen?"

„Mit Leichtigkeit! Ich werde einfach kein Auge zu tun." Phoebe füllte ihre Lungen, um das Gefühl der Atemlosigkeit zu bekämpfen, das sie zu übermannen drohte. „Aber ... darf ich heute Nacht bei euch bleiben, nachdem ich gepackt und meine Besorgungen erledigt habe? Ich glaube, es wird meine Nerven beruhigen, hier zu sein."

„Selbstverständlich. Ich werde dir um sieben Uhr eine Kutsche schicken, wenn du glaubst, dass du bis dahin bereit bist. Ich bin sicher, dass Fitz genauso erfreut sein wird wie ich, wenn er die Nachricht hört."

Dies erwies sich als wahr. Oberstleutnant Fitzwilliam war ein liebenswürdiger Mann, auch wenn seine Truppen ihn trotz ihrer Wertschätzung für ihn nicht als solchen bezeichnet hätten. Nachdem er sich vergewissert hatte, dass es Stratford nicht stören würde, wenn Phoebe ohne die vorherige Zustimmung ihres Bruders ins Ausland ging - und ihm zu Recht vorwerfen konnte, ihr zu helfen -, konnte Fitz nur Beifall äußern, dass sie seiner Frau eine so ausgezeichnete Gesellschaft bieten würde, während er seinen militärischen Pflichten nachging. Natürlich war Phoebe nicht sicher, was Stratford von ihrer plötzlichen Entscheidung halten würde, aber sie hatte nicht vor, die Gelegenheit zu verpassen und ihre Reise zu verschieben, um es herauszufinden.

Nachdem das geklärt war, teilte Lydia Phoebe die gute Nachricht mit, dass Mary, die Cousine ihrer Zofe, ebenfalls auf das Abenteuer erpicht war und „im Handumdrehen" bereit sein konnte. Während sie Phoebe für das Abendessen vorbereitete, erwies sich Mary als fröhlich und tüchtig, und Phoebe mochte sie sofort.

Während des Abendessens stellte Phoebe die Frage, die sie immer dann beschäftigte, wenn ihre Gedanken nicht mit der Abreise beschäftigt waren. „Was ist der Zweck einer militärischen Präsenz in den niederen Landen?"

Fitz gab dem Lakaien ein Zeichen, Phoebe die Speisen zu bringen, die außerhalb ihrer Reichweite lagen, ehe er antwortete. „Wie du vielleicht weißt, gehörte den Niederländern Brüssel und das gesamte Land um die Stadt herum bis zur Küste, ehe Napoleon an die Macht kam. Dann eroberten die Franzosen die Region und dehnten ihre Grenze auf das niederländische Gebiet aus. Nun, da Napoleon sicher auf der Insel Elba verwahrt ist, müssen wir die Grenzen durchsetzen, die auf dem Wiener Kongress festgelegt wurden. Wir haben auch einen kleinen Anteil an der Wiedereinsetzung des französischen Königshauses, das entthront wurde, als Bonaparte sich zum Kaiser krönte. Und natürlich gibt es immer noch einheimische Belgier, die Napoleon weiterhin loyal sind und auf die wir ein Auge haben müssen." Er lächelte Phoebe an. „Ich versichere dir, es wird genug zu tun geben, um uns zu beschäftigen."

Phoebe erwiderte sein Lächeln und war erleichtert, dass die Anwesenheit des Militärs mehr eine Formalität zu sein schien als alles andere.

Am nächsten Morgen machten sie sich mit der Kutsche auf den Weg nach Ramsgate, wo sie an Bord eines Paketschiffes gingen, das nach Ostende auf dem Festland fuhr. Das Schiff war hauptsächlich von vornehmen Briten und ihren Dienern bevölkert, die alle nach Vergnügen und Abenteuer in der Stadt Brüssel dürsteten, wo die Anwesenheit von Briten Sicherheit bedeutete. Ein paar Soldaten waren an ihren Regimentern zu erkennen, und Fitz sagte, dass später noch weitere mit einem von Seiner Majestät bereitgestellten Transportmittel kommen würden. In Ostende überquerten sie die sandige Bucht zu Fuß, ehe sie auf ein schmales Boot umstiegen, das sich durch die Kanäle nach Gent schlängelte. Sie hätten auf diese Weise bis nach Brüssel fahren können, aber Fitz hatte den Befehl erhalten, erst in Gent Halt zu machen und eine Nachricht an den dort stationierten Generalquartiermeister zu übermitteln.

Lydia klopfte an die Tür von Phoebes Kabine im Kanalboot. „Ich glaube, das Wetter wird heute so schön sein, dass wir, wenn wir uns warm anziehen, auf Deck speisen und die Landschaft betrachten können. Bedecke dir in jedem Fall den Hals, denn es wird eine Brise wehen."

Phoebe griff nach ihrem Mantel und folgte Lydia aus der Kabine, wo sie eine steile Treppe hinaufstiegen, die eher einer Leiter ähnelte. „Ein Mittagessen im Freien klingt reizvoll. Ich kann kaum glauben, dass es nicht mehr englischer Boden ist, den ich durch mein Fenster sehe."

Ein Hauch von Abenteuer hob Phoebes Stimmung, als sie auf das geschützte Deck oberhalb der Kabinensuite trat, wo ein Tisch auf sie wartete. Der Wind bauschte ihren Mantel auf, als sie Lydia und Fitz folgte. Zum ersten Mal in ihrem Leben wurden ihre Bewegungen nicht von jemand anderem diktiert. Sie allein war die Herrin ihres Schicksals. Sie nahmen am Tisch Platz und ihr Magen schlug einen kleinen Salto. Die neu gewonnene Freiheit machte ihr ebenso viel Angst, wie sie sie erregte.

Das Vorankommen des Bootes umhüllte sie mit einer kühlen Brise, doch die Sonne schien kräftig genug, um sie während der Zeit, in der sie ihre einfache Mahlzeit zu sich nahmen, warm zu halten. Ein Diener brachte in Butter gebratenen Fisch, der in der kalten Luft Dampf aufsteigen ließ, dazu als Beilage Salzkartoffeln und Frühlingserbsen. Ein zweiter Diener brachte Brot und eine Platte mit Hartkäse. Und es gab flämisches Ale, an dem Phoebe lachend nippte und murmelte, dass sie es ganz und gar nicht für angemessen hielt, dass eine Frau Ale trank - ein Gedanke, den Lydia und Fitz ohne zu zögern abwehrten, da es mit Wasser versetzt war. Auf ihrer Zunge vermischten sich die Aromen ihrer einfachen Kost, und Phoebe dachte, dass sie noch nie in ihrem Leben etwas derart Köstliches gegessen hatte.

Phoebes Blick fiel auf saftige Wiesen und ausgedehnte Weiden, die durch kleine Heckenreihen oder Baumalleen voneinander getrennt waren, während sie auf dem Kanal vorbeifuhren. Reihen von Häusern mit Dächern aus Reet oder roten Tonziegeln kamen ins Blickfeld, und oft gab es eine dicke Mauer aus Stein oder Ziegeln, die einen wohlhabenderen Bauernhof umschloss, dessen verräterischer Rauch irgendwo außerhalb des Sichtfeldes aufstieg. Hohe Kirchturmspitzen signalisierten, dass es sich um eine Kirche handelte, und gelegentlich war auch die Zinne eines Schlosses zu sehen. In mancher Hinsicht schien es sich gar nicht so sehr von der englischen Landschaft zu unterscheiden.

Sie speisten nicht mehr im Freien, bevor sie in Gent ankamen, denn das unbeständige Frühlingswetter ließ die Temperaturen so weit sinken, dass Schnee drohte. Sie übernachteten in Gent in einem Haus, das für durchreisende Offiziere gemietet worden war, und am nächsten Morgen, als Fitz' Geschäfte abgeschlossen waren, machte der Stallknecht schnell die Kutsche fertig, die mit ihnen aus England gekommen war.

Sie erreichten Brüssel nach etwas mehr als vier Stunden und kamen am Nachmittag an. Gerade als Phoebe einzuschlafen begann, berührte Lydia ihren Arm. „Wir sind da.“

Phoebe blinzelte und versuchte zu schlucken, stellte aber fest, dass ihr Mund trocken war. Ihr Hals begann an der Seite zu schmerzen, an der sie sich auf das Polster gelehnt hatte. Doch der Reiz all dessen, was es zu entdecken gab, wog schwerer als die Müdigkeit der tagelangen Reise, und sie schaute aus dem Fenster, als sie vor einem einfachen, aber geräumigen Backsteinhaus hielten.

Die Kutsche kam zum Stehen. Fitz wartete nicht auf den Lakaien, sondern öffnete die Tür und half den beiden Damen beim Aussteigen. „Willkommen in eurem neuen Zuhause. Es befindet sich in der *Rue des Feuilles*, falls ihr euch verirren solltet. Darf ich euch beide dazu beglückwünschen, was für ausgezeichnete Reisende ihr seid. Aber daran hatte ich nicht gezweifelt.“

Phoebe hob ihren Blick, um die Fenster des Hauses zu studieren, die nichts von seinem Inneren verrieten, dann drehte sie sich wieder um und lächelte Lydia an. Die Dienerschaft war in einer zweiten Kutsche gefolgt, die hinter der ihren anhielt und in der sich der Großteil ihrer Truhen befand.

Der Makler erwartete sie im Inneren des Hauses. Nachdem er sich vor den Neuankömmlingen verbeugt hatte, zeigte er ihnen die Reize des Hauses und erklärte ihnen, wo sie Dinge bekommen konnten, die sie vielleicht brauchen würden. Während sie ihren Rundgang machten, brachten der Lakai und der Stallknecht die Truhen nach oben in die Zimmer, und die Zofen machten sich ans Auspacken. Nachdem sie ihren Rundgang durch das Haus beendet hatten, sagte Fitz, dass er den Makler in dessen Büro begleiten würde. Er wollte sich in der Stadt zurechtfinden lernen und kündigte an, seine Vorgesetzten über seine Ankunft informieren zu wollen. Er wollte es nicht aufschieben.

„Und das sollten wir auch tun“, sagte Lydia und wandte sich an Phoebe. „Die Stadt erkunden, meine ich. Ehe es dunkel wird, haben wir noch genug Zeit, um ein wenig umherzuflanieren. Sollen wir unsere eigene Brüssel-Tour machen, sobald wir unsere Reisekleider ausgezogen haben?“

„Können wir das tun?", fragte Phoebe zweifelnd. „Wir werden Fitz nicht als Begleitung haben."

„Das macht nichts." Lydia wischte Phoebes Zweifel mit einer Handbewegung beiseite. „Fitz möchte, dass ich unabhängig bin, und ich bin eine verheiratete Frau. Ich kann tun und lassen, was mir beliebt."

Lydias gute Laune war ansteckend, und Phoebe beeilte sich, sich umzuziehen. Sie war an ein geräumigeres Schlafzimmer gewöhnt, als das, was man ihr zugeteilt hatte, doch das große Fenster ging auf die ruhige Straße hinaus, und der Fenstersims war von Geranien gesäumt. Vor dem rauen Steinkamin stand ein glatter, bequem aussehender Holzstuhl mit einem bestickten Fußhocker. Der Raum wurde durch rosa geblümte Wandbehänge fröhlicher, und sie dachte, dass sie hier viele glückliche Momente verbringen würde.

„Mary", sagte Phoebe und wandte sich vom Fenster ab. „Nimm mein jonquil-gelbes Kleid oben aus der Truhe und schüttle es aus. Das werde ich tragen, und die Strohschute mit der breiten Krempe."

„Ja, Miss." Mit geschickten Bewegungen stellte Mary den Stopf-korb ab, den sie in der Hand gehalten hatte, ging zur Truhe und holte das gelbe Kleid vorsichtig heraus.

Phoebe musterte sie eine Minute lang und fügte dann lächelnd hinzu: „Und wenn du mit dem Auspacken der Truhe fertig bist, kannst du mit Sarah in die Stadt gehen, wenn Lydia sie entbehren kann. Ich werde dich vor dem Abendessen nicht mehr brauchen."

Marys Augen leuchteten bei dieser Aussicht auf. „Ja, Miss", sagte sie mit echter Begeisterung.

Mit einer gesegneten Freiheit und der Welt zu ihren Füßen machten sich Phoebe und Lydia mit einem Reiseführer auf den Weg in Richtung des *Palais de Justice* und liefen dann die *Rue de la Madelaine* entlang. Sie marschierten über das abgenutzte Kopfsteinpflaster und unterhielten sich ohne Unterlass, bis sie mehrere Straßen überquert hatten und in einen Bereich kamen, der wie der ältere Teil der Stadt aussah. Gebäude reihten sich aneinander, keines davon sehr hoch, bis sich die engen mittelalterlichen Straßen zu einem Platz öffneten. Phoebe ergriff Lydias Arm und blieb ruckartig stehen.

Vor ihnen befand sich ein riesiger offener Platz, der auf allen Seiten von Arkaden umgeben war, die aus miteinander verbundenen

Gebäuden bestanden. Das zentrale Gebäude zeichnete sich durch seinen hohen Turm aus, und die prominenteren unter den anderen waren mit gemalten Emblemen und vergoldeten Statuen verziert - ihre Fassaden waren mit Reihen von scheinbar Hunderten von Glasscheiben geschmückt. Obwohl die Pracht der Gebäude einem den Atem raubte und Phoebes volle Aufmerksamkeit erforderte, ließ der Markt, der in der Mitte des Platzes stattfand, dies nicht zu. Rufe in einer fremden Sprache drangen ihnen an die Ohren, als die Händler mit den Käufern um den Preis für alles von Gemüse über Baumwolle bis hin zu Werkzeugen feilschten. Sonnenstrahlen beleuchteten eine Reihe von Ständen, die mit Blumen aller Art und Farbe gefüllt waren.

„Das ist nicht das Brüssel meiner Vorstellung", hauchte Phoebe. „Nicht nachdem ich die malerischen Bauernhäuser und die ausgedehnten Weiden gesehen hatte. Ich habe mich ziemlich getäuscht."

Lydia lachte. „Es ist recht prachtvoll, nicht wahr? Ich für meinen Teil würde nicht im Traum daran denken, die große Nation England zu kritisieren, doch ich bin mir nicht sicher, ob wir etwas Vergleichbares haben."

Sie gingen zum gegenüberliegenden Ende des Platzes und betraten weitere der kleineren Straßen, von denen eine zu einer Brücke über einen schmalen Kanal führte. Auf der anderen Seite entdeckten sie eine Vielzahl von Geschäften und Verkäufern, von denen einige etwas verkauften, das wie ein Eintopf unbekannter Herkunft aussah. Phoebe rümpfte die Nase, als Lydia flüsterte: „Ich glaube, das ist Blutwurst. *Nicht* mein Lieblingsessen."

Sie kamen an einem anderen Stand vorbei, an dem es verlockender duftete. Er wurde von einer drahtigen Frau geführt, die Reihen von Backwaren mit Kreuzmuster auslegte, deren gewürztes Apfelinnere durch die Gitterkruste sichtbar war. Sie verscheuchte einen Straßenjungen, der zu nahegekommen war, aber ohne wirklichen Groll. Lydia hatte ein paar Francs zum Ausgeben bekommen und erstand in perfektem Französisch einige der Törtchen. Phoebe sprach natürlich ebenfalls fließend Französisch, aber sie wusste, dass ihr Akzent beklagenswert war, und sie sprach es nicht gerne. Sie war hin- und hergerissen zwischen der Sehnsucht, alles mit Lydias Kühnheit zu erleben und dem Wunsch, sich in ihrem Haus zwischen ihren Besitztümern zu verstecken, die jetzt das Einzige waren, was ihr vertraut war.

Weiter die Straße hinunter hatten noch mehr Läden geöffnet, und die geschäftigen Menschenmassen, die sich dort versammelten, hatten eine gewisse Energie. Die Kunden warteten geduldig, aber die Ladenbesitzer beeilten sich, die Nachfrage zu befriedigen und schenkten jedem ihre volle Aufmerksamkeit, ehe sie sich dem nächsten Kunden zuwandten. Die meisten Geschäfte sahen fremdländisch aus, mit Schildern in französischer und flämischer Sprache und grob behauenen Fassaden, die sich aus den vollen, unbefestigten Straßen erhoben. Einige der niedrigen Fenster lenkten Phoebes Blick auf die seltsamen Schmuckstücke in den Regalen dahinter, die sie sofort kaufen und Anna und Eleanor schicken wollte.

Ab und zu gab es einen Laden, der so englisch wirkte, dass Phoebe sich wieder in London wähnte. Sie betraten einen solches Geschäft und stellten fest, dass die Inhaberin tatsächlich eine Engländerin war, die kürzlich nach Brüssel gezogen war, um Hüte zu verkaufen. Phoebe betrachtete die Designs, die zwar hübsch waren, sich jedoch nicht von dem unterschieden, was sie in London sehen würden.

„Was hat Sie dazu gebracht, Ihre Hüte in Brüssel zu verkaufen?“, erkundigte sich Lydia, ehe Phoebe der Gedanke kam, dies zu tun. Im Ausland zu sein hatte etwas, das die gesellschaftlichen Regeln brach, die es sonst vielleicht gab, wie zum Beispiel einer Fremden eine persönliche Frage zu stellen.

„Mich hat nichts in London gehalten, und ich dachte, die Konkurrenz wäre hier freundlicher.“ Die Hutmacherin sprach mit dem erkennbaren Akzent einer Londoner Kauffrau. Sie schenkte Phoebe und Lydia ein strahlendes Lächeln, während sie ein Paket einpackte und es beiseitelegte. „Und ich hatte recht. Es waren so viele Kunden da, dass ich meine Entscheidung, England zu verlassen, nicht bereue. Die Belgier probieren gerne neue Mode aus, und die Engländer freuen sich über jemanden, der ihre Sprache spricht. Ich bin jetzt seit sechs Monaten hier.“

„Und Sie vermissen England nicht?“, fragte Phoebe.

„Nein, ich habe die Erfahrung gemacht, dass die Menschen hier viel freundlicher sind als in London.“ Sie griff nach oben und befestigte einen Hut als Auslage an einem Draht, der von der Decke hing. „Wie ich schon sagte, ich bereue meine Entscheidung, hierherzukommen, nicht.“

Lydia und Phoebe gingen und versprachen, wiederzukommen, wenn sie etwas kaufen wollten. Sie liefen zurück in den Teil der Stadt, in dem ihr Haus stand, und die Straßen wurden immer breiter, je näher sie ihrem neuen Zuhause kamen. Auf dem Weg dorthin befand sich ein Kaffeehaus mit dem Schild *Au Cygne Noir*, das an Metallketten baumelte. Drinnen standen polierte Holztische, an denen einige Gäste saßen und Kaffee oder Tee tranken. Die Gäste schienen selbst für Londoner Verhältnisse nach der neusten Mode gekleidet zu sein, und Lydia wandte sich an Phoebe. „Sollen wir hineingehen?"

Phoebe drückte Lydias Arm. „Warum nicht? Wir haben Zeit zur Verfügung."

Sobald sie eintraten, richteten sich alle Augen auf sie und Phoebe schluckte. Nicht ein einziges Gesicht kam ihr bekannt vor, und sie verabscheute das Unbekannte. Bis dahin war ihre Reise ein fast konstantes Vergnügen gewesen, doch plötzlich waren die endlosen Möglichkeiten des Unbekannten in ein Gefühl von Zwang gehüllt. Was tat sie hier an diesem Ort, an dem sie nicht nur Englisch, sondern auch ein wenig Französisch, möglicherweise Flämisch und sogar andere Fremdsprachen hörte? Wie würde sie an einem Ort zurechtkommen, an dem sie fast niemanden kannte?

„Mrs. Fitzwilliam!", rief eine Stimme aus der dunkleren Ecke des Cafés, der sie sich zuwandten. Lydia lächelte den gutaussehenden Gentleman in Zivil an, der auf sie zukam. Phoebes erster Gedanke war, dass er im heiratsfähigen Alter zu sein schien, was sie zum einen über sich selbst lachen, und zum anderen wegen der Richtung ihrer Gedanken erröten ließ. Aber es war eine gute Richtung. Vielleicht konnte sie sich hier endlich von ihrem unmöglichen Traum verabschieden, Fredericks Liebe zu gewinnen. Nach Brüssel zu kommen war genau das, was sie brauchte, um neu anzufangen.

„Mr. Conroy", sagte Lydia. „Ich wusste nicht, dass Sie hier sein würden. Es ist eine Ewigkeit her, dass ich Sie gesehen habe. Darf ich Ihnen meine gute Freundin, Miss Phoebe Tunstall, vorstellen?"

Mr. Conroy legte die Hand auf seine Brust und verbeugte sich vor Phoebe. „Ich bin erfreut, Ihre Bekanntschaft zu machen. Sind Sie - nein. Natürlich können Sie nicht die Frau eines Offiziers sein, wenn Sie Miss Tunstall sind. Wie kommt es, dass Sie in Brüssel sind? Wenn ..."

Mr. Conroys breites Lächeln fiel in sich zusammen, als er sich zu fangen schien. „Wenn das nicht eine zu unverschämte Frage ist?"

Phoebe erwiderte sein Lächeln und mochte seine unbefangenen Umgangsformen und seine Gewandtheit sofort, die ihr etwas von ihrer Angst nahm, niemanden zu kennen. „Ich habe beschlossen, mit Lydia und ihrem Mann zu Besuch zu kommen. Der Gedanke an eine Saison in London hat mich nicht begeistert, dieses Abenteuer dagegen schon."

Mr. Conroys sandfarbene Wimpern, die zu seinem Haar in einem ähnlichen Farbton passten, umrahmten seine warmen braunen Augen. „Ich hoffe, es wird Ihnen gefallen. Die Brüsseler Gesellschaft wird reicher sein, weil Sie hier sind." Er wandte sich an Lydia. „Sie haben es vielleicht noch nicht gehört, aber Mrs. Marshall ist in der Stadt und gibt heute Abend eine ihrer berühmten Soireen. Es soll getanzt werden."

„Ist sie das? Famos!" Lydia klatschte in die Hände. „Ich hoffe, sie lässt sich überreden, uns eine Einladung zu schicken, auch wenn wir spät dran sind. Ich bin sicher, dass sie das gerne tun wird, sobald sie weiß, dass wir in der Stadt sind, denn wir sind alte Freundinnen."

„Das ist großartig." Mr. Conroy strahlte sie an und warf einen Blick zurück auf die kleine Gruppe, die an seinem Tisch saß. Er verbeugte sich erneut vor den beiden Frauen, aber seine Augen verweilten auf Phoebe, sein Blick war aufmerksam - und interessiert. „Ich fürchte, ich muss zu meinen Freunden zurückkehren. Aber vielleicht sehen wir uns ja heute Abend."

„Aber ja ... vielleicht." Phoebes Mundwinkel wanderten von selbst nach oben. Sie war es nicht gewohnt, im Mittelpunkt einer solch konzentrierten Aufmerksamkeit zu stehen, schon gar nicht bei einem derart gutaussehenden und angenehmen Mann wie Mr. Conroy.

Als Mr. Conroy zu seinen Freunden zurückkehrte, nahm Lydia an einem freien Tisch Platz und Phoebe tat es ihr gleich. Ein Kellner trat vor, um ihre Bestellungen aufzunehmen. Als sie um Tee und den Gewürzkuchen gebeten hatten, für den das Café bekannt war, legte Lydia die elfenbeinfarbene Stoffserviette auf ihren Schoß. „Wie du siehst, beginnt unser Abenteuer in Brüssel *sogleich* mit einer Soiree, die sicher amüsant sein wird. Ich bin sicher, dass unser Aufenthalt hier alles sein wird, was du dir wünschst."

„Daran habe ich keinen Zweifel“, erwiderte Phoebe und lehnte sich zurück, als der Kellner eine Auswahl an Marmeladen und Gelees auf den Tisch stellte. Sie warf einen Blick auf Mr. Conroy und stellte fest, dass auch er sie ansah, ob nun aus Versehen oder bewusst. Sie richtete ihren Blick wieder auf den Teller mit den Gelees und beschloss, dass sie keine weiteren Blicke in diese Richtung riskieren würde.

# KAPITEL FÜNF

Fitz kam aus der Bibliothek, sobald Phoebe und Lydia zu Hause waren. Er hielt eine vergoldete Karte in der Hand.

„Ich traf zufällig Mrs. Marshall, die in Brüssel ist, meine Liebe. Ich nehme an, die Nachricht wird dich nicht überraschen, denn du hast in den wenigen Stunden, in denen ihr unterwegs wart, zweifellos alles erfahren, was es über das Leben in unserer neuen Stadt zu wissen gibt." Fitz' schiefes Lächeln galt auch Phoebe, und er fügte hinzu: „Ihr Haus ist nur einen Steinwurf vom Hôtel Royale entfernt, und sie bestand darauf, dass ich sie dorthin begleite, damit sie mich mit einer Einladung für heute Abend nach Hause schicken kann. Fühlt ihr euch müde?", fragte er und sah abwechselnd Lydia und Phoebe an. „Wir können auch zu Hause bleiben, wenn ihr das vorzieht."

„O Fitz, wie kannst du nur so sticheln? Natürlich lassen wir uns eine Soiree von Mrs. Marshall nicht entgehen, vor allem, wenn einige der alten Brigade dabei sind, die wir nicht mehr gesehen haben, seit wir gemeinsam in den Pyrenäen unterwegs waren."

„Die glücklichen Tage des Feldzugs, mein Liebes?", erwiderte Fitz mit einer Mischung aus Spaß und Zuneigung in gleichen Teilen.

„Ich war froh, beim Feldzug dabei gewesen zu sein, denn das bedeutete, dass wir zusammen waren. Und dann bist du losgezogen, um in diesem schrecklichen Krieg in Amerika zu kämpfen, in den ich dich nicht begleiten konnte." Lydia nahm ihren Mantel und ihre Schute ab und reichte sie Sam, dem Lakaien, der mit ihnen aus England gekommen war. „Ich möchte ein paar alte Gesichter sehen, und ich freue mich darauf, Phoebe vorzuführen. Wir haben heute Mr. Conroy gesehen, und ich glaube, er ist schon ganz vernarrt."

Phoebe lächelte Sam an, als sie ihm ihren Mantel reichte. „Da gibt es nichts vorzuführen, Lydia. Bring mich nicht zum Erröten, ich flehe dich an."

Sie hatte die Worte leichthin gesprochen, um die Aufmerksamkeit zu zerstreuen, doch Lydia kam ihr mit vollkommener Aufrichtigkeit entgegen. „Du hast zu viele Saisons erlebt. Und es gibt absolut keinen Grund dafür. Ich bin entschlossen, dafür zu sorgen, dass du deinem Wert entsprechend gewürdigt wirst. Ich habe versprochen, dass du in Brüssel Ablenkung finden wirst, und ich werde mein Versprechen halten."

Fitz zog seine Taschenuhr heraus und warf einen Blick darauf. „Wenn du dein Versprechen halten willst, solltet ihr euch besser umkleiden. Wir müssen noch etwas essen, bevor wir gehen."

Phoebe und Lydia wechselten einen Blick und eilten los, um sich umzuziehen. Als Phoebe ihr Abendkleid angezogen hatte, steckte sie sich goldene, tropfenförmige Ohrringe in die Ohren, während Mary ihr Haar bürstete. Wie sich herausstellte, hatte ihre neue Zofe ein geschicktes Händchen für Frisuren und nahm kleine Änderungen daran vor, wie Phoebe ihr Haar frisierte. In der Vergangenheit hatte Phoebe sich ihr Haar immer ohne viel Aufhebens von ihrer Zofe frisieren lassen - aus dem Gesicht gekämmt, im, wie Anna es nannte, „Gouvernanten-Stil", und zu einem Haarknoten hochgesteckt, der bei Bedarf mit ein paar Locken versehen werden konnte. Es fühlte sich natürlicher an, eine solch einfache Frisur beizubehalten.

Aber sobald die Ohrringe an ihrem Platz waren, senkte Mary die Bürste und kniff die Augen zusammen, während sie Phoebe von allen Seiten begutachtete. „Miss, ich denke, wir könnten die Seiten etwas schneiden, wenn Sie gestatten. Dann werden die Locken besser halten."

Phoebe betrachtete ihr Gesicht im Spiegel, erstarrt bei dem Gedanken an eine derart drastische Veränderung. Sie blickte zweifelnd zu Mary, die ihr demonstrierte, was sie vorhatte, indem sie Teile von

Phoebes Haar hochhielt, um ihr Gesicht einzurahmen. Phoebe zögerte noch immer. Konnte sie so etwas tun?

Fredericks Worte gingen ihr durch den Kopf. *Tu etwas Kühnes.* Er hatte sicher keine modische Frisur im Sinn gehabt, als er das sagte, aber ... warum nicht? *Wenn ich nicht einmal so etwas Einfaches wie einen Haarschnitt hinbekomme, was für einen Mut werde ich dann jemals haben?*

„Du darfst es tun."

Mary hatte den Lockenstab im Kamin angeheizt und nachdem sie einige Strähnen bis zu Phoebes Kinn kurzgeschnitten hatte, zog sie eine davon heraus, lockte sie und umrahmte mit den kurzen Strähnen ihr Gesicht. Die Locke hing direkt neben ihrer Wange, was ihren Blick weicher erscheinen ließ. Phoebe konnte sich nicht erklären, warum, aber die blonden Locken so nah an ihrem Gesicht brachten ihre Augen zum Strahlen. *Du meine Güte. Nicht einmal Anna hat sich an einer solchen Frisur versucht!*

Sie betrachtete weiterhin ihr Spiegelbild, während Mary die letzte Haarsträhne lockte, und sie fragte sich ... *oh*, sie fragte sich, was Frederick wohl denken würde, wenn er ihre Haare sähe. Würde er ein Interesse an ihr entdecken? Phoebes Magen krampfte sich auf die altbekannte Art und Weise zusammen, wann immer sie an ihn dachte, aber dieses Mal war es von einem Gefühl begleitet, das an Trauer grenzte. Ihre Ankunft in Brüssel läutete das Ende lang gehegter Hoffnungen ein. Er würde sie in London vergeblich suchen - zumindest hoffte sie, dass er wenigstens einmal an sie denken würde, nachdem er erfahren hatte, dass sie abgereist war -, doch sie würde hier in Brüssel sein, wo sie wahrscheinlich einen Ehemann finden würde, der nicht er war.

Es klopfte an der Tür, und Lydia steckte ihren Kopf herein. „Die Köchin hat ein Abendessen für uns zubereitet. Bist du bereit?" Phoebe drehte sich zu ihr um, die Lippen zu einem selbstbewussten Lächeln verzogen, und Lydia schnappte nach Luft. „Oh, du siehst *wirklich* reizend aus. Und Mary hat dir die Haare geschnitten. Gut gemacht. Daran hätten wir schon viel früher denken sollen. Meine Güte, aber ich glaube, heute Abend werden dir die Herren in Scharen zu Füßen liegen."

Phoebe stand auf und strich die Falten aus ihrem Kleid, um sich von der Aufmerksamkeit abzulenken. Sie biss sich auf die Lippe und versuchte, nicht wie eine Närrin zu grinsen. „Das werden wir ja sehen. Ich bin bereit."

„Mary, Miss Tunstall wird ihren wärmeren Mantel brauchen, denn die Luft ist kühl geworden. Bring ihn nach unten, denn wir werden gleich nach dem Essen aufbrechen."

„Ja, Ma'am."

Phoebe folgte Lydia ins Esszimmer, wo ihre Unterhaltung von einem Thema zum nächsten sprang, als sie Fitz alles erzählten, was sie an diesem Tag erlebt hatten. Phoebe erkannte sich selbst kaum wieder, während sie lachte und mit Lydia um ihren Anteil an der Unterhaltung kämpfte. Sie konnte nicht glauben, dass sie gleich nach ihrer Ankunft schon irgendwohin mussten. Wenn der Aufenthalt in einem fremden Land sie nicht mit dem Versprechen erfüllt hätte, dass diese Saison anders sein würde, dann gab ihr eine Feier mit vollkommen neuen Menschen - und wenn man ganz ehrlich war, einer auf der die Männer den Frauen zahlenmäßig weit überlegen waren - alles, was sie an Hoffnung brauchte.

Fitz hatte den Stallknecht angewiesen, die Kutsche um neun Uhr vorzufahren. Es war in der Tat kühl geworden, nun, da die Sonne sie nicht länger wärmte, und Phoebe zog ihren Mantel um ihr weißes Kleid. Um in der Brüsseler Gesellschaft einen guten ersten Eindruck zu machen, hatte sie ein Kleid mit kurzen Puffärmeln und hauchdünnem indischen Musselin gewählt, das ihr bis zu den Handgelenken reichte. Unterhalb der Brust lag ein goldenes Band mit in winzigen Reihen aufgenähten Perlen. Dieses Kleid trug sie nicht oft, denn es schien ihr eine Schande zu sein, es für kleinere Angelegenheiten zu verschwenden. Doch dies war ein neues Leben. Ein neues Abenteuer. Und manchmal brauchte man nicht auf einen großen Anlass zu warten, um sich von seiner besten Seite zu zeigen und sich auch so zu fühlen.

Bei den boshafteren Klatschtanten, von denen es in London reichlich gab, war Lydia in ihrem Ansehen gesunken, als sie Oberstleutnant Fitzwilliam - oder Major Fitzwilliam, wie er damals geheißen hatte - heiratete. Lydia war die Schwester eines *Viscounts*, daran hatte ihre Mutter sie schnell erinnert, als sie versuchte, ihr die Heirat mit Fitz zu verbieten. Am Ende war es ihr Bruder Frederick gewesen, der die Heirat gestattete, und Lydia durfte aus Liebe heiraten und Fitz auf die Halbinsel folgen. Schließlich hatte Lord Ingram die Viscountcy geerbt, und seine Entscheidungen in Familienangelegenheiten hatten mehr Gewicht als die seiner Mutter, selbst nach Lady Ingrams Maßstäben.

Heute Abend sah Lydia als Frau eines Berufssoldaten, auch wenn er Offizier war, ganz und gar nicht aus wie jemand, deren Ansehen gesunken war. Ihr Kleid in üppigem Damescene-Violett bildete einen Kontrast zu ihren dunklen Locken und verlieh ihrem Auftreten einen königlichen Anstrich. Und wie Lydia sicher aus Erfahrung wusste, war die Farbe an der Seite ihres rothaarigen Mannes auch bei ihm vorteilhaft.

In der Kutsche umklammerte Phoebe ihre Hände auf dem Schoß und schaute im Dunkeln aus dem Fenster, während sie zu ihrem Ziel fuhren. Sie wohnten wie die meisten Engländer in Oberbrüssel, und die Häuser hier waren aus Backstein, dem Stil der Engländer nicht so unähnlich, mit Holztüren und eisernen *garde-corps* an den Fenstern. In der Nähe des Parks waren die Häuser und Hotels prächtiger und aus beigem Werkstein gebaut.

Wären da nicht die ungewohnten fremden Gerüche, die in die Kutsche drangen, die nasalen Laute des Französischen und der eher gutturale Klang des Flämischen, den sie nicht verstand, könnte sie glauben, sie wäre noch immer in London und auf dem Weg zu einer Feier der vornehmen Gesellschaft. Plötzlich wurde Phoebe von einem Nervenflattern ergriffen, und der Gedanke, auf eine Feier mit völlig Fremden zu gehen, ließ etwas von ihrem Wagemut schwinden.

Aber hier saßen sie wieder in Fitz' eigener Barouche, die ab England auf dem Paketschiff und danach auf dem Kanalboot mit ihnen gereist war und sie dann an diesem Morgen von Gent nach Brüssel gebracht hatte. Phoebe war in der letzten Saison ein paar Mal damit gefahren, und es schien ein seltsames Nebeneinander zu sein, in einem fremden Land in einer solch vertrauten Kutsche zu sitzen. Fitz und Lydia unterhielten sich während der Fahrt über ganz alltägliche Dinge, und Phoebe zwang sich, sich auf das zu konzentrieren, was sie sagten, und so ihre Nerven zu beruhigen.

Die Kutsche hielt an, und ein Lakai der Marshalls öffnete die Tür. Fitz sprang hinunter und hielt seiner Frau und Phoebe die Hand hin. Gesprächsfetzen und das Klirren von Gläsern drangen durch die offenen Türen, und Licht flutete durch das Fenster auf die Straße und winkte ihnen zu. Phoebe, deren Beine vor Nervosität zitterten, folgte

Fitz und Lydia die Treppe hinauf, wo der Diener ihre Namen aufnahm und sie ankündigte. Die Gespräche verstummten ein wenig, als die Gruppe eintrat, denn die Gesellschaft war zu intim, als dass die Neuankömmlinge unbemerkt bleiben konnten. Gesichter, sowohl neugierig als auch freundlich, drehten sich in ihre Richtung und Phoebes Herzschlag beschleunigte sich wieder. Würde sie sich jemals wohlfühlen, wenn alle Augen auf sie gerichtet waren?

Mrs. Marshall trat vor. „Lydia, ich freue mich so sehr, Sie wiederzusehen. Ich wusste, dass Sie kommen würden, aber ich war sicher, dass wir Sie nicht vor nächster Woche erwarten können.“

Sie und Lydia küssten sich wie alte Freundinnen auf die Wange, und Lydia antwortete: „Nein, Ihre Informationen müssen falsch gewesen sein, denn wir sollten immer schon heute ankommen. Darf ich Ihnen meine Freundin, Miss Phoebe Tunstall, vorstellen?“

„Seien Sie herzlich willkommen.“ Mrs. Marshall schenkte Phoebe ein warmes Lächeln, auch wenn sie die Augenbrauen hochzog. „Aber sagten Sie, dass Sie heute ankamen? Fitz hat es versäumt, mir dies zu sagen, als ich darauf bestand, dass Sie heute Abend kommen. Sie müssen vor Müdigkeit umkommen.“

„Ich versichere Ihnen, das tun wir nicht, Ma‘am“, sagte Phoebe und überraschte sich damit, als Erste zu antworten, und - wenn sie sich nicht täuschte - auch Lydia. „Zumindest *ich* kann es kaum erwarten, Brüssel zu erkunden und zu entdecken, was es hier alles zu unternehmen gibt.“

„Nun, es gibt viele Offiziere, die sicher um Ihre Aufmerksamkeit buhlen werden“, flüsterte Mrs. Marshall, während sie sich vertraulich vorbeugte.

Wie auf Befehl trat Mr. Conroy, den Phoebe aus den Augenwinkeln gesehen hatte, vor. Er war in Zivil gekleidet, doch Lydia hatte sie beim Abendessen darüber informiert, dass er ein Fähnrich des 69. Regiments war und Fitz kannte.

„Mrs. Fitzwilliam, Miss Tunstall“, sagte er mit einem schiefen Lächeln, als er sich vor ihnen verbeugte. „Sie sind also doch gekommen. Heute Abend soll getanzt werden, und wie Sie selbst sehen können, sind Damen Mangelware.“

„Ausnahmsweise.“ Lydia wandte sich an Fitz. „Das ist deine Chance, dich im Kartenzimmer zu verstecken, mein Lieber. Du kannst dem Tanzen entkommen, wenn du das wünschst, und niemand wird dich deswegen behelligen."

Fitz nahm die Hand seiner Frau in die seine und beugte sich mit einem Kuss darüber. „Dann werde ich mich nicht in die Riege der Herren einreihen, die für einen Tanz um deine Hand betteln. In jedem Fall bin ich es, der dich nach Hause begleiten darf." Er zwinkerte, was Phoebe ein Lächeln entlockte. Wenn sie doch nur eine solch vollkommene Liebe haben könnte wie die beiden. Wie es wohl sein musste, wenn ein Mann sie mit solch offener Zuneigung ansehen würde.

Als Fitz in den Kartenraum ging, wandte sich Mrs. Marshall noch einmal an Phoebe. „Erlauben Sie mir, Sie weiteren Gentlemen vorzustellen. Ich bin mir sicher, dass sie gerne mit Ihnen bekannt gemacht werden möchten. Ja, Mr. Conroy, Sie dürfen uns begleiten. Ich würde nicht im Traum daran denken, eine solch charmante junge Dame aus Ihrer Reichweite zu entführen, ohne Sie einzuladen, sich uns anzuschließen."

Phoebe warf Lydia einen erschrockenen Blick zu, die lächelte und eine Augenbraue hob, als wollte sie sagen: „Geh." Innerhalb weniger Minuten fand sie sich inmitten von Gentlemen wieder, die ebenso aufmerksam waren wie Mr. Conroy, nur dass er anscheinend meinte, ein Vorrecht auf Phoebe zu haben und ihr äußerst schmeichelhafte Aufmerksamkeit schenkte. Lachen und Konversation kamen Phoebe leicht über die Lippen, da sie sich inmitten einer Gruppe von Männern befand, die um ihre Aufmerksamkeit buhlten.

Zum ersten Mal in ihrem Leben machte Phoebe die neuartige Erfahrung, interessant zu sein. Mit einer Zwillingsschwester, deren Charme ihrer Selbstbeherrschung sprühenden Witz verlieh, hatte sie *diese* Erfahrung kaum machen können. Phoebe legte ihre behandschuhte Hand in die eines Soldaten und spürte nichts von der Müdigkeit, die sie eigentlich empfinden sollte. Von da an ging sie von einem Partner zum nächsten, ohne einen Tanz auszusetzen.

Zwischen den Tänzen gab es eine Pause, in der sich die Musiker ausruhten, und Lydia kam zu Phoebe herüber. „Hast du so viel Spaß, wie ich hoffe?"

Lydias helle Augen funkelten, und Phoebe konnte nicht anders, als mit einem breiten Lächeln und einem Nicken zu antworten. *Das* war genau das, was sie brauchte, um Frederick Ingram zu vergessen. Sie

musste umworben und bewundert und als jemand gesehen werden, der
weibliche Anmut besaß, und nicht als kleine Schwester, die schüchtern
und feige und ganz und gar nicht interessant war. Die Erinnerung
daran, wie Frederick sie sah, drohte Phoebes Laune zu dämpfen, und
sie zwang sich mit schierer Willenskraft zurück in die Fröhlichkeit
ihrer Umgebung.

Phoebe öffnete den Mund, um zu bemerken, wie liebenswürdig die
Offiziere waren, als sie durch die Ankunft einer breitbrüstigen, haken-
nasigen älteren Frau unterbrochen wurde. Sie kam auf die beiden zu
und versperrte ihnen gekonnt die Sicht auf den kleineren Mann, der
ihr folgte. Er trat an die Seite der Frau und enthüllte Kleidung, die
leider aus der Mode gekommen war, inklusive einer Perücke, einer
verzierten Weste und - so dachte Phoebe - eines versteckten Korsetts.

„Mrs. Fitzwilliam“, rief sie aus. „Sie sind in Brüssel angekommen.
Ich hörte Gerüchte, dass Sie hier sein würden.“

Lydias Lächeln wirkte gezwungen, und Phoebe ahnte, dass die Frau
nicht zu ihren Lieblingen gehörte. „Mrs. Parker, Mr. Parker, wie
reizend. Was führt Sie nach Brüssel?“

„Wir gehen dahin, wo das Regiment hingeht, auch wenn unser
Sohn sich ausgekauft hat. Und Brüssel ist einfach *voller* Möglichkeiten.
Ich werde sehen, ob ich Ihnen eine Einladung zu einer der Feiern des
Dukes von Braunschweig besorgen kann.“

„Wie freundlich“, antwortete Lydia. „Aber ich halte es nicht für
nötig, an erhabenen Versammlungen teilzunehmen. Ich verbringe viel
lieber Zeit mit Freunden.“

„Und wer ist *diese* Freundin?“, erkundigte sich Mrs. Parker und
deutete mit einer Geste, die an Grobheit grenzte, auf Phoebe. Bei
einer derart direkten Frage musste man sie einander einfach bekannt
machen. Lydia war weder so grausam, sie direkt zu schneiden, noch
schien dies in dem kleinen Kreis der Brüsseler Gesellschaft sinnvoll zu
sein.

„Das ist Miss Phoebe Tunstall.“ Lydia schenkte Phoebe ein
entschuldigendes Lächeln mit geschlossenen Lippen.

Mrs. Parker richtete ihren berechnenden Blick auf Phoebe. „Sie
müssen einfach zum Tee kommen. Ich bestehe darauf. Wir wohnen in
der *Rue de Flandre*. Ich werde Sie jedem vorstellen, den Sie kennenlernen möchten. Und natürlich werden Sie auf der Suche nach einem

Ehemann sein. Diese Dinge müssen Sie denjenigen von uns überlassen, die verheiratet sind."

Phoebe fühlte sich von dieser erzwungenen Freundlichkeit gefangen. In diesem günstigen Moment kam Mr. Conroy, um sie um einen zweiten Tanz zu bitten, und sie konnte entkommen. „Wenn Sie mich entschuldigen würden …"

Die Begegnung ließ Phoebe müde zurück, obwohl sie durch Mr. Conroys Aufmerksamkeit etwas von ihrer Energie zurückerhielt. Während sie die Schritte der Quadrille tanzte, dachte sie darüber nach, dass sie schwierigen Menschen nicht entkommen konnte, nur weil sie sich in einem anderen Land befand. Sie würden überall anzutreffen sein, wo sie hinging. Phoebe würde sich einfach gegen ihre Versuche, sich einzumischen, wappnen müssen, und *das* konnte sicherlich jeder, der auch nur ein bisschen Grips besaß.

Die Müdigkeit der Reise begann auf sie einzuwirken. Und obwohl Mr. Conroy sie auf eine so aufmerksame Art und Weise anlächelte, die so gar nichts von der brüderlichen Art hatte, die Frederick Ingram ihr normalerweise angedeihen ließ, dachte Phoebe, sie könnte vorschlagen, etwas früher nach Hause zu gehen. Lydia hatte sie gedrängt, ihr Bescheid zu geben, wenn sie bereit war zu gehen. Vielleicht würde sie sich morgen, wenn sie ausgeruht war, an Mr. Conroys Blick erinnern und ihr Herz würde flattern.

Dennoch war sie entschlossen. Dies sollte ihre Saison werden.

# KAPITEL SECHS

Frederick erblickte die hohen Gebäude, die Türme und den Nebel, der von der Stadt London aufstieg, als seine Kutsche durch Lambeth fuhr und die Straße zur Themse hinunterrollte. Er schob das Buch beiseite, das er für seine Reise mitgebracht hatte - in dem vergeblichen Versuch, seinen Geist von der Unruhe abzulenken, die ihn Tag und Nacht zu verfolgen schien.

Er rieb sich die Stoppeln an seinem Kinn und kniff die Augen zusammen, als ihn unwillkürlich das Bild von Georgiana in den Armen eines namenlosen Gentlemans verfolgte. Es war vorbei. Sie gehörte ihm nicht mehr - sie hatte ihm nie gehört. Und wenn er genug Verstand besäße, würde er anfangen, an seine eigene Zukunft zu denken.

Die Kutsche fuhr weiter. Frederick hatte in Croydon übernachtet und würde gegen Mittag in London sein. Genug Zeit, um seine Korrespondenz durchzusehen und sich für den Stanich-Ball zu kleiden, mit dem die Saison an diesem Abend eröffnet werden sollte. Nun, da er keine Hoffnung auf eine Liebesheirat mehr hatte - denn ohne Georgiana konnte es keine geben -, war es an der Zeit, die Heiratsaussichten mit einem praktischeren Blick zu betrachten. Lydia war seit vierzehn Tagen fort, aber Phoebe würde heute Abend da sein. Sie war eine warme Erinnerung an glücklichere Tage bei Stratford, als Frederick

Anna und Phoebe Süßigkeiten mitbrachte, nur um ihnen ein Lächeln zu entlocken. Bei diesem ersten Besuch waren sie noch klein genug, um über die Schulter geworfen zu werden - und ihre Familie war entspannt genug, ihm das zu gestatten.

Nun, da Lydia sesshaft geworden war und Frederick keine weiteren Familienangehörigen hatte, um die er sich kümmern musste, würde er ein Auge auf Phoebe haben und dafür sorgen, dass sie in dieser Saison angemessen verheiratet wurde. Das wurde auch Zeit, denn sie war zu begehrenswert, um unverheiratet zu bleiben. Er konnte sich neben seinen eigenen Bedürfnissen um die ihren kümmern.

Als Frederick sein Haus in der Grosvenor Street erreichte, kam Hartsmith eilig auf ihn zu und nahm ihm den Mantel ab, welchen er sogleich dem Lakaien übergab. In der Hand des Butlers befand sich ein Brief, den er Frederick reichte.

„Mrs. Fitzwilliam bat mich, Ihnen dies zu geben, sobald Sie angekommen sind. Sie lässt ausrichten, dass es eine höchst überraschende und erfreuliche Nachricht ist."

Das sah Lydia ähnlich, in letzter Minute noch Klatsch mit ihm teilen zu wollen. Allerdings war es vermutlich nicht dringend. Kaum hatte Frederick das dicke Papier in die Hand genommen, klopfte es an der Tür, und Hartsmith öffnete sie, um einen steif dastehenden Soldaten in den Farben des 1. Regiments zu sehen.

Frederick bedeutete dem Butler, ihn einzulassen, und als er ihn erblickte, verbeugte sich der Soldat und übergab Frederick ein Missiv. „Der Kriegsminister schickt mich. Sie werden gebeten, sich so bald wie möglich dort einzufinden."

Frederick überflog das Missiv, das keine weiteren Details enthielt als die, die ihm gerade mitgeteilt worden waren. Die Angelegenheit schien also sowohl geheim als auch dringend zu sein. „Sie können Lord Bathhurst sagen, dass ich zwei Stunden benötige, um mich vorzubereiten, da ich soeben erst angekommen bin, doch ich werde kommen, sobald ich kann."

„Ja, Mylord." Der Soldat verbeugte sich erneut und wandte sich zum Gehen.

„Hartsmith, legen Sie Lydias Brief zu meiner restlichen Korrespondenz in das Arbeitszimmer. Ich werde ihn nach meiner Rückkehr lesen." Sein Kammerdiener war ihm gefolgt und wies den Lakaien mit

Fredericks Truhen an. „Caldwell, lass heißes Wasser nach oben bringen. Ich wünsche eine Rasur, ehe ich im Kriegsministerium vorstellig werde, und eile dich. Ich darf mich nicht verspäten."

„Sehr wohl, Mylord." Unerschüttert von den plötzlichen Befehlen, verließ Caldwell die Lakaien und machte sich auf den Weg in die Küche.

Nachdem Frederick einen frischen braun-olivenfarbenen Mantel angezogen und ein gestärktes weißes Halstuch umgebunden hatte, rief er nach Joseph und wies den Stallknecht an, seinen Phaeton bereitzumachen, um ihn nach Whitehall zu bringen. Joseph war ein weiterer Diener, der Frederick auf Feldzügen begleitet hatte, bei denen der Einsatz mehrerer Pferde erforderlich war. Joseph und Caldwell kamen miteinander aus und erfüllten beide ihre Aufgaben gut, ob in London oder im Gefolge der Armee. Von keinem der Männer konnte sich Frederick leicht trennen.

Beim Hauptquartier verließ sein ehemaliger Assistent, der in die südliche Abteilung versetzt worden war, das Gebäude, als Frederick hineineilte. Er hatte sich um die militärische Korrespondenz gekümmert, während Frederick sich nach dem Angriff eines französischen Spions erholte. Daher hatten sie eine ergiebige gemeinsame Vergangenheit, doch Frederick hatte gerade keine Zeit, Neuigkeiten auszutauschen. Er grüßte ihn mit einem Winken, ehe er die Treppe hinaufging und das Büro betrat, das an das des Kriegsministers angeschlossen war.

Giles Craint tauchte seine Feder in das Tintenfass und schrieb in rasendem Tempo weiter. Er blickte nicht auf, als Frederick seinen Hut und seine Handschuhe auf den Schreibtisch fallen ließ. „Nun, Giles, was gibt es?"

Der Adjutant blickte von seinem Brief auf. „Was es gibt, fragst du? Nun, nur, dass der korsische Emporkömmling von Elba geflohen ist."

Frederick runzelte die Stirn, als er gegenüber von Giles Platz nahm. „Was, Napoleon? Wie zum Teufel hat er das geschafft?"

Giles würdigte dies nicht mit einer Antwort, und Frederick konnte es ihm kaum verdenken. Manchmal schien es, als gäbe es nichts, was Napoleon nicht tun könnte.

„Wo ist er nun?"

„Es heißt, er sei in Südfrankreich und werde eher willkommen geheißen als abgewiesen."

Frederick atmete aus. Es ging wieder los. „Haben sie keine Wache auf ihn angesetzt? Wie ist das möglich? Nein, vergiss es. Beantworte das nicht. Er hat das Glück des Teufels auf seiner Seite. Nun, ich muss sagen, ich bin nicht überrascht, dass das Volk ihn als seinen Retter wieder willkommen heißt. Der Bourbonenkönig hat nichts getan, um das Volk für sich zu gewinnen. Kein Wunder, dass ich einbestellt wurde.“

Giles warf einen Blick auf die Tür zu Lord Bathursts Büro, die noch immer geschlossen war, aber es war ein Gespräch zu hören, als die Männer darin sich der Tür näherten. „Ja. Ich habe keine Ahnung, worum es geht, aber es würde mich überraschen, wenn du in London bleiben würdest, alles in allem.“

Frederick nickte. Das hatte er auch schon gedacht. Seit dem Kriegsende bestand seine Aufgabe zunehmend darin, auf Anfragen von Sir Hudson Lowe zu reagieren, der als Generalquartiermeister im Königreich der Niederlande stationiert war. Obwohl Frederick keinerlei Wunsch danach verspürte, als Assistent zu fungieren, war er mit seinem Wissen über die Standorte und Anforderungen der Truppen ein wertvoller Mann vor Ort.

Lord Bathurst kam mit Sir William Howe De Lancey heraus, der im Krieg auf der Halbinsel als stellvertretender Generalquartiermeister gedient hatte. Sein heutiges Gespräch veranlasste Frederick, seine Augen nachdenklich zu verengen. De Lancey war ein fähiger Mann und sehr beliebt, während es allgemein bekannt war, dass Wellington Sir Hudson nicht mochte. Frederick fragte sich, ob das Treffen etwas mit dem Marsch Napoleons zu tun hatte und ob De Lancey Sir Hudson ersetzen würde. Natürlich war das zu diesem Zeitpunkt alles reine Spekulation.

Lord Bathurst warf einen Blick auf Frederick, der Giles gegenübersaß. „Sie sind hier, Ingram. Sehr gut. Kommen Sie herein.“ Er schüttelte De Lancey die Hand und verabschiedete sich von ihm, während Frederick nach vorne ging. Lord Bathurst betrat den Raum und wies mit einer Geste auf den Stuhl vor seinem Schreibtisch, bevor er sich setzte. „Wie läuft es auf dem Anwesen?“

„Es war Zeit, dass ich hinging, doch es ist alles in Ordnung. Die Angelegenheiten sind geregelt.“ Frederick verschwendete keine Zeit, um das aktuelle Thema anzusprechen. „Ich erfuhr soeben, dass Napoleon wieder in Frankreich ist."

„Ja, und in Anbetracht der Nachrichten werden Sie nicht überrascht sein, warum ich Sie hierherbestellte. Aber auch ohne diese jüngste Nachricht, die Lord Wellington wahrscheinlich zur gleichen Zeit erreichen wird wie uns, enthielt der letzte Brief, den ich von ihm bekam, die Bitte, dass Sie sich ihm anschließen. Er benötigt Sie in seinem Stab, um die Kommunikation zwischen dem Generalquartiermeister und ihm zu koordinieren. Ich vermute, dass der Bedarf nach dieser Neuigkeit noch größer sein wird."

„Lord Wellington ist noch immer in Wien. Soll ich dorthin reisen?"

„Der Zeitpunkt ist äußerst ungünstig, da er Dringlichkeit zum Ausdruck brachte, doch das war, ehe er von Napoleon erfahren hatte. Wenn es nur nach mir ginge, würde ich Sie direkt nach Brüssel schicken. Aber ich denke, wir müssen auf die Antwort seiner Lordschaft warten. Ich gehe davon aus, dass er seine Reise nach Brüssel nicht hinauszögern wird und dass Sie ihm ein geeignetes Hauptquartier besorgen und dafür sorgen werden, dass er alles hat, was er benötigt. Sir Hudson ist in Gent und kann diese Aufgabe nicht übernehmen. Aber wir müssen abwarten, wie sich Wellington nach dieser Nachricht verhält."

Frederick war sich nicht sicher, wie gut Sir Hudson für seine Position geeignet war, nun, da er auf den Weg des Dukes gezwungen werden würde. Er hatte eine pedantische, fragende Art, die Lord Wellington nur verärgern würde. „Sie sind also der Meinung, dass Napoleon bis nach Brüssel marschieren wird?", fragte Frederick und fügte nach einer kurzen Pause hinzu: „Ich nehme an, das würde Sinn ergeben. Er wird es nicht noch einmal mit Russland versuchen, und seine ganze Bedrohung geht vom Norden aus."

„Selbst wenn er nicht nach Norden geht, wollen wir ihn dort abfangen. Dort befindet sich die königliche Familie momentan. Wenn er *la France* zurückerobern will, muss er sich gegen die Bourbonen durchsetzen. Daher müssen wir uns darauf vorbereiten, entweder nach Frankreich zu ziehen, um ihm zu begegnen, oder zu warten und ihn an der Grenze abzuwehren. Ich halte es jedoch für wahrscheinlich, dass er nach Brüssel kommen und dann versuchen wird, selbst nach Wien zu ziehen."

„Und auf dem Weg Unterstützer zu gewinnen", fügte Frederick voller Ironie hinzu.

„Er wird es zumindest versuchen. Ich empfehle Ihnen also, Ihre Angelegenheiten in Ordnung zu bringen und sich darauf vorzubereiten, mit dem ersten Paketschiff nach Ostende zu fahren, sobald ich von seiner Lordschaft höre."

„Seien Sie versichert, dass ich das tun werde", entgegnete Frederick.

Frederick verließ das Kriegsministerium, den Kopf so voll von der überraschenden Nachricht, die er gerade erhalten hatte, dass er schon einige Stunden zu Hause war, bevor er sich an den Brief von Lydia erinnerte, der wichtige Neuigkeiten enthalten sollte. Sie konnte jedoch keine Nachricht von Napoleon haben - nicht, dass diese Nachricht in irgendeiner Weise als überraschend oder erfreulich bezeichnet werden könnte.

Sobald er sich an den Brief erinnerte, ließ Frederick die letzte Liste mit Vorräten und Ausgaben, die er studiert hatte, fallen und griff nach dem Stapel mit der Korrespondenz. Hartsmith klopfte leise an und brachte ein Glas Brandy herein, aber Frederick winkte ab und verlangte nach Tee. Er setzte sich an seinen Schreibtisch und schob ein Messer durch das Siegel von Lydias Brief.

*Fred,*



FREDERICK BLICKTE VON DEM BRIEF AUF UND EIN SELTSAMES Grinsen umspielte seine Lippen. Er hatte sich wenig Gedanken um seine Schwester gemacht, die das Ausland bereisen würde. Denn was war Brüssel schon nach Portugal? Sie hatte sich dort als äußerst unerschrocken erwiesen. Wenn Lydia ihn anfangs mit dieser verborgenen Stärke überrascht hatte, so tat sie es nun nicht mehr. Es war jedoch ein ernüchternder Gedanke, dass ihr mehr bevorstand, als sie erwartet hatte, als sie den Umzug ins Auge fasste. Das Leben in Brüssel würde sich ändern, während England sich auf Napoleons Angriff vorbereitete, und sie könnte dort in eine ebenso große Schlacht verwickelt werden, wie sie es auf der Halbinsel erlebt hatte. Er las weiter.

*ABER DAS SCHÖNSTE, WAS MAN SICH VORSTELLEN KANN, IST GESCHEHEN. Ich habe Phoebe Tunstall eingeladen, uns auf unserer Reise nach Brüssel zu begleiten, und sie hat zugesagt. Wenn Du diesen Brief liest, werden wir wahrscheinlich alle bereits dort sein.*

FREDERICK NAHM DEN BRIEF IN DIE HAND, SEIN KIEFER LOCKERTE sich und sein Herz schlug stakkatoartig. Obwohl ihm die Stanich-Feier kurzzeitig entfallen war, hätte er sich rechtzeitig daran erinnert und wäre dorthin gegangen, um Phoebe zu sehen. Dort hätte er ihr als alter Freund die Nachricht von Napoleons Flucht verkündet, die sie sicher beunruhigt hätte. Er hätte seinen Arm um Phoebe gelegt, um sie zu trösten und sie daran zu erinnern, dass sie sich keine Sorgen zu machen brauchte, solange sie sich auf englischem Boden befand.

Bei diesem Gedanken erstarrte er. Nun befand sie sich *nicht* mehr auf englischem Boden, sondern direkt auf dem wahrscheinlichen Weg des Feindes. Sie würde die Neuigkeiten erfahren, ehe Frederick sie ihr mitteilen konnte, und sie würde niemanden haben, der ihr versichern konnte, dass alles gut werden würde. Lydia konnte dieser Aufgabe unmöglich gewachsen sein. Es war eine Sache, dass seine Schwester dort war, mit Fitz an ihrer Seite, fähig und an die schwierigen Bedingungen im Krieg gewöhnt. Es war eine andere Sache, dass Phoebe sie begleitete - sie, die über keine solche Erfahrung verfügte. Er richtete seinen Blick wieder auf die Worte.

*PHOEBE HAT ZUERST ABGELEHNT, WAS DU SICHER GEAHNT HÄTTEST, wenn Du von meinem Angebot gewusst hättest. Sie hat nie die Tatkraft besessen, die Anna hat. (Nicht, dass sie deswegen weniger geliebt würde.) Doch zu meiner Überraschung und Freude hat sie die Weisheit eines solchen Abenteuers erkannt und über Nacht ihre Meinung geändert und gesagt, dass sie mitkommen würde. Möchtest Du wissen, was sie dazu bewogen hat? Sie sagte, sie wolle dieser unsympathischen Mrs. Morris entkommen, aber ich bin überzeugt, dass sie sich für etwas Kühnes entschieden hat, weil es das war, was Du ihr geraten hast. Phoebe - wagemutig! Also sagte ich ihr natürlich, dass Brüssel genau das Richtige für sie wäre.*

*Ist das nicht eine höchst erfreuliche Nachricht? Ich wusste, dass Du das wissen wollen würdest, denn wir standen den Tunstalls schon immer nahe, und nun wirst Du sie in der Londoner Saison nicht sehen. Ich bin sicher, dass sie vermisst werden wird. Ich bin sehr stolz darauf, dass Phoebe etwas tut, das so sehr von ihrem Charakter abweicht. Ich bin sicher, dass sie sich prächtig amüsieren wird, und ich wünschte nur, Du könntest hier bei uns sein. Nun, ich sagte, dass wir bereit sind, aber es gibt immer hundert Dinge, die in letzter Minute zu erledigen sind, also verlasse ich Dich hiermit.*

*Und mit all meiner Liebe,*
  *Lydia*


Frederick lehnte sich in seinem Stuhl zurück und verfiel in einen Zustand der Betäubung, der einem Schock sehr ähnlich war. Etwas Kühnes. Das waren seine Worte gewesen! *Der Teufel soll ihn holen.* Phoebe in Brüssel, genau zu dem Zeitpunkt, als Boney von Elba geflohen war. Das war der letzte Ort, an den Frederick seine sanfte Freundin wünschte, selbst wenn sie mit Lydia zusammen war. Frederick verfluchte die Unachtsamkeit, die ihn veranlasst hatte, ihr etwas Derartiges vorzuschlagen. Sobald er in Brüssel angekommen war, würde er einen Weg finden, sie wieder nach Hause zu bringen. Stratford würde ihm sonst nie verzeihen.

# KAPITEL SIEBEN

Phoebe und Lydia saßen mit einer angenehmen Trägheit im Salon, als sie sich von den Reisetagen und einem ersten Tanzabend erholten. Phoebe hatte Mary angeordnet, ihr Korsett zu lockern, und sie gönnte sich den Luxus, sich auf dem Sofa zurückzulehnen, während sie ihren Tee trank und winzige Bissen Gebäck aß, die ihr auf der Zunge zergingen. Das Sofa und die grünen Polsterstühle mit den breiten Sitzen und den schmalen Rückenlehnen waren in einem Kreis angeordnet, der sich zum Kamin hin öffnete. Und auch wenn die dunklen, gebeizten Holzböden dem Raum ein schummriges Aussehen verliehen, machten die niedrigen Möbel und die geschmackvollen Rahmen, die an den beigen Wänden hingen, ihn gemütlich.

Lydia hielt ihre Tasse Tee in beiden Händen und sah mit einem etwas entrückten Ausdruck aus dem Fenster, ehe sie ihren Blick auf Phoebe richtete. „Fred muss den Brief erhalten haben, in dem ich ihm mitteilte, dass du mit mir nach Brüssel gekommen bist." Sie lächelte plötzlich. „Wie gerne hätte ich sein Gesicht gesehen, als er *das* gelesen hat."

Phoebes Magen machte bei der Erwähnung von Fredericks Namen einen Satz, und sie schimpfte mit sich selbst für diese unwillkürliche Reaktion. Ihre Entscheidung, nach Brüssel zu kommen, war damit verbunden, dass sie alle Hoffnungen aufgegeben hatte, seine Zuneigung zu gewinnen. Sie ließ den Teller auf ihren Schoß sinken, damit ihre zitternden Hände sie nicht verrieten. Niemand wusste von ihren lang gehegten Gefühlen für Frederick Ingram - nicht einmal ihre eigene Zwillingsschwester. Es war an der Zeit, diese kindische Fantasie hinter sich zu lassen. Wenn nur ihr Körper sie nicht verraten würde.

Als sie sich ihrer Haltung einigermaßen sicher war, antwortete Phoebe. „Ich bin mir sicher, dass er keinen weiteren Gedanken daran verschwenden wird."

„Natürlich wird er das", erwiderte Lydia. „Als wir am Abend vor seiner Abreise zusammen zu Abend aßen, sagte er, dass er dich in dieser Saison unter seine Fittiche nehmen würde."

„Tatsächlich!" Phoebe wollte nichts in diese Offenbarung hineininterpretieren, aber ihr Herz klopfte in einem gleichmäßigen Rhythmus in ihrer Brust.

„Tatsächlich", spiegelte Lydia. „Er sagte, es sei höchste Zeit, die letzte Miss Tunstall zu verheiraten und dass er sich selbst darum kümmern würde. Wenn die Rollen vertauscht wären, würde er hoffen, dass Stratford das täte."

Wieder einmal wurde Phoebe in die Rolle der kleinen Schwester zurückgedrängt. Das hätte sie nicht überraschen dürfen. Wann hatte Frederick sie jemals als etwas anderes gesehen? Scharfe Zähne der Enttäuschung bohrten sich in sie, obwohl sie fest entschlossen war, ihn ganz und gar aus ihren Gedanken zu verdrängen.

Als es an der Tür klopfte, setzten sich beide Damen aufrecht hin. Phoebe stellte ihren Teller vor sich auf den Tisch und strich einen Krümel von ihrem Kleid. Ihr Lakai öffnete die Tür, trat in den Salon und schloss die Tür hinter sich. Das war nötig, um die Privatsphäre zu wahren, denn der Salon befand sich im Erdgeschoss, nur wenige Schritte vom Vordereingang entfernt. „Mr. Conroy ist hier, um Sie zu sehen, Mrs. Fitzwilliam."

Lydia schenkte Phoebe einen schelmischen Blick. „Um mich zu sehen, ja? Schick ihn gleich herein." Als Sam den Raum verließ, murmelte sie: „So kurz in der Stadt und schon hast du eine Eroberung gemacht. Freds freundliche Dienste werden nicht benötigt, denke ich."

Phoebe hatte keine Zeit für eine Erwiderung, ehe Mr. Conroy hereinkam und sich über ihre Hände beugte. „Ich hatte gehofft, Sie beide heute zu Hause anzutreffen. Würden Sie mich in den Königlichen Park begleiten wollen? Dort treffen sich in Brüssel alle, die von Rang und Namen sind, und Sie werden dort sicher eine angenehme Gesellschaft vorfinden."

Phoebe warf einen Blick auf Lydia, ehe sie sich wieder an Mr. Conroy wandte. „Ich glaube, wir sind für heute Nachmittag noch ungebunden, nicht wahr, Lydia?"

„Vollkommen frei. Wir haben im Moment nichts Dringendes zu erledigen. Wir benötigen nur Zeit, um unseren Tee zu trinken und uns umzukleiden. Soll ich Ihnen eine Tasse einschenken?"

„Mit Vergnügen." Mr. Conroy setzte sich auf den Stuhl, der Phoebe am nächsten war. Er wandte ihr sein lächelndes Gesicht zu, mit einer leichten Röte auf den blassen Wangen. „Sind Sie vom Tanzen erschöpft? Ich bewundere Ihre Tapferkeit, jeden Abend auf Feiern zu gehen - und das so kurz nach Ihrer Ankunft in Brüssel."

„Wir sind müde, doch nichts, was ein Spaziergang an der frischen Luft nicht kurieren könnte." Phoebe reichte den Tee von Lydia zu Mr. Conroy. „Lydia, wird Fitz uns heute begleiten?"

„Nein, ich nehme an, wir werden meinen Mann tagsüber nicht häufig sehen, denn er wurde mit der Führung des 2. Bataillons des 33. Fußregiments betraut." Sie lächelte Mr. Conroy an. „Das wissen Sie vermutlich schon."

„Das tue ich. Ihr Mann ist bei der Infanterie sehr beliebt, Ma'am." Mr. Conroy rührte seinen Tee um und fügte lachend hinzu: „Er mag Respekt einflößen, der an Furcht grenzt, aber ich glaube nicht, dass es auch nur einen Soldaten gibt, der ihn kennt und nicht ein Loblied auf ihn singt."

„Es ist nett von Ihnen, das zu sagen." Nichts erfreute Lydia mehr als ein Kompliment über ihren Mann.

Mr. Conroy blieb sitzen, trank seinen Tee und versprach zu warten, während die beiden Frauen ihre Promenadenkleider und warme Pelissen anzogen. Es war noch so früh im März, dass der Frühling nicht mehr als ein Versprechen war. Phoebe und Lydia verließen ihre Zimmer zur gleichen Zeit und hakten sich beieinander unter, als sie zur Treppe gingen, um Mr. Conroy zu treffen.

Phoebe verspürte keine aufgeregte Vorfreude auf einen Spaziergang mit Mr. Conroy, aber sie hoffte, dass sich dies ändern würde. Sie konnte nicht umhin, als sich von seinem offensichtlichen Interesse geschmeichelt zu fühlen. Und das, so sagte sie sich, reichte aus, um eine potenzielle Ehe zu begründen. Mr. Conroy erhob sich, sobald sie den Salon wieder betraten, und nahm seinen Hut und den Stock, der an seinem Stuhl lehnte, in die Hand.

„Wir waren nur im unteren Teil Brüssels, wo die Kanäle sind“, sagte Phoebe zu Mr. Conroy. „Meine Zofe sagte mir, dass diese im oberen Teil nicht zu finden sind. Wo befindet sich der Königliche Park?“

Lydia antwortete, während sie ihren Mantel zuknöpfte. „Wir sind auf dem Weg zu Mrs. Marshalls Feier an ihm vorbeigefahren, also haben wir ihn von der Kutsche aus gesehen. Fitz hat uns darauf aufmerksam gemacht, aber du hast wohl nicht darauf geachtet. Natürlich müssen wir die Gärten tagsüber besuchen, dann können wir mehr davon sehen.“

„Und hier komme ich ins Spiel.“ Mr. Conroy bedeutete den Frauen, ihm voran das Haus zu verlassen.

„Ich bin sicher, dass wir Brüssel genauso gut kennen werden wie London, wenn der Sommer gekommen ist.“ Phoebe trat hinter Lydia in die kalte Luft. Die Sonnenstrahlen erreichten sie in der engen Straße nicht ganz. An der Kreuzung vor ihnen schien die Sonne fröhlich und Phoebes Herz passte sich ihrem Licht an. Hier hatte sie die Aufmerksamkeit eines Mannes gewonnen, der ebenso ehrenhaft wie gutaussehend zu sein schien. Die Wahrscheinlichkeit, dass ihre Tage als alte Jungfer bald hinter ihr liegen würden, begann Phoebe zu dämmern, und sie benötigte keine Sonne, um von Hoffnung durchflutet zu werden.

Sie machten sich auf den Weg, gingen die *Rue des Feuilles* entlang und sprachen über die drei Feiern, an denen sie bisher teilgenommen hatten, und über die Theatervorstellung, die später in dieser Woche stattfinden würde. Mr. Conroy versicherte ihnen, dass sie die Oper auf keinen Fall verpassen dürften, da sie eine besondere Aufführung von Miss Nash erleben würden, die eigens zu diesem Zweck nach Brüssel gekommen war.

„Sie sehen also, dass es kein Fehler war, hierherzukommen, wenn sogar Miss Nash dies getan hat“, sagte er fröhlich. „Brüssel wird in dieser Saison der letzte Schrei sein.“

Sie betraten den Königlichen Park, der in breiten Alleen angelegt war. Zu beiden Seiten der Wege befanden sich formgeschnittene

Büsche und Marmorstatuen, und in gleichmäßigen Abständen gab es Farbtupfer in der Erde, wo die ersten Frühlingsblumen hervorlugten. Phoebe war erstaunt über die vielen elegant gekleideten Menschen, die trotz der Kälte über die Alleen schlenderten oder ritten. Sie könnte fast meinen, sie sei im Hyde Park, wenn sie sich nur auf den Anblick der Menschen verlassen würde. Es gab sogar ein oder zwei Gesichter, die ihr bekannt vorkamen, die sie in London gesehen haben musste, obwohl sie nicht sagen konnte, wer sie waren.

Sie waren noch nicht sehr weit durch den Park gegangen, als Phoebe eine Gestalt bemerkte, die sich ihr näherte und deren kleine Statur und unbändige blonde Locken ihr nur allzu vertraut waren. *Martha Cummings.* Es schien, als würde sie dadurch, dass sie London verlassen hatte, nicht davon profitieren, jemandem zu entkommen, der ihr Wohlwollen strapazierte. Das arme Mädchen hatte nichts getan, um Phoebes Abneigung zu verdienen. Es war nur so, dass Phoebe kaum ein Wort herausbringen konnte, wenn sie sich begegneten.

„Phoebe Tunstall! Ich hatte keine Ahnung, dass Sie auch in Brüssel sein würden. Sie sind die letzte Person, die ich hier erwartet hätte." Sie drehte sich um und ging in Phoebes Richtung. „Ich war mir sicher, dass Sie sich fragen würden, wo ich bin, wenn Sie bemerkten, dass ich in dieser Saison nicht in London zu finden wäre. Ich hatte vor, Ihnen zu schreiben, um Ihnen von meiner Überraschung zu berichten. Mein Bruder Albert, der gerade einen Bekannten dort begrüßt, hat mir mitgeteilt, dass er mich für seinen Haushalt hier braucht, und obwohl ich keine Lust auf Abenteuer verspüre, konnte ich nicht Nein sagen, das versichere ich Ihnen. Er hat mich regelrecht *angefleht*. Und nun stelle ich fest, dass wir *beide* hier sein werden. Die Aussicht, eine Saison in Brüssel zu überstehen, erscheint doch nicht gar so hart."

Albert Cummings kam auf sie zu und sah sehr nach der männlichen Version seiner Schwester aus. Er war von kompakter, korpulenter Statur, was auf seine Vorliebe für gutes Essen hindeutete, und seine Sommersprossen waren nur etwas weniger ausgeprägt als die von Martha. Seine Locken waren zahmer, weil sie viel kürzer waren, und er konnte nicht als gut aussehender Mann bezeichnet werden. Phoebe wusste, dass sie nicht nett war, doch sie wusste nicht, warum. Entschlossen, es wiedergutzumachen, schenkte sie Mr. Cummings ein Lächeln, als er auf sie zukam.

Martha umklammerte mit einer Hand Phoebes Arm und streckte die andere Hand nach ihrem Bruder aus. „Albert, das ist Miss Phoebe Tunstall. Ist es nicht ein großer Witz, dass *sie hier* ist, so wie ich es bin? Phoebe, das ist mein Bruder, Mr. Albert Cummings.“

„Guten Tag.“ Phoebe knickste und drehte sich dann um, um nach Lydia zu suchen, sah aber, dass ihre Freundin im Gespräch mit Mr. Conroy zurückgeblieben war.

Mr. Cummings und Martha bewegten sich weiter vorwärts und Phoebe schloss sich ihnen an und erinnerte sich an Annas Scherz. Da Martha sie ohne jedes Anzeichen von Überraschung begrüßt hatte, musste sie von der Existenz ihrer Zwillingsschwester erfahren haben. „Meine Schwester Anna hat mir mitgeteilt, dass sie Ihre Bekanntschaft gemacht hat.“

Martha stieß ein kräftiges Lachen aus, das dazu führte, dass sich einige der anderen Leute, die den Weg entlang schlenderten, umdrehten und starrten. „Ihre Schwester hat mich ganz schön hochgenommen. Sie hat mich in dem Glauben gelassen, dass Sie ...dass sie Sie sei und dass Sie nicht nur geheiratet hätten, sondern auch ein Kind erwarteten! Ich konnte mir das überhaupt nicht erklären, denn es wäre so untypisch für Sie, ein solches Geheimnis für sich zu behalten.“

Mr. Conroy und Lydia waren von Leuten aufgehalten worden, die sie kannten, und Phoebe verlangsamte ihr Tempo, um auf sie zu warten. Martha hatte mehr als einen Blick auf Lydia und Mr. Conroy geworfen. Obwohl Phoebe nicht den Wunsch verspürte, sie einander vorzustellen und die Verbindung zu fördern, die sie in London so sehr zu verhindern versucht hatte, würde es sich nicht vermeiden lassen. Brüssel war klein. Sie würden sich immer wieder begegnen, und Phoebe war kein hartherziger Mensch.

Als Lydia und Mr. Conroy auf gleicher Höhe mit ihnen waren, stellte Phoebe sie vor. „Martha, bitte erlauben Sie mir, Ihnen meine Jugendfreundin, Mrs. Fitzwilliam, vorzustellen. Und das ist Mr. Conroy. Das sind Miss Cummings und Mr. Cummings.“

Martha machte einen Knicks. „Sind Sie in diese Richtung gegangen? Sollen wir zusammen weitergehen?“ Ohne eine Antwort abzuwarten, nahm sie wieder Phoebes Arm und ging weiter. „Wie kamen Sie darauf, *hierherzukommen*? Ich kann mir nicht vorstellen, was Sie nach Brüssel geführt hat, denn ich war mir sicher, dass Sie sich nach einer

Saison in London sehnen würden, wo alle geeigneten Herren sind. Ich selbst hatte alle Hoffnungen auf eine Heirat aufgegeben, als ich hierherkam, doch nun frage ich mich, ob das nicht ein Fehler war. Es gibt hier so viele Soldaten, selbst wenn die einzigen in Frage kommenden unter ihnen Offiziere sind, und die müssen rar sein - obwohl es nicht so *aussieht*, als wären sie es. Ich kann kaum glauben, dass wir beide hier sind. Was für ein Abenteuer! Eines Tages werden unsere Kinder uns anflehen, alles darüber zu erfahren."

Auf diese Weise plapperte sie weiter, scheinbar ohne eine Erwiderung zu erwarten. Phoebe wagte es nicht, Lydia anzusehen, weil sie befürchtete, dann in schallendes Gelächter ausbrechen zu müssen. Sie wurde daran erinnert, warum sie Marthas Bekanntschaft gemieden hatte. Mit einer Schwester wie Anna und sogar mit einer Freundin wie Lydia stand Phoebe bereits im Schatten. Aber wenigstens liebte sie sie. Sie brauchte niemanden in ihrem Leben, der mit ihr sprach, als wäre sie eine Mauer. Mr. Cummings schien vernünftiger als seine Schwester zu sein, denn er unterhielt sich, wenn er dazu aufgefordert wurde, belastete seine Begleiter aber nicht mit ausschweifendem Gerede, während er neben ihnen herging.

Das Gespräch verlangte Phoebe nicht viel ab und ihre Gedanken begannen abzuschweifen, als Martha sie aus ihrer Träumerei riss, indem sie fragte, was sie diese Woche geplant hätten.

„Ich ... Ich kenne unsere Pläne noch nicht. Wir sind erst Anfang der Woche angekommen ..." Seitdem war so viel geschehen, dass es Phoebe schwerfiel, das Konzept zu begreifen.

„Diese Woche! Sie müssen nach der Reise völlig erschöpft sein. Ich weiß, dass ich es war, als ich ankam, und Albert fürchtete beinahe, dass ich der Aufgabe, seinen Haushalt zu führen, nicht gewachsen sein würde, als er mich brauchte. Alles ist so furchtbar fremd. Doch wir sind nun seit *zwei Wochen* hier, und da ich mittlerweile ein wenig über die Brüsseler Gesellschaft weiß, glaube ich, dass Sie das Abendessen, das Mrs. Darnell heute Abend gibt, nicht verpassen sollten. Das heißt, falls Sie eine Einladung erhalten haben. Ich stelle fest, die Brüsseler Gesellschaft gefällt mir viel besser als die Londoner. Es gibt immer etwas zu tun, und da wir nicht so zahlreich sind, ist es fast sicher, dass man uns überall empfängt."

„Wie schön", antwortete Phoebe und kämpfte darum, freundlich zu bleiben. Sie war nicht in ein fremdes Land gekommen, nur um mit den gleichen Leuten zu verkehren, die sie bereits in London nicht erfreut hatten. Sie hielt inne, um ein Blumenbeet zu begutachten, aus dem die ersten Blüten mutig hervorlugten, so dass Lydia und Mr. Conroy Zeit hatten, an ihre Seite zu kommen. Martha fuhr damit fort, die Feiern zu beschreiben, die sie bereits besucht hatte, als Phoebes Blick zu den Toren des Parks wanderte.

Dort betrat ein Offizier in Regimentskleidung in eiligem Tempo den Park. Er ignorierte einige der Leute, die an ihm vorbeischlenderten, und blieb vor einer kleinen Gruppe von Menschen stehen, die er zu kennen schien. Wie es aussah, überbrachte er dringende Nachrichten, denn einige der Leute bei ihm hielten sich die Hände vor den Mund und begannen angeregt miteinander zu sprechen. Er entfernte sich von ihnen, und die gleiche Szene spielte sich in zwei anderen Gruppen in der Nähe ab. Phoebe konnte ihren Blick nicht von dem Überbringer der Nachricht und dem Effekt, den er hatte, abwenden. Irgendetwas war nicht in Ordnung, dessen war sie sich gewiss. Selbst Martha hatte aufgehört zu reden.

In einer der Gruppen befanden sich zwei Soldaten, und einer von ihnen hob anschließend die Hand, um Mr. Conroy zu signalisieren. Er führte die anderen bis zu Phoebes Gruppe. „Conroy, Sie werden nicht glauben, was wir gerade erfahren haben. Boney ist *geflohen*. Er ist in Südfrankreich gelandet und befindet sich auf dem Weg nach Paris."

*Napoleon war entkommen?* Das schien nicht möglich. Der einzige Grund, warum Engländer auf dem Kontinent sicher waren, war, dass Napoleon gefangen genommen und fortgeschickt worden war. Phoebe spürte, wie Kälte durch ihre Pelisse drang und rückte ein wenig näher an Lydia heran, die keine Reaktion gezeigt hatte. Sie schien die Nachricht zu verdauen, während sie das Gesicht des Soldaten studierte, und die Tragweite dessen sicherlich besser verstand als Phoebe. Immerhin war sie ihrem Mann in den Krieg gegen Napoleon gefolgt.

Phoebe wusste, dass sie in Brüssel sicher war. Schließlich würde der Kaiser kein Interesse daran haben, hierher zu kommen, nicht wahr? Er würde nach Paris gehen und seinen Sitz der Macht zurückerobern. Und ... falls er mehr wollte, würden die tapferen britischen Soldaten nach Brüssel kommen, um sie zu verteidigen. Doch auf demselben

Kontinent wie ein solches Monster zu sein, gefiel ihr nicht. Die Vorfreude auf die Saison verblasste angesichts dieser Nachrichten.

Martha löcherte den unglücklichen Soldaten mit Fragen, die er nicht beantworten konnte, und Lydia nutzte die Zeit, um Phoebe näher an sich zu ziehen. „Sorge dich nicht. Wir sind hier in absoluter Sicherheit, und wenn ich etwas anderes befürchte, werde ich dafür sorgen, dass du schnellstens nach London zurückkehrst und wenn ich dich selbst dorthin begleiten müsste. Fitz wird inzwischen von den Neuigkeiten erfahren haben, und vielleicht kann er uns beim Abendessen mehr erzählen."

Mr. Conroy löste sich aus der Gruppe der Soldaten und blickte Phoebe an. „Miss Tunstall, ich bin sicher, Sie sind ebenso schockiert über die Nachricht wie wir alle. Ich hatte gedacht, die Bedrohung durch Napoleon gehöre der Vergangenheit an." Sein Ausdruck wurde nachdenklich und dann begegnete er Phoebes Blick. „Er scheint fast ein Mythos zu sein, nicht wahr? Ein legendärer Kerl, der nicht von einem einfachen Kerker festgehalten werden kann. Doch wir werden dafür sorgen, dass er nicht sehr weit kommt."

„Vielleicht braucht er einen richtigen Kerker", sagte Phoebe. „Ich bin mir nicht sicher, dass er derart auf der Insel Elba hatte. Das kann nicht sein, sonst hätte er nicht fliehen können."

„Da haben Sie gewiss recht", antwortete Mr. Conroy. „Ich glaube, Campbell wird sich für eine Menge verantworten müssen."

Der Offizier ging, um anderen seine Neuigkeiten mitzuteilen, und Lydia legte ihre Hand auf Phoebes Arm. „Gib mir einen Moment, meine Liebe. Ich habe gerade Mrs. Marshall gesehen und sie hat vielleicht noch mehr Neuigkeiten."

Phoebe blieb an ihrem Platz stehen und wartete auf ihre Rückkehr, während Mr. Conroy ein Lächeln aufsetzte. „Nun, das sind keine Nachrichten, die ich gerne höre. Dabei sind wir gerade erst von unserem Ärger in Amerika befreit worden. Aber ... Ich bin sicher, dass alles gut werden wird. Konzentrieren wir uns lieber darauf, was für einen reizenden Nachmittag Sie mir beschert haben, indem Sie mir erlaubten, in Ihrer Gesellschaft spazieren zu gehen. Ich hörte, dass Mrs. Darnell heute Abend eine Dinnerparty gibt. Darf ich zu hoffen wagen, dass Sie und Mrs. Fitzwilliam daran teilnehmen werden?"

Phoebe warf einen Blick auf Lydia, die, wenn man ihrer gerunzelten Stirn Glauben schenken durfte, die neuesten Nachrichten besprach und wenig Aufmunterndes hörte. „Das kann ich erst sagen, wenn ich weiß, was Oberstleutnant Fitzwilliam für uns geplant hat, aber" - sie wandte sich ihm zu und versuchte, die Hoffnung und Freude ihres ersten Abends in Brüssel wieder einzufangen - „ich hoffe, dass wir vielleicht teilnehmen können."

Mr. Conroy bot ihr seinen Arm, um sie zu Lydia zu bringen. „Gut. Dann werde ich nach Ihnen Ausschau halten."

Tatsächlich nahmen sie an diesem Abend nicht an dem Abendessen teil, denn obwohl Fitz nicht in der Lage war, sie mit weiteren Informationen über Napoleons Flucht aufzuklären, hatte er viel zu tun. Er war damit beauftragt worden, einige Offiziere in Gent und Brügge über die Situation zu informieren, und als er seine Korrespondenz beendet hatte, schickte er die Briefe mit berittenen Kurieren los.

An diesem Abend aßen sie spät und nur zu dritt. Die einzige zusätzliche Nachricht, die Fitz bot, betraf den Duke of Richmond, der einen dringenden Brief nach Wien geschickt hatte, um herauszufinden, was Lord Wellington von ihnen verlangen würde. Es gab viel zu besprechen, was die Nachricht bedeuten könnte, aber einige von Phoebes Ängsten hatten sich allmählich gelegt, als eine praktischere Denkweise die Oberhand gewann. Sie war der Meinung, dass sie ihr Leben in Brüssel sehr wohl fortsetzen konnten, da im Augenblick wohl nichts geschehen würde. Und das bedeutete weitere Feiern, Opern und Abendessen.

Dies veranlasste Phoebe, an Mr. Conroy zu denken, und sie fragte sich, ob er einen Stich der Enttäuschung verspürt hatte, weil er sie an diesem Abend nicht gefunden hatte.

# KAPITEL ACHT

Schließlich erhielt Frederick die Nachricht vom Duke, direkt nach Brüssel zu reisen. Es war das, was er erwartet und sich gewünscht hatte, und er stürzte sich in die Arbeit, um die Abreise für den nächsten Tag vorzubereiten. Es waren bereits vierzehn Tage vergangen, in denen er mit der Nachricht leben und auf Befehle warten musste, und es gab nicht viel, was er weniger mochte als das.

Die Reise nach Brüssel war für eine Woche angesetzt. Frederick buchte in Ramsgate eine Passage auf einem Paketschiff in Richtung Ostende. Der Wind war ihm gesonnen und er kam noch am selben Tag an. Von Ostende aus bestieg er das schmale Boot, das ihn durch die malerischen Kanäle nach Brüssel bringen sollte. Er würde die gesamte Reise auf diese Weise zurücklegen und schließlich im Grand Bassin, direkt innerhalb der Stadtmauern, von Bord gehen. Er segelte mit seinen Truhen und seiner Kutsche, die von Caldwell eifersüchtig bewacht wurden, zusammen mit vier Pferden, um die sich Joseph kümmern würde. Frederick fürchtete, dass er sie im Falle eines Krieges brauchen würde, und er hatte kein Vertrauen in seine Fähigkeit, gute Tiere zu finden, wenn er erst dort war.

Das Kanalboot war mit mehr Soldaten als Zivilisten gefüllt, was keine Überraschung war. Der Kriegsminister hatte von ihren unmittelbaren Plänen gesprochen, ihre Streitkräfte in Brüssel zu verstärken, obwohl sie nicht genau wussten, wie Napoleons endgültiger Zug aussehen würde. Frederick hatte unter den Offizieren auf dem Schiff einige Bekanntschaften geschlossen, aber da er sich weitgehend abseits hielt, hatte er viel Zeit zum Nachdenken.

Hartnäckige Gedanken an Georgiana und ihren gesichtslosen neuen Ehemann drangen in Fredericks geordneten Geist ein, und er verbannte sie schnell mit einem Gefühl der Irritation. Nichts war sinnloser, als dem nachzutrauern, was nicht sein konnte. Aber Frederick dachte auch an das, was ihn erwartete. Er wusste, dass er seiner Schwester fast jede Herausforderung zutrauen konnte. Lydia hatte sich als viel stärker erwiesen, als er es sich jemals hätte vorstellen können, während er mit ihr aufgewachsen war. Sie würde der Neuigkeit von der Ankunft Napoleons auf dem Kontinent mit Mut begegnen. Aber Phoebe?

Das einzige Bild, das er sich angesichts einer solchen Bedrohung von seiner Jugendfreundin machen konnte, war das eines sprachlosen Mädchens. Er konnte sich leicht vorstellen, wie sie in ihrem Zimmer kauerte und sich nicht aus dem Haus getraute, während die Geschichten über dieses Monster Napoleon Bonaparte die Runde machten. Er kannte niemanden in seinem Bekanntenkreis, der so zurückhaltend war wie Phoebe Tunstall. Welcher boshafte Geist hatte ihn dazu veranlasst, Phoebe vorzuschlagen, etwas zu tun, das so sehr gegen ihre Natur verstieß, wo sie doch - hätte er gar nichts gesagt - noch immer sicher in London sein könnte? Nur er trug die Schuld an ihrer derzeitigen misslichen Lage, und niemand würde ihn vom Gegenteil überzeugen. Er musste es wieder in Ordnung bringen.

Leben voller Hektik gewesen. Tagsüber gingen Phoebe und Lydia immer in den Königlichen Park außer an einem Tag, an dem es in Strömen regnete. Sie begannen, immer wieder denselben Leuten über den Weg zu laufen, und in einer solch intimen Gesellschaft war es ein Leichtes, miteinander bekannt gemacht zu werden. Sie machten Nachmittagsbesuche und empfingen Gäste, und jeden Abend besuchten sie eine andere Veranstaltung. An dem einen Abend hörten sie Miss Nash singen, an einem anderen besuchten sie eine Soiree; am nächsten Abend gab es ein Abendessen - und so ging es weiter. Es blieb einfach keine Zeit, sich über die drohende französische Invasion Gedanken zu machen, abgesehen davon, dass eine solche Bedrohung in weiter Ferne zu liegen schien.

Es dauerte nicht lange, bis Phoebe das Gefühl hatte, die Königin der Gesellschaft zu sein. Offiziere und Gentlemen erinnerten sich an ihren Namen, suchten ihre Nähe und blieben an ihrer Seite, wenn nicht getanzt wurde. Verehrer schickten ihr jeden Tag Blumen, und ihre Vielfalt erhellte den Salon mit ihren Farben und Düften.

Es war eine neue Erfahrung. In London hatte Phoebe ihrer schillernden Zwillingsschwester zuliebe auf die Aufmerksamkeit verzichtet. Sie hatte sich damit begnügt, mit Tante Shae im Hintergrund zu bleiben. Oder vielleicht ... war begnügt nicht das richtige Wort. Sie hatte es als ihre Verantwortung empfunden, und zwar als eine schwere Verantwortung, da jemand bei ihrer älteren Tante bleiben musste. Das Los fiel natürlich ihr zu.

Doch hier hatte Phoebe das berauschende Gefühl, dass ihr ganz Brüssel zu Füßen lag. Sie bereitete sich auf den größten Ball vor, der in dieser Saison in Brüssel bisher stattgefunden hatte, und während sie in ihrer Unterwäsche stand, den Inhalt ihrer Garderobe begutachtete und darauf wartete, dass Mary mit dem Lockenstab kam, lachte sie in sich hinein. *Ich fange an zu glauben, dass ich ein begehrenswerter Fang bin - trotz meines fortgeschrittenen Alters.*

Die Baroness Turton veranstaltete den Ball in ihrer gemieteten Unterkunft in der *Rue de la Madeleine*, und Phoebe wählte ihr Kleid mit Bedacht. Im Allgemeinen machte sie sich wenig Gedanken darüber, was sie trug. Schließlich bedachte Anna solche Dinge genug für sie beide. Doch dieses Mal stellte sich Phoebe vor, was für ein Aufsehen sie erregen würde, wenn sie etwas Überraschendes anziehen würde. Das Kleid, das sie im Sinne hatte, war eines der neueren in einer kräftigen Farbe, das Anna ihr aufgeschwatzt hatte, als sie in London waren.

Das karminrote Kleid aus Seidentaft hatte einen tieferen Ausschnitt, als sie es gewohnt war, war aber in keiner Weise unanständig. Das Mieder war quadratisch geschnitten und die dünnen Ärmel auf beiden Seiten reichten bis knapp über die Schulter und hatten winzige Saatperlen in den Saum eingenäht. Ein dünner, hauchzarter

Stoff in der gleichen Farbe wie das Kleid sorgte im Kerzenlicht für einen schimmernden Effekt. Das Ergebnis war prächtig, und Phoebe war der Meinung, dass keine Frau in einem solchen Kleid in den Schatten gestellt werden konnte.

Es war nicht nur das Kleid, das so neu und ungewöhnlich war. Mary kam mit dem Lockenstab und frisierte Phoebes Haar mit den neuen, kürzeren Locken. Abgesehen von dem ersten Abend, an dem ihre Zofe die Seiten ihres Haars geschnitten hatte, trug Phoebe es normalerweise nach hinten gesteckt. Auf diese Weise schien es einfacher zu sein, die Schuten auf- und abzusetzen.

Heute Abend lockte Mary die Strähnen vorne und kräuselte dann das restliche Haar an den Seiten, um Wellen zu formen, die sie hinten in einen lockeren Chignon steckte. Sie befestigte Diamantenstifte strategisch in ihren blonden Locken, damit es so aussah, als wäre Phoebes gesamtes Ensemble von Kopf bis Fuß mit Juwelen besetzt. Die Toilette wurde durch eine goldene Rubinhalskette um ihren Hals und goldrubinrote Tropfen in ihren Ohren vervollständigt. Sie tupfte sich ihr Lieblingsparfüm aus Lavendel auf ihr Schlüsselbein.

Phoebe zog ihre langen weißen Handschuhe an, ihre Nerven waren vor Vorfreude gespannt. Sie warf einen letzten Blick in den Spiegel, während Mary hinten an der oberen Schicht des Kleides zupfte, um es zu glätten. Der heutige Abend würde anders verlaufen - das wusste Phoebe einfach. *Ich gehe auf diese Feier, um bewundert zu werden, und ich werde mich amüsieren, ehe ich einen Ehemann finde und mich niederlasse.* Wenn die letzte Woche irgendetwas bewiesen hatte, dann war Mr. Conroy der Hauptkandidat. Doch Phoebe hatte nicht vor, sich zu früh zu entscheiden. Sie wollte ihre Saison genießen.

Sie betrat den Salon, und sowohl Fitz als auch Lydia sahen von ihren Plätzen auf. Lydia erhob sich mit einem zufriedenen Lächeln. „Phoebe, ich schwöre, du sahst noch nie besser aus." Sie kam hinüber, um Phoebes Kleid zu begutachten, und befühlte den roten Überwurf ihres Kleides.

„Du siehst sehr gut aus", sagte Fitz. „Da ich in gewisser Weise für dich verantwortlich bin, muss ich dafür sorgen, dass sich alle deine Verehrer so anständig wie möglich benehmen. Da habe ich allerdings viel Arbeit vor mir. Ich bin sicher, dass viele um deine Aufmerksamkeit buhlen werden."

Phoebe spürte, wie ihre Wangen bei dieser Aufmerksamkeit warm wurden, doch sie war entschlossen, nicht vor den Komplimenten zurückzuschrecken. „Ich wage zu behaupten, dass Anna mit dieser Farbe recht hatte. Sie wird sich allerdings nicht vorgestellt haben, wo ich sie tragen würde, als sie mir das Kleid empfahl."

„Ganz sicher nicht", antwortete Lydia lachend.

Fitz warf einen Blick auf die Uhr auf dem Kaminsims. „Sollen wir aufbrechen?"

Phoebe blickte durch das Fenster der Kutsche, während sie fuhren, und verglich die Straßen, die sie kannte, mit denen, die sie noch entdecken musste. Es dauerte nicht lange, bis sie in die *Rue de la Madeleine* bogen, wo der Lärm der Gäste sie erreichte, als sie anhielten. Ein Lakai war zur Stelle und half den Damen beim Aussteigen. Fitz gab dem Stallknecht Anweisungen, der daraufhin losfuhr, und die drei schlossen sich dem Gewimmel auf der Treppe an.

„Lady Turton, Sir William", grüßte Fitz und verbeugte sich. „Sie kennen meine Frau. Darf ich Ihnen ihre Freundin vorstellen, Miss Phoebe Tunstall?" Er trat zur Seite und wechselte ein paar Worte mit Sir William.

Lady Turton war jung, obwohl sie mit dem Baron verheiratet war, der bereits viel älter war. Trotz ihrer Jugend nahm sie ihre Rolle als Gastgeberin mit Gelassenheit wahr. „Miss Tunstall, es ist mir ein Vergnügen, Ihre Bekanntschaft zu machen. Da Brüssel so klein ist, bin ich sicher, dass wir bald Gelegenheit haben werden, sie zu vertiefen." Nach dieser herzlichen Begrüßung wandte sie sich den nächsten Gästen zu, die sich näherten.

Der Ballsaal war noch nicht ganz voll, und Phoebe blieb stehen, um zu sehen, wer da war. Sie sah, wie mehr als eine Person in ihre Richtung blickte, und sie drehte sich zu Lydia um, als ein Anflug von Angst sie erfasste. Könnte etwas mit ihrem Aussehen nicht stimmen, oder war das Kleid zu gewagt? Sie dachte, sie hätte alle Unsicherheiten über eine so unbedeutende Sache wie ihr Aussehen besiegt.

Lydia kannte sie gut, denn ohne Phoebes Blick zu begegnen, beugte sie sich zu ihr und murmelte: „Du ziehst heute Abend alle Blicke auf dich, meine Liebe. Das freut mich."

Phoebe erinnerte sich daran, ihr Kinn zu heben und die Schultern zu straffen. *Ich werde keinen Ehemann finden, wenn ich mich wie üblich in den Schatten verstecke*, rief sie sich in Erinnerung.

Mr. Conroy verschwendete keine Zeit und kam sofort auf Phoebe zu, als er sie entdeckte. Er hatte ein Leuchten in den Augen und ein Lächeln auf den Lippen - eine außerordentliche Fokussierung, die ihre Nerven wieder in Aufruhr versetzte.

„Nun, Miss Tunstall, mir fehlen die Worte, wenn ich Sie so ansehe." Er streckte seine Hand aus und sie legte ihre hinein, während er sich darüber beugte.

Phoebe war sich nicht sicher, ob sie für Mr. Conroys konzentrierte Aufmerksamkeit bereit war, zwang sich jedoch, ihm direkt in die Augen zu sehen, getreu ihrem Entschluss, nicht zurückzuschrecken. „Wie nett von Ihnen, das zu sagen, auch wenn ich sicher bin, dass Sie sehr geschickt im Schmeicheln sind."

Ihr Blickkontakt hielt einen Herzschlag zu lange an, und Mr. Conroys Augen weiteten sich ein wenig. Er trat einen Schritt näher, als würde er von einem unsichtbaren Faden gezogen. Phoebe brauchte einen Augenblick, um zu begreifen, was das alles zu bedeuten hatte, und hätte fast gelacht, als sie mit einem Schreck feststellte, dass sie *flirtete*.

Mr. Conroy blieb dicht an ihrer Seite, doch Phoebe hatte keine Zeit zu prüfen, was sie von seiner Aufmerksamkeit hielt, denn auch andere Männer wurden auf sie aufmerksam. Sie strömten herbei und bildeten eine kleine Gruppe.

„Miss Tunstall, ich hoffe, Sie haben vor, heute Abend einen Tanz für mich zu reservieren."

„Miss Tunstall, Sie sind eine Augenweide. Ich glaube, Sie versprachen mir bei der letzten Zusammenkunft, dass Sie bei dieser mit mir tanzen würden."

„Aber natürlich", antwortete sie dem ersten Offizier, der sie angesprochen hatte, und fügte an den anderen Herrn gerichtet hinzu: „Aber ja, Mr. Mann. Ich erinnere mich, und ich wäre hocherfreut."

„Miss Tunstall", rief ein Leutnant und trat vor.

Mr. Conroy hob die Hand, und Phoebe glaubte, kaum verhüllte Verärgerung zu erkennen. „Sie werden Ihre Chance bekommen, da bin ich mir sicher. Doch zuerst ist Miss Tunstall mir versprochen." Er streckte seinen Arm aus, und Phoebe legte ihre Hand darauf und schenkte den anderen Herren ein entschuldigendes Lächeln, während Mr. Conroy sie auf die Tanzfläche führte.

Ein Tanzset war noch im Gange, und während sie warteten, beugte sich Mr. Conroy hinunter und sprach. „Ich glaube, ich werde mit der schönsten Frau des heutigen Balls tanzen.“

Phoebe antwortete mit einem Lächeln, unsicher, wie sie darauf reagieren sollte. Es war schmeichelhaft, doch sie konnte ihm kaum zustimmen, indem sie ihm dankte. Sie hoffte, dass er andere Gesprächsthemen hatte, mit denen er sie unterhalten konnte, als nur mit ihrem Aussehen.

„Gefällt Ihnen Brüssel?“, fragte er, als die Stille sich ausdehnte.

„Das tut es. Ich finde es sehr amüsant.“ Sie warf ihm einen weiteren Blick zu, ohne ihm ein zweites Mal direkt in die Augen sehen zu wollen. Sie konnte es sich nicht leisten, ihm allzu direkte Aufmerksamkeit zu schenken, solange sie sich ihres Herzens nicht sicher war. Wenn ihr Gespräch nur das Banale verlassen könnte, wäre sie vielleicht weniger nervös.

„Ich bin froh, das zu hören. Ich hatte befürchtet, dass Sie zurück nach London eilen würden, sobald Sie hörten, dass Bonaparte wieder auf dem Kontinent ist. Brüssel wäre ein düsterer Ort, wenn Sie abreisen würden.“

Phoebe ignorierte das direkte Kompliment, das für ihren Geschmack zu schnell kam, und runzelte die Stirn. „Glauben Sie, Napoleon wird nach Brüssel kommen? Es scheint unwahrscheinlich, dass er das tun wird, wenn er so unsicher ist, wie er in Frankreich willkommen geheißen wird. Es gibt doch sicher keinen Grund zu gehen, von dem Sie wissen?“ Ihre Kehle wurde trocken, als die vagen Ängste zunahmen. Könnten sie hier in Gefahr sein? Natürlich würde Fitz auf seine Frau und auch auf sie aufpassen, doch was konnte man schon gegen einen Tyrannen unternehmen, der darauf aus war, weitere Länder zu erobern?

„Sie brauchen sich nicht die geringsten Sorgen zu machen“, versicherte Mr. Conroy ihr. „Ich werde Sie wissen lassen, wenn es einen Grund zur Sorge gibt. Ich bin in jedem Fall da, falls Sie etwas brauchen.“

Das Set endete und die Paare verließen die Tanzfläche, während Mr. Conroy Phoebe in die Mitte führte. Er hatte Phoebes Angst direkt angesprochen, als er sagte, dass er für sie da sein würde, wenn sie etwas brauchte. Mr. Conroy wurde immer entschlossener in seinem Streben. Das war es doch, was sie wünschte, oder nicht? Dennoch schenkte es ihr wenig Trost. Sie konnte sich nicht vorstellen, sich an ihn zu wenden, falls sie Hilfe brauchte.

Sie hoffte, dass sich ihre Gefühle mit der Zeit ändern würden. Oder vielleicht bedeutete es einfach, dass er der Falsche für sie war. Phoebe hatte wenig Erfahrung mit solchen Dingen, obwohl sie bereits vor vier Saisons ihr Debüt gegeben hatte. Die Musik setzte ein und Mr. Conroy lächelte sie an und hielt Phoebe seine behandschuhte Hand hin, damit sie ihre hineinlegen konnte.

Sie würde keine starke Präferenz zeigen, bis sie sich sicher sein konnte, doch das bedeutete nicht, dass sie nicht all ihre Sorgen ablegen und diesen Tanz genießen konnte.

FREDERICK KAM AM SPÄTEN NACHMITTAG IN BRÜSSEL AN. ER LIEß sein Pferd satteln und ritt direkt zum Hôtel Ducale, wo Lord Bathhurst ihm eine Unterkunft empfohlen hatte. Er überließ es Caldwell und Joseph, ihm mit seinen persönlichen Habseligkeiten zu folgen. Der Duke of Richmond hatte in dem Hotel ein Büro gemietet, und Frederick war entschlossen, unverzüglich seine Bekanntschaft zu machen. Er würde Frederick am besten bei den Vorbereitungen für Wellingtons Ankunft helfen können. So sehr er sich auch darauf freute, Lydia und Phoebe zu überraschen, sein Pflichtgefühl veranlasste ihn, zuerst beim Duke of Richmond vorstellig zu werden.

„Euer Gnaden, ich glaube, Sie haben mich erwartet", grüßte Frederick, als er in das Gemach des Dukes geführt wurde.

„In der Tat. Lord Bathurst schickte einen Brief, dass Sie kommen würden. Ich war erfreut, dass seine Lordschaft es für angebracht hielt, umgehend jemanden zu schicken. Wie ich höre, wird auch De Lancey erwartet. Ist er mit Ihnen gekommen?"

Frederick schüttelte den Kopf. „Er wird zuerst heiraten, aber ich glaube, er wird nach dem glücklichen Ereignis nicht lange zaudern." Das Gespräch über De Lancey hatte Frederick an die Spekulationen erinnert, dass der derzeitige Generalquartiermeister bald abgelöst werden würde. Das veranlasste ihn, nach dem Mann zu fragen, der diesen Posten derzeit innehatte. „Und … Sir Hudson?"

Wenn der Duke von personellen Veränderungen wusste, teilte er sie Frederick nicht mit. „Er hat begonnen, Vorkehrungen zu treffen. Die Truppen werden per Schiff eintreffen."

Frederick nickte. „Ich selbst bin mit einem Boot voller Soldaten herübergereist."

„Sir Hudson hatte alle Hände voll zu tun, um die Unterkünfte für die Männer bereitzustellen." Der Duke blickte auf, als ein Diener erschien, und trug ihm auf, Erfrischungen zu bringen.

„Ich werde Sir Hudson in gewissem Maße unterstützen", sagte Frederick. „Während er sich auf die Truppen konzentriert, werde ich ein geeignetes Hauptquartier für die Offiziere ausfindig machen."

Der Duke wies mit einer Geste auf den geräumigen Raum. „Sie werden viel Geeignetes finden. Es gibt ein Haus in der *Rue du Parc*, das Lord Wellington gefallen dürfte. Es ist geräumig, aber es gibt mehrere Räume, in denen er Sitzungen abhalten könnte. Ich würde es dort zuerst versuchen. Aber machen Sie das morgen. Heute Abend, sofern Sie nicht vor Müdigkeit umkommen, schlage ich vor, dass Sie auf Lady Turtons Ball erscheinen. Alle werden dort sein, und es wäre gut, die Brüsseler Gesellschaft über Ihre Ankunft zu informieren. Ich werde meinen Diener bitten, Ihnen eine Einladung zu organisieren. Natürlich werden noch viele weitere Einladungen folgen, aber wir können Sie doch nicht ungesehen in der fröhlichsten Stadt des Kontinents verstecken."

Frederick sah ihn neugierig an. „Ist es so schlimm wie in London? Jede Nacht eine Veranstaltung?"

Der Duke of Richmond lachte. „Noch schlimmer", rief er aus. „Es ist eine so verflixt intime Gesellschaft, dass jeder merkt, ob Sie anwesend sind oder nicht, und es sogleich zum Futter für Klatsch und Tratsch wird. Man fühlt sich fast *gezwungen*, zu erscheinen. Ich weiß nicht, wie wir alle das ertragen, aber wir schaffen es, uns hier zu amüsieren."

Der Diener brachte die Getränke und Frederick trank einen Schluck von seinem und lehnte sich in seinem Stuhl zurück. „Hat sich die Stimmung geändert, seit Sie von Boneys Flucht erfahren haben?"

„Es gibt eine gewisse Unterströmung von Nervosität - oder vielleicht ist *Aufregung* ein besseres Wort dafür", gab der Duke zu. „Aber es ist nicht die Rede davon, abzureisen. Die Menschen glauben nicht, dass Napoleon den König so einfach entmachten kann. Oder sie fragen sich für den Fall, dass er die Macht zurückerobern kann, ob der Emporkömmling nach einer derart durchschlagenden Niederlage in Russland bereit sein wird, in andere Gebiete einzumarschieren. Er kann schließlich kaum noch Männer für diese Aufgabe haben."

„Ich sehe das ähnlich." Frederick rieb sich das Kinn, während er seine Gedanken ordnete. „Doch ein Mann seines Schlages, der einst glaubte, über den gesamten Kontinent und darüber hinaus über England zu herrschen, wird sich nicht so schnell ändern. Und er hat unglücklicherweise ein Händchen für erfolgreiche Kriegsführung."

„Nun, wir werden sehen. Auf jeden Fall ist es gut, Sie hier zu haben. Lord Wellington wird genug Aufgaben haben, die er an Sie weitergeben kann, aber Sie sind ein fähiger Mann für diese Arbeit." Der Duke legte den Kopf schief und sagte mit dem Anflug eines Lächelns: „Sie sind Ihrem Vater sehr ähnlich, wissen Sie."

Nachdem er sein Getränk geleert hatte, begegnete Frederick dem Blick des Dukes und legte die Hände auf die Knie, ehe er aufstand. „Das ist immer ein schönes Kompliment, doch was würde ich nicht dafür geben, ihn an meiner Stelle hier zu haben."

„Nun." Der Duke of Richmond reichte ihm die Hand. „Ich glaube, wir werden uns in den kommenden Monaten noch oft sehen."

„Ich nehme es an", erwiderte Frederick, gab dem Duke einen festen Händedruck und wandte sich zum Gehen. Er hatte gehofft, Lydia und Phoebe aufzusuchen, bevor er irgendetwas anderes unternahm, aber mit dem Rat des Dukes im Hinterkopf beschloss er, dass er mehr Erfolg haben würde, wenn er sie auf dem Ball suchte.

Caldwell hatte die Hoteldiener angewiesen, Fredericks Truhen in sein Zimmer zu bringen, während Joseph den Phaeton zu den Ställen brachte. Mit geöffneten und halb ausgepackten Koffern stand Frederick vor dem Spiegel, wo er das Ende seines gestärkten Halstuchs durch die von ihm geschaffene Schlaufe führte und einige Male daran zog, bis er den gewünschten Effekt erzielt hatte.

Er trug eine burgunderrote Weste und schwarze Kniehosen, und Caldwell half ihm in seinen schwarzen Mantel. Die Schuhe, die für den Ball geeignet waren, befanden sich ganz unten in seiner Truhe, da

Frederick nicht damit gerechnet hatte, sie so kurz nach seiner Ankunft zu benötigen. Doch sie wurden gefunden und Frederick machte sich endlich auf den Weg.

Es war bereits spät, als er die Stufen zu den Turtons hinaufstieg und den Gastgeber und die Gastgeberin begrüßte, die nicht mehr an ihren Plätzen an der Tür waren. Er bedankte sich bei ihnen für die kurzfristige Einladung, die eingetroffen war, während er sich vorbereitet hatte. Der Duke of Richmond war auf der anderen Seite des Raumes im Gespräch zu sehen.

Der Duke hatte recht gehabt. Ganz Brüssel schien auf dieser Feier zu sein. Frederick begrüßte ein paar Leute, die er kannte, während er die Menge nach Lydia absuchte. Es bestand nicht die geringste Gefahr, dass seine Schwester bei einer solchen Zusammenkunft abwesend sein würde.

Schließlich erhaschte er einen Blick auf Lydia und machte sich auf den Weg zu ihr. Sie hatte sich noch nicht in Fredericks Richtung gedreht, als sich die Menge vor ihm öffnete, seine Aufmerksamkeit erregte und die hinreißendste Schönheit in ihrer Mitte enthüllte. Die Frau trug ein rotes Kleid, das ihr vorzüglich auf den Leib geschneidert war und im Kerzenlicht schimmerte, ebenso wie die mit Juwelen besetzten Spangen, die in ihren Locken steckten. Ihr Profil war teilweise verdeckt, aber Frederick konnte sehen, wie sie lachte und ihre behandschuhte Hand ausstreckte, damit ein Gentleman sich darüber verbeugen konnte.

Er verharrte im Gehen. Die Tatsache, dass er eine andere Frau wahrnehmen konnte, verhieß, dass er die traurige Geschichte mit Georgiana Audley hinter sich lassen konnte. Und diese Frau zog seine Aufmerksamkeit vollständig auf sich, denn er konnte seinen Blick nicht von dem bezaubernden Geschöpf abwenden. Obwohl sie sich noch immer nicht umgedreht hatte, kam sie ihm ausgesprochen bekannt vor, und Frederick wartete. Er ertappte sich dabei, wie er den Atem anhielt, als sie schüchtern den Kopf senkte - eine Bewegung, die ihm so vertraut war, dass er sich in seine frühe Jugend zurückversetzt fühlte. War das ... konnte das sein?

Die Frau drehte sich in genau dem Augenblick vollständig in Fredericks Richtung, als Lydia ihn entdeckte, und rief: „Fred! *Du*, hier in Brüssel. Ich traue meinen Augen kaum. Du hast mich nicht gewarnt, dass du kommst. Was führt dich her? Wobei - ich glaube, ich kann es erraten.“

Frederick warf einen Blick auf seine Schwester, doch dann richtete er seine Aufmerksamkeit wieder auf das bezaubernde Geschöpf, das sich ihm in den Weg stellte, und seine Stimme schien ihm vor lauter Überraschung den Dienst zu versagen. Dieses hinreißende Wesen vor ihm war niemand anderes als Phoebe Tunstall.

# KAPITEL NEUN

Phoebe hatte ihren Tanz mit Mr. Conroy beendet. Er hatte noch keine Gelegenheit gehabt, sie einem anderen zu überlassen, als sie schon wieder von einem Kreis eifriger Verehrer umringt war. Das war eine solch neue Erfahrung für sie. Unzählige Male hatte man ihr gesagt, dass sie und Anna sehr hübsche Mädchen seien, doch immer war es Anna gewesen, die die Aufmerksamkeit auf sich zog. Phoebe war Aufmerksamkeit unangenehm.

Nun war es zum ersten Mal nicht mehr ein Fluch, sondern eine Freude, die Aufmerksamkeit anderer auf sich zu ziehen, denn sie hatte das Gefühl, dass sie wirklich an ihr interessiert waren. Sie benutzten sie nicht, um an Anna heranzukommen, oder um sich in Ermangelung einer besseren Partnerin auf ein Tanzset mit ihr einzulassen. Sie schienen sich wirklich für sie zu interessieren.

Mr. Conroy war hartnäckig in seinen Annäherungsversuchen, doch die anderen Gentlemen standen ihm in nichts nach. Nur hatte Mr. Conroy einen kleinen Vorteil gegenüber den anderen. Phoebe war noch nicht mit ihnen spazieren gegangen oder zusammen im Park ausgeritten. Es hatte keine Gespräche mit ihnen gegeben, die über die einfachsten Höflichkeiten hinausgingen. Mit Mr. Conroy hatte es zwar nicht viele Gespräche gegeben, aber doch einige.

Phoebe drehte sich von Mr. Conroy zu den Herren um, die sich um sie herum versammelt hatten, als ein Kribbeln auf ihrer Wirbelsäule sie dazu brachte, sich umdrehen zu wollen. Sie hatte das deutliche Gefühl, beobachtet zu werden. Das Gefühl war so stark, dass sie sich tatsächlich umdrehte - langsam - und da stand Frederick Ingram direkt vor ihr, die Augen auf sie gerichtet.

Phoebe zwang sich, ihren Gesichtsausdruck nicht zu verändern, obwohl ihr das Blut so schnell aus dem Gesicht wich, dass sie für einen kurzen Augenblick fürchtete, in Ohnmacht zu fallen. Sie wollte Frederick nicht die Genugtuung geben, zu wissen, was für ein Schock es war, ihn dort zu sehen.

Nach einem kurzen, tauben Moment, in dem sie nur dümmlich blinzeln konnte, wandte sie sich wieder an Mr. Conroy, der immer noch an ihrer Seite stand. „Danke, dass Sie mit mir getanzt haben."

Er sah sie einen Augenblick lang an, doch sein Blick wurde von Frederick angezogen, der sich nicht gerührt hatte. Phoebe ignorierte den fragenden Blick, den Mr. Conroy erst Frederick und dann ihr zuwarf, und wandte sich stattdessen den anderen Herren zu. Sie war plötzlich ratlos. Es wäre nicht richtig, einen der Tänze anzunehmen, nun, da Frederick gekommen war. Er würde mit ihr sprechen wollen, und da sie ihn gesehen hatte, konnte Phoebe ihn nicht brüskieren, indem sie am Arm eines anderen zum Tanzen verschwand. Und wenn sie ehrlich zu sich selbst war, wünschte sie sich nichts sehnlicher, als mit ihm zu sprechen.

Doch nichts davon konnte sie aussprechen, also lächelte sie die anderen Herren nur an und schüttelte den Kopf. „Ich bitte Sie, mich zu entschuldigen. Ich habe Lydia etwas zu sagen."

„Selbstverständlich." Sie hörte diese und andere Antworten, konnte jedoch nicht sagen, wer gesprochen hatte.

Obwohl sie die Ausrede hervorgezaubert hatte, wusste Phoebe nicht, wie sie zu Lydia hinübergehen sollte, die neben Frederick stand. Ihre Füße schienen ihr nicht gehorchen zu wollen, und sie wandte sich verwirrt ab. Sie hatte ihre Emotionen immer streng unter Kontrolle gehalten und sich angewöhnt, vor Frederick ganz natürlich zu sein. Niemals hatte sein Erscheinen sie so durcheinandergebracht, dass sie wie erstarrt war. Doch ihr geplagtes Gehirn fragte sich, warum er hier war, und es verlangte: *Er muss zu mir kommen.* Warum sollte sie in das gleiche Muster verfallen, das sie seit ihrer Kindheit befolgte, und zu ihm rennen? Es gab genügend andere Herren, die sie interessant fanden, auch wenn Frederick Ingram sie immer noch ansah, als wäre sie ein Kind. Vielleicht war es an der Zeit, ihm zu zeigen, dass sie keins mehr war.

*Genug.* Sie muss dorthin gehen, wo Lydia und ihr Bruder standen, und Phoebe holte tief Luft und wandte sich zum Gehen. Das war unnötig. Frederick Ingram stand direkt vor ihr.

„Phoebe, ich glaube, du sahst noch nie hinreißender aus." Seine Stimme klang knapp, und sie fragte sich, ob sie etwas getan hatte, das ihn verärgert hatte. Er warf einen Blick auf die anderen Herren, die sich nach ihrer Verabschiedung nicht von der Stelle gerührt hatten, und sie wusste kaum, wie viel Zeit vergangen war, seit sie mit ihnen gesprochen hatte. Es schien genug Zeit gewesen zu sein, dass sie woanders hätten hingehen können.

Frederick nahm die Sache selbst in die Hand. „Meine Herren, gönnen Sie mir ein paar Augenblicke Zeit mit Miss Tunstall, ja? Wir sind alte Freunde und haben einiges zu bereden."

Er gab ihnen keine Gelegenheit zu antworten, sondern nahm Phoebes Hand, schob sie unter seinen Ellbogen und führte sie nicht zu Lydia, wie sie es erwartet hatte, sondern in eine Ecke, in der weniger Leute waren.

Als er stehen blieb und sie ansah, war sein Gesichtsausdruck ernst. „Phoebe, ich bitte dich, mir meinen Vorschlag zu verzeihen, den ich dir in London gemacht habe. Ich hätte dir niemals raten dürfen, etwas Riskantes zu tun. Ich habe mir in den letzten Wochen Vorwürfe wegen meiner unbedachten Worte gemacht. Immerhin waren es *meine* Worte, glaube ich, die dich hierhergeführt haben. Und dies ist der letzte Ort, an dem ich dich sehen möchte."

Phoebe wurde bei seinen Worten kalt. Sie wusste, dass Frederick ihr keinerlei Interesse entgegenbrachte, doch nun wünschte er nicht einmal ihre Anwesenheit in Brüssel? Er musste sie für eine traurige Langweilerin halten. „Es tut mir leid, dass du nicht froh bist, mich hier zu sehen", sagte sie steif.

Ein verwirrter Blick wanderte über Fredericks Züge. „Nein, du missverstehst mich. Unter normalen Umständen würde ich mich freuen, dich hier zu sehen. In der Tat bin ich erstaunt, dich auf einem Ball zu sehen, und ziemlich gefragt, wenn ich nicht irre. Aber ich hatte angenommen, dass die Nachricht von Napoleons Flucht gesellschaftliche Verpflichtungen unangenehm für dich machen würde. Was ich damit sagen will, ist, dass es mir leidtut, dich zu etwas ermutigt zu haben, das riskant und kühn ist und so sehr von deinem Charakter abweicht, weil es dich hierhergeführt hat. Wenn ..." Er hielt inne und zögerte. „Wenn das die Dinge klarer macht."

Phoebe musste sich nicht daran erinnern, die Schultern zu straffen, als sie ihm antwortete. „Fred, ich bin vielleicht nicht so kontaktfreudig wie Anna, aber ich bin auch nicht so ängstlich wie du denkst. Ich bin enttäuscht, dass du so wenig von mir hältst." Sie bemerkte im Nachhinein, dass sie den Spitznamen seiner Schwester nutzte – den, den Phoebe in ihrem Kopf manchmal für ihn verwendete. Sie hatte sich immer gefragt, ob es richtig war, seinen Vornamen zu verwenden, nachdem sie volljährig geworden war, aber er hatte darauf bestanden. Einen Spitznamen zu verwenden, den außer der Familie niemand benutzte, war fernab des erlaubten Verhaltens, aber er war ihr entglitten.

Frederick schien es nicht bemerkt zu haben. „Nein, es ist nicht so, dass ich dich für feige halte. Aber ich weiß nicht, wie ich Stratford gegenübertreten soll, wenn ich ihn das nächste Mal sehe. Ich habe nicht mehr mit ihm kommuniziert, seit wir von Napoleons Flucht erfahren haben, aber ich brauche keinen Brief von ihm, um zu wissen, dass er mir den Hals umdrehen wird, wenn er erfährt, dass ich seine kleine Schwester in das Land geschickt habe, das den berüchtigtsten entflohenen Gefangenen der Welt beherbergt. Ich denke, du solltest nach England zurückkehren, während wir die Bedrohung unterdrücken."

„Stratford kann dir kaum den Hals umdrehen", konterte Phoebe. „Er wird zu viel zu tun haben, denn Eleanor könnte jeden Tag soweit sein, Bettruhe halten zu müssen. Und erlaube mir, dir zu versichern, dass ich nicht vorhabe, irgendwohin zu gehen. Ich amüsiere mich prächtig." Phoebe deutete auf den vollbesetzten Ballsaal. „Zum ersten Mal seit Jahren amüsiere ich mich. Ich bereue nicht einen Augenblick, dass ich Lydias Einladung angenommen habe, also kannst du dich getrost von dem Gedanken verabschieden, dass ich nach Hause gehe."

Frederick antwortete nicht sofort, sondern atmete aus und starrte über Phoebes Schulter, als wolle er Geduld sammeln. Sie wusste, dass er wahrscheinlich versuchen würde, sie zur Vernunft zu bringen - aber nicht, ehe er sich durch den Kopf hatte gehen lassen, was *sie* gesagt hatte. Das war eine Eigenschaft, die ihn für sie sehr attraktiv machte. Selbst als sie noch jung war, fuhr Frederick ihr nicht über den Mund, sondern berücksichtigte ihre Gefühle und Meinungen, obwohl er zehn Jahre älter war als sie.

„Ich habe keine Autorität über dich", sagte er schließlich und richtet seinen Blick auf ihren. „Du bist nicht meine Schwester und du bist auch kein Mädchen mehr."

*Nun, endlich bemerkst du es.*

„Aber ich hoffe, dass du mir als Freund genug vertraust, um mich anzuhören. Und dass du, wenn ich irgendwann denke, dass du gehen solltest, auf mich hören wirst. Stratford würde mir nie verzeihen, wenn dir etwas zustieße, und ich würde mir selbst nie verzeihen."

Phoebe war gerührt von seiner Besorgnis, aber sie setzte ihre Lippen auf Widerstand. „Sagst du Lydia auch, dass sie gehen soll?"

Frederick schaute zu seiner Schwester und Phoebe folgte seinem Blick. In diesem Moment trat Fitz an Lydias Seite. Er sah Frederick auf der anderen Seite des Raumes und hob seine Hand zum Gruße, ohne sich überrascht zu zeigen, seinen Schwager zu sehen. Frederick erwiderte die Geste und richtete dann seine Aufmerksamkeit wieder auf Phoebe. „Ich würde es ihr wohl sagen, wenn sie auf mich hören würde. Aber die Wahrheit ist, dass Fitz nun für sie verantwortlich ist, nicht ich. Und Fitz ist kein Mann, der sich von einem anderen sagen lässt, wie er mit seiner Frau umzugehen hat- auch nicht von einem wohlmeinenden Bruder. Du hingegen bist eine andere Geschichte."

Phoebes Trotz zeigte sich in Form eines strahlenden Lächelns, das sie auf ihr Gesicht zwang. Frederick war nicht ihr Ehemann, der sie herumkommandieren konnte, und er schien auch kein Interesse daran zu haben, diese Rolle zu übernehmen. „Ich bitte dich, mache dir keine Umstände. Selbst wenn Stratford mit meiner Entscheidung, hier zu bleiben, nicht einverstanden wäre, bin ich alt genug, um zu wissen, was ich wünsche und meine eigenen Entscheidungen zu treffen. Ich habe nicht die Absicht, in die Zeit als kleines Mädchen zurückzukehren und meine Unabhängigkeit nun aufzugeben."

Frederick öffnete den Mund, um zu antworten, bekam jedoch keine Gelegenheit dazu. Lydia war des Wartens müde geworden und kam mit Fitz im Schlepptau herüber. „Fred, du kommst an und hast kaum zwei Worte für mich übrig, bevor du losrennst, um mit Phoebe zu reden. Du hast uns auch nicht geschrieben, dass du kommen wirst. Du hast mich ganz schön erschreckt. Bist du in einer militärischen Angelegenheit oder zum Vergnügen hier?“

Frederick unterbrach den Blickkontakt mit Phoebe, um seine Schwester anzusehen, und nickte dann ihrem Mann zu. „Fitz. Schön, dich zu sehen. Ich war mir bis zur letzten Minute nicht einmal sicher, *ob* ich komme, also habe ich mir nicht die Mühe gemacht, zu schreiben. Welchen anderen Zweck hätte es gehabt, als dir mitzuteilen, dass ich vielleicht komme? Und das würdest du schließlich selbst herausfinden. Wellington hat mich um meine Dienste gebeten. Wie laufen die Dinge in Gent?“

„Ich war nicht mehr dort, seit wir von Boneys Flucht erfahren haben“, antwortete Fitz. „Die Hälfte der Bevölkerung dort ist ihm treu ergeben, also kann ich mir vorstellen, dass seine Flucht mit einigem Jubel aufgenommen wird. Es wird ein interessantes Spiel sein, ob er so weit in den Norden kommt. Das wird unseren Aufenthalt hier umso denkwürdiger machen.“

Frederick warf einen Blick auf Phoebe und fragte dann Fitz: „Glaubst du, dass Phoebe nach London zurückkehren sollte? Hast du vor, Lydia zu schicken?“

*Es ist, als ob ich gar nicht hier wäre*, dachte Phoebe entrüstet.

Lydia keuchte protestierend auf und stürzte sich auf ihren Mann. „Du denkst doch nicht daran, mich nach Hause zu schicken, hoffe ich. Ich war mit dir auf der Halbinsel, und das war weitaus unangenehmer als hier. Hier ist es nicht anders als in London.“

„Nun, es ist wahrscheinlich *etwas* anders als in London, wenn Napoleon nach Norden zieht. Aber nein, meine Liebe. Um ehrlich zu sein, ist es so viel angenehmer mit dir hier. Es würde mir schwerfallen, ohne dich weiterzumachen.“ Fitz zog Lydias Arm durch den seinen und zog seine Frau näher an sich heran. Phoebe war nicht häufig neidisch, doch diese Geste hatte etwas Intimes und Beruhigendes an sich, und sie machte ihr das Fehlen von Intimität in ihrem Leben - ihre eigene Einsamkeit - noch viel deutlicher.

Sie kämpfte gegen die innere Leere an. „Du siehst also, Frederick,

Fitz hält es nicht für nötig, nach England zurückzukehren. Ich hoffe, wir können dieses Thema nun ruhen lassen."

Lydia sah ihren Bruder mit hochgezogenen Augenbrauen an und fügte ihr Scherflein hinzu. „Ich bin überrascht von dir. Warum solltest du uns empfehlen, nach Hause zurückzukehren? Brüssel ist voller amüsanter Dinge, die man unternehmen kann. Wir sind von Soldaten umgeben, die uns bei einer Bedrohung warnen würden - und ihr beide steht ganz oben auf der Liste."

Frederick blickte Fitz an und runzelte die Stirn. Phoebe hatte den Eindruck, dass eine unausgesprochene Botschaft zwischen ihnen ausgetauscht wurde. Als Lydia die Hände in die Hüften stemmte und darauf wartete, dass er sprach, sagte Frederick, als wolle er ein letztes Mal protestieren: „Ich glaube einfach nicht, dass Stratford Phoebe hier haben möchte. Ich habe lediglich vorgeschlagen ..."

Er konnte seine Worte nicht beenden, denn Lydia schüttelte den Kopf. „Nein, Fred. Phoebe wird in Brüssel eine viel schönere Zeit haben als in London. Hier gibt es jeden Abend etwas zu erleben und so viele Menschen zu treffen." Sie warf Phoebe einen verschmitzten Blick zu. „So viele *Herren*. Außerdem, wer würde sie zurückbringen? Du?"

Frederick hob beide Hände. „Ich weiß, wann eine Schlacht verloren ist. Verzeih mir, dass ich etwas Derartiges überhaupt vorschlage." Phoebe blickte ihn verletzt an. Natürlich würde er sie nicht selbst nach London zurückbringen wollen.

Lydia ließ ihre Hand aus Fitz' Arm in den von Phoebe gleiten. „Wir werden nun etwas trinken gehen, damit ihr beide über militärische Dinge reden könnt, was ihr, wie ich weiß, gerne tun würdet."

Sie gingen ein paar Schritte nach vorne, wo Lady Turton Lydia zuwinkte. „Ich wollte Sie den Hansens vorstellen", sagte sie, ehe sie Lydia und Phoebe dem Paar präsentierte.

Lydia wurde in ein Gespräch verwickelt, doch Phoebes Aufmerksamkeit galt immer noch den Männern hinter ihr. Sie hörte Frederick sagen: „Es ist nicht die Rede davon, dass jemand geht, nehme ich an. Aber du bist sicher nicht blind der Gefahr gegenüber. Die Lage hier wird nur noch angespannter werden, wenn Boney nach Paris reist. Bist du denn wirklich nicht besorgt?"

„Mir gefällt der Gedanke nicht, dass wir so nahe am Geschehen sind", hörte sie Fitz antworten. „Aber ich halte es nicht für richtig, meiner Frau zu verwehren, an meiner Seite zu sein, wenn sie das möchte. Wenn ich jedoch glaube, dass eine unmittelbare Gefahr besteht, werde ich sie fortschicken."

Phoebe hörte nichts weiter, weil Lydia das Gespräch mit den Hansens beendete, die sich eine Vorstellung gewünscht hatten, um sie und Phoebe zu ihrem Hauskonzert einzuladen - auch wenn allgemein bekannt war, dass der Abend dazu diente, die musikalischen Talente der eigenen Töchter zu präsentieren. Lydia sagte für sie beide zu, und dann schoben sie sich erneut durch die Menge. Diesmal wurden sie von Martha Cummings aufgehalten, deren mollige, eifrige Miene immer aufleuchtete, wenn sie Phoebe sah, was ihr ein schlechtes Gewissen machte. Es ließ sich jedoch nicht leugnen, dass man Martha, sobald sie zu reden begann, nicht mehr entkommen konnte.

„Wer ist dieser charmante Neuzugang in Ihrer Runde?", schwärmte Martha und ihr Blick war auf Frederick gerichtet.

Phoebe wusste, auf wen Martha sich bezog, und es erinnerte sie nur daran, dass Frederick so schneidig war, dass er jedem ins Auge fiel. Sie wünschte wirklich, er wäre nicht so gutaussehend. Die Chance, dass sie ihm ins Auge fiel, war schon immer gering gewesen.

„Lord Ingram ist mein Bruder", antwortete Lydia. „Ich bin mir allerdings nicht sicher, wie viel Sie von ihm sehen werden. Er ist hier, um sich auf Wellingtons Ankunft vorzubereiten."

„Schade."

Ausnahmsweise hatte Martha nichts weiter zu sagen. Vielleicht war das auch besser so, denn Phoebe wäre kaum in der Lage gewesen, nichts zu erwidern. Sie hatte keine Ahnung, was sie von dem plötzlichen Auftauchen der einen Person halten sollte, die sie so sehnsüchtig erwartet hatte und für die sie die Hoffnung auf eine gemeinsame Zukunft völlig aufgegeben hatte. Sie riskierte einen Blick auf Frederick, der sich noch immer mit Fitz unterhielt, und die hoffnungslose Last der Liebe drohte, sie zu erdrücken. Gerade als sie sich davon losreißen und ihre Aufmerksamkeit jemand anderem zuwenden wollte, war er wieder da. Sie wusste nicht recht, was sie davon halten sollte.

# KAPITEL ZEHN

Vielleicht lag es daran, dass er eben erst in Brüssel angekommen und noch nicht in der richtigen Verfassung für einen Ball gewesen war, aber Frederick fand, dieser spezielle Ball war von der fadesten Sorte. Phoebe Tunstall in ihrem kühnen roten Kleid hatte etwas an sich, das den Blick auf ihre schlanke Gestalt und die cremefarbene Haut über ihrem Mieder lenkte. Und da war sie nun, umgeben von einem Kreis eifriger Verehrer ...

Als er dann mit ihr allein war, hatte sie sich über seinen Rat hinweggesetzt. *Er*, ein alter Freund! Es beunruhigte ihn, dass sie ihn auf diese Weise in Frage stellte. Er hatte nur ihre Interessen im Auge und sie wies ihn ab.

Er war an die Version von Phoebe gewöhnt, die seine Worte abwog und ihn mit Respekt behandelte. Anna war immer die Trotzige gewesen. Er und Anna hatten sich immer gut verstanden, aber dennoch betrachtete er seine Freundschaft mit ihr nicht als auf dem gleichen Niveau. Selbst als Mädchen war Phoebe reifer als ihre Jahre gewesen und die wenigen Male, an denen sie ein tieferes Gespräch geführt hatten, waren ihm im Gedächtnis geblieben. Einmal, nach der Beerdigung seines Vaters, hatten sie sich zufällig in der Bibliothek von Stratford getroffen und sie hatte ihn gefragt, wie es ihm ginge, wobei sich ihre leuchtenden Augen auf seinem Gesicht niederließen, während sie zuhörte. Da sie ihm ihre volle Aufmerksamkeit schenkte, hatte Frederick ihr schließlich mehr erzählt als den meisten Menschen - zum Beispiel, dass er Angst gehabt hatte, in die Fußstapfen seines Vaters zu treten.

Es war selten, dass man Phoebes unaufgeforderte Meinung zu hören bekam, und wenn sie kam, war sie wie ein Schatz. Obwohl sie sich nach der Schule auf subtile Weise verändert hatte, war sie in Fredericks Augen stets ein Mädchen geblieben. Das Letzte, was er erwartet hatte, war, sie auf einem Ball anzutreffen, umgeben von Männern, deren Blicke fest auf Phoebe gerichtet waren, und dass sie dabei fraglos wie eine Frau aussah.

*Bei Gott*! Stratford würde ihn umbringen. Und er hätte es verdient. An Phoebe Tunstall durfte definitiv nicht anders als auf die reinste, schwesterlichste Art gedacht werden - nicht, dass er je auf irgendeine andere Weise an sie gedacht hätte.

Am nächsten Tag sprach Frederick mit dem Vermieter des Hauses am Park und reservierte dessen Zimmer für Wellington und den Stab. Er nahm an, dass es nicht mehr lange dauern würde, bis Sir Hudson Lowe Brüssel einen Besuch abstattete, um sich um die Unterbringung und Versorgung der Truppen zu kümmern, die bald in Scharen eintreffen würden. Anschließend suchte er das Haus des Dukes of Richmond in Niederbrüssel auf, doch der Besuch war unergiebig, da der General unterwegs war. Da er nichts weiter zu tun hatte, machte sich Frederick auf den Weg zum Königlichen Park, wo er sicher war, Bekannten zu begegnen.

Am frühen Morgen hatte noch Frost auf dem Gras gelegen, doch der war inzwischen geschmolzen und nur ein kühler Wind erinnerte daran, dass es Ende März war. Frederick betrat den Park zu Fuß und folgte dem hellen Kiesweg, der auf einer Seite von grünen Hecken begrenzt wurde. Das Gelände war belebt, doch er sah niemanden, den er kannte.

Er nahm sich die Zeit, die Gärten zu bewundern, die mehr im französischen als im englischen Stil gehalten waren. Die Hecken waren präzise geschnitten, und in regelmäßigen Abständen waren Bänke für Gespräche oder Verabredungen aufgestellt - unschuldige Verabredungen, da der Park bei Tageslicht von der feinen Gesellschaft aufgesucht wurde und die Bänke einsehbar waren. Frederick schlenderte die

Hauptallee entlang und fragte sich, ob er einen Blick auf Phoebe erhaschen würde und ob sie heute mehr wie sie selbst aussehen würde. Als er in eine schmalere Allee einbog, freute er sich über ihren Anblick, gekleidet in ein strahlend weißes Kleid, gepaart mit einem königsblauen Spencer.

Sie blickte zu dem Gentleman an ihrer Seite auf, und obwohl Frederick die übliche Zurückhaltung, die sie gegenüber Fremden an den Tag legte, erkennen konnte, lag ein Lächeln auf ihren Lippen, das Frederick nicht im Geringsten gefiel. Es ging nicht an, dass Phoebe sich hier in jemanden verliebte. Sie sollte nach London zurückkehren, wo sie auf die übliche Weise umworben werden könnte. In einer Stadt wie Brüssel könnte sich jeder Gentleman ihrer für würdig halten, ganz gleich, wer seine Familie war. Bei dem Anblick ihres Gesichtsausdrucks dachte Frederick an ihre Unschuld. *Sie sollte nicht hier sein, wo Krieg herrschen könnte.* Er ging unverzüglich zu ihr und verbeugte sich vor dem Gentleman und Phoebe.

„Frederick", rief Phoebe, und er konnte nicht sagen, ob aus Überraschung oder Freude. „Mr. Conroy, darf ich Ihnen Lord Ingram vorstellen? Wir sind alte Freunde, es wird Sie also nicht überraschen, dass wir uns beim Vornamen anreden."

„Angenehm", antwortete Frederick knapp, als Mr. Conroy sich verbeugte. „Zu welchem Regiment gehören Sie?"

„Ich bin Fähnrich bei der 69.", erwiderte Mr. Conroy.

„South Lincolnshire? Wann sind Sie angekommen?"

„Wir sind schon seit Januar vor Ort. Wir sind gekommen, um die Grenzen zu halten, aber es scheint, als ob Ereignisse, die sich unserer Kontrolle entziehen, unsere Mission zu einer ganz anderen machen." Fähnrich Conroy schenkte Frederick ein höfliches Lächeln.

„Es scheint so", antwortete Frederick vage.

Es gab eine Pause, als die drei ihre Blicke durch den Park schweifen ließen. Frederick wusste, dass er sich vermutlich in das *Tête-à-Tête* drängte, das Mr. Conroy sich vorgestellt hatte, doch er wollte Phoebe nicht der alleinigen Obhut dieses Gentlemans überlassen. Stratford würde das nicht gefallen, denn es war keine Anstandsdame zu sehen. Nicht, dass es sich um eine abgelegene Ecke des Parks handelte, aber dennoch.

„Wo ist Lydia?", fragte Frederick.

Phoebe sah sich um und zuckte leicht mit den Schultern. „Ich bin mir nicht sicher. Sie sollte jeden Moment hier sein. Mr. Conroy hat mich zu einem Spaziergang eingeladen und Lydia wollte sich hier mit uns treffen, sagte aber, sie wolle zuvor noch Gewürzkuchen kaufen und ist noch nicht da."

„In Brüssel bewegt man sich nicht schneller, nicht wahr?", fragte Frederick Phoebe ironisch, aber es war Fähnrich Conroy, der antwortete.

„Nicht ein bisschen. Aber wenn man in solch charmanter Gesellschaft wie der von Miss Tunstall ist, hat man jede Gelegenheit, sich zu amüsieren." Mr. Conroy lächelte Phoebe besitzergreifend an, und das verärgerte Frederick zutiefst. Phoebe sollte unter dem Schutz eines ihrer Familienmitglieder stehen. Oder in Ermangelung dessen unter dem eines engen Freundes. Lydia hatte zwar angeboten, sie nach Brüssel mitzunehmen, erledigte jedoch ihre Aufgabe nicht. Er würde mit ihr reden müssen.

In diesem Augenblick betrat Lydia den Park durch den Eingang auf der anderen Seite. Durch ihr zügiges Tempo und ihren violetten Redingote war sie schon von weitem zu erkennen. Sie schwang ein Paket in der einen Hand und hob die andere grüßend. Frederick verschränkte die Arme und wartete, bis sie ankam. „Holst du deine Pakete nun selbst ab? Hast du keinen Lakaien oder Diener, der dir das abnimmt - oder eine Zofe, die dich begleitet?"

Lydia lachte. „Es ist wirklich höchst charmant. Wouters hat nicht nur die *besten* Kuchen in Brüssel, sondern es gibt sogar einen kleinen Bereich, in dem man sitzen und Tee trinken und ihn probieren kann. Mrs. Foster lud mich ein, mich ein wenig zu ihr zu setzen, und ich dachte, es könne nicht schaden, da Phoebe in guten Händen war. Und wie du siehst, brauchte ich nicht lange."

Frederick machte eine Geste nach vorne, um seine Verärgerung zu verbergen. „Sollen wir weitergehen?"

Phoebe drehte sich um und ging neben Mr. Conroy her, der ihr dankenswerterweise nicht seinen Arm anbot. Hätte er das getan, hätte Frederick ihn wohl erdrosseln mögen. Er war vermutlich ein recht netter Kerl, aber Frederick war sich nicht sicher, ob der Mann gut genug für die Schwester seines Freundes war.

Er und Lydia fielen ein Stück hinter Phoebe und Mr. Conroy

zurück und er wartete, bis sie genügend Abstand zueinander hatten, um zu murmeln: „Lydia, bist du sicher, dass du Phoebe erlauben solltest, ohne eine angemessene Anstandsdame mit Herren zu plaudern?"

Lydia warf ihm einen ungeduldigen Blick zu. „Rede nicht so schwülstig. Phoebe ist zweiundzwanzig. Sie ist seit vier Saisons in die Gesellschaft eingeführt und geht am helllichten Tag mit einem Gentleman in einem öffentlichen Park spazieren, in dem sich die gesamte Brüsseler Gesellschaft befindet. Es besteht absolut keine Gefahr für ihre Person oder ihren Ruf."

An dem, was seine Schwester sagte, war etwas Wahres dran, und Frederick wusste, dass es nicht klug wäre, darauf zu bestehen, also sagte er lediglich: „Ich möchte dich nur daran erinnern, dass Stratford nicht glücklich sein wird, wenn wir zulassen, dass sie ihr Herz an jemanden verschenkt, der ihrer nicht würdig ist. Was weißt du über diesen Mr. Conroy?"

Lydia schürzte ihre Lippen. „Fitz hat nichts gegen ihn einzuwenden. Tatsächlich halte ich Phoebe für alt genug, um sich ihre eigene Meinung über einen Gentleman zu bilden. Ich denke nicht weiter darüber nach und wünsche ihr nur Glück bei ihrer Wahl."

Frederick schaute nach vorne und konnte wegen der Krempe von Phoebes Hut ihr Profil nicht sehen, als sie sich Mr. Conroy zuwandte, um mit ihm zu sprechen. Doch er wusste, dass Mr. Conroy Phoebes Gesicht sehen konnte. Er konnte nicht sagen, warum, aber es gefiel ihm nicht, dass der Mann sie so genau beobachtete. Der Fähnrich war ihr gegenüber deutlich zu vertraut.

Eine plötzliche Brise riss blonde Locken unter Phoebes Strohschute hervor und erinnerte Frederick an die Zeit, als sie noch viel jünger gewesen war. Doch dann wurde die Brise kräftiger und drückte ihr Kleid unter dem Spencer an ihren Körper. Ein unerklärlicher Drang, nach einem Mantel zu greifen und ihn um Phoebe zu legen - *und sie vielleicht in eine Umarmung zu ziehen* - überkam Frederick, doch er schob ihn schnell beiseite. Solche abwegigen Gedanken hatten in seinem Kopf keinen Platz.

Das war die *Schwester* von Stratford.

❖

„Ich kann noch immer nicht glauben, dass Fred in Brüssel auftauchte, ohne einen Hinweis auf seine bevorstehende Ankunft zu geben. Warst du nicht auch zutiefst überrascht über sein Erscheinen auf dem Ball?" Lydia löffelte Marmelade auf ihr Brot und biss davon ab. Sie hatten Frederick in den Tagen, seit sie ihm im Park begegnet waren, nicht mehr gesehen, und sie und Lydia hatten auch kaum Gelegenheit gehabt, sich ausführlich über irgendetwas zu unterhalten, da sie sich so häufig in Gesellschaft anderer befanden. „Er war noch nie ein begeisterter Briefeschreiber, aber mir nicht zu erzählen, dass er eine Reise auf den Kontinent plant, übertrifft alles."

„Er scheint dich unbedingt beschützen zu wollen", fügte Lydia hinzu, als Phoebe schwieg. „Er hat dich an dem Abend, als er ankam, beiseite gezogen, nachdem er mich kaum gegrüßt hatte, und dann hat er mich angeknurrt, weil ich dich mit Mr. Conroy im Park allein gelassen hatte."

Was sollte Phoebe darauf antworten? Sie wollte nicht zu tief in ihre Gedanken über Fredericks Ankunft eindringen. Es kam ihr vor, als hätte ihr Herz aufgehört zu schlagen, als sie ihn sah. Der Schock war derart groß gewesen, dass all ihre guten Vorsätze, in der Brüsseler Gesellschaft einen Ehemann zu finden, unverzüglich verflogen waren, und es fiel ihr schwer, sich ihnen wieder zu widmen. Einmal mehr wurde sie in seiner Gegenwart zum Schulmädchen, das vor heimlicher Liebe sprachlos war. Es hatte sie alles an Kraft gekostet, sich auf das zu konzentrieren, was Mr. Conroy sagte, nachdem Frederick im Park aufgetaucht war. Phoebe hatte keinerlei Geduld mehr mit sich.

„Er hat weder auf dem Ball noch im Park etwas von Bedeutung gesagt." Phoebe legte ihre Finger um die Teetasse und sah Lydia über den Tisch hinweg an. Fitz kam herein und grüßte beide Damen, während er seinen Teller an der Anrichte füllte.

„Guten Morgen, mein Lieber." Lydia schob die Kaffeekanne neben sich fort, damit ihr Mann seinen Teller abstellen konnte, ehe sie sich wieder Phoebe zuwandte. „Übrigens, was hat Stratford zu deiner impulsiven Entscheidung gesagt, uns zu begleiten? Ich habe gesehen, dass du vor zwei Tagen einen Brief von ihm bekommen hast, und vergaß zu fragen. Es war sehr nachlässig von mir, doch als es mir einfiel, befanden wir uns in gemischter Gesellschaft, und unsere gesellschaftlichen Verpflichtungen haben nicht nachgelassen." Sie unterdrückte ein Gähnen. „War er erfreut, dich hier zu wissen? Ich gehe davon aus, dass wir auch eine Antwort von Eleanor auf den Brief erhalten werden, den wir ihr geschickt haben.“

„Ich habe seit Napoleons Flucht nichts mehr von ihm gehört, obwohl er inzwischen davon gehört haben muss. Ehrlich gesagt, weiß ich nicht, ob sich seine Meinung dadurch ändern wird. Er zeigte sich überrascht über mein ungestümes Verhalten, sagte aber, er wisse, dass ich bei Fitz in guten Händen sei.“

Lydia schnaubte spöttisch. „Aber nicht bei Fitz' Frau. Er glaubt, er kennt mich zu gut, als dass er mir zuzutrauen könnte, mich anständig um seine Schwester zu kümmern.“

„Alles, was zählt, ist die Wahrheit“, sagte Fitz, spießte ein Stück Schinken auf und schob es sich in den Mund.

Phoebe lachte. „Ich will nicht behaupten, dass mein Bruder ein wortgewandter Redner ist. Aber ich bin mir sicher, dass er deine Fähigkeiten als Anstandsdame genauso hoch gelobt hätte wie die von Fitz, wenn er vor dem Schreiben sorgfältiger nachgedacht hätte.“ Sie trank einen Schluck Tee und dachte nach. „Ich weiß nicht, was er denken wird, wenn er herausfindet, dass Napoleon auf dem Kontinent ist, aber ich gehe davon aus, dass Eleanor uns mehr Details darüber mitteilen wird, wenn sie schreibt. Ich verspüre kein Verlangen danach fortzugehen.“ Sie blickte Fitz an und runzelte plötzlich die Stirn. „Es sei denn, du meinst, ich sollte das tun? Mein Wunsch zu bleiben, ist unverändert, aber Lydia und ich hörten, dass mehr Offiziersfrauen sich nach Antwerpen zurückziehen.“

Auch Lydia richtete ihren Blick auf Fitz, und er ließ sich Zeit mit seiner Antwort. „Das Einzige, was wir im Moment tun können, ist abzuwarten, wie sich die Dinge entwickeln. In jedem Fall besteht keine unmittelbare Notwendigkeit zu fliehen, und ich denke, wenn die Duchess of Richmond beschließt, an Ort und Stelle zu bleiben, könnt ihr, meine Damen, das ebenfalls tun. Wir können die Angelegenheit jederzeit überdenken, wenn sich die Situation weiterentwickelt.“

Die Ehe tat Fitz gut. Er sah zwar recht gewöhnlich aus, doch Lydia kümmerte sich um seine Kleidung, und die Zufriedenheit, glücklich verheiratet zu sein, trug zu seinem natürlichen Selbstbewusstsein bei und machte ihn attraktiver. Er nippte an seinem Kaffee und wandte sich an seine Frau. „Ich muss eine kurze Reise nach Gent unternehmen und werde dort nächtigen. Ich hoffe, ihr kommt bei euren gesellschaftlichen Verpflichtungen auch ohne mich zurecht?"

„Du musst dich unseretwegen nicht sorgen, wie du weißt", erwiderte seine Frau und warf ihm einen nachsichtigen Blick zu. „Hast du deinen Besuch in Gent mit der Musikrevue abgestimmt, an der du so ungern teilnehmen wolltest?"

Das entlockte Fitz ein Lachen. „Ich würde dir gerne sagen, dass das Hauskonzert keinerlei Einfluss auf den Zeitpunkt meiner Reise hatte, aber ich hätte die Reise vielleicht um ein oder zwei Tage verschieben können, wenn es etwas anderes gewesen wäre."

„Wir werden heute Abend recht gut ohne Fitz auskommen, nicht wahr, Phoebe?" Lydia schenkte ihr ein verschwörerisches Lächeln und warf ihrem Mann unter ihren Wimpern einen Blick zu.

Phoebe trank mehr von ihrem Tee, konnte aber ihr Frühstück nicht anrühren. So war es auch gestern gewesen. Sie fragte sich, ob Frederick an vielen der gesellschaftlichen Veranstaltungen teilnehmen würde oder ob er so sehr mit militärischen Angelegenheiten beschäftigt sein würde wie Fitz. Sie war versucht, Lydia zu fragen, ob er heute Abend an dem Hauskonzert teilnehmen würde, doch sie hatte ein halbes Jahrzehnt lang wegen Frederick Ingram Trauer getragen, und sie würde ihr Geheimnis jetzt nicht preisgeben. Wenn Frederick dort sein würde, würde sie es früher oder später erfahren.

# KAPITEL ELF

An diesem Abend stand Phoebe vor der Auswahl neuer Kleider in ihrem Kleiderschrank und fragte sich, welches wohl am meisten auffallen würde, wenn ein ... bestimmter Gentleman auftauchen würde. Die Kleiderwahl war keine Angelegenheit, mit der sie sich oft beschäftigte. Es war ihr nicht besonders wichtig, was sie trug, denn an Anna sah es normalerweise besser aus. Sie wollte einfach so wahrgenommen werden, wie sie war, auch wenn sie die schüchternere, ruhigere Zwillingsschwester war. Das bedeutete jedoch nicht, dass sie sich damit zufriedengab, im Hintergrund zu verschwinden.

Schließlich entschied sie sich für ein sächsisch-grünes Kleid, das am Halsausschnitt mit cremefarbener Spitze eingefasst und überall sonst mit grüner Borte verziert war. Auf dem Stoff waren in regelmäßigen Abständen winzige Rosenknospen eingenäht, und als sie es gesehen hatte, hatte es sie sofort an einen Frühlingsgarten erinnert. Sie konnte dem Himmel nur danken, dass ihre bezahlte Gesellschafterin sie in London derart gelangweilt hatte, denn sie hatte viel mehr Zeit in der Schneiderei verbracht als sonst. Es hatte sich gelohnt, denn der Inhalt ihres Kleiderschranks war noch nie so schön gewesen. Mary frisierte ihr das Haar und wand ein grünes Band um ihre Locken, und Phoebe unterdrückte den Gedanken, dass Frederick sie in einem solchen Kleid *sicher* bemerken musste.

Die Kutsche brachte sie zur Revue in Mrs. Hansens Haus, wo sich eine Reihe von Matronen mit ihren Töchtern versammelte, in der Hoffnung, ihre Talente darbieten zu können. Anna hatte einmal gescherzt, dass eine solche Veranstaltung nichts anderes sei als die Versteigerung eines Pferdes bei Tattersall's.

Phoebe hatte noch nie vor jemandem gesungen, mit dem sie nicht verwandt war, obwohl sie sehr gerne sang. Anna hatte kein Talent in diese Richtung und antwortete immer für beide, dass keine von ihnen einen Ton halten könne. Das geschah nicht in böser Absicht. Anna wusste, dass Phoebe höchst schüchtern war und nicht auffallen wollte, indem sie vor allen Leuten stand.

Phoebe folgte einer Frau, die ihre Tochter leise beriet, welches Stück sie vortragen sollte, und sie fragte sich, wie es wohl sein würde, vor einer Gruppe von Menschen zu singen. Ihr Herz schlug bei dem Gedanken schneller. Es gab hier niemanden, den sie kannte - niemanden, den sie beeindrucken musste - es sei denn, Frederick kam, und nichts war unwahrscheinlicher. Die Gastgeberin führte sie in den Vorraum und wies sie an, ihre Namen auf das Papier zu schreiben, falls sie singen wollten.

Lydia lachte. „Nein, das ist nichts für mich. Ich bin hier, um die Bemühungen der anderen zu unterstützen und ihnen zu applaudieren. Ich werde niemanden mit meiner Stimme belästigen." Sie wandte sich zum Gehen, und Phoebe zögerte vor dem Papier. In London würde sie vor der Aufmerksamkeit zurückschrecken, doch hier in Brüssel ... *Ich kann alles sein, was ich wünsche.*

Mit einer plötzlichen Bewegung nahm sie die Feder aus dem Tintenfass und schrieb ihren Namen an das Ende der Liste, auf der bereits etwa ein Dutzend anderer Namen standen. Sie setzte die Feder ab und drehte sich zu Lydia um, die sie mit großen Augen anblickte.

„Meine Güte, Phoebe. Ich glaube, Brüssel wird das Beste aus dir herausholen." Lydias Lächeln wurde breiter. „Ich habe dich noch nie vor einem versammelten Publikum sprechen gehört, geschweige denn singen. Ich freue mich schon auf dieses Vergnügen."

Phoebe biss sich auf die Lippe. „Ich nehme an, ich kann jederzeit einen Rückzieher machen, wenn ich die Nerven verliere." Sie war bereits dabei, die Nerven zu verlieren.

Mr. Mann trat vor, als er sie sah, und verbeugte sich. „Miss Tunstall!

Mrs. Fitzwilliam. Haben Sie gesehen, wie viele Namen auf der Liste stehen? Ich habe das Gefühl, dass wir einen langen Abend vor uns haben", stichelte er. „Aber ich bin sicher, dass ich von all den talentierten Damen, die heute Abend hier sind, begeistert sein werde. Ich nehme nicht an, dass ich das Vergnügen haben werde, eine von Ihnen singen zu hören."

Lydia warf einen Blick auf Phoebe, ehe sie antwortete. „Dieses Vergnügen werden Sie haben. Phoebe hat sich bereit erklärt, für uns zu singen."

„Hat sie? Das ist ja reizend." Mr. Manns Ausdruck der Freude war echt, und Phoebe lächelte schwach zurück.

Nun gab es keinen Weg zurück. Sie nahm an, dass sie bei Mr. Mann völlig unbesorgt sein konnte, da er ein bescheidener Gentleman war. Auch wenn Mr. Conroy auftauchen sollte ... Sie hatte noch keine Zeit gehabt, den Gedanken zu Ende zu denken, als besagter Herr den Raum betrat. Phoebe holte tief und leise Luft. Auch wenn Mr. Conroy hier war, *konnte* sie das tun. Es war ja nicht so, dass sie vor der vornehmen Londoner Gesellschaft singen würde. In einer solch intimen Gesellschaft, wie sie in Brüssel zu finden war, wurde Phoebe bekannt. Es war an der Zeit, dass sie ihre schüchterne Vergangenheit hinter sich ließ.

„Sollen wir uns setzen?" Lydia ging nach vorne zu den Stuhlreihen, ohne eine Antwort abzuwarten.

Phoebe folgte ihr, und sie schoben sich durch die erste Reihe der freien Plätze und nahmen in der Mitte Platz. Mr. Mann setzte sich neben sie und Mr. Conroy nahm den Platz neben Mr. Mann ein. Er lehnte sich um ihn herum und lächelte Phoebe und Lydia an. „Guten Abend, meine Damen. Mann hier hat den besten Platz im Haus. Aber irgendwann wird er Ihnen anbieten müssen, Ihnen Erfrischungen zu bringen. Ich muss mich nur gedulden." Phoebe lächelte über seinen leicht dahingesagten Spruch, wandte dann ihr Gesicht nach vorne und presste ihre Hände auf ihrem Schoß fest zusammen, als die Gastgeberin nach vorne trat.

Mrs. Hansen begrüßte ihre Gäste und stellte den Mann vor, der die Begleitung am Klavier für diejenigen übernehmen würde, die singen wollten. Sie überprüfte ihre Liste und bat die erste junge Dame, nach vorne zu kommen. Es handelte sich um Miss Foster, die, obwohl sie noch keine alte Jungfer war, nicht mehr ganz in der Blüte ihrer Jugend stand. Sie schien zu singen, weil es sich gehörte, und nicht, weil sie einen Köder auswerfen wollte. Sie begann Händels „Silent Worship“, und ihre Tonlage war korrekt, auch wenn keine Leidenschaft in ihrer Stimme lag.

Als die zweite, dann die dritte junge Dame ihren Platz einnahm, um zu singen, wurde Phoebe allmählich sehr warm. Sie würde bald an der Reihe sein. Sie war sich nicht sicher, ob sie es schaffen würde, vor einer Menge von fast Fremden zu stehen und zu singen. *Was um alles in der Welt ist in mich gefahren, das in Erwägung zu ziehen?* Sie beugte sich vor, um Lydia etwas zuzuflüstern. „Entschuldige mich bitte. Ich werde mir etwas Punsch holen.“

Lydia warf ihr einen mitfühlenden Blick zu, wohl wissend, wie nervös Phoebe war. Mr. Mann blickte auf, als Phoebe aufstand, und Mr. Conroy hob den Kopf. Sie ging den Gang entlang und hoffte, er würde ihr nicht folgen. Sie brauchte Zeit zum Nachdenken.

Phoebe ging zu dem Tisch im Nebenraum und bat um ein Glas Punsch, welches sie entgegennahm und daran nippte. Zum Glück war er geeist und kühl, was ihre Nerven beruhigte. Sie ging mit ihrem silbernen Becher zu den Doppeltüren, die in den Raum führten, in dem alle Gäste saßen, und stellte sich in den hinteren Bereich, um die Menge zu beobachten. Eine vertraute Stimme drang von hinten, viel zu nah, an ihr Ohr.

„Hast du vor zu singen, Phoebe?“

Phoebe schrak auf und verschüttete fast den Punsch auf ihrem Kleid. Zum Glück hatte sie das meiste davon getrunken und konnte ihr Kleid vor dem Ruin bewahren. Frederick stand nun grinsend neben ihr, und bei seinem Anblick wurden ihr die Knie weich. Sie erstarrte und hielt den Blick nach vorne gerichtet, während sie versuchte, sich zu sammeln.

Er hob seinen Arm und lehnte sich hinter ihr an den Türpfosten, so dass, wenn sie ihren Kopf nach hinten neigte, er auf seinem Arm ruhen würde. Sie war sich seiner Anwesenheit sofort bewusst und freute sich darüber. Gleichzeitig wollte sie ihm zeigen, dass sie nicht länger ein Mädchen war, das ihm hinterher trabte, nur weil er ihr ein Lächeln zuwarf.

„Ich bin erstaunt, dass du gekommen bist“, erwiderte sie kühl -, wie sie mit innerem Stolz befand - nachdem sie kurz seinem Blick begegnet war. „Ich hielt dich nicht für einen Mann, der ein Hauskonzert als Unterhaltung betrachtet.“

Sie spürte sein Lachen an ihrer Seite eher, als dass sie es hörte, und er beugte sich vor, um leise zu sprechen, damit er nicht lauter als Lied war, das Miss Yates gerade einen Halbton über dem Klavier sang, und von jemandem gehört werden konnte. Seine Worte vibrierten in ihrem Ohr. „Ich gebe zu, dass verzweifelte Zeiten nach verzweifelten Maßnahmen verlangen. Bislang habe ich nur wenige Freunde hier, die mir Einladungen senden, also bin ich gezwungen, jede Unterhaltung anzunehmen, die ich finden kann.“

Phoebe blieb stumm. Sie war nie jemand gewesen, der eine fertige Antwort auf den Lippen hatte, doch sie beschloss, sich darüber keine Gedanken zu machen. Es würde ihm recht geschehen, wenn er sich ein wenig mehr anstrengte, um ihre Aufmerksamkeit zu gewinnen. Es schien zu fruchten, denn nachdem Mrs. Hansen die nächste junge Dame vorgestellt hatte, die zu singen begann, beugte sich Frederick wieder vor. „Diese hier ist gar nicht so schlecht.“

Phoebe hob ihren Blick zu der jungen Dame, die sang. Sie war hübsch und eindeutig nicht älter als zwanzig. Aber sie hatte eine Selbstsicherheit an sich, die jedem interessierten Gentleman gefallen musste. Phoebe war versucht, Frederick anzuschauen, um zu sehen, ob sie ein solches Interesse in *seinen* Augen erkennen würde. Als sie ihr Gesicht neigte, waren seine Augen auf sie gerichtet. Sie blickten einander einen Moment lang an.

Höchst bewusst drehte Phoebe ihren Kopf wieder nach vorne und trank den letzten Schluck ihres Punsches. „Sie hat wirklich eine wunderbare Stimme. Hast du die Idee aufgegeben, dass ich nach London zurückkehre?“

Sie spürte, wie er mit den Achseln zuckte und zwang sich, sich nicht an den Arm zu lehnen, der immer noch hinter ihr lag. Fredericks Wärme strahlte neben ihr aus, aber es war eher eine angenehme Wärme als eine erdrückende. Er beugte sich wieder vor und sie wartete gespannt. Tat er das, um leise mit ihr zu sprechen? Oder wollte er ihr nahe sein?

„Ich bin nicht begeistert von der Idee, dass du hierbleibst, aber ich weiß, dass ich keine Befugnis habe, dir etwas anderes zu sagen. Ich akzeptiere lediglich, dass es Zeit ist, aufzugeben.“

„Gut“, sagte sie. „Ich bin froh zu wissen, dass du ein Mann der Vernunft bist und dich nicht für aussichtslose Fälle interessierst.“

Es gab eine Runde Beifall. „Sollen wir uns setzen?“, fragte er, und Phoebe blickte ihn an, ehe sie den Stuhl ansah, auf den er deutete. Mrs. Hansen hielt ihre Liste hoch und setzte ihre Brille auf, ehe sie rief: „Miss Phoebe Tunstall.“

Frederick wich erstaunt zurück, und Phoebe spürte, wie sie der Mut völlig verließ. Mehrere Mitglieder der Versammlung hatten sich jedoch umgedreht, um sie zu betrachten, und sie hatte keine andere Wahl, als nach vorne zu gehen. Sie reichte Frederick ihren Becher, der ihn entgegennahm, wobei seine braunen Augen die ihren nicht verließen.

Alle Augen im Raum waren auf Phoebe gerichtet, als sie ihren Platz vorne einnahm, und ihr Atem ging schnell. Sie hatte geplant, „Captivity“ von Stephan Storace zu singen, über Marie-Antoinettes Tage im Gefängnis vor ihrem Tod. Sie fragte sich, ob sie sich an den Text und die Melodie erinnern würde - ob sie es singen könnte, ohne dass ihr die Stimme versagte. Würde sie gezwungen sein, aus dem Zimmer zu rennen, weil sie vollkommen versagte?

„Sagen Sie Mr. Primrose, was Sie singen möchten“, ermutigte Mrs. Hansen und gestikulierte in Richtung des Begleiters.

Phoebe versuchte zu sprechen, doch ihre Lippen wollten ihr nicht gehorchen. Sie wandte ihren Blick Lydia zu, die lächelte und aufmunternd nickte. Dann suchte ihr Blick Frederick im hinteren Teil des Raumes. Er hatte nicht den Platz eingenommen, den er vorgeschlagen hatte, sondern stand unbeweglich dort, wo sie ihn zurückgelassen hatte. Sein aufmerksamer Blick brachte Phoebe dazu, ihren Rücken durchzustrecken. Er sah sie nun wirklich. Vielleicht zum ersten Mal.

Sie würde nicht „Captivity“ singen. Nein, sie hatte etwas anderes im Sinn.

FREDERICK STAND UNBEMERKT HINTER DER MENGE, DIE IHRE Augen auf Phoebe gerichtet hatte. Er bemerkte eine Stille in der Luft - eine Aufmerksamkeit, die die anderen Damen nicht bekommen hatten, und er konnte sich nicht entscheiden, ob der Grund dafür war, dass die anderen genauso schockiert waren wie er, dass Phoebe Tunstall eingewilligt hatte, vor Publikum zu singen, oder ob es daran lag, dass sie so schön anzusehen war wie eine blühende Rose.

Frederick stellte sich aufrecht hin. *Eine blühende Rose?* Woher stammte diese poetische Redewendung? Er hatte nicht gedacht, dass er in so jungen Jahren senil werden würde. Er wurde wohl gerade verrückt.

Phoebe hatte innegehalten und war einen Augenblick wieder das schüchterne Ding, das er aus ihrer Kindheit kannte. Dann sah sie ihn direkt an, drehte sich um und murmelte dem Pianisten etwas zu. Als sie sich wiederaufrichtete, erzeugten die Kerzen hinter ihr einen Heiligenschein, der ihre blonden Locken erleuchtete und die frühlingsgrünen Fäden im Stoff ihres Kleides schimmern ließ.

Die ersten Noten erklangen, und es dauerte eine Minute, bis Frederick begriff, was er da hörte. „Greensleeves"! Er war überrascht über Phoebes Wahl. Die Musik war zwar nicht ungewöhnlich, aber es schien seltsam, dass sie von einer Dame gesungen wurde. Und soweit er sich an den Text erinnerte, ging es um das Verlieben oder in der Liebe verloren zu sein oder etwas Ähnliches. Etwas ziemlich Verletzliches, das Phoebe vor einem Raum voller Fremder singen wollte.

Sie holte Luft und öffnete den Mund. Ihre Stimme war kräftig und süß zugleich, als sich die Melodie mit den Akkorden des Klaviers verband. Der Klang durchdrang ihn und zerrte an seinem inneren Selbst. Die schwermütige Melodie in Kombination mit den überraschenden Worten - sobald er auf ihre Bedeutung achtete - ließ ihn erstarren.

*Alas, my love, ye do me wrong*
*To cast me off discourteously*
*For I have loved you oh so long*
*Delighting in your company.*
*Greensleeves was all my joy*
*Greensleeves was my delight*
*Greensleeves was my heart of gold*
*And who but my lady Greensleeves*
*Your vows you've broken, like my heart*
*Oh, why did you so enrapture me?*
*Now I remain in a world apart*

*But my heart remains in captivity*
*I have been ready at your hand*
*To grant whatever you would crave*
*I have both wagered life and land*
*Your love and goodwill for to have*

PHOEBE SAH NIEMANDEN IM PUBLIKUM AN, WÄHREND SIE SANG. IHN ganz sicher nicht. Doch ihr Gesang klang derart melancholisch, dass die Verse eine persönliche Bedeutung zu haben schienen. Liebte sie jemanden? War er hier? Frederick warf einen Blick auf Mr. Conroy, der mit schlaffem Kiefer stocksteif dasaß. Frederick verschränkte die Arme und richtete seinen Blick wieder auf Phoebe.

*IF YOU INTEND THUS TO DISDAIN*
*It does the more enrapture me*
*And even so, I still remain*
*A love in captivity*
*Well, I will pray to God on high*
*That thou my constancy mayst see*
*And yet that once before I die*
*Thou wilt vouchsafe to love me*

DIE TRAURIGE MELODIE VERSTUMMTE, UND ES HERRSCHTE EINE kurze Stille, ehe tosender Applaus ertönte. Phoebe errötete und lächelte, machte einen Knicks, bevor sie zu seiner Schwester hinüberging und zwischen Lydia und irgendeinem Soldaten Platz nahm. Der Mann beugte sich vor und flüsterte ihr etwas ins Ohr. Frederick sah, wie sich ihre Lippen zu einem Lächeln hoben und sie zur Antwort nickte. Auch Mr. Conroy beugte sich vor, um etwas zu ihr zu sagen. Phoebes Rücken war steif, als sei sie angespannt und erschöpft, weil sie alles gegeben hatte. Sie musste erschöpft sein. Er hatte nicht gewusst, dass sie so etwas in sich hatte.

Phoebe war nicht zurückgekommen, um sich zu ihm zu stellen, nachdem sie ihr Lied beendet hatte. *And I have loved you oh so long, delighting in your company - Und ich habe dich so lange geliebt und mich an deiner Gesellschaft erfreut.* Die Worte reizten Frederick. Vielleicht waren es nur die Strophen eines Liedes, das sie gewählt hatte, weil es die tieferen Töne ihrer Stimme gut zur Geltung brachte, doch irgendwie glaubte er das nicht. Sie hatte ihre Augen geschlossen, als sie diese Worte sang.

Nach Phoebe gab es nur noch einen weiteren Auftritt, aber der Zauber war geendet, als Phoebe ihren Sitzplatz einnahm. Als die letzte junge Dame zu Ende gesungen hatte, gab es einen höflichen Applaus, ehe sich das Publikum erhob und sich auf den Weg zu den Tischen machte, an denen ein leichtes Abendessen serviert wurde.

Lydia entdeckte Frederick am Eingang des Salons und ging zu ihm hinüber. „Du musst dich verzweifelt nach Gesellschaft sehnen, wenn du hier bist."

Frederick stieß sich von der Tür ab, an die er sich gelehnt hatte, während er über die Überraschung nachdachte, die Phoebe darstellte. „Ich bin mir nicht sicher, ob ich viel zu tun haben werde, bis Wellington eintrifft. In der Zwischenzeit habe ich hier nur wenige Bekannte, und weiß nicht, was ich tun soll. Das hier bot Ablenkung."

Seine Augen fanden Phoebe wieder, und sie wurde von den beiden Herren, die neben ihr gesessen hatten, sowie vier weiteren, die zu ihr gekommen waren, umschwärmt. *Warum sind nur Herren an ihrer Seite? Wo sind die Damen?*

Lydia folgte seinem Blick. „Phoebe war eine ziemliche Verblüffung. Wusstest du, dass sie so gut singen kann?"

Frederick ließ seinen Blick auf Phoebe gerichtet und schüttelte den Kopf. „Wie könnte ich? Stratford hat es nie erwähnt, und Phoebe würde wohl kaum vor *mir* singen, wenn nicht einmal du von ihrem Talent wusstest. Ich glaube nicht, dass sie jemals zuvor vor einem Publikum gesungen hat. Was glaubst du, hat sich dieses Mal geändert?"

Lydia hob die Schultern. „Ich bin mir nicht sicher, aber etwas in Brüssel scheint sie zu verändern. Phoebe findet langsam ihren Weg, wage ich zu behaupten. Zu lange stand sie im Schatten von Anna, und dann hat sie sich im Hintergrund gehalten, indem sie ihre Tante überall hinbegleitete und immer an ihrer Seite blieb. Hier lenkt sie niemand ab, weil er etwas braucht, und es gibt niemanden, den sie unterhalten muss, außer sich selbst. Ich nehme an, dass jeder hier Phoebes wahren Wert sieht, und das ermutigt sie."

Lydia warf Frederick einen Blick zu. „Vielleicht solltest *du* sie auch bemerken. Hatte sie nicht eine höchst bezaubernde Stimme? Ich sage, sie war eine *Sirène*."

Frederick hatte nicht vor, zu gestehen, welche Empfindungen sein Herz durchdrungen hatten, als er ihrem Gesang gelauscht hatte. Er wollte nicht zugeben, dass er sich verzaubert gefühlt hatte, als *wäre* sie in der Tat eine *Sirène*. „Phoebe ist wie eine kleine Schwester, nichts weiter", sagte er.

Er wusste, dass dies nicht ganz stimmte, doch er wollte seine Schwester nicht glauben lassen, er hätte irgendein Interesse. Nach allem, was er wusste, würde sie zu Phoebe rennen und es ihr umgehend erzählen, und dann säße Frederick fest. Er würde Phoebe um nichts in der Welt verletzen wollen und schließlich um ihre Hand anhalten, nur um ihre Gefühle zu schonen.

Es war besser, diese kleine Schwärmerei sogleich im Keim zu ersticken. Zudem würden sich ihre Wege höchstwahrscheinlich wieder trennen und der Zauber dieses Abends würde in der Erinnerung verblassen. Phoebe würde nach London zurückkehren und er würde tun, was immer er tun musste, um Napoleon abzuwehren. Ihre Wege würden sich im Laufe der Jahre noch ein paar Mal kreuzen, während er sich mit einer Dame niederließ, die ihm nicht sonderlich viel bedeuten würde, und Phoebe heiratete, Kinder bekam und beleibt werden würde.

Kaum hatte er das Bild vor Augen, fand Frederick es auch schon falsch. Phoebe hatte zarte Knochen und eine sanfte, anmutige Ausstrahlung. Anstatt sie sich beleibt und mit einem Haufen Nachwuchs auszumalen, konnte er sich besser vorstellen, wie sie auf einem Sessel saß, sich ein paar engelsgleiche Kinder zu ihren Füßen drängten und sie das jüngste in den Armen hielt ...

*Was zum Teufel!* Er war definitiv dabei, verrückt zu werden. Er fing an, völlig unpassende Gedanken über Stratfords kleine Schwester zu haben. Frederick blickte wieder zu Phoebe hinüber, die in eine angeregte Diskussion verwickelt war, und er konnte mit eigenen Augen sehen, dass jeder Mann, der sie umkreiste, in die Falle gegangen war. Sie passte nicht mehr ganz in das Bild der kleinen Schwester.

Lydia stupste ihn an. „Wo bist du mit deinen Gedanken? Ich habe dir eine Frage gestellt, und du hast mich nicht einmal gehört."

Frederick schüttelte sich in Gedanken und sah Lydia an. „Wie lautete die Frage?"

„Fitz ist nach Gent gefahren und wird erst morgen Abend zurück sein. Hättest du Lust, morgen Nachmittag mit uns im Park spazieren zu gehen?"

Das wäre eine angenehme Aussicht gewesen, aber er hatte mit dem General gesprochen, der eine Überprüfung der vorhandenen Truppen in Brüssel durchführen wollte und Fredericks Hilfe benötigte. „Ich kann nicht. Ich muss morgen einige Dinge erledigen. Vielleicht können wir nächste Woche einen Ausritt machen."

„Eine ausgezeichnete Idee", antwortete Lydia. „Ich bin mir nicht sicher, ob ich Fitz dazu überreden kann, mitzukommen. Du weißt ja, dass er das Reiten nicht sonderlich schätzt. Aber wenn nicht, werde ich sehen, ob einer der Herren sich uns anschließen möchte, damit wir einen Vierer bilden können." Sie warf einen Blick auf die Menge um Phoebe herum.

Frederick glaubte, in dem Blick seiner Schwester Schalk zu erkennen. Wahrscheinlich versuchte sie, eine eifersüchtige Reaktion seinerseits zu provozieren, indem sie jemanden wie Conroy einlud. Es sähe ihr ähnlich, zu versuchen, eine Ehe mit Phoebe zu arrangieren, doch er würde ihre edlen Absichten vereiteln. Phoebe gehörte zu einem anderen Mann - nicht zu Conroy, sondern zu jemand anderem. Und er ... nun, es war nicht der richtige Zeitpunkt, um an eine Heirat zu denken. Außerdem war sich Frederick im Moment nicht sicher, ob er überhaupt zu jemandem gehörte.

Lydia gab Phoebe ein Zeichen, und sie verließ die Schar ihrer Bewunderer und ging hinüber zu den beiden. Als sie näherkam, legte Lydia ihren Arm um Phoebe und zog sie zu sich heran. „Du hast die Stimme eines Engels, Phoebe, und du hast sie all die Jahre vor uns versteckt. Ich habe nicht ein einziges Mal gehört, dass du dich freiwillig zum Singen gemeldet hast. Außerdem sagte Anna immer, dass keiner von euch singen kann."

Phoebe lachte, und der Klang verzauberte Frederick ebenso wie ihr Gesang, aber aus einem anderen Grund. Er hatte diesen unbekümmerten Klang im Laufe der Jahre viel zu selten von ihr gehört. Phoebes

Lachen ging in ein sanftes Lächeln über. „In Wahrheit gehört das Singen nicht zu Annas Stärken. Ich habe ihr lediglich erlaubt, zu verbreiten, dass keiner von uns das Talent besitzt, weil ich mir nicht vorstellen konnte, vor allen zu singen.“

*Exakt!* „Ich bin neugierig“, sagte Frederick und lenkte ihren Blick auf sich. „Was hat dich dazu veranlasst, es heute Abend zu tun?“

Phoebe biss sich auf die Lippe. „Ich weiß es nicht.“

Es gab eine kleine Pause. Lydia schien etwas sagen zu wollen, aber Frederick legte ihr impulsiv die Hand auf den Arm, um sie zu stoppen. Er war sich sicher, dass hinter Phoebes Antwort mehr steckte, und er wollte wissen, was es war.

Schließlich hob Phoebe ihren Blick. „Ich habe mich lange genug versteckt. Ein Freund riet mir, etwas Kühnes zu tun.“ Sie wich Fredericks Blick bewusst aus und fügte mit der leisesten Andeutung eines Lächelns hinzu: „Und nun, da ich damit begonnen habe, fürchte ich, dass ich nicht wieder zu dem zurückkehren kann, was ich einmal war.“

„Das würden wir nicht wollen“, rief Lydia aus.

Frederick blieb still. Obwohl es ihm gefiel, dass Phoebe aus ihrem Schneckenhaus herauskam, war er sich nicht sicher, ob er diese neue Version von ihr gutheißen konnte. Die Version, zu der er sie gedrängt hatte! Er wünschte, er könnte sie zurück nach London schicken, wo sie in Sicherheit wäre. Sicher vor jeder potenziellen Gefahr, die der Stadt drohte, und sicher vor den Aufmerksamkeiten der Soldaten, die in einem überstürzten Werben um ihre Hand anhalten würden. Im Gegensatz zu dem, was Frederick beteuert hatte, als er versprach, einen Ehemann für sie zu finden, wurde ihm klar, dass er nicht wünschte, dass sie ein anderer Mann für sich gewann. Zumindest nicht für den Moment. Er wollte, dass sie still und leise im Hintergrund blieb, wo sie immer gewesen war.

Aber er nahm an, dass das nicht gerecht war.

# KAPITEL ZWÖLF

Der versprochene Ausritt verzögerte sich schließlich um zwei Wochen. Der Duke of Wellington traf am 4. April endlich in Brüssel ein, und Frederick war mit der Flut von Aufträgen beschäftigt, die darauf folgte. Er freute sich, seine Freunde unter Wellingtons Adjutanten - Wrotham, John Stewart, Anthony Pinkton und George Sutherland - zu begrüßen, die mit ihm aus Wien angereist waren.

Sie stellten Frederick Herbert Dalrymple vor, dem jüngsten Adjutanten des Dukes, dessen Vater aber ein enger Vertrauter des Prinzregenten war. Dalrymple sah jung genug aus, um noch in die Schule zu gehen, aber er zeigte sich sehr mutig und stellte Fragen, ohne Angst zu haben, seine Unwissenheit zu zeigen. Man nannte ihn Dolly - oder *Stollen*, je nachdem, wie sehr man ihn necken wollte. Es waren bis zu dreißig weitere Adjutanten in Wellingtons Stab.

„Ihr habt länger gebraucht, als ich erwartet habe", sagte Frederick, als er das Hauptquartier betrat und sie dort vorfand. „Was hat euch aufgehalten?"

Wrotham lehnte sich auf einem der Stühle zurück und nippte an seinem Kaffee. „Lange, sagst du? Wir sind geritten wie die Teufel. Wir haben kaum angehalten, um uns auszuruhen. Wellington musste sich erst mit den Alliierten einigen, wie man diesen ‚Feind und Unruhestifter' am besten zurückdrängt, ehe wir aufbrechen konnten."

Er bewegte seine Beine, damit Frederick sich setzen konnte. „Er und Blücher verbrachten auch einige Zeit damit, die Strategie zu besprechen. Oder besser gesagt, der Duke sagte ihm, was er erwartet, und der Preuße polterte eine ganze Weile, ehe er schließlich zustimmte. Der Prinz von Oranien hatte ebenfalls ein Wörtchen mitzureden, und Wellington wird ihm ein Ehrenregiment zuweisen müssen, zusammen mit einem General, zu dem er aufschauen kann. All das hat einige Zeit und Finesse gekostet.“

„Aber nun sind wir hier“, fügte Pinkton hinzu, der bei den Fenstern stand, die den Park überblickten. „Und dein Urlaub ist vorüber. Ich bin sicher, du wirst in kürzester Zeit ebenso umherrennen wie wir.“

„Ist Slender Billy also hier?“, fragte Frederick und meinte damit den niederländischen Prinzen und Thronfolger. Der Prinz von Oranien war in Oxford ausgebildet worden und dafür bekannt, dass er die Engländer als Gesellschaft bevorzugte. Er war durchaus freundlich und keineswegs hochnäsig, doch er war ungestüm und musste an seine Verantwortung gegenüber dem niederländischen Volk erinnert werden.

„Er ist hier und brennt darauf, etwas zu tun, wie du dir denken kannst“, sagte Sutherland.

Dann betrat Wellington den Raum, gefolgt von Sir William De Lancey, der rechtzeitig aus London gekommen war, um auf den Duke zu treffen. Unter den Bediensteten gab es Gerüchte, dass er tatsächlich die Rolle des Generalquartiermeisters übernehmen würde, auch wenn nichts offiziell war. Er und der Duke besprachen, welcher Ort am besten für die Lagerung von Vorräten in Ostende geeignet wäre, die so schnell wie möglich verschickt werden mussten. Wellington warf Frederick einen Blick zu, ging auf ihn zu und reichte ihm die Hand. „Ich bin sehr froh, Sie zu sehen, Ingram. Diese Unterkunft ist perfekt. Sie kennen Sir William, nehme ich an. Ich werde Ihnen einige Anweisungen geben, die Sie am Montag nach Gent bringen. Sie sollten jedoch rechtzeitig für die Theateraufführung am Donnerstagabend zurück sein.“

Frederick nickte, ohne sich die Mühe zu machen, eine Antwort zu geben, denn er wusste, dass Wellington nicht auf eine warten würde. Der Duke ging weiter und setzte sein Gespräch mit De Lancey fort, und sie verschwanden in dem Büro, das für ihn reserviert worden war.

Frederick wandte sich mit einem Grinsen an Sutherland. „Er ist nicht leicht zu ermüden, nicht wahr? Das hatte ich fast vergessen. Es ist schon eine Weile her, dass ich unter ihm gedient habe.“

Sutherland stieß eine Mischung aus einem schnaubenden Lachen und einem Grunzen aus. „Nein. Und sage bloß nicht, dass wir, die jünger als er sind, müder sind als er, denn *das* würde er nicht akzeptieren, das versichere ich dir.“

Bevor Frederick nach Gent reiste, besuchte er die in der Nähe von Brüssel stationierten Truppen und notierte sich, welche Vorräte ihnen zugeteilt worden waren. Er sollte sich mit dem amtierenden Generalquartiermeister abstimmen, aber nicht in der Rolle eines Assistenten. Er sollte Lord Wellingtons Adjutant bleiben und die Mitteilungen an London verfassen, die nicht die persönliche Handschrift des Dukes erforderten.

Als Frederick aus Gent zurückkehrte, wurde ihm eine weitere Aufgabe zugeteilt, die näher an Brüssel lag, jedoch den ganzen Tag in Anspruch nahm. Wellington und sein Stab begutachteten dann die neuesten Truppen, die eingetroffen waren, und klärten, welche Regimenter allein kämpfen konnten und welche zu viele Ausländer oder frische Rekruten hatten, um sich auf sie verlassen zu können. Diese Regimenter müssten durch die Kombination mit erfahreneren Truppen verstärkt werden. Bei all dem drängten sich die Gedanken an Phoebe in Fredericks Bewusstsein, wann immer es eine Pause gab, meist wenn er ritt oder er kurz davor war, einzuschlafen.

Es dauerte zu lange, bis Frederick sie wiedersah, um mehr als einen kurzen Austausch bei ihr zu Haus oder bei einem gesellschaftlichen Ereignis zu haben. Erst als Frederick sich mit Sutherland kurzschloss, nachdem er einen weiteren Auftrag erhalten hatte, der ihn aus Brüssel führen würde, wurde ihm klar, wie sehr er gehofft hatte, Phoebe länger als ein paar Minuten wiederzusehen. Er *vermisste* sie tatsächlich, und das war etwas vollkommen Neues.

Frederick hatte seine Schwester und Phoebe seit der Ankunft von Lord Wellington nicht ganz und gar vernachlässigt, aber wenn sie ihn sahen, war er immer auf dem Weg, etwas anderes zu tun. Der Mangel an Zeit für ein tieferes Gespräch war frustrierend, aber Phoebe musste froh sein, dass er wenigstens kam, wenn er konnte. Sie hatte den Eindruck, dass sich bei diesen kurzen Begegnungen etwas zwischen ihr und Frederick verändert hatte, so subtil es auch war. Sie spürte seinen Blick, wenn sie ihn nicht ansah, aber wenn sie sich ihm zuwandte, huschten seine Augen davon.

Solange Phoebe Frederick kannte, hatte er ihr seine ungeteilte Aufmerksamkeit geschenkt, wann immer die Umstände sie zusammenbrachten, aber er hatte sie nie gezielt aufgesucht. Nicht - so rief sie sich in Erinnerung - dass er das nun tat. Er und Lydia standen sich nahe, also war es wahrscheinlich, dass er aus diesem Grund zu ihnen nach Hause kam. Oder vielleicht hatten Lydia und Phoebe durch die Abwesenheit seiner üblichen Kollegen einen höheren Stellenwert. In jedem Fall hatte sie das Gefühl, dass er sich jedes Mal, wenn er kam, zurückhielt, alles anzusprechen, was ihm durch den Kopf ging.

Eines Tages kam Frederick zum Frühstück ins Haus, um Lydia die Nachricht von der Hochzeit ihres Cousins mitzuteilen. Er wollte gerade gehen, als er sagte: „Glaube nicht, dass ich unseren Ausritt vergessen habe. Es ist mittlerweile wärmer geworden, in der Zeit, in der ich so beschäftigt war, und wenn die Sonne bleibt, verspreche ich, dass ich bald Zeit finden werde, euch zu begleiten. Es wird angenehmer sein als zu dem Zeitpunkt, als ich es ursprünglich vorschlug." Er hob lächelnd seinen Hut und ging zur Tür hinaus.

„Gütiger Himmel", sagte Lydia und erhob sich vom Frühstückstisch, den sie größtenteils unangetastet ließ. „Ich hatte noch nie so häufig das Vergnügen von Fredericks Gesellschaft, nicht einmal, als wir noch zusammenwohnten." Sie ging hinüber, um den Vorhang zu glätten, dessen Saum sich in einer der Topfpflanzen verfangen hatte. „Brüssel hat sich als sehr unterhaltsam erwiesen! Auch wenn die halbe Gesellschaft hierhergekommen ist, um zu sparen, hat man genau die richtige Art von Gesellschaft. Nicht so wenige, dass man das Gefühl hat, immer dieselben Leute zu treffen, aber auch nicht so viele, dass man keine intimen Beziehungen knüpfen kann. Es war kein Fehler, als ich dich einlud, meinst du nicht auch?"

„Hm?" Phoebe blickte auf. Sie hatte darüber nachgedacht, wie schneidig Frederick an diesem Tag in seinem gutsitzenden Mantel ausgesehen hatte, und hatte Lydias Worte kaum registriert. Frederick kam in die Jahre - von grauen Haaren oder Falten war natürlich nichts zu sehen, aber er hatte eine Reife an sich, die ihm gut zu Gesicht stand. In jüngeren Jahren war er eher schlaksig gewesen. Mit dem Alter war er fülliger geworden, und sie dachte oft daran, wie schön es wäre, ihn in die Arme zu schließen und fest an sich zu ziehen.

Sie wandte ihre Gedanken von diesem ablenkenden Bild ab und es gelang ihr, sich auf Lydias Frage zu konzentrieren. „Nein, natürlich nicht. Ich wüsste nicht, wo ich jetzt wäre, wenn du diese Idee nicht gehabt hättest. Wahrlich, ich habe mich noch nie so gut unterhalten.“

In Lydias Augen lag ein Hauch von humorvoller Spekulation, als sie antwortete. „Könnte es etwas mit der Anzahl der Offiziere zu tun haben, die um deine Aufmerksamkeit buhlen? Oder ... mit einem Offizier im Besonderen?“

Phoebe lächelte, gab aber keine Antwort. Es stimmte, dass Mr. Conroy ihr sehr schmeichelhaft Aufmerksamkeit schenkte, wann immer sie sich trafen. Sie genoss die Zeit, die sie miteinander verbrachten, aber es rührte sich noch immer nichts in ihrer Brust, wenn sie ihn sah. Sobald Frederick auf der Bildfläche erschienen war, hatte sich ihr Herz geweigert, sich einem anderen zu öffnen. Mr. Conroy musste die Zurückhaltung gespürt haben, die mit Fredericks Eintreffen einherging, denn auch er hielt sich nun in seinem Werben zurück. Zu Beginn hatte er seine Absichten ganz offen gezeigt. Nun war er zwar bereit, sie bei öffentlichen Zusammenkünften aufzusuchen, kam jedoch nicht mehr zu Nachmittagsbesuchen oder machte Andeutungen über eine gemeinsame Zukunft. Entweder hatte er die Konkurrenz erkannt und die Sache auf sich beruhen lassen, oder er war schlicht nicht interessiert genug, um sie um jeden Preis zu hofieren.

„Sollen wir einkaufen gehen?“, fragte Lydia mit der Hand auf dem Türknauf zum Korridor.

Phoebe erhob sich vom Tisch. „Erneut?“, gab sie mit einem neckischen Lächeln zurück. „Lydia, das Paketschiff wird nicht genug Koffer für all die Dinge haben, die wir anhäufen. Wir können Brüssel nicht nach London transportieren.“

„Aber die Preise! Kannst du deinen Augen trauen? Tanzpantoffeln aus Seide und Satin für weniger als vier Schillinge und Handschuhe und Fächer für den allergeringsten Betrag. Wir sollten die Gelegenheit nutzen, während wir hier sind, diese Schätze zu ergattern. Wenn wir zurückkehren, wird uns die gesamte vornehme Gesellschaft beneiden.“

„Pantoffeln und Handschuhe, die du bei unserer Ankunft in London für traurig aus der Mode gekommen erklären wirst.“ Phoebe lachte und schüttelte den Kopf. „Nein, ich glaube nicht, dass wir noch mehr Schätze benötigen. Aber ich werde dich begleiten, denn es ist wunderschön draußen und der Tag schreit danach, genossen zu werden.“

Sie kamen in ihrem Lieblingsmodengeschäft an, das zwischen den dunklen Holzpfosten süße calamine-blaue Wandbehänge hatte. Lydia begann, die Hüte in den Regalen zu begutachten, wobei sie die Bänder, die an ihnen baumelten, mit den Fingern berührte und die Verzierungen verglich. Sie nahm einen der Hüte und betrachtete die grüne Seide, die mit winzigen Stichen in die Strohkrempe eingenäht war. Der Klang einer bimmelnden Glocke verkündete die Ankunft eines weiteren Kunden und Phoebe drehte sich um. Es war Martha Cummings, die ein gelbes Kleid trug, das unglücklicherweise nicht mit einem Auge für ihren Teint oder ihre Figur ausgewählt worden war.

„Phoebe Tunstall!“, rief Martha aus. „Ich habe Sie eine Ewigkeit nicht gesehen. Wollten Sie nicht zu dem Essen *al fresco* kommen, das die Mayfields veranstaltet haben?“

Phoebe fand sich mit dem Dazukommen ihrer geschwätzigen Bekannten ab und versuchte, etwas freundlicher zu sein. „Wir wollten eigentlich hingehen, doch Lydias Mann hat uns zur Parade der Gordon Highlanders eingeladen, also haben wir uns die angesehen.“

„Oh, das muss so aufregend gewesen sein, obwohl ich vermute, dass man ewig herumstehen und darauf warten muss, dass tatsächlich etwas Aufregendes geschieht. Ich habe schon einmal an einer Militärparade teilgenommen und mir geschworen, dass ich das nie wieder tun würde. Aber wenn man mich fragen würde und es wäre eine *bestimmte* Freundin, würde ich wohl hingehen, nur um ihr einen Gefallen zu tun. Ist das nicht ein ganz entzückender Hut, Mrs. Fitzwilliam? Haben Sie sich für diesen entschieden?“

Lydia war weniger tolerant als Phoebe gegenüber Menschen, die ihre Nachsicht überstrapazierten, doch sie war nicht unfreundlich. Sie wechselte einen wissenden Blick mit Phoebe, als sie antwortete. „Ja, ich habe beschlossen, diesen und den Tschako zum Reiten zu nehmen."

„Der hohe Blaue dort? O ja, Sie *müssen* zwei haben. Mir geht es ganz genauso. Ich kann mich nicht davon abhalten, etwas zu kaufen, vor allem, da in London alles so teuer ist, und es hier für einen Apfel und ein Ei zu haben ist." Martha lachte und fuhr auf diese Weise fort, während Lydia ihre Hüte kaufte und sie einpacken ließ.

In dem Bemühen, Marthas Geschwätz eine andere Richtung zu geben, fragte Phoebe: „Wie geht es Mr. Cummings?"

„Albert? Es geht ihm sehr gut. Er ist noch immer auf der Suche nach einer guten Partnerschaft in Brüssel. Die Seifen und Rasiersets, die er hier findet, werden ihm von den Herren in London in kürzester Zeit aus den Händen gerissen werden, wenn er nur einen Partner findet, der ihm die Waren nach seiner Rückkehr zuverlässig liefert. Er hat gesagt, dass er nicht zu viel investieren oder sich verpflichten wird, hier langfristig zu bleiben. Nachdem wir erfahren haben, dass Napoleon geflohen ist und sich auf dem Weg hierher befindet, finden wir keinen Frieden mehr. Was für ein Ungeheuer er ist, da bin ich mir sicher. Wir sind jederzeit bereit zu fliehen."

„Nun, da Lord Wellington gekommen ist, fühle ich mich sehr sicher." Lydia nahm ihre Einkäufe und ging zur Tür. Ihre Stimme hatte ein beruhigendes Timbre, von dem Phoebe sicher war, dass nur sie es wahrnehmen konnte. „Ich denke nicht, dass es einen Grund zur Panik gibt."

Martha hielt sich an Phoebe, während sie Lydia hinterherlief. „O ja, ich bin höchst erleichtert, dass der Duke hier ist. Doch wer kann Napoleon schon trauen? Ich jedenfalls würde nicht hier sein wollen, wenn er mit seiner Kavallerie in Brüssel einmarschiert. Ich bin mir sicher, dass diese französischen Barbaren sich nichts dabei dächten, auf ihrem Weg jede tugendhafte junge Frau zu verderben." Sie traten in das helle Sonnenlicht hinaus und Lydia hielt inne, um auf Phoebe zu warten, und warf ihr einen amüsierten Blick zu, als Phoebe neben ihr auftauchte.

Sie konnte sich vorstellen, was Lydia dachte: *Reden Sie nur weiter, und Sie haben nichts zu befürchten. Dieses Geplapper würde jeden Mann vertreiben.*

Phoebe schimpfte mit sich selbst, weil sie in etwas, das doch eine ernsthafte Bedrohung war, Humor fand. Und Martha war harmlos. Sie ging neben ihnen her, plapperte ohne Unterlass und schien keine Antwort zu erwarten, sodass Phoebe mehr über die drängende Bedrohung nachdenken konnte. In Wahrheit gestattete sie sich kaum, daran zu denken, obwohl immer mehr Soldaten die Gegend überfluteten. Was als einfache Garnison in Brüssel begonnen hatte, war zu einer Flut von Truppen und Häusern angewachsen, in denen verschiedene Regimenter in Uniformen verschiedener Farben untergebracht waren.

Doch im Alltag war es schwierig, sich vorzustellen, dass es tatsächlich eine Bedrohung gab. Die Crème de la Crème der britischen, niederländischen und belgischen Gesellschaft mischte sich bei jeder Veranstaltung und brachte kultivierte Konversation und Wagemut mit, die selbst die Ängstlichsten gegen jede Bedrohung wappnen konnte. Bislang hatte Phoebe an Picknicks und Kartenspielen teilgenommen, wurde fast täglich zu Abendessen eingeladen, hatte Spaziergänge im Park gemacht, wann immer das Wetter es zuließ, und kurze Ausritte in die Natur unternommen. Und sie war erst seit etwas mehr als einem Monat hier. Es war schwer vorstellbar, dass irgendetwas einen Schatten auf eine so fröhliche Stadt werfen könnte.

„Nun." Lydia blieb stehen, als sie die *Rue de la Fourche* erreichten. „Ich glaube, hier müssen wir Sie verlassen, Miss Cummings. Phoebe und ich haben noch eine Verabredung."

„Oh." Martha schien verblüfft zu sein und ließ die Schultern sinken. Phoebe hatte Mitleid mit ihr und fügte lächelnd hinzu: „Aber wir sehen uns doch heute Abend bei den Rawlings, nicht wahr? Sie haben uns Spiele versprochen, und Sie können sich meiner Mannschaft anschließen." Martha freute sich über diese Vorstellung und verabschiedete sich fröhlicher von den beiden.

„Diese Frau!", rief Lydia aus, als sich ihre Wege getrennt hatten. „Wenn sie anderen nur eine halbe Minute Zeit ließe, um auf ihr Geschwätz *antworten* zu können, würde sie mir viel besser gefallen."

Phoebe hatte viel Verständnis für Lydias Standpunkt, aber sie hatte ihre Gedanken im Griff und verzichtete darauf, ihre eigene Kritik zu äußern. „Ich glaube, sie ist einfach nur einsam.“

ENDLICH WAR DER TAG DES PICKNICKS GEKOMMEN, UND FREDERICK kündigte seine Anwesenheit zu früher Stunde an, als er in den Frühstücksraum schritt. „Lasst uns durch den Wald von Soigny reiten. Ich hörte, dass es dort eine Steigung gibt, die für unsere Pferde leicht zu bewältigen ist, und dass wir oben einen perfekten Platz finden, um zu essen und die Landschaft zu genießen.“ Er sah sich um. „Begleitet uns Fitz denn nun? Du sagtest, er würde es möglicherweise tun.“

„Das tue ich“, antwortete Fitz und betrat den Raum vom Korridor aus.

Phoebe war froh, dass sie nur zu viert sein würden, denn alte Freunde bildeten eine solch gemütliche Gesellschaft, und in diesen Genuss kamen sie selten genug. Sie warf sich das lange Ende ihres Reitrocks über den Arm und warf einen verstohlenen Blick auf Frederick, der in seinem dunklen Reitmantel, den sich an seine Oberschenkel schmiegenden Beinkleidern und den weiß gebänderten Reitstiefeln mit schwarzen Quasten besonders gut aussah. Er hielt ihr den Arm hin, damit sie ihre Hand darunter schieben konnte, während Sam die Pferde aus dem Marstall zur Haustür bringen ließ. Als sie aufgesessen waren und sich auf den Weg gemacht hatten, ritten Lydia und Fitz voraus und diskutierten mit fröhlicher Leidenschaft über irgendetwas Belangloses, während Phoebe etwas ruhiger an Fredericks Seite ritt.

Sie ritten eine Weile in geselligem Schweigen weiter, bis Frederick ihre Träumerei unterbrach. „Und wie ist es dir ergangen, meine liebe Phoebe?“

Der Schock lenkte ihren Blick zu ihm, doch sie wandte ihr Gesicht sogleich wieder nach vorne. Er hatte sie *meine liebe Phoebe* genannt. Das war neu. Ihr Verstand erlaubte ihr nicht zu glauben, dass sie ihm etwas bedeutete, doch ihr Herz folgte nicht der Logik ihres Verstandes. „Nun, ich bin sehr froh, aus Brüssel hinauszureiten, wenn es das ist, was du wissen möchtest.“

Sie konnte das Lächeln in Fredericks Stimme hören. „Das bin ich ebenfalls. Aber das war nicht ganz das, was ich meinte. Bist du hier zufrieden? Hast du keine Angst vor der Zukunft?"

Sie drehte sich zu ihm. „Sollte ich das? Hast du Angst?"

Frederick nahm sich etwas Zeit, ehe er antwortete. „Ich habe keine Angst, nein. Doch ich gebe zu, dass es ein zusätzliches Element gibt, das mir nicht gefällt. Als ich vor Jahren auf der Halbinsel kämpfte - ehe dein Bruder sich gemeldet hatte - befanden wir uns auf fremdem Territorium und es gab keine geliebten Menschen, die wir verteidigen oder um die wir uns sorgen mussten. Unsere Siege oder Verluste betrafen nur uns. Natürlich bestand immer die Möglichkeit, dass wir, wenn es uns nicht gelingen sollte, Bonaparte aufzuhalten, doch nur nach England zurückkehren und die gleiche Schlacht auf unserem eigenen Boden ausfechten müssten. Doch diese Bedrohung blieb in weiter Ferne, weil sich alles in Übersee abspielte." Er hielt inne und blickte auf den Weg, der links an den Wald grenzte und rechts von einer Reihe von Bäumen gesäumt wurde, die ein grünes Blätterdach bildeten.

„Aber mit Lydia hier - und dir", fuhr er fort, „ist die Bedrohung für mich realer. Ich bin immer noch der Meinung, dass es besser für dich wäre, nach London zurückzukehren."

Die Worte trafen Phoebe schwer. Sie war ihm wichtig genug, dass er nicht wollte, dass ihr etwas zustieß, doch sie war ihm nicht *so* wichtig, dass er es nicht ertragen konnte, sie gehen zu sehen. Er empfand für sie die gleiche Zuneigung wie für seine Schwester. Sie biss sich auf die Lippe und blieb stumm, obwohl sie wusste, dass er auf eine Antwort wartete. Es gab kein Versprechen zwischen ihnen, aber sie konnte die Hoffnung nicht auslöschen, die jedes Mal aufkeimte, wenn seine Worte anzudeuten schienen, dass da mehr war.

Es war an der Zeit, dass sie die Sache selbst in die Hand nahm und ihr Herz ein für alle Mal stählte. Sie würde ihm in dem gleichmäßigsten, schwesterlichsten Ton antworten, der ihr zur Verfügung stand. „Ich verstehe deine Sorge, aber um ehrlich zu sein, sehe ich mich nicht in der Lage, ohne Lydia zu gehen. Ich habe nichts, zu dem ich zurückkehren könnte, und das macht mich eher bereit zu bleiben und Risiken einzugehen."

Sie warf ihm einen Blick zu und beschloss, in dieser ehrlichen Form fortzufahren. „Ich habe Stratford und Eleanor, und ich habe meine Schwester. Doch ich würde meine Hoffnungen auf eine Heirat und auf eine eigene Familie aufgeben. Das ist etwas, das ich will, Frederick. Zum ersten Mal bin ich nicht auf den Wunsch oder zum Vorteil von jemand anderem gegangen. Ich bin aus eigenem Antrieb hier. Und ich bin nicht darauf erpicht, das jetzt schon zu ändern.“

Frederick seufzte und blickte dann nach vorne. „Fitz!“, rief er und Phoebe fragte sich, ob er sie überhaupt gehört hatte. *Wunderbar. Ich schütte Frederick mein Herz aus, und er hört mir nicht einmal zu.*

Fitz zog an den Zügeln und blickte hinter sich, und Frederick erhob seine Stimme, um gehört zu werden. „Am Ende des Waldes von Soigny müssen wir links abbiegen und nicht weiter die *Chaussée de Bruxelles* entlangreiten.“

Fitz hob die Hand als Antwort und ritt weiter. Er lenkte sein Pferd nach links, als das Blätterdach endete. Frederick und Phoebe ritten schweigend, und aus Verärgerung weigerte sich Phoebe, diejenige zu sein, die das Schweigen brach.

„Du wirst deinen Mann bekommen“, sagte Frederick schließlich. Seine Stimme klang hart, als hätte sie ihn verärgert, aber zumindest hatte er ihr zugehört. „Es ist unmöglich, dass du unbemerkt bleibst. Sei es in Brüssel, in einer kleinen Stadt in der Nähe von Worthing oder in London.“

Frederick lenkte nach links wie Fitz und Phoebe folgte seinem Pferd. „Meinst du? Ich glaube, man hat mich jahrelang übersehen.“ Sie lächelte schwach und machte sich nicht die Mühe, seinen Blick zu erwidern. „Ich bin mir nicht so sicher, ob das, was du sagst, wahr ist.“

Der Weg führte eine Steigung hinauf zu der Ebene, wo Frederick meinte, dass sie ihr Picknick abhalten könnten. Er sah sie an, und Phoebe spürte seinen Blick. Als er nicht nachgab und den Blick abwandte, sah sie ihn schließlich an und entdeckte seinen abschätzenden Blick.

„Manchmal sind die Menschen blind für das, was sich direkt vor ihrer Nase befindet. Doch dass sie anfangs blind sind, heißt nicht, dass sie es auch bleiben werden.“

Er brach den Blickkontakt ab und Phoebe spürte, wie sich ihr Magen auf die schwindelerregendste Weise zusammenzog und wieder ausdehnte. Es war fast so, als würde er ihr eine Nachricht über den Stand seines Herzens geben, aber ... das konnte nicht sein. Sein Tonfall hatte sich nicht verändert und er hatte sie nicht wie ein Mann angesehen, der ihr Herz zu erobern suchte. Aber wie er sie angesehen hatte und mit ihr gesprochen hatte, war *bewusst* gewesen, und das konnte nur bedeuten, dass sie sein Interesse in geringem Maße geweckt hatte. Und sie hatten dieses gemeinsame Picknick, bei dem sie vielleicht einen Blick in sein Herz werfen konnte. Das war genug, um dem Tag etwas Vielversprechendes zu verleihen.

# KAPITEL DREIZEHN

Frederick ließ auf der Spitze des Hügels die Zügel auf den Rücken seines Pferdes fallen und half Phoebe beim Absteigen. Als ihr Fuß den Boden berührte, fiel sie nach vorne gegen ihn und er fing sie um die Taille auf.

„Oh, verzeih mir. Meine Beine sind nach dem Ritt etwas steif." Sie erwiderte seinen Blick nicht, sondern löste sich aus seinem Griff und ging hinüber zum Rand des Geländes, das in einen steilen Abhang abfiel und einen freien Blick auf das Tal bot. Frederick blieb mit einer Hand auf ihrem Pferd stehen, beobachtete Phoebe und versuchte erfolglos, sich von dem Gefühl zu befreien, sie in seinen Armen zu halten.

Sie zog ihre Handschuhe aus und blickte in die Ferne, während ein Windhauch an ihrer Haube zerrte. Frederick hatte gemeint, was er während des Rittes gesagt hatte. Manchmal konnte ein Mann blind für das sein, was vor seiner Nase lag. Es war nicht so, dass er Phoebe erobern wollte. Ihre Freundschaft bestand schon zu lange, als dass er eine solche Idee in Erwägung ziehen würde. Er hatte sie aufwachsen sehen und bis vor kurzem hatte er sie nur als Schwester empfunden.

Wie sie sich in seinen Armen angefühlt hatte - und wie ihre Kleider an ihr saßen - war jedoch für sein eigenes Wohlbefinden viel zu ansprechend. Und wenn er ehrlich war, hatte ihn die Erinnerung an sie in diesem roten Kleid am Abend seines ersten Balls in Brüssel mehr als einmal geplagt. Selbst jetzt hielt der Anblick von ihr, wie sie am Rande des Felsvorsprungs stand - die Welt zu Füßen, wie es schien - seine Fantasie in Atem. Sie schien gleichzeitig unerreichbar und verletzlich zu sein. Er wollte sie sowohl für sich gewinnen als auch retten und sie in seine Arme ziehen.

Frederick riss seinen Blick los und entdeckte, dass Lydia ihn mit einem Ausdruck der Überraschung - und des Verstehens, wie er befürchtete - ansah. Seiner Schwester entging nur wenig, und es wäre nicht gut für ihn, wenn sie anfinge, ihn zu necken. Er würde sie auf eine falsche Fährte locken müssen. Außerdem waren die Gedanken, die er über Phoebe hegte, aus dem Nichts aufgetaucht, und kamen ihm falsch vor. Die Hitze der Verlegenheit kroch ihm in den Nacken, als er sich vorstellte, was Phoebe von ihm denken würde, wenn sie es wüsste. Sie war immer so beherrscht, dass es schwierig war, ihre Gedanken zu lesen. Aber er befürchtete, dass die Anziehung, die sie auf ihn ausübte, sie schockieren würde.

„Fitz“, rief er, um sich abzulenken und Lydias Gedanken in eine neue Richtung zu lenken. „Ich habe die Decke mitgebracht, aber wir sollten sie besser näher an die Baumreihe legen. Hier oben ist es windiger, als ich erwartet habe.“ Er tätschelte der Stute die Flanke, und sie schloss sich seinem Wallach an und graste entlang des Grases, das den Kamm auf der Spitze des Hügels säumte.

„Du hast recht“, antwortete Fitz und ging zu ihm hinüber. „Hier, gib mir diese Ecke. Lydia, würdest du die Satteltaschen öffnen und herausholen, was die Köchin für uns vorbereitet hat?“

Phoebe wandte sich vom Rand ab und kam auf sie zu. Die frische Luft verlieh ihrem Gesicht ein rosiges Strahlen und ihren Augen ein Funkeln. Frederick blickte zu ihr auf, seine Mundwinkel hoben sich, doch aus irgendeinem Grund sah er wieder weg, unfähig, ihrem Blick ganz zu begegnen. Er beschäftigte sich damit, die Decke auszubreiten und Lydia das Geschirr abzunehmen, das er in der Mitte platzierte. Er wollte Phoebe gerade die Hand reichen, damit sie sich setzen konnte, doch sie kniete sich hin und nahm einen Platz auf der Decke in seiner Nähe ein, wobei sie sich zur Aussicht drehte.

„Es ist schade, dass es tatsächlich zu windig ist, um direkt am Rand zu picknicken. Die Aussicht ist herrlich.“ Phoebe wandte sich Lydia zu, die gerade den letzten Rest ihres Picknicks herausholte. „Verzeih mir. Ich hätte dir helfen sollen. Aber du musst die Aussicht sehen."

„Das werde ich, nachdem wir gegessen haben", sagte Lydia. „Ich bin kurz vor dem Verhungern und muss sofort etwas essen. Fitz, würdest du mir etwas von dem Schinken abschneiden, ja, mein Lieber?" Sie nahm einen Bissen von ihrem Brot, ohne darauf zu warten, dass Fitz ihr den Gefallen tat. Frederick hatte noch nie erlebt, dass seine Schwester mit dem Essen begann, ehe alle anderen bereit waren, und fand das merkwürdig.

„Kein Wunder, wenn du dein Frühstück nicht anrührst", sagte Phoebe.

Frederick sah, wie Phoebes Augen spekulativ zu Lydias Mitte und wieder zurück zu ihrem Gesicht wanderten. Er drehte sich um, um seine Schwester ebenfalls zu betrachten. *Könnte Lydia guter Hoffnung sein?* Die Art und Weise, wie Phoebe ihren Blick zu Lydias Mitte hatte schweifen lassen, ließ ihn vermuten, dass zumindest sie das glaubte. Oder sie wusste etwas, was er nicht wusste. Seltsam, dass Frederick sich nie gefragt hatte, warum Lydia Fitz noch keinen Erben geschenkt hatte. Es stimmte zwar, dass sie fast ein Jahr lang getrennt gewesen waren, während er in Amerika war, aber davor hatten sie auch gemeinsam einen Feldzug begleitet. Er nahm an, dass man im Allgemeinen nicht auf diese Weise über seine Schwester nachdachte. Dennoch gefiel Frederick die Vorstellung, Onkel zu sein. Er würde sehen müssen, ob er Lydia dazu bringen konnte, sich dem Thema auf eine Weise zu öffnen, die ihr - oder ihm - nicht unangenehm war.

„Gibt es Neuigkeiten über Blüchers Ankunft?", fragte Fitz, während er in das rustikale belegte Brot biss, das er zubereitet hatte. Ein Stück Schinken fiel auf der anderen Seite heraus und er fing es mit den Händen auf.

„Er sollte jeden Tag hier sein. Wellington rechnet mit seinem Beitrag, wenn sie anfangen, über Strategie zu sprechen." Frederick hatte gar nicht bemerkt, wie hungrig er war, bis er zu essen begann. Er war sich nicht sicher, ob eine Scheibe Brot mit Fleisch jemals so voller Geschmack gewesen war. Vielleicht war es der Genuss des Tages, der das bewirkte.

Die Sonne wärmte sie, konnte aber nicht mit der steifen Brise konkurrieren, die über den Felsvorsprung kam und an ihnen vorbeizog.

Sie brachte den Duft von Wildblumen und Erde mit sich. Phoebe rollte ihre Beine von ihm weg und stützte sich in seiner Nähe auf eine Hand. So kam sie ihm so nahe, dass sich ihre Arme fast berührten. Es war ein angenehmes Gefühl, das die ganze Leichtigkeit ihrer langjährigen Freundschaft mit der weiblichen Anziehungskraft verband, derer er sich langsam bewusstwurde. Sie war nicht ganz still, während sie aßen, trug aber wenig zum Gespräch bei. Er fragte sich, ob sie merkte, dass ihre Anwesenheit ihn beeinträchtigte. Sie lehnte sich noch dichter zu ihm und ihr Arm streifte seinen.

*Genug davon.* Frederick ärgerte sich über sich selbst wegen der Versuchungen, die ihm durch den Kopf gingen und die bei dieser Frau absolut nichts zu suchen hatten. Er streckte die Beine vor sich aus und stützte sich mit der anderen Hand ab, so dass er Phoebe nicht mehr ganz so nahe war. Er verlor den Verstand.

„Ich habe einige Neuigkeiten, die dich interessieren dürften", sagte er an Fitz gewandt. Seine Schwester warf ihm einen Blick zu, doch das war auch schon alles, was sie an Interesse zeigte. „Sir Hudson Lowe wird als unser Generalquartiermeister abgelöst."

Fitz zog an einer Traube, bis sie sich löste und schaute dann interessiert auf. „Von wem? Er kennt die Niederen Lande inzwischen und sollte gut geeignet sein, seine Position fortzusetzen. Es sei denn, es liegt daran, dass Wellington den Mann kaum ertragen kann?"

Frederick lachte und schüttelte an Lydia gerichtet den Kopf, die ihm einen Teller mit Kuchen anbot. Phoebe hatte den Korb mit den Datteln in der Hand und bot sie Frederick mit fragenden Augen an. Er konnte nicht anders, als zu lächeln und eine zu nehmen, wobei er ein Schwindelgefühl verspürte, das ihn völlig verblüffte. „Ich glaube, da hast du recht. Der Duke ernennt Sir William Howe De Lancey, den er tolerieren *kann.* Deshalb ist er auch in Brüssel."

„De Lancey!" Fitz' überraschter Blick verwandelte sich in einen nachdenklichen. „Ja, ich denke, das ergibt Sinn. Er ist jung, aber er hat Durchsetzungsvermögen und verschwendet seine Zeit nicht mit nutzlosen Diskussionen."

„Und auch Wellingtons Zeit nicht." Frederick kaute auf der Dattel herum, die prall und so süß wie ein *Bonbon* war.

Das Gespräch wendete sich der Brüsseler Gesellschaft und dem Ball zu, den Wellington ausrichten würde. Dann kamen sie auf Fitz'

Trainingsplan für sein Regiment zu sprechen und Lydia beschwerte sich lautstark darüber, wie selten er zu Hause war. Als diese Beschwerde geäußert wurde, nachdem sie den Besuch von zwei Bällen und einer Kartenparty für diese Woche geplant hatten, holte Fitz sie neckend aus ihrer vorgetäuschten Verdrossenheit heraus.

„Ich fürchte, mir wird kalt", sagte Lydia, und erhob sich nach ihrem gemütlichen Mittagessen. „Wärt ihr allzu enttäuscht, wenn wir bereits zurückritten?"

„Nein. Mir geht es ebenso", antwortete Phoebe, und Frederick hoffte, dass das Zögern, das er in ihrer Antwort hörte, darauf zurückzuführen war, dass auch sie noch ein wenig länger in seiner Gesellschaft verweilen wollte. „Aber so kalt es auch sein mag, du darfst dir die Aussicht nicht entgehen lassen. Komm." Sie nahm Lydia am Arm, und sie gingen zum Rand des Felsvorsprungs.

Frederick folgte ihnen, während Fitz ein paar ihrer Sachen zusammenpackte. Er hörte Lydia sagen: „Großartig. Es ist so ähnlich aus wie die Aussicht, die wir hatten, als wir mit dem Kanalboot herfuhren, nur dass man hier weiter sehen kann."

Fitz gesellte sich zu ihnen. „Ein Großteil der Landschaft in diesem Teil Belgiens sieht gleich aus, wie ich feststellte. Die Gebiete um Brüssel sind nicht so weit entwickelt wie einige der englischen Landschaften, denn es gibt viel mehr Weiler und kleine Höfe als Dörfer."

Er hatte eine Karte mitgebracht und rollte sie aus, schaute nach vorne und studierte das Terrain. Er zeigte geradeaus. „Der Hügel vor uns, wo das Tal wieder ansteigt und wo ihr eine kleine Spitze sehen könnt, ist der Mont St. John. Und dort drüben auf der rechten Seite können wir gerade noch den Weiler Le Mesnil erkennen." Er warf einen weiteren Blick auf die Karte und deutete nach links. „Und diese Wälder dort sind eine Erweiterung des Waldes von Soigny. Es ist immer nützlich zu wissen, was wir sehen."

Lydia hakte sich bei ihrem Mann unter. „Ein militärischer Charakterzug, dessen bin ich mir gewiss. Nun, da wir wieder in Bewegung sind, bin ich sicher, dass ich nicht vor Kälte vom Pferd fallen werde. Dennoch denke ich, es ist Zeit, dass wir zurückkehren. Dieser Wind bestätigt, dass der Sommer noch nicht da ist."

Sie und Fitz kehrten zu der Decke zurück. Frederick hielt Phoebe seinen Arm hin und war erfreut, als sie sich bei ihm unterhakte. Er begann, sich der Tiefe seiner Sehnsucht nach mehr Intimität mit ihr bewusst zu werden. Wann immer er von ihr getrennt war, dachte er daran, wann er das nächste Mal bei ihr sein könnte. Dieser Ausflug zu viert war ein guter Anfang, doch er wollte mehr.

Phoebe sah mit einem sanften Lächeln zu ihm auf. „Ich habe unseren Nachmittag genossen. Ich werde oft daran erinnert, dass ich in einem fremden Land lebe, aber dieser Ausflug heute fühlte sich fast so an, als wäre ich wieder zu Hause.“

*Mit mir bist du es.* Frederick erwiderte ihren Blick einen Hauch zu lange, dann legte er seine Hand über ihre auf seinen Arm. „Ich bin der gleichen Meinung. Ich hoffe, dass meine Pflichten mehr solcher Ausflüge zulassen werden.“

# KAPITEL VIERZEHN

Seit ihrem Picknick auf dem Hügel mit Blick auf das Tal und die Weiler war beinahe eine Woche vergangen, und es schien bereits eine ferne Erinnerung zu sein. Keiner ihrer Ausflüge hatte sie in Fredericks Nähe gebracht. Phoebe nahm an, dass dies nur natürlich war, da seine militärischen Pflichten Vorrang haben mussten. Doch selbst Fitz hatte Zeit, nach Hause zu kommen und zu schlafen. Frederick schien ganz aus Brüssel verschwunden zu sein. Wahrscheinlich war es das Beste, da Phoebes Herz in noch größerer Gefahr war als in ihren früheren Jahren, denn sie hatte einen Vorgeschmack darauf bekommen, wie es war, mit ihm auf Augenhöhe Zeit zu verbringen und geschätzt zu werden.

Sie und Lydia saßen am Frühstückstisch und Phoebe beobachtete, wie Lydia mit ihrer Gabel herumspielte, ehe sie die Eier von sich schob. Sie nahm einen Bissen von dem trockenen Toast und schluckte ihn hinunter, ehe sie etwas Tee trank. Sarah eilte ins Esszimmer, sah den Teller mit den Eiern und trug ihn ohne ein weiteres Wort fort. Dann war es still im Frühstücksraum.

Phoebe räusperte sich. „Ich verstehe, dass dies eine heikle Angelegenheit ist, und ich nehme an, ich bin nicht in der besten Position, mich danach zu erkundigen. Aber ich bin die einzige weibliche Begleitung, die du hier hast, die dir nahe genug steht, um ein solches Thema anzusprechen. Und ich weiß etwas über die Veränderungen"- sie brach abrupt ab, mit einem befangenen Lächeln im Gesicht - „die Veränderungen, die einen in einem heiklen Zustand überkommen. Schließlich habe ich auch Eleanor und Anna dabei beobachtet, wie sie mit ihrem Frühstück herumspielten und Gerichte mit stärkeren Gerüchen von sich schoben."

Lydia biss erneut vom Toast ab. „Du hast es also erraten? Es ist noch so früh, dass ich nicht daran dachte, es zu erwähnen. Aber es fällt mir immer schwerer, meine seltsamen Essgewohnheiten zu verbergen. Während ich am Anfang nur Freude und einen unstillbaren Hunger verspürte, beginne ich nun, einen Ekel vor allem anderen als den fadesten Speisen zu empfinden." Sie begegnete Phoebes Blick. „Um die Wahrheit zu sagen, es ist eine Erleichterung, mit dir darüber zu sprechen."

Phoebe griff über den Tisch und legte ihre Hand auf die von Lydia. „Weißt du in etwa, wann die Niederkunft sein wird?"

„Es ist noch einige Zeit hin. Ich denke, im Winter oder um Weihnachten herum." Lydia zuckte mit den Schultern. „Falls wir dann noch hier sind, muss ich eine Hebamme finden."

„Was hält Fitz von den Nachrichten?", fragte Phoebe, lehnte sich zurück und nippte an ihrem Kaffee.

Lydia sah nach unten und zerpflückte den Toast mit ihren Fingern. „Ich habe noch nicht entschieden, wann ich es ihm sagen soll. Ich möchte nicht, dass er sich sorgt - oder mich zurück nach London schickt. Ich weiß, dass er sagte, er würde das nicht tun, doch ich fürchte, wenn er erfährt, dass ich guter Hoffnung bin, könnte er darauf bestehen."

„Er weiß es also nicht!"

Lydia schüttelte den Kopf. „Und bis ich es ihm sage, kann ich mich darauf verlassen, dass du es nicht erzählst?"

„Natürlich." Phoebe dachte, dass Fitz nicht sehr aufmerksam sein musste oder dass sie vielleicht nicht genug gemeinsam gefrühstückt hatten. Sie nahm an, dass er über wichtigere Dinge nachdenken musste. „Was möchtest du heute unternehmen?"

Lydia seufzte und sagte, anstatt eine Antwort zu geben: „Hast du bemerkt, dass wir Fred seit einer Ewigkeit nicht mehr gesehen haben?

Ich frage mich, wo er ist und wann wir ihn das nächste Mal sehen
werden."

Phoebe zuckte innerlich zusammen, als sie Fredericks Namen
hörte, verzog jedoch keine Miene. Er war stets in ihren Gedanken.
„Ich weiß es nicht. Nun, da Lord Wellington hier ist, wird er wohl
wenig Zeit für gesellschaftliche Verpflichtungen haben."

„Das ist wahr. Lass uns heute zu Wouters gehen", rief Lydia aus.
„Ich verspüre plötzlich Verlangen auf den *Kruidenkoek*, den es dort gibt,
und ich kann mir vorstellen, dass wir dort auf fröhliche Gesellschaft
stoßen werden. Das ist genau das, was wir brauchen."

„Eine ausgezeichnete Idee." Phoebe wollte eben aufstehen, als der
Lakai mit der Morgenpost hereinkam. Er reichte ihr zwei Briefe, und
sie betrachtete die Handschrift - einer war von Anna, der andere von
Eleanor. „Sollen wir gehen, nachdem wir unsere Briefe gelesen haben?"

Lydia nickte. Sie hatte ebenfalls zwei Briefe erhalten und hielt
einen davon hoch. „Ich habe einen von Eleanor."

Phoebe lächelte und hob ihre Hand. „Ich ebenfalls." Es sah ihrer
Schwägerin ähnlich, zwei Briefe zu schreiben, die separat verschickt
werden mussten - eine Extravaganz, die sich Stratford leisten konnte -,
nur damit Phoebe und Lydia sich beide besonders bedacht fühlten.
Eleanor und Lydia waren zusammen zur Schule gegangen, und Eleanor
hatte während der Londoner Saison bei Lydia gewohnt, in der sie und
Stratford sich ineinander verliebten.

Phoebe wählte ein sauberes Messer und schlitzte zuerst das Siegel
von Annas Brief auf und überflog dessen Inhalt.





*ICH WAR BEGEISTERT VON DER IDEE, DASS DU LONDON VERLÄSST, UM
Dich auf ein solches Abenteuer einzulassen - ein Abenteuer, das ich selbst gerne
erlebt hätte. Doch ich muss meine wachsende Angst gestehen, dass es mir nun, da
Napoleon von Elba geflohen ist und auf dem Kontinent aufmarschiert, nicht gefällt,
dass Du Dich derart in seiner Nähe befindest. Würdest Du in Erwägung ziehen,
nach Hause zu kommen? Wenn Du das tust, verspreche ich, meinen armen Harry*

Phoebe las den Brief einigermaßen überrascht. Anna zeigte selten mehr als die leichteste Besorgnis, obwohl Phoebe wusste, dass ihre Schwester die Dinge viel tiefer empfand, als sie offen zeigte. Wenn Anna das nicht täte, hätte sie keinen Pfarrer heiraten können. Doch dass sie den gesamten Brief über versuchte, Phoebe zur Rückkehr nach England zu drängen (abgesehen von ein oder zwei knappen Zeilen am Ende, in denen sie Peters Fähigkeit lobte, einen Ball zu werfen, und darüber spekulierte, ob der Tritt des Kindes in ihrem Bauch möglicherweise - ganz sicher- der eines Mädchen sein könnte), zeigte, wie sehr sie sich sorgte.

Trotz der Sorge, die von den Seiten ausging, ließ Phoebe zu, dass die vertraute Kadenz von Annas Schreiben sie über die Ferne hinweg erreichte und beruhigte. Anna hatte recht mit dem gutaussehenden Soldaten gehabt, der sie nach England zurückschicken wollte, doch sie war nicht geneigt gewesen, sein Angebot anzunehmen.

Sie nahm Eleanors Brief zur Hand und las die mit mehr Bedacht gewählten Worte ihrer sanftmütigen Schwägerin, obwohl sie durchaus in der Lage war, auch Humor in ihre Briefe einzubringen. Auch Eleanor sorgte sich um Phoebes Sicherheit, schrieb aber, dass sie Phoebe vertraute, selbst zu wissen, was die beste Vorgehensweise sei.



. . .

Phoebe lachte. „Hat Eleanor in ihrem Brief ihren Bauch erwähnt?"

„Ja, etwas über Stratford, der ihren Bauch mit wachsender Besorgnis beobachtet", sagte Lydia und hielt ihren Brief hoch.

Phoebe kicherte, als sie wieder nach unten blickte und weiterlas, bis sie die Stelle erreichte, an der sie Stratfords Handschrift erkannte.

*Phoebe, ich hoffe wirklich, Du bist so vernünftig, nach England zurückzukehren, angesichts der neuesten Nachrichten. Es kann Dir nicht entgangen sein, dass Napoleon Paris erreicht hat, und wenn ich etwas über ihn weiß, wird er nicht eher zufrieden sein, bis er seine Grenzen wieder ausgedehnt hat. Ich möchte nicht, dass meine jüngere Schwester dort ist, wenn er es versucht.*

Sie seufzte und faltete den Brief zusammen. „Stratford wünscht, dass ich nach Hause komme, ebenso wie Anna."

Lydia blickte auf, die Sorge zog an der Stelle zwischen ihren Augen. „Möchtest du gehen?"

Phoebe wischte die Krümel von der weißen Tischdecke und schüttelte den Kopf. „Ich ziehe mir jetzt mein Promenadenkleid an. Es wird genau das Richtige sein auszugehen, denn es ist ein wunderschöner Tag. Ich glaube, es könnte der schönste Tag sein, den wir bisher hatten." Als sie an Lydia vorbeiging, legte sie ihr eine Hand auf die Schulter und ging dann in ihr Zimmer, wo Mary gerade einen Schlammfleck am Saum eines der Kambrikkleider untersuchte.

„Mary, wir gehen aus. Oh, ich hatte gehofft, dieses Kleid zu tragen, doch ich sehe, dass es befleckt ist. Würdest du mir stattdessen bitte in das braune Kleid helfen?"

Während Mary das gewünschte Kleid herauszog und ihr hineinhalf, dachte Phoebe an ihre Familie in London. Sie konnte ihre Sorge spüren - ihre Liebe zu ihr und ihren Wunsch, sie wieder in Sicherheit zu wissen. Aber Phoebe fühlte sich dort zu Hause, wo sie im Moment war. Es war seltsam, wie man sich zu Hause fühlen konnte und gleichzeitig schmerzlich leer. Obwohl sie nur wenig Zeit mit Frederick verbracht hatte, schien es in der Zeit, in der sie zusammen waren, eine

Anziehungskraft zwischen ihnen zu geben. Es wurde immer schwieriger, ihn aus ihrem Herzen zu verbannen. Doch sie musste es versuchen. Wenn sie ihm nur irgendetwas bedeutete, hätte er einen Weg gefunden, sie zu sehen.

Als sie bei Wouters ankamen, waren fast alle Tische belegt. „Sieh nur“, murmelte Lydia. „Da ist die Duchess of Richmond. Sie soll nicht sehr warmherzig sein, also lass uns den Tisch dort drüben nehmen.“

Doch die Duchess of Richmond sah auf, entdeckte sie und schickte einen der Diener zu Lydia. „Mrs. Fitzwilliam, Ihre Gnaden, die Duchess of Richmond, würde Sie beide gerne an ihren Tisch einladen.“

Lydia wandte ihr Profil aus dem Blickfeld der Duchess und blickte Phoebe mit hochgezogenen Augenbrauen an. „Wie herablassend sie sich uns gegenüber verhält“, murmelte sie. „Ich frage mich, worüber sie mit uns sprechen möchte.“ Sie durchquerten den Raum zum Tisch der Duchess of Richmond und begrüßten sie mit einem Knicks.

„Mrs. Fitzwilliam, ich weiß, wer Sie sind. Und das ist ...“ Die Duchess ließ die Frage in der Luft hängen und Lydia wandte sich zu Phoebe.

„Mylady, darf ich Ihnen Miss Phoebe Tunstall vorstellen, die Schwester von Lord Worthing.“

Die Duchess nickte und wies mit einer Geste auf die beiden leeren Plätze an ihrem Tisch. „Mein Instinkt, Sie herzurufen war richtig. Bitte setzen Sie sich. Ich konnte an Ihrem Auftreten erkennen, dass Sie Verbindungen zum Adel haben müssen. Was hat Sie nach Brüssel gebracht?“

Phoebe beugte sich vor, um zu antworten. „Mrs. Fitzwilliam ist mit ihrem Mann, Oberstleutnant Fitzwilliam, hier. Sie lud mich ein, sie zu begleiten, anstatt an einer weiteren Londoner Saison teilzunehmen.“

„Und wie viele Saisons haben Sie gehabt?“, erkundigte sich die Duchess.

„Ich hatte vier.“ Phoebes Zuversicht schwand. Es klang so erbärmlich.

„Und keine Verbindung nach vier Saisons?“, bemerkte die Duchess of Richmond. „Ich *bin* überrascht. Sie haben die nötigen Verbindungen und Sie sind ein sehr gutaussehendes Mädchen. Wie erklären Sie sich das?“

Phoebe verbarg jede Spur von Verärgerung und antwortete so

einfach, wie sie konnte. „Ich erkläre es mir damit, dass niemand mir ein Angebot machte, das ich annehmen wollte. Mein Bruder und meine Schwester heirateten zuerst, und ich war um das Wohl meiner Tante besorgt, die unsere einzige enge Verwandte war. Ich wollte sie nicht im Stich lassen, indem ich eine Ehe einging. Ich nehme an, dass das zu diesem Zeitpunkt nicht meine Priorität war.“

Die Duchess wies einen Diener an, den Frauen Kuchen zu servieren, während ein anderer Diener hinter der Duchess stand und beobachtete, welche Tasse Phoebe und Lydia wählen würden. Phoebe wählte eine Teetasse und Lydia eine Kaffeetasse, und der Diener goss die entsprechenden Getränke ein. Der leere Teller und die leere Tasse, die vor ihr standen, deuteten darauf hin, dass Ihre Gnaden bereits gegessen hatte, und sie blieb nicht lange, nachdem sie noch einige Fragen gestellt hatte, die an Unverschämtheit grenzten, beispielsweise, wie Lydia zu ihrer Heirat mit Fitz gekommen war und ob es sich um eine Liebesheirat gehandelt hatte oder nicht.

Als sie fort war, saßen Lydia und Phoebe allein am Tisch, und Lydia beugte sich vor, um nicht von den anderen gehört zu werden. „Unverschämte Frau“, flüsterte sie. Aber in ihren Augen lag ein Hauch von Belustigung. „Auf jeden Fall sollte man sie sich nicht zum Feind machen.“

Phoebe lächelte über ihre Teetasse hinweg und hob ihren Blick zum Eingang des Cafés, wo sie sah, wie Mr. Conroy in bunte Farben gekleidet eintrat und jemanden begrüßte, der an einem Tisch nahe der Tür saß. Sie freute sich, ihn zu sehen, denn der Beginn ihrer Bekanntschaft war interessant gewesen. Obwohl ihr Herz noch immer Frederick gehörte, musste sie sich eingestehen, dass es nicht klug wäre, andere Aussichten derart schnell aufzugeben. Sie wollte schließlich heiraten und in ihrem Alter konnte man nicht allzu wählerisch sein.

Außerdem schien Frederick noch immer eine Schwester in ihr zu sehen. Als sie sich beim Picknick bewusst zu ihm gelehnt hatte, so dass sich ihre Arme fast berührten, hatte er sich zurückgezogen. Welches andere Zeichen brauchte sie, um zu wissen, wie es um sein Herz bestellt war? Wahrscheinlich durchschaute er ihre Gefühle und Sehnsüchte und hatte Mitleid mit ihr. Wann immer sie an ihr kühnes Verhalten an diesem Tag dachte, wollte sie vor Scham vergehen. Es war der gewagteste Schritt, den sie je unternommen hatte. Dass sie ihn seit dem Tag ihres Ausritts nicht mehr gesehen hatte, trug wenig dazu bei, ihr Gewissen in dieser Sache zu beruhigen. Nein, es war an der Zeit, ihre Ermutigung auf etwas anderes zu richten.

Mr. Conroy richtete sich auf und sah sich im Raum um. Er hielt inne, als sein Blick auf Phoebe ruhte. Als sie ihre Tasse abstellte und ihn anlächelte, schien er das als Erlaubnis zu verstehen, denn er kam herüber und verneigte sich vor den Frauen. „Mrs. Fitzwilliam, Miss Tunstall, erwarten Sie jemanden an diesem Tisch?"

Lydia lächelte ihn an. „Nein, das tun wir nicht. Wollen Sie sich nicht zu uns setzen?"

„Mit Vergnügen." Mr. Conroy nahm seinen Hut ab, legte ihn auf den Stuhl neben sich und besah die Menschen. „Es ist schön, wieder hierherzukommen. Unsere Ausbildung hat uns auf Trab gehalten. Unser Regiment war eines von denen, die Lord Wellington diese Woche begutachtet hat. Jeder Soldat ist froh, einen Blick auf sein Gesicht zu werfen. Aber wehe dem Soldaten, der ein schlampiges Äußeres zeigt."

„Der Anblick von Lord Wellington ist nicht nur für seine Truppen eine Erleichterung", rief Lydia aus. „Ich kann mir vorstellen, dass jeder Engländer und jede Engländerin in ganz Brüssel beruhigt sein muss, weil der Duke die Dinge gut im Griff hat. Ich hoffe, dass wir ihn bald bei einer unserer Zusammenkünfte sehen werden." Sie schaute auf, als die Tür geöffnet wurde. „Wie ich sehe, ist Mrs. Marshall gerade einge- troffen, und ich muss mit ihr sprechen. Würde es Ihnen etwas ausma- chen, wenn ich Sie für ein paar Minuten allein lasse, um mit ihr zu sprechen?"

Phoebe war sich nicht ganz sicher, ob das Gespräch mit Mrs. Marshall so dringend war, denn sie und Lydia hatten sie bereits am Vortag aufgesucht. Sie vermutete, dass die Ausrede eher darin bestand, ihr und Mr. Conroy die Gelegenheit zu geben, allein zu sein.

„Ganz und gar nicht", antwortete Mr. Conroy. Ein Diener näherte sich und Mr. Conroy hielt seine Tasse für den Tee hin, der ihm ange- boten wurde. Er rührte Zucker hinein, trank einen Schluck und rich- tete seinen Blick auf Phoebe. „Ich bin in letzter Zeit nicht gekommen, um Sie zu einem Spaziergang einzuladen."

„Das habe ich bemerkt." Phoebe lächelte und verbarg das Nerven- flattern, das sie überkam.

„Ich werde offen zu Ihnen sein, wenn Sie es erlauben", fuhr er fort, und Phoebes Nervosität nahm zu. Seine Direktheit drohte, ihr eine Intimität aufzuzwingen, von der sie nicht sicher war, ob sie dazu bereit war, doch sie nickte.

„Ich bin daran interessiert, unsere Bekanntschaft zu vertiefen. Allerdings muss ich gestehen, dass ich bei der Ankunft von Lord Ingram den Eindruck gewann, dass Sie eine frühere Bindung zu ihm hatten. Daraufhin habe ich mein Werben aufgegeben. Doch nun, da ich Sie hier wieder treffe, wird mir bewusst, wie sehr mich Ihre Gesellschaft erfreut, und ich dachte, ich würde Sie ganz offen fragen, ob ich mit meiner Annahme falsch lag." Er blickte Phoebe an, und sie sah einen Hauch von Röte in seinen hellen Zügen. „Wenn Sie mir meine Anmaßung verzeihen wollen."

Phoebe atmete leise ein, während sie überlegte, wie sie ihm am klügsten antworten könnte. „Vielleicht ist es etwas anmaßend, aber ich schätze ehrliche Kommunikation und den Mut, den so etwas erfordert, also werde ich es Ihnen nicht verübeln. Um Ihre Frage zu beantworten: Frederick und ich sind zusammen aufgewachsen, und wir haben eine enge Beziehung." Sie spielte an dem zarten, goldfarbenen Henkel ihrer Tasse herum. „Aber darüber hinaus haben wir keine Übereinkunft."

Mr. Conroys Schultern entspannten sich sichtlich, und ein Lächeln erhellte sein Gesicht. „Ich kann Ihnen gar nicht sagen, wie sehr ich mich freue, das zu hören. Ich hoffe, ich kann Sie überzeugen, am Donnerstagabend mit mir ins Theater zu gehen. Mit Mrs. Fitzwilliam, natürlich."

Das erste Gefühl, das Phoebe verspürte, war der Siegesrausch darüber, dass ein solch gutaussehender und ehrenwerter Mann wie Mr. Conroy ein derart entschiedenes Interesse an ihr zeigte. Zugleich wurde ihr Sieg aber auch beeinträchtigt. Ein Teil von ihr trauerte um etwas, das niemals sein würde. Und sie war sich nicht sicher, ob dieser Teil von ihr verschwinden würde, falls sie Mr. Conroy ernsthaft als Verehrer in Betracht ziehen könnte. Doch es war noch zu früh, um das zu sagen, und sie hatte sich geschworen, offen zu bleiben.

„Es wäre mir eine Freude, Mr. Conroy."

# KAPITEL FÜNFZEHN

Frederick kleidete sich für das Theater an und streckte seinen Arm aus, damit Caldwell ihm in den Ärmel seines Mantels helfen konnte. Er zupfte an den Aufschlägen und hob die Schultern, um die Passform anzupassen. Müdigkeit übermannte ihn, als er sich hinsetzte und die Füße in die Schuhe schob, doch er wollte den heutigen Abend um nichts in der Welt verpassen. Phoebe würde da sein.

In dieser Woche war er nach Gent geritten, um bei der Verlegung des Büros des Generalquartiermeisters nach Brüssel zu helfen, wo De Lancey stationiert werden sollte. Er hatte eine Bestandsaufnahme der dortigen Vorräte gemacht und eine detaillierte Liste erstellt, die Wellington prüfen konnte, ehe der Duke einen Brief mit allen benötigten Informationen nach London schickte. Frederick hatte Wellington zahlreiche Depeschen zur Durchsicht vorgelegt und seinen Befehl ausgeführt, die Bataillone neu zu ordnen und die angeworbenen Soldaten mit den erfahrenen Veteranen zu mischen. An jenem Tag hatte Frederick den Duke bei seinem diplomatischen Treffen mit dem Prinzen von Oranien und dem belgischen und niederländischen Adel begleitet, ehe er sich mit Blücher getroffen hatte, der die Hälfte der preußischen Streitkräfte östlich von Brüssel aufstellte.

Caldwell feilte Frederick schweigend die Nägel. Frederick fügte sich dem Eingriff, denn er wusste, dass er nötig war, da er in letzter

Zeit zu beschäftigt gewesen war, um sich um sein Äußeres zu kümmern. Sein Kammerdiener kannte ihn gut genug, um Frederick seinen Gedanken zu überlassen, obwohl er wahrscheinlich alles mitbekam, was ihn ablenkte, denn Caldwell war keineswegs ein stumpfer Mensch. Sobald er fertig war, rief er nach seiner Kutsche.

Die österreichischen und schweizerischen Armeen befanden sich in der Nähe der französischen Grenze - wenn auch nicht so nah wie die Truppen in Brüssel - und die spanischen Armeen waren bereit, über die Pyrenäen nach Südfrankreich zu ziehen. Die russischen Armeen befanden sich jedoch weiter entfernt und würden nicht vor Anfang Juli bereit sein, in Paris einzumarschieren. Keiner würde ohne die Koordination der Alliierten handeln.

Es war alles andere als sicher, dass Napoleon den Alliierten die Zeit geben würde, die sie brauchten, um Paris anzugreifen. Es war wahrscheinlicher, dass der Kaiser beschließen würde, in die Offensive zu gehen. Und da die Russen noch immer so weit entfernt waren, wäre Brüssel der wahrscheinlichste Ort für einen Angriff Boneys. Wellington sagte, sie würden bereit sein, und Frederick dachte, dass sie mit der Anzahl der Truppen, die sie aufstellten, *sicher* in der Lage sein würden, den Feind zu besiegen. Doch die britischen Truppen waren nur zweitklassig, die erfahreneren Truppen kehrten erst aus Amerika zurück. Ihre Zahl lag weit unter den 150.000 Soldaten, die jedes Mitglied der Koalition versprochen hatte, und sie mussten sich damit begnügen, Soldaten von einigen ihrer Verbündeten anzuheuern. Die britische Armee würde nicht die besten Soldaten Seiner Majestät schicken.

Doch heute Abend erlaubte sich Frederick, an etwas anderes zu denken als an den Krieg, auf den sie sich vorbereiteten, und er eilte zu der Kutsche, die ihn zum Theater bringen sollte. Die Wahrheit war, dass er Phoebe vermisste - oder zumindest vermisste er die Gelegenheit, sie zu sehen und ein paar Worte mit ihr zu wechseln. Er gestattete sich die Ehrlichkeit, sich *das* einzugestehen. Bevor Wellington eingetroffen war, hatte Frederick jeden Tag mit Phoebe und seiner Schwester verbracht, und es gab gerade genug Augenblicke - wie ihr Picknick - um Frederick die Augen dafür zu öffnen, dass Phoebe eine Anziehungskraft besaß, die ihm bis dahin entgangen war. Nun ging sie ihm kaum noch aus dem Kopf. Er erwog sogar zunehmend, sie als seine Frau in Betracht zu ziehen. Der Gedanke ließ ihn vor lauter Nervosität schlucken. Er fuhr sich mit den Fingern durch die Haare und drehte sich dann um, um die Kutsche zu verlassen und die Stufen zum Theater im Laufschritt zu nehmen.

Frederick schloss sich den Horden von Menschen an, die hineinströmten. Die heitere Atmosphäre war weit entfernt von den militärischen Einzelheiten, die ihn in der letzten Woche beschäftigt hatten. Alle taten, als gäbe es keine unmittelbare Bedrohung durch einen Krieg. Als er den Marmorsaal hinter sich gelassen und die Treppe hinaufgestiegen war, fand Frederick problemlos Lord Wellington, der sein Gespräch unterbrach, um zu sagen: „Gut. Sie sind hier. Ich habe Sie zu sehr auf Trab gehalten, Ingram, und Sie brauchen diese Ablenkung. Wir sitzen in der Loge dort, wo Sie Sutherland und Wrotham sehen.“

Frederick verneigte sich zur Begrüßung. „Ich werde sofort zu ihnen gehen.“

Der Theatersaal war zu voll, als dass er Lydia und Phoebe hätte ausfindig machen können, zumal er nicht wusste, wo sie sitzen würden. Er betrat die Loge, die für Wellingtons Adjutanten reserviert war, grüßte die Männer und nahm neben Dalrymple Platz, der wegen einer Schauspielerin geneckt wurde, die ihm ins Auge gefallen war.

„Ich werde eine Vorstellung bekommen und Sie werden alle neidisch sein“, erwiderte Dolly gutmütig.

Frederick lächelte und wandte sich Wrotham zu. Er verwickelte ihn in ein unbefangenes Gespräch, während er seinen Blick über die Menschenmenge schweifen ließ. Es wurde warm und er war froh, dass der Duke eine geräumige Loge in einiger Entfernung hatte.

Er konnte weder Phoebe noch seine Schwester entdecken und befürchtete schon, sie seien nicht gekommen, bis er sich zu den Logen direkt zu seiner Rechten umdrehte und sie in einer kleinen Loge entdeckte. Phoebe trug ihr Haar wieder in dieser modernen, vorteilhaften Frisur mit Locken, die ihr Gesicht knapp über der Vertiefung ihres Wangenknochens abschlossen. Die Linie ihres schlanken Schlüsselbeins verschwand unter dem Stoff ihres Ausschnitts, der in kleinen Puffärmeln an ihrem blassblauen Kleid endete. Von dort, wo er saß, konnte er Ohrringe erkennen, die bei ihren Bewegungen schwangen und das Licht der Kerzen einfingen. Sie trug keine Halskette, aber die

Haut über ihren Schultern und entlang ihres schlanken Halses war ein Kunstwerk, das keiner Verzierung bedurfte. Er sah, wie sie lächelte und ihre Augen auf eine Weise zusammenkniff, die ein unwillkürliches Lächeln auf sein eigenes Gesicht brachte. Er warf einen Blick auf die Person neben ihr, die dieses Lächeln hervorgerufen hatte, und stellte fest, dass es Mr. Conroy war. Seine Laune verschlechterte sich augenblicklich.

„Was – oder sollte ich sagen, wer – hat deine Aufmerksamkeit erregt?", stichelte Wrotham. Frederick setzte sich aufrecht hin und warf seinem Freund einen Blick zu. Er war viel zu durchschaubar.

„Ich schaue nur zu der Loge, in der meine Schwester mit ihrem Mann sitzt, und unsere Freundin Miss Tunstall, die Schwester des Earl of Worthing. Ich kenne sie, seit sie ein Kind war."

„Und wer ist der Mann neben ihr?"

„Das ist Conroy, ein Fähnrich in der 69. Hast du von ihm gehört?"

„Wir kennen uns", sagte Sutherland und schaltete sich in ihr Gespräch ein. „Er gilt als ein freundlicher Mensch."

„Da bin ich mir sicher", antwortete Frederick und verbarg seinen Zorn. Er brauchte nichts weiter zu sagen, denn der Vorhang öffnete sich und die komödiantische Einlage, die dem Hauptakt vorausging, begann. Es dauerte nicht lange, bis das Lachen im Publikum erklang. Frederick warf einen weiteren Blick auf Phoebe in ihrer Loge, in der Hoffnung, dass sie ihn ansah, und ließ seinen Blick zur Bühne schweifen, als Conroy in seine Richtung sah. Frederick wollte nicht zu offensichtlich sein, aber sie musste seine Anwesenheit doch sicherlich bemerkt haben. Und es war ja nicht so, als hätten sie sich erst gestern gesehen. Phoebes Gesichtsausdruck nach zu urteilen, schien sie sich über das Stück nur leicht zu amüsieren, und sie blickte nicht in seine Richtung.

Als die Pause kam, sagte Frederick zu Wrotham und Sutherland, dass er ein wenig umhergehen wollte. Er hatte beschlossen, zu Phoebes Loge zu gehen, um sie zu sehen. Lydia würde sich fragen, wie es ihm ergangen war, und es war nur natürlich, dass er die Pause mit einer so alten Freundin verbringen würde. Wenn Phoebe wissen würde, dass er an diesem Abend im Theater war, aber nicht gekommen war, um sie zu sehen, würde sie es seltsam finden.

Als er gerade ihre Loge betreten wollte, kam Mr. Conroy in die

Halle, in der sich Menschenmassen in beide Richtungen schoben. Phoebe folgte ihm die zwei Stufen hinauf, die zum Korridor führten. Frederick nickte Conroy zur Begrüßung zu, was dieser mit einem steifen Nicken erwiderte. Er fing Phoebes Blick auf und freute sich über das Lächeln, das ihr Gesicht erhellte.

„Phoebe", sagte er als private Rache, wobei er die Freiheit nutzte, ihren Vornamen zu benutzen. „Es ist eine Ewigkeit her, dass ich dich gesehen habe. Die Pflichten haben mich auf Trab gehalten, aber wenn du frei bist, kann ich dich morgen besuchen."

Phoebe schaute weg, als wollte sie ihre Freude unterdrücken, aber als sie antwortete, stand ihr Lächeln wieder in voller Blüte. „Das wäre reizend. Ich bin derzeit nicht gebunden. Gehst du Lydia und Fitz begrüßen?", fragte sie.

Es war nicht unbedingt Fredericks erste Priorität, Lydia zu sehen. Was er tatsächlich gerne getan hätte, war, sich zwischen Phoebe und Mr. Conroy, der sie am Arm hatte, zu stellen und selbst Phoebes Hand zu ergreifen. Natürlich konnte er das nicht tun. Zumindest nicht, ohne sich zum Narren zu machen und Phoebe in Verlegenheit zu bringen.

„Ja, ich bin auch gekommen, um sie zu sehen. Ich werde euch weitergehen lassen, damit ihr eure Erfrischungen zu euch nehmen könnt."

Mr. Conroy verbeugte sich kurz und drehte sich mit Phoebe um, um sich unter die Menschenmenge zu mischen, die sich um den Erfrischungstisch versammelt hatte, während Frederick die Loge betrat. „Guten Abend, Fitz, Lydia. Geht es euch gut? Ihr seht erschöpft aus."

„Fred, wo hast du dich versteckt? Wir haben dich im Haus vermisst. Obwohl"- sie warf einen Blick auf ihren Mann - „ich sagen muss, dass Fitz fast so beschäftigt war wie du. Wann hast du vor, uns zu besuchen?"

„Ich sagte Phoebe gerade, dass ich morgen kommen werde ..." Frederick brach plötzlich ab und schlug sich mit der Hand an die Stirn. „Gütiger Himmel. Ich habe ganz vergessen, dass wir morgen ein Kricketspiel im Park haben werden. Wenn ich Phoebe nicht vor Ende der Pause sehe, entschuldigt mich bitte bei ihr, ja?"

„Wer spielt denn da? Es gab ewig kein Kricketspiel", rief Lydia. „Das wäre doch amüsant."

„Das liegt wahrscheinlich daran, dass wir einen Mangel an

Männern haben", antwortete Fitz milde. „Sie spielen derzeit ein viel tödlicheres Spiel."

Lydia runzelte die Stirn, ehe sie sich wieder Frederick zuwandte. „Umso mehr ein Grund, sich einem solch einfachen Zeitvertreib zu widmen. Wo spielst du morgen, und mit wem?"

„Der Duke möchte, dass seine Adjutanten und andere Mitarbeiter gegen die Offiziere der verschiedenen Regimenter spielen. Und wir sollten besser nicht verlieren", sagte Frederick und begegnete Fitz' Blick, der leise lachte. „Wir spielen im Park neben dem Palast des Königs. Wirst du mit Phoebe kommen, um es anzusehen?"

„Das werden wir ganz sicher", rief Lydia aus.

Frederick begann zu glauben, dass diese Planänderung zu seinen Gunsten ausfallen könnte, denn er wusste, dass er ein schneller Werfer war und außerdem recht gut auf dem Feld spielen konnte. Er hoffte natürlich, dass Phoebe von ihm beeindruckt sein würde.

FREDERICK HÄMMERTE MIT DER BREITEN SEITE DES SCHLÄGERS AUF die Stäbe ein und schaute von Zeit zu Zeit auf, um zu sehen, ob Phoebe angekommen war. Er entdeckte sie, lange bevor sich die Menschenmassen zu versammeln begannen, und seine Mundwinkel hoben sich, während er sich aufrichtete. Er klemmte sich einen der Schläger unter den Arm und ging zu ihr hinüber. Lydia hob ihre Hand zur Begrüßung und zog Fitz mit sich, um mit einem Offizier und dessen Frau zu sprechen.

Frederick hielt Phoebe seine Hände hin, und sie legte ihre hinein. Er hob ihre Hände an seine Lippen und sah, wie diese ungewöhnliche Geste sie überraschte. Er wollte sie nicht verschrecken. Er wusste nicht, was sie für ihn empfand; er wusste nur, was er für sie zu empfinden begann.

„Ich hatte gestern nicht die Gelegenheit, so viel mit dir zu sprechen, wie ich es gerne getan hätte, aber ich sehe, dass Lydia erklärt hat, warum ich dich heute nicht besuchen konnte. Ich bin froh, dass du gekommen sind, um dir das Spiel anzusehen."

Phoebe hob ihren Kopf zu ihm und ließ zu, dass ihr sanfter Blick den seinen traf. „Ich bin sehr gespannt darauf. Kannst du glauben, dass ich noch nie ein Kricketspiel sah? Ich weiß nicht einmal, wie es gespielt wird."

„Nein? Es gibt elf Spieler in jeder Mannschaft", erklärte er. „Und das Ziel ist einfach, alle elf Schlagmänner auf der anderen Seite rauszuwerfen und dann mehr Läufe als sie zu erzielen. Und das war es schon. Wie du siehst, erfordert es viel Gerissenheit." Frederick lachte.

„Und, wirst du gewinnen, was denkst du?" Phoebe strahlte ihn an, ihre Augen funkelten vor Humor auf eine Weise, die flirten sehr ähnlich war. Er liebte es.

Frederick erwiderte das Lächeln, der Flirt fiel ihm leicht. „Wenn du mir ein Zeichen deiner Gunst gibst, verpflichte ich mich zu gewinnen."

Entschlossenheit überkam ihn. Er hatte Mr. Conroy am Rande seines Blickfelds ausgemacht und hoffte, dass der Mann nicht auf Phoebes Einladung hin gekommen war. Er wich zur Seite, so dass Phoebe gezwungen war, sich ebenfalls umzudrehen, um ihm ins Gesicht sehen zu können. Von dort aus konnte sie Mr. Conroy nicht sehen.

Auf seine Bitte hin hatte Phoebes Gesicht ein charmantes Rosa angenommen und sie hob ihre Augenbrauen über zweifelnden Augen. „Welches Zeichen soll ich dir geben?" Sie neigte den Kopf zur Seite und warf ihm einen prüfenden Blick zu. „Was wäre ein ausreichender Anreiz, um dich zum Sieg zu bewegen?"

„Was immer du wünschst", erwiderte Frederick. *Eine Locke deines Haares*, dachte er, doch er würde dergleichen nicht aussprechen, abgesehen davon, dass es höchst unangebracht wäre, darum zu bitten - und unmöglich, es an einem solch öffentlichen Ort zu bewerkstelligen.

Phoebes wurde röter und ihr Lächeln breiter. „Hmm." Sie schien darüber nachzudenken. „Ich glaube, das Einzige, was ich dir anbieten kann, ist mein besticktes Taschentuch."

Frederick tat so, als würde er über das Angebot nachdenken. „Hast du es selbst bestickt?"

„Ja, das habe ich in der Tat. Es ist aus Seide, also eher dekorativ als funktional, nehme ich an." Ihre Lippen zitterten, als wollte sie ihr Lächeln verbergen, und sie sah hinreißend verwirrt aus.

„Dann wird das sehr gut passen. Ich werde es neben meiner Brust platzieren und bin mir sicher, dass ich auf diese Weise gewinnen werde."

Phoebe erschrak über seine Worte und wich seinem Blick aus, während sie in ihrem Pompadour nach dem Taschentuch suchte. Ihr Gesicht hatte ein noch tieferes Rot angenommen, und sie hatte keine schlagfertigen Worte für Frederick parat.

Nun hatte er es getan. Seine Worte konnten nicht auf die brüderliche Art und Weise verstanden werden, mit der er sie immer behandelt hatte. Doch irgendwie hatten sich seine Gefühle für Phoebe aus dem Bereich der Brüderlichkeit verabschiedet und waren unaufgefordert zu etwas ganz anderem übergegangen. Phoebe zog ihr Taschentuch aus dem Pompadour und reichte es ihm. Es war weich und weiß und duftete nach einem blumigen Parfüm. Pfingstrosen? Er widerstand dem törichten Drang, das Taschentuch zu küssen und steckte es in seine Brusttasche.

„Vielen Dank."

Phoebe warf ihm einen Blick zu, und Frederick lächelte sie an. Seine Gefühle ihr gegenüber waren nicht mehr ganz so freundschaftlich und nüchtern, und er wusste, dass er Phoebe nicht auf die Position des kleinen Mädchens seiner Jugend verbannen konnte. Sie war eine Frau mit Gedanken und Gefühlen, die ihm etwas bedeuteten, und eine Frau, mit der er schnsüchtig eine tiefere Verbindung einzugehen wünschte.

# KAPITEL SECHZEHN

Phoebe beobachtete, wie Frederick mit seinem Schläger auf das Feld trabte, als ein Gentleman die Spieler zur Ordnung rief. Als er in der Mitte des Feldes ankam, warf er einen Blick zu ihr nach hinten, wobei eine Haarsträhne nach vorne fiel, während er sie erneut angrinste. Er benahm sich, als wäre er vernarrt in sie, was ... sicherlich missverstand sie ihn. Phoebe konnte sich nicht rühren. Sie konnte nicht einmal atmen.

„Miss Tunstall, welch unerwartetes Vergnügen. Ich hätte Sie nicht für eine Anhängerin dieses Sports gehalten." Mr. Conroy warf einen Blick auf Frederick und dann wieder auf sie, wobei er die Stirn runzelte. „Wie ich sehe, ist Lord Ingram einer der Spieler. Sind Sie deshalb gekommen?"

Phoebe fiel es schwer, Mr. Conroys Anwesenheit mit der gleichen Zufriedenheit zu begrüßen, die sie zuvor empfunden hatte. „Lydia sagte mir, dass ihr Bruder spielen würde und dass sie ihn gerne sehen wollte, also haben wir es so eingerichtet."

Das Klatschen des Schlägers gegen den Ball lenkte ihren Blick nach vorne. Frederick war der Erste und rannte zwischen die Wickets. Er konnte seinen Schläger gerade noch rechtzeitig aus dem Weg räumen, bevor der Wicket-Keeper die Querstäbe abhob. Er war ein guter Sportler, und sie konnte sich ein Lächeln nicht verkneifen, als sie

Frederick beim Laufen zusah. Die Muskeln seiner Oberschenkel waren in der Wildlederhose, die er trug, deutlich genug zu sehen.

Mr. Conroy stand schweigend neben ihr, während er das Spiel verfolgte. „Ich bedauere, dass ich nicht mitspiele. Wir mussten Namen aus einem Hut ziehen, weil es zu viele Offiziere gab, die eine Mannschaft bilden wollten. Kennen Sie sich mit dem Spiel aus?“

„Rein gar nicht, abgesehen von den vereinfachten Regeln, die Lord Ingram mir mitteilte, ehe er auf das Feld gerufen wurde.“ Phoebe drehte sich um, um zu sehen, wo Lydia und Fitz waren, und entdeckte sie an der Seite der Marshalls. Fitz war noch immer im Gespräch, aber Lydia verfolgte jetzt das Spiel.

„Erlauben Sie mir, Sie aufzuklären“, sagte Mr. Conroy, ehe er mit einer verwirrenden Beschreibung von Werfen, Auffangen, Wickets begann und wie man den Ball von Deep Cover Point warf im Gegensatz zu Gully. Phoebe versuchte, intelligente Fragen zu stellen, doch sie hatte ehrlich gesagt kein Interesse daran, wie das Spiel technisch gespielt werden konnte. Sie interessierte sich nur dafür, wie Frederick es spielte und welche Regeln ihn dazu bringen würden, so vor ihr hin und her zu laufen.

Lydia kam endlich an ihre Seite. „Fitz hat noch mehr mit dem Brigadier Marshall zu besprechen, also habe ich ihn dort zurückgelassen. Guten Tag, Mr. Conroy.“

Mr. Conroy war nach seiner langatmigen Erklärung der Kricketregeln verstummt, und Phoebe spürte seinen prüfenden Blick auf sich. Er drehte sich um und verbeugte sich vor Lydia. „Guten Tag, Mrs. Fitzwilliam. Nun, ich glaube, ich werde Sie beide verlassen. Ich muss mich an die Seite setzen, wo die Offiziere sitzen, denn das ist meine Mannschaft.“ Er lächelte mit zusammengekniffenen Lippen und verbeugte sich, ehe er um das Spielfeld herum zu den Zuschauern auf der anderen Seite ging.

Lydia drehte sich um und sah zu, wie er fortging. „Meine Güte, ich frage mich, was über den Mann gekommen ist. Du hast doch nichts Entmutigendes gesagt, oder?“ Sie wandte sich an Phoebe. „Er ist dein eifrigster Verehrer, und ich hatte erwartet, er würde für die gesamte Dauer des Spiels an deiner Seite bleiben. Ich ließ euch beide lange genug allein, doch es schien, als wäre er der Einzige, der daran interessiert war, das Gespräch aufrechtzuerhalten.“

Phoebe war der Anziehungskraft von Fredericks Bewegungen auf dem Feld hilflos ausgeliefert, obwohl sie versuchte, es zu verbergen. Wenn nicht einmal Anna wusste, was sie für Frederick empfand, durfte seine Schwester auf keinen Fall etwas davon erfahren. Frederick fing den Ball und streckte sich nach vorne, um ihn dem Torwart zuzuwerfen, der ihn mit einem Knall fing.

Widerwillig riss Phoebe ihren Blick von Fredericks attraktivem Körper los und drehte sich zu Lydia um. „Ich weiß es nicht. Mr. Conroy versuchte, mir die Regeln des Spiels zu erklären, doch ich gestehe, dass ich nicht recht mitkam. Kennst du sie?"

„Ja." Lydia entließ Phoebe aus ihrem allzu aufmerksamen Blick und wandte sich dem Spiel zu. „Frederick hat oft gespielt, also habe ich mir die Spiele angesehen. Hat Stratford nicht gespielt?"

Phoebe schüttelte den Kopf. „Nicht in meiner Gegenwart. In jedem Fall sieht es so aus, als hätte dein Bruder viel Übung gehabt. Er ist ein guter Spieler."

„Wenn es um Sport geht, gibt es nichts, was Frederick nicht beherrscht, auch wenn ihn sein Bein manchmal noch von seinem Unfall plagt. Ich habe fast Mitleid mit der anderen Mannschaft. Ich sehe nicht, wie sie gewinnen können, denn Fred ist nicht der einzige erfahrene Spieler. Doch ich weiß auch, dass Lord Wellington eine Niederlage seiner Mannschaft nicht gut aufnehmen würde, also nehme ich an, dass es gut ist, dass sie das Spiel gewinnen werden."

Die Sonne begann zu scheinen und wurde stärker als die sanfte Frühlingsbrise, die sie begleitete. Sie waren nun weit im Mai und die Kühle der Vorsaison war verschwunden. Phoebe spannte ihren Sonnenschirm auf und beobachtete weiter die Bewegungen auf dem Feld. In der Zwischenzeit machte Lydia Beobachtungen, die viel mehr nach Phoebes Geschmack waren als ein ausschweifender Diskurs über die technischen Einzelheiten des Spiels. Bald gesellte sich Lady Turton zu ihnen, die Lydia entdeckt hatte, und sogar die Duchess of Richmond fuhr in ihrer Kutsche nahe heran, um das Spiel zu beobachten, und nickte anerkennend mit dem Kopf.

„Sie hat Gefallen an uns gefunden", flüsterte Lydia, sodass Lady Turton sie nicht hörte, und wirkte eher amüsiert als erfreut über diese Tatsache.

Das Spiel war überraschend unterhaltsam, doch Phoebe war froh, dass es nicht eines von der Sorte war, das *„mehrere Tage“* andauerte, denn das Interesse würde bald nachlassen. Gerade als sie dachte, sie hätte genug, stieß die Menge einen lauten Jubelschrei aus, als Frederick die Stäbe traf und diese zurückgeworfen wurden. Er brüllte und hob siegessicher den Arm, während seine Mannschaftskameraden alle zu ihm rannten. Er drehte sich zu Phoebe und Lydia um, lächelte breit und winkte.

„Hm!“ rief Lydia aus, ihre Stimme hell vor Überraschung. „Fred ignoriert mich normalerweise während seiner Spiele. Aber das war sehr gut gemacht.“

Phoebe wagte es nicht, Lydia anzusehen, aus Sorge, dass ihr Gesichtsausdruck die Liebe und Bewunderung verraten würde, die sie für diesen Mann empfand, der in allem überragend war, auch darin, ihr Herz zu erobern.

„Sehr beeindruckend“, antwortete sie mit dem kühlsten Ton, den sie vorbringen konnte. „Sollen wir uns wieder Fitz anschließen?“

Am nächsten Tag blieben Phoebe und Lydia zu Hause, um Nachmittagsbesuche zu empfangen. Phoebe hoffte, dass Frederick kommen würde, besonders nachdem er am Vortag derart kokett mit ihr gesprochen hatte. Er hatte ihr das Taschentuch nach dem Spiel nicht zurückgegeben, und sie hoffte, dass dies ein Zeichen dafür war, dass ihm das Andenken etwas bedeutete. Andererseits hatte er nicht mehr tun können, als Lydia und sie zu begrüßen, bevor er von seinen Mannschaftskameraden weggerufen wurde, um ihren Sieg zu feiern.

Der Lakai betrat den Salon und verkündete, dass Mr. Albert Cummings und Miss Martha Cummings eingetroffen waren.

Lydia wechselte einen beredten Blick mit ihr, und Phoebe zwang ihre Gedanken wieder einmal in eine nachsichtigere Richtung. Die arme Martha. Sie hatte nicht viel zu bieten, was ihre Schönheit und ihr Auftreten anbelangte, aber wenn man sie nur zu einer besseren Zuhörerin machen könnte, hätte sie mehr Freunde. Mr. Cummings und Martha betraten den Raum.

„Oh, ich bin froh, Sie zu Hause vorzufinden“, begann Martha, nachdem die Höflichkeiten ausgetauscht waren. „Wir haben Sie seit letzter Woche bei den Edgars nicht mehr gesehen, und Sie waren so damit beschäftigt, mit Mr. Conroy zu sprechen - ich wage zu behaupten, er muss ein Verehrer von Ihnen sein, denn ich sehe ihn immer an Ihrer Seite. Haben Sie eine Bindung zu ihm aufgebaut?"

Glücklicherweise wartete Martha nicht auf eine Antwort, denn Phoebe wäre nicht in der Lage, eine solch direkte Frage zu beantworten. "Also habe ich beschlossen, dass wir Sie einfach in Ihrem Haus besuchen müssen, wenn wir ein Gespräch führen wollen. Und Albert war nur zu gerne bereit, mich zu begleiten. Er hat nicht oft Zeit für gesellschaftliche Besuche, nicht wahr, Albert? Mrs. Fitzwilliam, ich sehe Ihren Mann nur selten. Ist der Oberstleutnant mit vielen Vorbereitungen beschäftigt? Glauben Sie, wie mein Bruder, dass Napoleon in Brüssel einmarschieren wird?"

Endlich hielt sie inne, um Luft zu holen, und Lydia erhob sich. "Für den Moment entscheide ich mich, nicht zu viel darüber nachzudenken. Es ist noch viel zu früh. Bitte nehmen Sie Platz. Ich werde Tee bestellen", sagte sie und ging in den Korridor, um mit dem Lakaien zu sprechen. Phoebe vermutete, dass das Angebot nicht dem Wunsch entsprang, Martha und ihren Bruder davon zu überzeugen, länger zu bleiben, sondern einfach nur, damit sie etwas mit ihren Händen zu tun hatten, während sie Martha beim Sprechen zuhörten.

"Mr. Cummings, glauben Sie wirklich, dass Napoleon nach Brüssel marschieren wird?", fragte Phoebe. "Wenn ja, haben Sie Pläne abzureisen?"

Mr. Cummings setzte sich aufrecht hin und zupfte an seinem Mantel, bevor er die Hände im Schoß verschränkte. Er war kein besonders gutaussehender Mann, doch er schien über einen gewissen gesunden Menschenverstand zu verfügen, der Martha abging, und das verlieh seinen Gesichtszügen eine intelligentere Note.

"Ich bin natürlich kein Experte für militärische Strategien. Aber ich verfolge Quellen, die sich mit der Materie auskennen, denn ich möchte sicherstellen, dass mein Geschäft nicht durch eine Invasion behindert wird. Zumindest nicht durch eine, die in die Nähe von Brüssel kommt."

Er lehnte sich auf die Armlehne seines Stuhls. "Abgesehen davon erkenne ich Boneys Ehrgeiz, denn ich bin selbst ein ehrgeiziger Mann. Ich kann mir nur schwer vorstellen, dass er stillschweigend in Paris wartet, während die Koalition sich so weit organisiert, dass sie einen Angriff starten kann. Wenn er das tut, wird er zahlenmäßig so weit unterlegen sein, dass er unmöglich gewinnen kann, und das weiß er sicherlich. Aber hat er auch die nötigen Kräfte, um in die Offensive zu gehen?"

Mr. Cummings zuckte mit den Schultern. "Das ist ein Punkt, den ich nicht beantworten kann. Die Männer, mit denen ich Handel treibe, sind sowohl belgischer als auch niederländischer Herkunft. Die Hälfte der Belgier sehnt sich danach, dass der ehemalige Kaiser kommt und hier die gleichen Veränderungen vornimmt, die er in ganz Frankreich durchgesetzt hat. Die andere Hälfte lehnt ihn ab. Aber wenn ich mich entscheiden müsste, würde ich sagen, dass es wahrscheinlicher ist, dass er hierherkommt, als dass er dies nicht tut."

Lydia betrat mit dem Lakaien wieder den Raum und wies Sam an, das Tablett mit den Untertassen und Kuchen abzustellen, während sie auf das heiße Wasser warteten.

"Haben Sie also vor fortzugehen?", erkundigte sich Phoebe und richtete ihren Blick auf Mr. Cummings. Jedes Anzeichen auf Flucht in ihrem Umfeld gab der Situation eine Dringlichkeit und zwang Phoebe zu überlegen, ob sie hier verweilen sollte oder nicht. Lydia sah Mr. Cummings an und wartete auf seine Antwort, als sie sich auf ihren Platz setzte.

"Momentan werde ich nicht fortgehen, obwohl Martha es wünscht."

Martha nahm dies als Zeichen, in das Gespräch einzusteigen. "Ja, ich wünsche es mir. Ich kann mich an einem Ort, an dem wir jederzeit angegriffen werden könnten, nicht wohlfühlen. Wenn wir uns auf englischem Boden befänden, wären wir vollkommen sicher. Aber hier kann ich mich des Eindrucks nicht erwehren, dass wir uns in unmittelbarer Gefahr befinden."

"Bis Napoleon eintrifft, sind wir das nicht", korrigierte ihr Bruder. "Ich sagte dir doch, dass ich für unsere Sicherheit sorgen werde. Glaube mir, ich verspüre ebenso wenig wie du den Wunsch, mitten in eine Schlacht zu geraten. Ich bin kein Soldat und habe keine Möglichkeit, mich zu verteidigen. Das Einzige, was ich habe, ist genug Reichtum, um dafür zu sorgen, dass wir hier rauskommen, wenn nötig."

"Nun", sagte Martha und gab ihrem Bruder recht, "wir können

uns hier ablenken. Wenn ich nicht zu sehr darüber nachdenke - und das versuche ich immer, denn sonst bekomme ich eine ziemliche Angst - kann ich fast glauben, dass gar keine Gefahr besteht. Brüssel ist der fröhlichste Ort schlechthin. Auch wenn ich bedauere, dass wir uns nicht so häufig sehen, wie ich es mir wünschen würde, finde ich doch viele Quellen der Unterhaltung. Obwohl ich mich um unsere Zukunft sorge, kann ich mich damit zufriedengeben, für den Moment zu bleiben, vor allem in dem Wissen, dass wir jederzeit abreisen können. Wenn wir gehen, müssen Sie mit uns kommen", sagte Martha und faltete zwanghaft ihre Hände zusammen. „Sie beide. Oh … natürlich, Mrs. Fitzwilliam, Sie haben ja Ihren Mann. Sie werden also wohl nicht gehen, falls er jedoch in den Krieg ziehen muss, gibt es nichts, was Sie hier hält. Sie müssen mitkommen, wenn wir gehen."

Phoebe warf einen Blick auf Mr. Cummings und fragte sich, ob er das Angebot seiner Schwester unterstützte. Lydia, das wusste sie, würde nicht gehen. Phoebe wollte ebenfalls nicht gehen, nicht solange Frederick hier war. Wenn er in den Krieg zog, könnte sie es nicht ertragen, fortzugehen, ohne zu wissen, ob er verletzt wäre … oder schlimmeres. „Ich danke Ihnen, aber …"

„Ich versichere Ihnen, dass Sie Platz in unserer Kutsche haben, wenn Sie das wünschen", sagte Mr. Cummings. „Sie sind meiner Schwester eine Freundin, und es wird zwei Plätze für Sie beide geben, sollten Sie Bedarf haben."

„Ich selbst könnte nicht gehen", sagte Lydia fest. „Selbst wenn mein Mann mir befehlen würde, zu gehen, müsste ich mich ihm wohl widersetzen. Ich könnte nicht gehen, wenn ich wüsste, dass er in der Nähe eine Schlacht schlägt. Wenn ich ihn auf einem Feldzug auf der Halbinsel begleiten konnte, kann ich ihn auch in einem komfortablen Haus mitten in der Stadt unterstützen. Nicht Brüssel wird angegriffen. Aber ich muss Ihnen sagen, Mr. Cummings", fuhr Lydia fort, „dass mein Mann der gleichen Meinung ist wie Sie. Er hält es für wahrscheinlicher, dass Napoleon nach Norden marschiert, als dass er abwartet. Ich glaube also, dass wir für alle Eventualitäten gerüstet sein müssen."

Sie wandte sich an Phoebe. „Und ich muss hinzufügen, dass ich dich dringend bitten möchte, aus Brüssel zu fliehen, falls es einen

Grund dafür gibt. Ich fürchte, Stratford und Anna würden mir nie verzeihen, wenn ich zuließe, dass dir etwas zustößt."

Phoebe wollte diese Diskussion nicht vor nahezu fremden Menschen führen, aber sie konnte nicht anders als zu argumentieren. „Du bist Stratford und Anna fast ebenso wichtig wie ich. Und was für dich sicher genug ist, muss auch für mich sicher genug sein." *Außerdem*, dachte sie, *erwartest du ein Kind.* In dem Wunsch, das Gesprächsthema zu wechseln, fragte sie Mr. Cummings: „Warum gehen Sie nicht jetzt?"

„Sein Geschäft läuft so gut", sagte Martha, bevor ihr Bruder den Mund aufmachen konnte. „Er hat endlich eine gute Quelle für die Herstellung von Herrenrasierern gefunden, und er muss die Verhandlungen abschließen. Wenn er jetzt ginge, könnte er alles verlieren, worauf er hingearbeitet hat."

„Das ist der Grund", gab Mr. Cummings zu. „Ich werde nicht zu meinem Nachteil oder dem meiner Schwester auf diesem Kurs bleiben. Wenn ich sehe, dass unmittelbare Gefahr besteht, muss ich meine Verluste begrenzen, und wir werden gehen. Im Moment besteht jedoch absolut kein Risiko, wenn wir hierbleiben. Wenn ich mich den wenigen anschließe, die bereits nach Antwerpen geflohen sind, werde ich mit den anderen Kaufleuten konkurrieren und meinen Vorteil verlieren. Also bleiben wir vorerst hier." Er faltete die Hände in seinem Schoß, als wolle er damit seinen Standpunkt klarmachen.

Das heiße Wasser wurde gebracht, und Martha führte das Gespräch nahezu allein weiter. Sie hielt nur inne, um einen Bissen von dem Kuchen zu nehmen, den sie sich auf den Teller gelegt hatte, und wäre über die übliche Zeit für Nachmittagsbesuche hinaus geblieben, wenn ihr Bruder nicht seine Taschenuhr herausgezogen und einen Blick darauf geworfen hätte. „Martha, ich muss zu einer Besprechung. Wir müssen gehen."

Martha stellte ihre Tasse und Untertasse ab. „O je, ist es schon so weit? Ja, du darfst nicht zu spät kommen. Nun, Phoebe, Mrs. Fitzwilliam - ich hoffe, wir werden uns bald wiedersehen. Ich danke Ihnen für den Tee. Es war mir ein Vergnügen."

Phoebe stand auf, und Lydia rief nach dem Lakaien, der sie hinausbegleiten sollte. Nachdem sie sich verabschiedet hatten, verließen die Geschwister den Raum und Lydia setzte sich wieder auf ihren Platz, wobei ein leichtes Lächeln auf ihren Lippen schwebte.

„Sie meint es gut“, sagte Phoebe. „Und sie ist freundlich.“

„Beides ist wahr“, stimmte Lydia zu und schloss dann resolut ihre Lippen.

Ein Schweigen machte sich zwischen ihnen breit und Phoebe wollte fragen, ob Lydia glaubte, dass Frederick kommen würde, erlaubte sich das jedoch nicht. In jedem Fall waren sie in der kommenden Woche zu Lord Wellingtons Ball eingeladen, und Phoebe wusste, dass sie ihn dort sehen musste. Die Vorfreude raubte ihr den Atem.

# KAPITEL SIEBZEHN

Wäre es ein gewöhnliches Werben, hätte Frederick jeden Tag Blumen geschickt, um Phoebe wissen zu lassen, dass er an sie dachte, auch wenn er sie nicht besuchen konnte. Die Tage nach dem Krickctspicl warcn mit ciligcn Vorbcrcitungcn und gcscllschaftlichcn Verpflichtungen gefüllt, bei denen er nicht fehlen durfte. Es war jedoch kein gewöhnliches Werben, denn sie lebte bei seiner Schwester. Zudem war er sich nicht einmal sicher, ob seine Annäherungsversuche willkommen sein würden. Er hielt es für möglich, doch es könnte schwierig für die unschuldige Phoebe sein, in ihm etwas anderes als einen älteren Bruder zu sehen. Und dann war da noch dieser Mr. Conroy, der den Großteil des Spiels bei ihr geblieben war. Er hoffte, dass sie sein Werben nicht mit Wohlwollen betrachtete.

Frederick zog seinen Jagdmantel aus, der mit Schlamm beschmutzt war, weil er Lord Uxbridges Hunden an diesem Tage auf der Jagd durch den Wald von Soigny gefolgt war. Sein Kammerdiener ließ ein Bad einlaufen, und Frederick ließ sich ins Wasser sinken, damit die Wärme seine müden Muskeln besänftigen konnte. Die letzten Wochen waren hart gewesen. Das Leben eines Stabsmitglieds von Wellington war voller Bälle, Rennen die der Prinz von Oranien veranstaltete, *Leseclubs* - die nichts anderes waren als Orte, an denen Gentlemen spielten - neben den militärischen Besprechungen und diplomatischen Treffen, den Londoner Depeschen und der Mobilisierung einer großen Anzahl von Truppen. Jeden Abend speiste Frederick mit dem Duke und dem Rest des Personals zu Abend, gewöhnlich gefolgt von einem geselligen Beisammensein. Er hielt es für Pech, dass die Einladungen in letzter Zeit nicht für dieselben Veranstaltungen waren, zu denen Phoebe ging.

Er nahm die nach Oliven duftende Seife, die Caldwell ihm reichte, schäumte sich rasch ein, schrubbte sein Haar und tauchte unter Wasser, um es abzuspülen. Er ließ sich von seinem Kammerdiener für den Ball einkleiden, den Wellington an diesem Abend hielt - den zweiten, den der Duke seit seiner Ankunft in Brüssel organisiert hatte. Obwohl es sich um eine ausgewählte Gesellschaft handelte, hatte Frederick sichergestellt, dass auch Lydia, Fitz und Phoebe eingeladen wurden. Ein Vorteil des heutigen Balls war, dass Mr. Conroy nicht eingeladen war.

„Mylord, ich habe Ihre Uniform reinigen und Ihre Stiefel polieren lassen. Ich habe mir auch die Freiheit genommen, Ihre Waffen zu reinigen. Ich möchte nicht, dass Sie sie plötzlich benötigen und sie nicht in einem einwandfreien Zustand sind."

Frederick reinigte seine Musketen und Pistolen für gewöhnlich selbst, doch derzeit war er zu müde, um zu protestieren und zu beschäftigt, um sich selbst darum zu kümmern. „Das hast du gut gemacht. So unbekümmert der Duke in der Öffentlichkeit auch auftreten mag, die Anzahl der Geheimdienstberichte, die er anfordert und erhält, zeichnet ein anderes Bild. Es ist höchst unwahrscheinlich, dass Boney uns den Gefallen tun wird, in Paris auf die Mobilisierung der Alliierten zu warten. Es ist besser, wenn wir vorbereitet sind." Caldwell hatte Erfahrung mit Feldzügen und man konnte ihm diese unspezifischen Informationen anvertrauen.

Sein Diener schürzte die Lippen und nickte. „Ganz wie ich dachte, Mylord."

An Wellingtons Tisch wurde nur ein leichtes Abendessen serviert, da sie später auf dem Ball zu Abend essen würden. Frederick nahm neben Sutherland und Pinkton Platz und versuchte, einem Witz zu folgen, der bereits im Gange war. Obwohl er nicht genug davon mitbekommen hatte, um den Witz zu verstehen, musste er doch lustig gewesen sein, denn der Duke lachte lauthals.

Wer Lord Wellington nur in diesen gesellschaftlichen Kreisen kannte, musste ihn für einen zu einfachen Mann halten, um einen ganzen Feldzug gegen die Franzosen führen zu können. Er wies die ängstlichen Fragen derer, die sich nach Neuigkeiten sehnten, mit den Worten ab, es bestehe kein Grund zur Sorge. Doch sein Stab wusste es besser. In geselliger Runde war Wellington sorglos und fröhlich, bis hin zur Ausschweifung. Privat war er scharfsinnig und intolerant gegenüber Versagen oder Faulheit. Seine Fassade für die Öffentlichkeit erlaubte es der gesamten Brüsseler Gesellschaft, sich durch seine Anwesenheit beruhigt zu fühlen, denn er tat alle Verweise auf Sorgen mit einem Lachen ab. Die private Fassade beruhigte Frederick und die Offiziere, denn sie wussten, dass man sich darauf verlassen konnte, dass solange „The Beau" anwesend war, er den Sieg davontragen würde. Allein der Anblick von *Old Nosey* – wie ihn seine Soldaten nannten, natürlich in Anspielung auf seine recht auffällige Nase – gab seinen Truppen Zuversicht.

Der heutige Ball fand in den offenen, gemieteten Räumen des Hôtel du Parc statt. Fredericks Müdigkeit war vergessen, als er immer wieder zur Tür blickte und auf Phoebes Eintreffen wartete. Er hoffte, dass sie heute Abend die Gelegenheit haben würden, miteinander zu tanzen und mehr als nur ein paar kurze Worte zu wechseln. Er würde sie für den Walzer verpflichten, ehe ein anderer ihm zuvorkam.

Zuerst sah er Lydia, die am Arm von Fitz hereinkam. Sie blieben stehen, um Lord Wellington zu begrüßen und unterhielten sich einige Minuten lang. Der Duke konnte sich von der Halbinsel an Fitz erinnern und hatte mit Frederick über ihn gesprochen. Frederick war sich sicher, dass sein Schwager, wenn er sich in der nächsten Schlacht auszeichnen würde, weiter in den Rängen aufsteigen würde. Phoebe hätte bei ihnen sein sollen, doch neben Fitz und Lydia stand ein anderes Paar, und Phoebe war nirgends zu sehen. Er empfand einen Moment lang Panik, weil er sich fragte, ob sie unpässlich war und nicht kommen konnte. Das würde sein Vorhaben für diesen Abend zunichtemachen, denn er hatte vor, wirklich um sie zu werben, ganz gleich was seine Schwester sagen würde. Im nächsten Augenblick kam Phoebes anmutige Gestalt in sein Blickfeld und er bewegte sich auf sie zu.

Nachdem sie einen Knicks vor Lord Wellington gemacht hatte, wandte sie sich um, um Lydia und Fitz zu folgen, und lächelte Frederick an, sobald sie ihn erblickte.

Das Lächeln traf ihn wie ein leichter Schlag. Bei ihrem Anblick war ihm leichter um die Brust geworden, doch gleichzeitig lagen ihm seine Nerven bleischwer im Magen. *Empfand sie für ihn, wie er für sie zu empfinden begonnen hatte?* Phoebe war sanft und gut und es schien Frederick, dass sie jeden gleichbehandelte. Er konnte wirklich nicht sagen, ob sie in der Lage wäre, ihre Beziehung in einem intimeren Licht zu sehen als das, was sie derzeit hatten. Bisher hatte ihn dies dazu veranlasst, sich mit größter Vorsicht zu verhalten, wenn er mit ihr zu tun hatte. Er getraute sich nicht, zu kühne Schritte zu unternehmen oder zu viel Interesse zu zeigen. Er hatte die Freundschaft, die sie hatten, nicht beschädigen oder gefährden können. Doch nun untergrub sein Verlangen nach mehr seinen gesunden Menschenverstand.

Frederick begrüßte seine Schwester und Fitz und verbeugte sich dann vor Phoebe. „Hebe die beiden Walzer für mich auf, ja? Einer davon ist vor dem Abendessen und so könntest du an meinem Arm in den Speisesaal gehen." Er bemerkte, dass Lydia ihn mit einem Funkeln von Interesse ansah, und er versuchte, seine besondere Aufmerksamkeit herunterzuspielen. „Wir werden uns mit Lydia und Fitz an einen Tisch setzen und eine fröhliche Runde bilden. Ich habe euch drei für meinen Geschmack nicht oft genug gesehen."

Phoebe warf einen Blick auf Lydia und nickte lächelnd. „Es wäre mir ein Vergnügen."

Die Duchess of Richmond gesellte sich zu ihnen und bedachte Lydia und Phoebe mit einem anmutigen Nicken. Sie sah Frederick an und schien auf eine Vorstellung zu warten, die Lydia dann auch gab. „Euer Gnaden, erlauben Sie mir, Ihnen meinen Bruder vorzustellen, den Viscount Ingram."

Frederick verbeugte sich. „Ich kenne Ihren Mann, Mylady. Wir aßen gemeinsam zu Abend und sind uns bei zahlreichen Gelegenheiten begegnet. Ich muss sagen, ich bin überrascht, dass sich unsere Wege nicht schon früher gekreuzt haben."

Die Duchess stimmte dem mit einem Nicken zu. „Es ist mir ein Vergnügen. Ich werde Sie meiner Tochter, Lady Georgy, vorstellen müssen. Vielleicht könnten Sie sie für einen der Walzer verpflichten."

Frederick warf Phoebe einen unwillkürlichen Blick zu, ehe er seine Augen auf die Duchess richtete. „Euer Gnaden, ich würde sehr gerne mit Ihrer Tochter tanzen, aber ich muss Ihnen leider sagen, dass meine

Walzer vergeben sind. Wenn Sie jedoch die Güte hätten, mich mit ihr bekannt zu machen, werde ich sie um eine der Quadrillen ersuchen."

Die Duchess warf Phoebe einen scharfsinnigen Blick zu, sodass er sich fragte, wie viel auch sie ahnte. Der Gedanke, unter den Augen der Matronen der Gesellschaft, zu denen auch seine Schwester gehörte, zu werben, ohne zu wissen, was die betreffende Dame empfand, war schwierig.

„Nun gut", sagte die Duchess. „Wenn Sie mich begleiten, werde ich Sie einander vorstellen."

Frederick lernte Lady Georgy kennen, eine hübsche Frau mit sanften braunen Augen und Locken, die an den Schläfen hervorsprangen. Er bat um die Quadrille, und als sie tanzten, war sie lebhaft und hübsch, aber man hätte sie leicht vergessen, wenn sie nicht ein scharfes Gespür für die sich bildende militärische Verteidigung gehabt hätte. Wann immer sie sich gegenüberstanden oder sich umeinander drehten, gab sie einen Strom von Beobachtungen zum Besten.

„Woher kennen Sie sich derart gut mit den Regimentern aus?", fragte er sie, als die letzten Töne der Musik verklangen und ihr Gruß den Tanz beendete. Ihre intelligenten Überlegungen hatten den Tanz höchst unterhaltsam gestaltet.

„Oh, der Duke ist geduldig und beantwortet mir meine Fragen", sagte sie und winkte ab, als sei es keine große Sache, dass Lord Wellington sich die Zeit nahm, eine junge Frau zu unterrichten. Nun, da Frederick darüber nachdachte, hatte er von Lady Georgy und ihrer ungewöhnlichen Freundschaft mit dem Duke gehört. Sie verabschiedete sich freundlich von ihm und ging zurück zu ihrer Mutter, ehe sie mit ihrem nächsten Tanzpartner ging.

Endlich war es an der Zeit, Phoebe zum Tanz zu führen, und er ging, um sie zu holen. Nur darauf hatte er in den letzten Tagen gewartet - eine Gelegenheit, sie ganz für sich allein zu haben. Phoebe legte ihre Hand um seinen Arm, und er zog sie an sich, während er sie zur Tanzfläche führte. Frederick stand ihr gegenüber, während sie auf den Einsatz der Musik warteten. „Wie du dir sicher denken kannst, hat mich Wellington sehr beschäftigt. Sonst hätte mich nichts davon abgehalten, dich schon früher zu besuchen. Wie ist es dir und Lydia seit unserem letzten Gespräch ergangen?" *Hast du an mich gedacht?* Das war die Frage, die er nicht stellen konnte.

Phoebe trat einen Schritt zurück und sah ihm ins Gesicht. „Lydia und ich waren fast so beschäftigt wie du, fürchte ich." Ein Lachen entwich ihr. „Natürlich nicht *so* beschäftigt. Das wäre auch unmöglich. Aber wir haben so ziemlich alles unternommen! Ich glaube nicht, dass ich jemals so aktiv war, nicht einmal in London."

Ihre Antwort konnte Fredericks Zweifel nicht ganz zerstreuen. Sie schmachtete nicht gerade vor Liebe zu ihm. „Womit habt ihr euch beschäftigt?"

„Nun, gerade diese Woche sind wir ausgeritten und haben Nachmittagsbesuche getätigt. Doch wir waren zu beschäftigt, um jemanden in unserem Haus zu empfangen. Wir sind im Park spazieren gewesen und wurden nicht weniger als dreimal zum Essen eingeladen. Auf eine dieser Einladungen folgte eine Zusammenkunft. Wir waren auf einer Kartenparty und haben uns sogar ein weiteres Kricketspiel angesehen - ein improvisiertes Spiel zwischen Fitz' Regiment und dem 22."

Die Musik setzte ein und unterbrach Phoebes Rede. Es war ungewöhnlich für sie, so viel auf einmal zu sagen, und so gern Frederick ihr auch zuhörte, war dies der Moment, auf den er gewartet hatte. Er legte seinen Arm um Phoebe und griff mit seinem anderen Arm nach ihrer Hand. Frederick hatte in der Vergangenheit mit Anna Walzer getanzt, aber aus irgendeinem Grund war dies das erste Mal, dass er mit Phoebe Walzer tanzte. Er blickte nach unten und sah, wie sich ihre Kehle bewegte, als sie schluckte, und er dachte, dass seine Nähe sie vielleicht einfach beeinträchtigte. Er hoffte es.

Frederick machte mit Phoebe an seiner Seite einen Schritt nach vorne, und er genoss das Gefühl, sie in einer Umarmung zu halten, wie er es sich an dem Tag gewünscht hatte, als er sie im Park sah. Als sie nach vorne blickten, neigte er seinen Kopf zu ihr. „Wie ich höre, findet in vierzehn Tagen im Wald von Soigny eine *Fête champêtre* statt. Hast du die Absicht, dorthin zu gehen?" Sobald er davon erfahren hatte, war er fest entschlossen, sie dorthin zu begleiten.

„Ja, wir haben vor hinzugehen. Unsere Diener freuen sich sehr, dass sie auch in den Genuss kommen werden. Wir werden sie nicht brauchen, um uns zu bedienen, wenn wir ankommen. Wie ich höre, werden auch Leute aus dem Dorf Soigny anwesend sein."

Frederick beugte sich erneut vor, um zu sprechen, nicht so sehr um gehört zu werden, sondern um ihr *nahe* zu sein. „Ich glaube ja. Ich denke, es werden sehr viele Leute kommen. Ich bin froh, dass du dort sein wirst." Er sah, wie sich ihre Lippen zu einem Lächeln hoben, und zog sie näher zu sich heran. Sie sprachen nicht miteinander, und obwohl Fredericks Ideen für ein Gespräch verflogen zu sein schienen, war ihr Schweigen nicht unangenehm.

Nach dem ersten Walzer trennten sie sich, und Frederick warf Phoebe verstohlene Blicke zu, wenn er nicht gerade eine andere junge Dame zum Tanzen begleitete. Mehr als einmal waren ihre Augen auch auf ihn gerichtet, wenn er in ihre Richtung schaute, und das gab ihm Hoffnung.

Als es Zeit für den Dinnerwalzer wurde, eilte er an ihre Seite. „Dieser Tanz gehört mir."

Sie hob ihre Hand, um sie auf den Arm zu legen, den er ihr entgegenhielt, und ihre Augen schienen mit einer Freude zu funkeln, die seine eigene widerspiegelte. „So ist es."

Während ihres zweiten Walzers sprachen sie wenig und schmiegten sich noch enger aneinander, obwohl Frederick entschlossen war, seine Zuneigung geheim zu halten. Das erforderte seine ganze Selbstbeherrschung. Ihre Nähe fühlte sich noch richtiger an als beim ersten Walzer. Es war alles, wonach er sich seit dem Abend seiner Ankunft in Brüssel gesehnt hatte, auch wenn er einige Zeit gebraucht hatte, es sich einzugestehen.

Als sie den Tanz beendet hatten, trat Frederick mit Bedauern zurück. Sie drehte sich um und verbeugte sich, wobei sie ihn mit großen Augen anblickte. Er erwiderte ihn einen Moment lang und wollte, dass sie etwas von seinen Gefühlen erfuhr. Schließlich lächelte er. „Wollen wir Lydia und Fitz suchen?"

Er führte Phoebe in den Speisesaal, wo sie den Tisch fanden, den Lydia und Fitz reserviert hatten. Während sie aßen, unterhielten sie sich angeregt. Fitz fragte Frederick nach den neuesten Geheimdienstberichten. Frederick warf einen Blick auf Phoebe, bevor er antwortete. „Nur, dass es scheint, dass Uniformen in Frankreich in halsbrecherischer Geschwindigkeit hergestellt werden. Ich kann nicht glauben, dass Napoleon auf uns wartet, um nach Paris zu kommen, und ich glaube auch nicht, dass Wellington das glaubt."

„Es ist genau, wie ich dachte", sagte Fitz. Er drückte Lydias Hand. „Nun, lasst uns fröhlich sein, bis wir Grund für etwas anderes haben."

Phoebe schwieg neben Frederick. Lydia und Fitz vertrieben sich die Schwere, indem sie eine lebhafte Debatte darüber führten, welche Einladungen sie in den kommenden Wochen annehmen würden. Frederick beugte sich vor und murmelte Phoebe zu: „Siehst du, ich habe nichts mehr davon gesagt, dass du nach Hause gehen solltest. Beunruhigt dich das Gerede über eine bevorstehende Schlacht? Ich möchte nicht, dass du dich in irgendeiner Weise sorgst.“

Phoebe blickte in die Ferne, ohne ihm in die Augen zu sehen, beugte sich vor und antwortete mit ihrer sanften Stimme. „Es fällt mir schwer, übermäßig besorgt zu sein, wenn die britischen Truppen hier so stark sind. Ich vertraue Fitz. Ich vertraue *dir*.“ Sie sah ihn an und wandte ihren Blick dann wieder ab, wobei sich ihre Wangen rosa verfärbten. „Obwohl wir vielleicht schon bald Grund zur Sorge haben werden, bin ich zuversichtlich, dass alles gut gehen wird.“

Frederick griff unter den Tisch und drückte diskret ihre Hand. „Du kannst darauf vertrauen, dass ich alles in meiner Macht Stehende tun werde, um dich zu beschützen.“

Es dauerte nicht lange, bis sich die kleinen Gruppen an den Esstischen auflösten und die Menschen in den Ballsaal zurückkehrten, wo sich die Musiker wieder aufwärmten. Phoebe wurde sofort für den nächsten Tanz und die darauffolgenden Tänze eingefordert. Eine Reihe von Offizieren, die mit Leichtigkeit in Conroys Fußstapfen trat, nahm durchgehend Notiz von Phoebe, und Frederick fragte sich, ob sein eigenes Interesse übermäßig offensichtlich gewesen war. Damit andere Offiziere ihren Hut in den Ring warfen, brauchte es nichts weiter, als dass sie Konkurrenz witterten. Er konnte kein weiteres Wort mit ihr wechseln, bis der Ball zu Ende war, und als er sah, wie sie und Lydia ihre Umhänge erhielten, um nach Hause zu gehen, schritt er zu ihnen hinüber.

„Wenn ich diese Woche vorbeikommen kann, werde ich das tun“, sagte er zu Lydia und Phoebe. „Aber da wir nach Enghien fahren sollen, halte ich das für unwahrscheinlich. Rechnet aber damit, mich bei der *Fête Champêtre* zu sehen. Vielleicht können wir zusammensitzen.“ Frederick sah Phoebe an, als er dies sagte, aber er unterbrach den Blick, als er spürte, wie Lydia ihn prüfend betrachtete.

Lydia sah nun Phoebe an, die ihn anlächelte. „Gute Nacht, Frederick.“

Frederick verbeugte sich und beobachtete, wie sie an der Tür auf Fitz trafen, der bereits die Kutsche gerufen hatte. Phoebe nahm Fitz' anderen Arm an, als sie durch den Eingang schritten und die Treppe hinuntergingen. Angesichts der drohenden Gefahr eines Krieges wollte er das Risiko mit Phoebe eingehen. Er würde nicht länger warten, um herauszufinden, was sie empfand.

# KAPITEL ACHTZEHN

Der Tag der *Fête Champêtre* war endlich gekommen und Phoebes Nerven waren zum Zerreißen gespannt. Sie sollten im Wald frühstücken, aber sie zwang sich, vorher etwas zu essen, um nicht in Ohnmacht zu fallen. Doch ihr *war* schwindelig, denn Frederick hatte ihr und Lydia eine Nachricht geschickt, in der er sie daran erinnerte, dass er sie heute sehen würde.

Nach seiner Reise nach Enghien war er nicht in der Lage gewesen, sie zu besuchen. Er hatte eine Nachricht geschickt, dass er mit Wellington nach Wavre reisen musste, um Gespräche mit dem preußischen General zu führen. Sie konnte sich nicht an den Vergnügungen der Saison erfreuen, während Frederick mit solch gewichtigen Angelegenheiten beschäftigt war, und alles fühlte sich so leer an, wenn er nicht da war. Die Tage waren lang geworden, bis Phoebe ihn wiedersehen würde, vor allem nun, da sie eine gewisse Hoffnung hegte, sein Herz für sich zu gewinnen. Seine Aufmerksamkeit war in den letzten Wochen gewachsen - dessen war sie sich gewiss. Auch wenn sie sich nicht häufig zu sehen vermochten, hatte er ihr solch unmissverständliche Zeichen seiner Wertschätzung gegeben. *Darf ich zu hoffen wagen?*

Lydia brach ihr Brötchen entzwei, um es mit Marmelade zu bestreichen. „Es ist eine gute Nachricht, dass Frederick versprochen hat, beim Fest zu uns zu stoßen. Ich hatte schon befürchtet, dass ihn irgendwelche Verpflichtungen daran hindern würden, zu kommen. Allerdings muss ich davon ausgehen, dass die gesamte Brüsseler Gesellschaft heute anwesend sein wird - sogar Lord Wellington -, sodass er unmöglich einen Grund haben kann, das Fest zu verpassen. Das Wetter ist schön, und die Festlichkeiten versprechen reizend zu werden."

Phoebe antwortete in dem einstudierten, gleichmäßigen Tonfall, den sie immer dann anschlug, wenn Frederick erwähnt wurde - oder er in der Nähe war. „In der Tat. Ich kann es kaum erwarten, zu erfahren, was genau dieses *Fête Champêtre* beinhalten wird. Glaubst du, es wird wie ein englisches Picknick *al fresco* sein, nur in einem größeren Rahmen?" Sie hob ihre Tasse Kaffee an und trank kleine Schlucke.

„Weißt du", sagte Lydia plötzlich, ohne auf Phoebe einzugehen, „etwas dämmerte mir, als wir auf dem Ball des Dukes waren. Damals sagte ich nichts, weil es mir zu ungewöhnlich erschien, aber ... nun, da wir Frederick sehen werden, ist es mir wieder eingefallen." Sie hielt inne und durchbohrte Phoebe mit ihrem Blick. „Ich habe den Verdacht, dass mein Bruder eine *Vorliebe* für dich entwickelt hat."

Phoebe ließ die Tasse fallen und sie fiel mit einem lauten Klirren auf die Untertasse. Die Tasse kippte um und der dunkle Kaffee lief über die Tischdecke und ihr Kleid. Sie sprang auf die Füße. „O je", rief sie und Hitze stieg ihr ins Gesicht. „Wie ungeschickt von mir. Wir müssen nach den Dienern läuten."

Lydia war bereits auf den Beinen, öffnete die Tür und rief einen der Bediensteten herbei. „Du solltest dich besser umziehen gehen, denn ich habe Sam bereits angewiesen, die Kutsche vorzufahren, und sie wird bald vor der Tür stehen. Mary, geh du und hilf Phoebe. Gut, Sarah, du bist auch gekommen. Räum das rasch auf, denn wir werden gleich aufbrechen."

Phoebe verließ den Raum und versuchte, ihr Gesicht zu zwingen, eine gleichmäßigere Farbe anzunehmen. Sie hatte dieses Kleid mit Bedacht für ihr erstes Treffen mit Frederick seit vierzehn Tagen ausgesucht, weil sie es für das vorteilhafteste hielt, das sie besaß. Es war eine Schande, dass sie es ruiniert hatte. Sie würde ihr zweitbestes Kleid tragen müssen.

Phoebe eilte in ihr Schlafzimmer. „Mary, rasch bitte - hilf mir in mein Kleid mit der grünen Stickerei. Und wenn du das hier nach unten bringen könntest, um den Fleck einzuweichen, ist es vielleicht noch zu retten. Aber da wir bald abfahren müssen, hast du nicht mehr Zeit, als es nur einweichen zu lassen.“

„Keine Sorge, Miss.“ Mary eilte sich, denn der Fleck war bis zu Phoebes Hemd durchgesickert. Sie half ihr, das Hemd und den Kittel zu wechseln und eilte mit den beiden befleckten Kleidungsstücken im Arm davon.

Phoebe blieb zurück, um sich zu beruhigen, und starrte ihr Spiegelbild an. Dieses Kleid war gar nicht so viel schlechter, dachte sie. Die Farbe stand ihr nicht so gut, aber es verlieh ihr eine schöne Figur und die Stickerei gab ihr einen Hauch Zartheit. Aber oh - sie würde dennoch zu Lydia hinuntergehen und ihr gegenübertreten müssen, nach diesem peinlichen Vorfall. Lydia hatte ihre Gefühle sicher so einfach gelesen, als hätte Phoebe sie vom Dach geschrien. Was für eine *Närrin* hatte sie aus sich gemacht.

Unten wartete Lydia auf Phoebe, ihre Hand auf dem Treppengeländer. Sie schien nicht gewillt zu sein, aus der Tür zu eilen, obwohl Phoebe das Klirren des Geschirrs draußen hören konnte. Stattdessen verschränkte Lydia die Arme und musterte sie.

„Ich beginne zu vermuten, dass mein Bruder nicht der Einzige ist, der eine *Vorliebe* entwickelt hat. Versuche nur, mir zu sagen, ich würde mich irren.“ Sie hob eine Augenbraue, aber ein Lächeln umspielte ihre Lippen.

Phoebe schreckte vor einer solch direkten Frage zurück. Sie konnte Lydia vertrauen, das wusste sie. Aber es gab ein Hindernis - *etwas*, das sie daran hinderte, es auszusprechen. Sie hatte diese Liebe zu Frederick so lange geheim gehalten, dass es unmöglich war, sie zuzugeben.

„Ich bin sicher, dass du in Bezug auf seine Gefühle irrst. Frederick und ich kennen uns schon unser ganzes Leben lang. Für ihn bin ich nur eine kleine Schwester, mehr nicht. Ich bin sicher, dass du es falsch verstanden hast.“

„Hmm.“ Lydia hob eine Augenbraue und hielt ihre Arme verschränkt. „Nun, ich muss sagen, dass mir dieses Kleid besser gefällt als das andere. Es bringt deinen Busen sehr schön zur Geltung. Erröte nicht - ich weiß, wovon ich spreche. In diesem Kleid bin ich mir nicht so sicher, ob *irgendein* Mann dich als seine kleine Schwester betrachten wird.“

Das ließ Phoebe wieder die Hitze in die Wangen steigen, aber sie hoffte natürlich, dass das, was Lydia sagte, der Wahrheit entsprach. Lydia fügte hinzu: „Mr. Conroy wird mit den Zähnen knirschen. Du musst ihn sanft zurückweisen."

Phoebe runzelte die Stirn bei der Erwähnung von Mr. Conroy. Sie war nicht nett zu ihm gewesen. Mit Frederick in Brüssel und zurück in ihrem Leben, und vor allem, wenn er ihr so viel Aufmerksamkeit schenkte, wusste sie, dass sie Mr. Conroy nicht als Verehrer in Betracht ziehen konnte. Sie würde es ihm bei der nächsten Gelegenheit sagen müssen.

Als ihre Barouche im Wald von Soigny ankam, war Phoebe von der Reihe weißer Zelte, die den Waldrand säumten, verzaubert. Sie standen Seite an Seite unter den überhängenden Ästen großer, majestätischer Bäume und die Fronten öffneten sich zu einem länglichen, stillen Gewässer. Viele Menschen hatten bereits begonnen, sich unter den Zelten zu versammeln, und immer mehr kamen in offenen Kutschen an.

Es gab gedeckte Tische und die Leute bedienten sich an einer Auswahl der Köstlichkeiten. Da Phoebe und Lydia kein vollwertiges Frühstück gegessen hatten, begann Phoebes Magen zu knurren. Schinken wurde über einem offenen Feuer gebraten, und ein Diener schnitt Stücke auf einem Brett, von dem Dampfschwaden in die Luft stiegen. Auf anderen Tischen standen pyramidenförmig angeordnete Brote und Süßigkeiten, und die leichten Aromen vermischten sich mit der Frühlingsluft, die nach Gras und Blumen duftete. Der Klang von Trommeln und Trompeten erregte Phoebes Aufmerksamkeit, und sie drehte den Kopf, um eine Regimentskapelle zu sehen, die eine beschwingte Melodie spielte.

Gegen die laute Musik und den Lärm der Menschenmenge hinweg lehnte sich Phoebe an Lydia. „Wer sind die Soldaten, die da spielen?"

„Ich bin mir nicht sicher. Fitz sollte jede Minute zu uns stoßen, und er wird uns aufklären können." Fitz hatte an diesem Morgen eine militärische Übung beaufsichtigen müssen und versprochen, sie dort zu treffen.

Sam half ihnen aus der Kutsche und streckte seine Hand aus, um den Zofen zu helfen. Phoebe glaubte, eine wachsende Verbundenheit zwischen Sam und Mary entdeckt zu haben, und die beiden warfen sich einen Blick zu, als der Stallknecht die Pferde wegführte. Mary und Sarah nahmen den Anblick mit offenem Mund in sich auf. Dann nahmen die drei die Kissen und Decken, die empfohlen worden waren, um das Picknick noch angenehmer zu gestalten.

Phoebe sah sich um und seufzte zufrieden. Die Hitze, die im Juni zeitweise unerträglich geworden war, ließ in der Kühle des nahen Waldes nach. Die Menschenmenge war bunt gemischt, die modische Vornehmheit mischte sich mit den weniger vornehmeren Belgiern, von denen sie annahm, dass sie aus dem Dorf Soigny kamen. Abgesehen von den wenigen, die sie bei bestimmten Veranstaltungen der Gesellschaft getroffen hatte, mischten sich die Belgier nicht oft unter die britische Gesellschaft. Als Phoebe beobachtete, wie sie sich amüsierten und Erfrischungen zu sich nahmen, wurde ihr klar, dass sie sie als Ausländer betrachtet hatte. Dabei war dies ihr Land, und *sie* war hier nur eine Besucherin.

Phoebes nahm aus den Augenwinkeln die Bewegung von jemandem, der sich näherte, wahr. Es war Frederick, und ihr Herz machte einen Sprung, als sie sich ihm zuwandte. Sie erinnerte sich an das, was Lydia gesagt hatte, und war hin- und hergerissen zwischen dem Wunsch, ihm zu zeigen, wie viel er ihr bedeutete, falls es wahr war, und dem Wunsch, es vor allen anderen zu verbergen, falls sie falsch lag. Er gab ihr keinen großen Hinweis darauf, was es sein sollte, denn er begrüßte seine Schwester beiläufig, küsste Phoebes Finger, hielt ihre Hand fest und drückte sie, bevor er sie an ihre Seite fallen ließ.

„Wir haben dort drüben ein Zelt reserviert", sagte Frederick und deutete mit dem Kopf in die Richtung eines der Zelte, in dem Fitz stand. Fitz sah sie und kam zu seiner Frau hinüber. „Wunderbar. Ihr seid angekommen."

„Fitz, welche Kapelle spielt dort?", fragte ihn Lydia.

„Das ist die 52. Sie spielen schön, nicht wahr? Komm. Lass uns die Decken im Zelt ausbreiten. Dann können wir etwas von dem Essen probieren. Es gibt sowohl einheimische als auch englische Gerichte." Er führte Lydia fort, und die Zofen folgten ihm mit ihren Bündeln.

Frederick hielt Phoebe seinen Arm hin. Er schien es nicht eilig zu haben, schnell zu gehen, und Phoebe suchte nach dem richtigen Worten. *Ich habe dich vermisst*, war alles, was ihr einfiel.

Als Sam und die Zofen mit leeren Händen aus dem Zelt kamen,

schaute Phoebe Lydia an, ihre Lippen waren nach oben gebogen. „Mary und Sarah werden nicht gebraucht, nicht wahr?“

Lydia schüttelte den Kopf. „Lasst uns einfach wissen, wo ihr sein werdet, falls wir euch brauchen sollten.“

„Ja, Ma'am“, sagte Sarah und deutete auf eine Ansammlung scheinbar anderer Bediensteter auf dem Rasen. „Wir sind gleich dort drüben.“ Mary lächelte Sam schüchtern an, ehe sie und Sarah mit eingehakten Armen in ihren besten Kleidern davoneilten, die ihnen um die Beine schwangen.

„Du kannst auch gehen, Sam“, sagte Fitz. „Du wirst nicht gebraucht.“ Ihr Lakai verbeugte sich, sein Gesicht verzog sich zu einem Lächeln, und er lief den Zofen hinterher.

„Es ist ein schöner Tag“, bemerkte Frederick und blickte zum blauen Himmel und den breiten weißen Wolkenfetzen hinauf. Es war eine allgemeine Bemerkung, aber er schien sich speziell an Phoebe zu wenden. „Lasst uns nachsehen, was es zu essen gibt, ehe wir uns setzen.“

Lydia und Fitz stimmten zu, und sie gingen alle, um zu schauen, was für sie zum Verzehr vorbereitet worden war. Frederick hielt Phoebe einen Teller hin und fragte sie, was sie probieren wollte. Er füllte ihren Teller mit diesen und anderen Dingen, von denen er dachte, dass sie ihr schmecken könnten. Bald saßen die vier unter dem Zelt, weg von der Sonne und lauschten den vorbeirennenden Kindern und Menschenpaaren, die sie passierten. Das Lachen kam Phoebe leicht über die Lippen, als Frederick und Fitz Lydia neckten und sie sich ihrerseits revanchierte, wobei sie sich sehr gut behaupten konnte. Frederick lehnte sich zu Phoebe und sein Arm streifte den ihren.

Nachdem sie gegessen hatten, stöhnte Lydia und legte ihre Hand auf ihren Bauch. „Fitz, warum gehen wir nicht spazieren? Möchtet ihr beide mit uns kommen?“

Phoebe warf Frederick einen fragenden Blick zu, und er schüttelte den Kopf. „Nein, ich verspüre keine Lust, mich zu bewegen.“

Fitz half Lydia auf die Beine und Phoebe stützte sich mit ausgestreckten Beinen und gekreuzten Füßen nach hinten auf ihre Hände und beobachtete die bukolische Szene, die sich vor dem Eingang des Zeltes abspielte. Es schien, als wären sie fast in ihrer eigenen Welt, denn das Zelt bot ihnen auf drei Seiten Privatsphäre. Nur die Vorderseite war offen und mit einer Klappe versehen, die sie vor den Sonnenstrahlen schützte. Obwohl gelegentlich Leute an ihrem Zelt vorbeigingen und hineinschauten, waren sie die meiste Zeit über allein.

Es herrschte eine angenehme Stille, ehe Frederick sich räusperte und sich aufrichtete, seine Hände aneinanderrieb und sich auf eine Hand abstützte. Er bewegte sich leicht, nicht fort von Phoebe, sondern so, dass er ihren Blick besser sehen konnte. Er lächelte - flüchtig - und es verschwand, als er schluckte.

„Ich möchte dir etwas sagen.“

Phoebe holte tief Luft. Das schien nichts Gutes zu sein - oder *konnte* es etwas Gutes sein? Vielleicht war es das, was sie zu hören ersehnte. Vielleicht würde er ihr endlich gestehen, dass er ihre Wertschätzung erwiderte.

„Sage es nur. Ich bin ganz Ohr.“

Auf ihre Erlaubnis hin nickte Frederick einmal und kaute auf seiner Lippe herum, ehe er sprach. „Ich wollte dir persönlich sagen, dass ich Gefühle für jemanden entwickelt habe.“

Die Worte hallten hohl in der kleinen Welt wider, die das Zelt ihnen bot, während Phoebes Welt um sie herum in Stücke brach. *Das ist der Grund, warum wir Frederick in letzter Zeit nicht sahen. Er wird sich verloben!* Sie hatte sich zutiefst geirrt, als sie glaubte, dass seine Zuneigung für sie wuchs, und auch seine Schwester hatte sich getäuscht. Die kurzen Höhenflüge, die Phoebe sich heute Morgen erlaubt hatte, starben einen schnellen und grausamen Tod. Sie schluckte schwer.

„*Oh?*“ Es kam ganz leise heraus - das Einzige, was sie zustande brachte.

Frederick blickte nach unten und schob seine Hand so nah an ihre, dass sich ihre kleinen Finger berührten. Keiner von ihnen trug Handschuhe. Phoebes Kopf summte, und die Berührung ihres Fingers ließ ihre Sinne aufschreien, sodass sie fast seine nächsten Worte verpasste, die er leise sprach. „Ja. Aber ich weiß nicht, ob sie etwas für mich empfindet.“

Phoebes Herz hatte angefangen, in ihren Ohren zu dröhnen, so schien es, und ihre Gedanken überschlugen sich in allen möglichen lächerlichen Vermutungen, die sie sich nicht erlauben konnte. Sie versuchte verzweifelt, sie zu zügeln. Doch es keimte erneute Hoffnung in ihr auf, denn wenn er sich wirklich für eine andere Frau interessierte, würde er sie *sicher* nicht mit einer so kleinen, intimen Geste verwirren. Sie hatte Angst zu sprechen, aber er musterte sie, als ob er auf eine Antwort warten würde.

„Hast du ... hast du ihr gesagt, wie du fühlst?“ Phoebe schluckte erneut, doch ihr Mund war vollkommen ausgedörrt und ihre Kehle wollte nicht gehorchen. Sie warf ihm einen Blick zu und sah gerade noch sein schiefes Grinsen.

„Ich versuche es.“

Phoebe atmete scharf ein und ihr Blick wanderte zu Frederick. Sie konnte kein Wort sagen, während sie abwartete, was als Nächstes kam.

„Es ist einfach schwierig“, fuhr er fort, „denn noch nie war ich so beschäftigt. Ich stehe unter dem Befehl meiner vorgesetzten Offiziere, und das alles im Dienste meines Landes. Es ist so, dass ich kaum eine Chance habe, mit ihr zu sprechen, geschweige denn ihr zu sagen, was ihr zu sagen wünsche. Zudem“- Frederick blickte zu Boden und sie konnte sehen, wie sich seine Lippen verzogen - „ist sie jemand, den ich schon einige Zeit kenne. Und ich fürchte, dass sie meine Wertschätzung nicht erwidert und nichts anderes in mir sieht als einen Bruder.“

Phoebe konnte ihn nicht missverstehen. Er konnte von niemand anderem als ihr sprechen. Sie drehte ihm ihr Gesicht ganz zu, und er erwiderte ihren Blick und hielt den Blickkontakt. Sie öffnete die Lippen, um zu antworten, doch jeder Gedanke verflüchtigte sich einfach. Es gab keine Möglichkeit, auf das zu antworten, was er gesagt hatte, ohne sich zu verraten. Und wenn sie sich irrte?

„Meinst du, ich sollte das Risiko eingehen und es ihr sagen?“ Fredericks Augen waren immer noch auf ihre gerichtet und seine Lippen verzogen sich zitternd zu einem Lächeln.

Sein Blick hielt sie gefangen, und ihre Antwort war kaum lauter als ein Atemzug. „Ja.“

„Nun denn“, sagte Frederick. „Du bist es.“

Eine Brise zog in das Zelt und kühlte Phoebes Wangen und hob die Locken neben ihrer Stirn. Ihr Lächeln wurde so breit, dass ihr der Mund weh tat. „Bin ich das?“

Frederick hob eine Augenbraue. „Mm-hm.“ Sein Blick ruhte auf ihren Lippen, ehe er ihre Augen wieder gefangen nahm.

Der Klang eines Horns durchbrach den allgemeinen Lärm der Menge, und ein weiteres Horn schloss sich dem ersten an, und dann noch eines. Sie wurden zu einem Chor, der anschwoll und dessen Lied durch die Bäume hinter ihnen widerhallte. Bei dieser neuartigen Unterhaltung strömten die Leute *en masse* herbei. Phoebe wollte sich nicht bewegen und den Bann brechen. Sie drehte ihren Kopf zu Frederick, und er führte sein Gesicht ganz nah an sie heran, seine Augen blickten zu ihr auf. Einen Moment lang saßen sie so da.

„Ich möchte dich küssen", flüsterte er.

„Frederick, Phoebe!" Lydia steckte ihren Kopf in das Zelt. „Ihr müsst kommen. Ihr verpasst alles!"

# KAPITEL NEUNZEHN

Frederick hob den Blick gen Himmel und atmete durch die Nasenlöcher ein, als Lydia das Zelt so schnell verließ, wie sie es betreten hatte. Phoebe lehnte sich zurück und rieb ihre Hände aneinander, wobei sie den Kopf senkte, um ihre hübsche Röte zu verbergen. Ihr Lächeln konnte sie jedoch nicht verbergen. Es verriet Frederick, dass sie ebenso verlockt worden war wie er - bis Lydia es ruinierte. Nie zuvor hatte Frederick seine Schwester derart schütteln wollen wie in diesem Moment. Er blickte Phoebe mit einem reumütigen Lächeln an.

„Nun, ich denke, dieser Kuss muss bis zu einem anderen Zeitpunkt warten." Frederick hob den Kopf und lauschte. „Das ist ein ziemlich bemerkenswertes Geräusch, findest du nicht auch? Lass uns nachsehen, was es damit auf sich hat." Er stand auf und streckte seine Hand aus, damit Phoebe sie ergreifen konnte, und half ihr aufzustehen.

„Es klingt, als ob in jedem Baum ein Musiker das Horn spielt, so wie es den Wald erfüllt." Phoebe legte ihre Hand ganz natürlich in seinen Arm, ohne dass er sie einladen musste - ohne jegliche Zeremonie. Es fühlte sich richtig an.

Sie schlossen sich der Menschenmenge an, die vor dem Zelt vorbeizog, verschmolzen mit ihr und gingen in Richtung Waldrand. Kinder in einfachen Schürzen mischten sich mit denen, deren elegante Kleidung einen gehobenen Stand verkündete, alle waren sie von der

Neugierde wegen des Klangs gefangen. Lord Lynedock hatte keine Kosten gescheut, als er sich die Unterhaltung für dieses Picknick erdacht hatte.

Phoebe ging zu seiner Linken, abseits der Bäume und neben der Menschenmenge. Frederick entdeckte Mr. Conroy, der, als er Phoebe erblickte, einen Schritt auf sie zu machte. Frederick zog Phoebe näher an sich heran, bis ihre Seiten fast aneinanderklebten. Sie blickte überrascht zu ihm auf, und das antwortende Lächeln reichte bis in ihre Augen. Mr. Conroys Blick folgte dem. Er sah Frederick mit verengten Augen an und wechselte abrupt die Richtung.

Es war besitzergreifend und instinktiv gewesen, und Frederick hätte es nicht tun sollen, aber es fiel ihm schwer, es zu bereuen. *Das sollte ihm zu denken geben. Phoebe ist nicht zu haben.*

Lydia war mit Fitz am Eingang des Waldes stehen geblieben, wo der Kreis der Hörner spielte. Sie drehte sich um und schickte einen suchenden Blick durch die Menschenmenge, bis sie Frederick und Phoebe entdeckte. Als sie sich näherten, weiteten sich ihre Augen angesichts seiner Nähe zu Phoebe. Ihr Blick wurde schelmisch, während ihre Mundwinkel nach oben wanderten.

„Hast du mir etwas zu sagen, Bruder?" Sie wies mit dem Kopf in Richtung des Arms, mit dem er Phoebe festhielt, und mit einem Gefühl des Bedauerns lockerte Frederick seinen Griff.

„Wenn ich das tue, wirst du die Erste sein, die es erfährt." Er wusste, dass seine vage Antwort und sein rätselhaftes Lächeln sie sicher verärgern würden, doch er hatte noch nicht einmal die Gelegenheit gehabt, Phoebe einen Antrag zu machen. Lydia beugte sich vor, um Fitz etwas zuzuflüstern. Er nickte und besaß die Höflichkeit, nicht zu gaffen.

Das Blätterdach vor ihnen war den Sonnenstrahlen nicht gewachsen, die es durchbrachen und die Messinginstrumente zum Glänzen brachten. Die Sonnenstrahlen beleuchteten den Teppich aus Farnen und Moos und färbten ihn in ein leuchtendes Grün. Die Gespräche und das geschäftige Treiben der Menschenmenge verstummten zu einer anerkennenden Stille. Die Melodie war schwermütig und verspielt zugleich, und die Töne hallten durch die Bäume. Als Frederick zuhörte, wurde das Hochgefühl von vor ein paar Augenblicken, als er herausfand, dass die Frau, die er liebte, seine Gefühle erwiderte, von einer Art Melancholie ersetzt, obwohl er wusste, dass das nicht der Sinn der Musik war. Aber er war erfahren genug in der Kriegsführung, um zu wissen, dass die Aufregung wegen der Schlacht und des Sieges nicht alles war. Es würde auch Verluste geben. Phoebe schien seine Stimmung ebenfalls zu spüren, denn sie wurde ruhig und still an seiner Seite.

Als die letzte Note verklungen war, stieß die Menge so etwas wie einen kollektiven Seufzer der Anerkennung aus und begann zu applaudieren. Endlich nahm die Unterhaltung wieder Fahrt auf, und alle setzten sich in Bewegung. Lydia zog an Fitz, um mit Frederick und Phoebe Schritt zu halten. Sie kam auf eine Höhe mit Phoebe und zog deren anderen Arm in ihren.

„Hat dir die Vorstellung gefallen? Es schien dir ein wenig schwerzufallen, das Zelt zu verlassen", sagte Lydia mit einem Gesichtsausdruck einstudierter Nonchalance zu Phoebe.

Phoebe lachte und ließ ihren Blick nach vorne gerichtet. „Ich habe sowohl den Komfort des Zeltes als auch die musikalische Darbietung genossen."

Ihre Antwort erfreute Frederick. Was ihn betraf, so zog er den Komfort des Zeltes bei weitem vor. Den restlichen Nachmittag, mit Lydia und Fitz an ihrer Seite und anderen, die zu Besuch ins Zelt kamen, hatten er und Phoebe keine Gelegenheit mehr für ein intimes *Tête-à-Tête* . Doch als das Picknick vorüber war, entschuldigte sich Frederick, um mit seinem Kammerdiener zu sprechen. Er war zu Pferd aus ihrem Hauptquartier gekommen und hatte Caldwell und Joseph mit der Kutsche kommen lassen, damit er Phoebe nach Hause bringen konnte. Caldwell würde auf seinem Pferd reiten müssen.

Als er wieder bei der Gruppe ankam, wies Fitz Sam an, die Kutsche zu holen. Innerhalb weniger Minuten eilten die beiden Zofen von dort herbei, wo auch immer sie den Tag verbracht hatten. Fitz gab ihnen die Anweisung, die Kissen und Decken einzusammeln und zur Kutsche zu bringen.

Frederick hatte Phoebes Hand zurückerobert und hielt sie fest um seinen Arm. Er machte Lydia auf sich aufmerksam. „Du kannst mit Fitz nach Hause fahren. Ich habe Caldwell die Kutsche fahren lassen, und ich werde Phoebe zu euch nach Hause begleiten. Ich habe ihr etwas zu sagen."

Bei diesen Worten wurde Lydias Lächeln breiter. „Gewiss. Phoebe, wir können später zusammen zu Abend essen, und du kannst mir *alles* über deinen Tag erzählen. Nur keine Eile meinetwegen. Ich habe nichts Dringendes zu erledigen."

Er hörte das leise Kichern von Phoebe an seiner Seite. „Ich bin mir recht sicher, dass du das nicht hast."

Joseph wartete mit den hintereinander angeschirrten Pferden, als Frederick Phoebe zu seinem Phaeton brachte. „Caldwell hat Star Bright und wird sie nach Hause bringen. Joseph, du kannst die Führung übernehmen, denn ich habe es auf der Heimreise nicht eilig. Ich vertraue darauf, dass du den Weg allein findest." Frederick wollte keinen Aufpasser.

„Jawohl, Mylord." Joseph holte einen Sattel, der hinten an der Kutsche befestigt war, nahm dem Leitpferd das Geschirr ab und hielt die Zügel beider Pferde, während Frederick Phoebe in den Phaeton half.

Als sie fertig war, stieg Frederick ein, schnalzte mit den Zügeln und sie fuhren auf die breite *Chaussée de Bruxelles* in Richtung Stadt. Zunächst war ihre Kutsche von anderen Engländern und einigen Belgiern umringt, die in einer bunten Ansammlung von Equipagen vom Picknick heimkehrten. Indem er sein Tempo anpasste, um weder in der Gesellschaft eines anderen zurückzubleiben noch sich vorzudrängen, um sich jemandem neuen anzuschließen, gelang es ihm, fast allein mit Phoebe zu sein. Er konnte sich nicht entscheiden, ob er lieber ihre Hand halten oder seinen Arm um sie legen und mit ihr dicht an seiner Seite fahren wollte. Letzteres war vielleicht nicht das Klügste. So wie es aussah, hatte die Stimmung des Tages - und die Langlebigkeit ihrer Freundschaft, durch die er sich bei ihr wohler fühlte als bei jedem anderen - ihn dazu gebracht, das Risiko einzugehen, mehr Zuneigung zu zeigen, als angemessen war.

Andererseits wäre es auch nicht unpassend, wenn sie verlobt wären.

Es dämmerte Frederick, dass er kein Wort gesagt hatte, während er über diese Dinge nachgedacht hatte. Es war an der Zeit, zu sprechen. „Du hast mir einen Hinweis auf deine Gefühle für mich gegeben, und das lässt mich hoffen. Es ist möglicherweise ... ungalant von mir, dich darum zu bitten, aber ich muss gestehen, dass ich mich danach sehne, aus deinem Munde zu hören, ob du meine Wertschätzung erwiderst oder nicht."

Phoebes Lachen war das Letzte, womit er gerechnet hatte, und Frederick sah sie erschrocken an und fragte sich, ob er die Situation derart falsch eingeschätzt hatte. Doch als sie ihm ihre Augen zuwandte, war darin eine solch tiefe Zuneigung zu erkennen, dass er seine Zweifel beiseiteschob und darauf wartete, dass sie sprach.

„Als wir in London waren, hast du mich gedrängt, etwas zu wagen, was mit dafür verantwortlich war, dass ich nach Brüssel kam. Ich konnte es nicht länger ertragen, dass mein Schicksal in den Händen eines anderen lag. Ich brauchte eine Veränderung, und deine Erinnerung an das Abenteuer, das mich erwartete, wenn ich nur bereit war, den ersten Schritt zu tun, war der zusätzliche Anstoß, den ich brauchte."

Phoebe schwieg derart lange, dass er ihr einen Seitenblick zuwarf. Sie schien wie erstarrt und schaute geradeaus. „Aber dieser Schritt verblasst neben dem, den ich jetzt machen werde."

Sie holte tief Luft und Frederick hörte das Geräusch einer Kutsche, die sie eilig von hinten überholte. Er stieß einen leisen Fluch aus und hoffte, dass sie nicht versuchen würden, sich ihm und Phoebe anzuschließen. In wenigen Minuten raste die Kutsche an ihnen vorbei, mit einem Soldaten am Steuer und zwei jungen Frauen, die zusammengepresst auf dem Sitz neben ihm saßen und auf wenig vornehme Weise lachend und kreischend ihre Schuten festhielten.

Erleichtert neigte Frederick seinen Kopf zu Phoebe. „Ein Schritt, kühner als der, nach Brüssel zu kommen? Ich bin höchst neugierig. Bitte fahr fort." Sein Blick war auf die Straße gerichtet, doch er hatte das Gefühl, dass sie gleich etwas Wichtiges sagen würde, und er war atemlos vor Erwartung.

Phoebe biss sich auf die Lippe und sah auf ihre Hände hinunter. Sie zupfte an den Fingern ihrer Handschuhe und zog sie dann wieder fest, während sie mit ihren Worten zu ringen schien. Er konnte sich nicht vorstellen, was derart schwer auszusprechen war.

„Frederick", sagte sie schließlich und hob ihren Blick zu ihm. „Du fragtest mich, ob ich deine Zuneigung erwidere, und meine Antwort erfordert meine ganze Kühnheit - und zwar auf das furchteinflößendste." Ihre Arme waren dicht genug beieinander, dass er es spüren konnte, als sie zu zittern begann. „Ich liebte dich von dem Moment an, als ich wusste, was das Gefühl bedeutete. Und bis jetzt habe ich niemandem etwas davon gesagt - nicht einmal Lydia. Nicht einmal Anna."

Phoebes Worte waren zunächst ein Schock, und Fredericks Mund blieb offenstehen. Dann setzte sich die Bedeutung der Worte tief in Fredericks Herz fest, bis er nicht mehr weiterfahren konnte. Er lenkte die Kutsche an den Rand der staubigen Straße, brachte das Pferd zum Stehen, hielt die Zügel locker in seinem Schoß und drehte sich zu ihr um.

„Das *ist* kühn, Phoebe." Er strich ihr eine verirrte Locke von der Wange. „Obwohl du dir meiner Wertschätzung sicher bist, gingst du das Risiko ein, es mir zu sagen. Und das, mein Liebling, ist ein Schatz, den ich in mir tragen werde." *In den Kampf,* war der nächste Gedanke, der ihm kam - unwillkommen, aber eindringlich.

Er schüttelte ihn ab, legte den anderen Arm auf die Rückenlehne des Sitzes und drehte sich zu Phoebe um. Wie durch ein Wunder unterbrachen keine Geräusche von Kutschen oder Hufgetrappel diesen Moment. Nur das Flackern des Sonnenlichts, wenn der Wind durch die Bäume strich, oder die Bewegung eines fliegenden Vogels durchbrachen die Stille. Er nahm ihre Hand in seine.

„Ich glaube, ich habe dich immer geliebt, fast wie ein Familienmitglied. Ich habe dich als meine kleine Schwester gesehen - so wie ich Lydia sehe. Aber lass mich dir aus tiefstem Herzen versichern, dass jedes brüderliche Gefühl, das ich einmal hatte, vollkommen verflogen ist. Du hast mein Herz gefangen genommen. Ich liebe dich."

Er hob ihre Hand an seine Lippen und ärgerte sich über die Handschuhe, die sie trug und die ihn daran hinderten, die Weichheit ihrer Finger zu spüren. Ihre Augen waren klar, als sie seinen Blick erwiderte, und spiegelten seine Gestalt und die Bäume hinter ihm wider. Die Nuancen ihrer Gefühle schienen durch über ihr Gesicht zu huschen, und er glaubte, jede einzelne lesen zu können, da sie seine eigenen Gefühle widerspiegelten. Er hielt ihre Hand fest.

„Phoebe Tunstall, ich bitte dich. Erweise mir die Ehre, meine Frau zu werden."

Ein Lächeln breitete sich über Phoebes Gesicht aus wie die Sonne nach einem Regenschauer. „Das tue ich", erwiderte sie schlicht.

Frederick beugte sich vor und legte die Finger seiner freien Hand leicht an ihr Kinn und neigte es zu sich, so dass sie ihm zugewandt war. Sie kam ihm bereitwillig entgegen. Die Krempe ihrer Schute war zwar entmutigend, jedoch kein unüberwindbares Hindernis. Er beugte sich hinunter und berührte ihre Lippen mit den seinen. Phoebe antwortete ihrerseits mit süßen Küssen, die wenig Ähnlichkeit mit der schüchternen Phoebe hatten, die er einst zu kennen geglaubt hatte. Sie legte ihre Hand an seinen Mantel und umklammerte das Revers, während sie ihn ebenso verzweifelt küsste wie er sie. Er umfasste ihre Hand mit seiner eigenen, während sein anderer Arm um sie wanderte und sie näher an sich zog.

Die Geräusche von sich nähernden Hufschlägen und Rädern, die von hinten über den Feldweg zogen, unterbrachen einen Moment, der ebenso zärtlich war, wie es quälend war, ihn beenden zu müssen. Frederick löste sich widerwillig und drehte sich um, um seinem Wallach einen leichten Stubs zu geben, der gehorsam vorwärts trabte. Die Kutsche, die von hinten kam, überholte sie, ebenso wie der Reiter auf dem Pferd, den Frederick nun wahrnahm.

„Lydia sagte mir, ihr hättet eine Ankündigung zu machen", bemerkte Fitz fröhlich und selbstzufrieden.

„Alles zu seiner Zeit", antwortete Frederick und versuchte, die gleiche Ruhe zu bewahren, obwohl sein Herz nicht wieder langsamer schlug. „Aber ja, ich nehme an, wir haben eine Ankündigung zu machen."

Fitz grinste und ritt weiter neben seiner Kutsche her, während Frederick und Phoebe hinter ihm herfuhren.

„Nun, ich nehme an, wenn das irgendjemand sehen musste - und es war nicht meine klügste Entscheidung, dich auf einer öffentlichen Straße zu küssen - war es gut, dass meine Schwester und Fitz es waren, die Zeugen geworden sind. Du hast mich sehr glücklich gemacht, Phoebe."

Frederick ergriff ihre Hand und wollte sie an seine Lippen führen, ließ sie aber wieder los. „Ziehe bitte deinen Handschuh aus, wenn du so gut sein willst." Mit der Hand, die die Zügel hielt, zog er an seinem anderen Handschuh. Sie legte ihre Hand in seine, und ihre Haut war kühl und weich, als sie ihre Finger mit seinen verflocht.

„Das ist schon besser.“ Er hob ihre Hand an seine Lippen und drückte einen Kuss darauf.

Während Frederick fuhr, warf er einen Blick auf Phoebe. Obwohl sie still war, erkannte er an dem breiten Lächeln, das ihr Gesicht nie zu verlassen schien, dass sie seine Freude teilte.

„Das müssen wir Stratford sagen, nehme ich an.“

Frederick stöhnte und warf ihr einen gespielt erschrockenen Blick zu. „Ich habe deinen Bruder fast vergessen. Ich hoffe, er wird mich nicht herausfordern. Auch wenn er sich nicht für Pistolen im Morgengrauen entscheiden würde, so ist er doch recht geschickt mit seinen Fäusten.“

Phoebe lachte. „Er wird viel zu sehr mit einem Neugeborenen beschäftigt sein, um sich in einem Faustkampf zu versuchen.“

Es schien viel zu schnell zu gehen, dass sie das Haus der Fitzwilliams in der *Rue des Feuilles* erreichten. Sobald sie angehalten hatten, öffnete Lydia die Tür und trat auf die Straße. Sie kam an die Seite der Kutsche und spähte nach oben, wobei sie erfreut und schelmisch zugleich grinste. „Es bestand nicht die geringste Chance, dass ich dich würde gehen lassen, ohne dass du mir alles erzählst, was geschehen ist. Fred, sag“, fragte sie, „bekomme ich eine neue Schwester?“

Frederick konnte Lydia nicht für ihre Indiskretion ausschimpfen, denn es war keine Menschenseele in Sicht, die ihre Frage belauschen konnte. Aber er konnte sie necken, und er seufzte laut.

Phoebe war großzügiger und antwortete mit einem Lächeln. „Wollen wir es ihr also sagen?“

Fred beugte sich hinunter, um dem Blick seiner Schwester mit gespielter Strenge zu begegnen. „Du machst Ärger, seit du in meinem elften Jahr erschienen bist - dürr, rot und schreiend, damit deine Forderungen erfüllt werden. Und seit diesem Tag hast du mir nicht einen Moment der Ruhe gegönnt.“ Sein Lächeln war aufrichtig. „Aber ja, Lydia, du sollst eine Schwester bekommen.“

Lydia schlug die Hände zusammen und wippte auf ihren Zehen auf und ab. „Prächtig! Ich erwarte, dass wir dich viel öfter in unserem Haus sehen werden, damit wir die Hochzeit planen können. Sie wird natürlich in London stattfinden müssen.“ Sie runzelte die Stirn, denn wahrscheinlich fragte sie sich ebenso wie er, wie schnell dergleichen angesichts der Ungewissheit des drohenden Krieges arrangiert werden könnte. „Ich bin gespannt, was Anna und Stratford davon halten. Sie werden es nie erraten."

Sie fuhr in diesem Sinne fort, als Phoebe aus der Kutsche stieg und um sie herumging. Er folgte ihr mit seinem Blick, als sie anfing, auf das Haus zuzugehen und sich dann - wie er gehofft hatte - zu ihm umdrehte. Sie neigte ihr Gesicht nach oben, ihre Augen waren sanft. „Du kommst bald wieder?"

Frederick lächelte und hielt ihren Blick fest. „Du hast mein Wort darauf."

# KAPITEL ZWANZIG

15 Juni, 1815

*Liebe Anna,*

ich weiß, dass es unmöglich ist, einen Brief von Dir als Antwort auf meinen letzten Brief zu erhalten, aber ich warte trotzdem sehnsüchtig auf die Post. Ich kann es einfach nicht erwarten, wie Du die Nachricht von meiner Verlobung mit Frederick Ingram aufnehmen wirst! Wie ich Dich kenne, wirst Du schreiend in Harrys Arbeitszimmer rennen, meinen Brief fest umklammert und in einem Atemzug sagen, wie göttlich eine solche Verbindung ist, weil sie unsere beiden Familien vereint und mich vor dem Dasein als alte Jungfer bewahrt, und im nächsten schimpfen, dass ich all die Jahre kein Wort über meine Gefühle verloren habe. Ich hoffe, Du wirst mir verzeihen. Wir teilen so viel miteinander und ich habe diese eine Sache für mich gebraucht.

Ich habe mir in meinem letzten Brief nicht die Zeit genommen, Dich in Bezug auf meine Sicherheit zu beruhigen. Lord Wellington zeigt nicht die geringste Besorgnis, wenn ihn jemand nach einer drohenden Schlacht fragt, obwohl Fitz sagt, dass wir seine Sorglosigkeit nicht mit mangelnder Vorbereitung verwechseln dürfen. Dennoch ist Fitz noch nicht bereit, seine Frau fortzu-

178

*schicken, und auch Lydia und ich sind noch nicht bereit, bis ins ferne
Antwerpen zu gehen. Es ist schwer vorstellbar, dass Napoleon so nahe ist,
während sich alle mehr darauf konzentrieren, was sie zum Ball der Duchess of
Richmond anziehen sollen, als darauf, ob eine Flucht nötig ist. Es muss eine
Schlacht geben - so viel ist nun sicher - aber wer kann schon sagen, wo diese
stattfinden wird? In jedem Fall nicht in Brüssel, so die allgemeine Meinung.*

*Ich weiß, dass Du Dich dennoch sorgen wirst, also erlaube mir, Dich zu
beruhigen. Erinnerst Du Dich, wie ich Dir sagte, dass Martha Cummings in
Brüssel ist? Sie und ihr Bruder versprachen, mich mitzunehmen, sollten sie
jemals das Bedürfnis verspüren, nach England zu fliehen. Lydia wird nicht
zulassen, dass ich bei ihr bleibe, sollte es zu einer Bedrohung kommen. Ich selbst
habe noch nicht entschieden, was zu tun gedenke, doch Du kannst auf meinen
gesunden Menschenverstand vertrauen.*

*Darf ich mir den Kopfschmuck ausleihen, den Du bei Deiner Hochzeit
getragen hast? Ich denke, ich kann die Seidenblumen durch weiße ersetzen, da
ich vorhabe, ein blaues Kleid zu tragen, aber es würde mir Zeit ersparen, eine
Krone zu suchen oder selbst zu machen. Ich nehme an, wir werden in London
heiraten. Frederick hat so wenig Zeit für mich, doch er sagte, dass er eine
Ankündigung an die Gazette geschickt hat, die den ganzen Weg aus dem
Ausland gekommen ist. Und, oh! Sicherlich hast Du inzwischen Nachricht von
einem neuen Neffen oder einer Nichte erhalten, denn Du bist näher an Stratford
und Eleanor. Es ist schwer, in Zeiten wie diesen weit weg von zu Hause zu
sein …*

P hoebe fuhr auf dieselbe Weise fort, sprang von einem Thema
zum anderen und kam zurück, um ihre Gedanken zu vervollstän-
digen, sodass sie zwei Seiten füllte. Über die Verlobung zu schreiben
musste ausreichen, um die Leere zu füllen, die sich in ihr breit machte,
weil sie so wenig Zeit mit Frederick verbracht hatte. Nach ihrer Verlobung hatte er keine Zeit mehr gehabt. Sie nahm es ihm nicht übel, aber
die Euphorie hatte in seiner Abwesenheit zu schwinden begonnen, und
die Sehnsucht nach ihrer eigenen Familie wurde immer stärker.

Doch heute Abend sollte sich das ändern. Der lang erwartete Ball
der Duchess of Richmond würde nicht nur sicherstellen, dass sie
Frederick sehen würde, sondern auch, dass sie ihn ganz für sich allein

hätte und die ganze Nacht hindurch mit ihm tanzen könnte. Das war genau die Art von Abwechslung, die sie brauchte, und sie freute sich darauf, dass er sie auf *diese* Weise ansehen und ihr vielleicht sogar einen Kuss geben würde. Phoebe setzte ihre Feder ab, lehnte sich zurück und starrte lächelnd auf die winzigen Regale auf dem Schreibpult. Sie hatte Stunden für die Vorbereitung vorgesehen und wusste, welches Parfüm sie auflegen und welches Kleid sie anziehen wollte.

FREDERICK WAR IN EINEN VORBEREITUNGSRAUSCH VERFALLEN, DER ihn daran hinderte, sein Versprechen, Phoebe bald wieder zu besuchen, einzuhalten. Die Duchess of Richmond hatte sich bei Lord Wellington danach erkundigt, ob sie ihren Ball am fünfzehnten Juni noch abhalten könne, und er hatte geantwortet, dass sie dies ohne die geringste Sorge tun sollte. Nichtsdestotrotz trafen Berichte ein, die Nachrichten über sichere Anzeichen für eine französische Mobilisierung an der Grenze enthielten.

Frederick wusste es besser, als von Lord Wellingtons Zuversicht überrascht zu sein, als dieser den Plänen für einen Ball zustimmte, doch die Zustimmung schien über das Diktat der Vernunft hinauszugehen. Er war dabei gewesen, als Wellington sich mit den Generälen traf und es so arrangierte, dass Blücher östlich von Charleroi in Stellung ging, da der Duke davon ausging, dass Napoleon versuchen könnte, durch das Dorf Mons zu kommen. Doch ganz gleich, wie die Franzosen ankamen, die Aussicht auf eine Schlacht war nun sicher. Und da die alliierten Truppen im Schneckentempo anrückten - und die englische Armee größtenteils aus Truppen der zweiten Reihe bestand - waren sie nicht in der besten Position, um zuversichtlich zu sein. Außerdem war Frederick zugegen gewesen, als der Duke mit De Lancey über die Menge der Waffen sprach, und Frederick hatte selbst gehört, dass der Generalquartiermeister keine guten Nachrichten zu überbringen hatte. Es fehlte ihnen an Kanonen und Schrot.

Er war hin- und hergerissen zwischen der Frustration, keine Zeit mit seiner Verlobten verbringen zu können, und seiner Sorge über die bevorstehende Schlacht. Er sehnte sich danach, diese Frau, die sein Herz erobert hatte und die seine Frau werden würde, wirklich *kennen-*

*zulernen*, aber dafür brauchte er Zeit, und die hatte er nicht. Er schätzte Wellingtons ruhige Ausstrahlung und ahmte sie ebenso wie die anderen Adjutanten nach. Doch keiner von ihnen machte sich etwas vor. Der Sieg war alles andere als sicher, bis alle alliierten Nationen in Brüssel eingetroffen waren.

Er hatte nur einen kurzen Moment zum Tee im Haus seiner Schwester ergattern und dabei einen raschen Kuss mit Phoebe stehlen können, als seine Schwester ging, um das Teetablett zu beaufsichtigen. Und er hatte einen weiteren kurzen Tanz mit ihr auf einem überfüllten Dinnerball gehabt, aber zu seiner Enttäuschung so gut wie gar keine Unterhaltung. Das sollte sich jedoch bald ändern, denn der Ball der Duchess versprach ein Abend voll der Abwechslung zu werden, frei von allen militärischen Sorgen. Er hatte sich schon die ganze Woche darauf gefreut, denn dort konnte er Phoebes Aufmerksamkeit die ganze Nacht für sich beanspruchen. Es war ihm vollkommen gleichgültig, ob sich das *überhaupt gehörte*.

Der Ball der Duchess of Richmond war endlich gekommen, aber er war nicht auf einen Tag wie jeden anderen gefallen. Während der Vorbereitungen für die Festlichkeiten erreichte das Hauptquartier die Nachricht, dass die Franzosen die Sambre überschritten und die Preußen bei Charleroi angegriffen hatten.

Der Duke und die Duchess of Richmond hatten ein großes rotes Backsteinhaus in der *Rue de la Blanchisserie* im unteren Teil von Brüssel erworben. Es lag zwar nicht in einem der angesagten Viertel, doch das wurde durch den großen Privatgarten wettgemacht, was bei einem Stadthaus höchst begehrt war. Es gab eine geräumige Kutschenremise, die durch einen Vorraum mit dem Hauptgebäude verbunden war. Sie war mit einem Spaliermuster und ineinander verschlungenen Rosen tapeziert worden und diente als Spielzimmer für die Kinder, wenn es regnete. Hier, hatte die Duchess beschlossen, sollte ihr Ball stattfinden. Sie dekorierte das Kutschenhaus auf die extravaganteste Art und Weise, mit durchsichtigen Stoffen, die von der Decke bis zum Boden drapiert waren, einem Blumenmeer und kunstvoll arrangierten Kronleuchtern, die im Kerzenschein leuchteten. Als die Leute von

Draußen kamen und die Kutschenhalle betraten, wechselten ihre Gespräche von Vorfreude zu Verzückung.

Phoebe folgte Lydia und Fitz hinein. Sie setzte einen weißen Satinpantoffel vor den anderen und ließ den letzten Hauch der warmen Brise im Freien über ihre Haut streichen, ehe sie über die Schwelle schritt. Es war zehn Uhr, und die Luft war kaum kühler als zuvor. Sie gehörten nicht zu den Ersten, die hier eintrafen, und der Ball würde ein Gedränge werden, wenn man sich die Zahl der Menschen ansah, die hierherströmten.

Seit ihrer Ankunft in Brüssel trug Phoebe gerne kräftige Farben, denn das schien zu der neuen Person zu passen, die sie geworden war - eine, die Risiken einging und auffiel. *Mr. Conroy war sie sicherlich aufgefallen.* Die Schuldgefühle, die darauf folgten, ließen ihre Gedanken abschweifen. Ihr wurde keine Gelegenheit gegeben, ihren Sinneswandel zu erklären, und er schnitt sie geradezu und hatte ihr bei den wenigen Malen, die sie sich begegnet waren, nur knapp zugenickt.

„Warum siehst du so bedrückt aus?" Lydia hatte sich an Fitz' Arm umgewandt, um Phoebe zu betrachten. „Dieser Ausdruck steht dir ganz und gar nicht. Habe keine Angst. Fred wird kommen. Er hat es versprochen und sogar Lord Wellington wird kommen. Außerdem siehst du göttlich aus."

Phoebe lächelte Lydia an und schüttelte ihre seltsame Melancholie ab. Sie konnte es nicht jedem rechtmachen, schon gar nicht den verschmähten Verehrern. Doch wenn sie Frederick heiratete, würde sie es *ihm* und außerdem ihren beiden Familien rechtmachen. Und, was am wichtigsten war, sie würde es sich selbst rechtmachen.

„Ich bin nicht bedrückt, das versichere ich dir. Ich sehne mich nur danach, Frederick zu sehen. Es ist schon Tage her."

Lydia tippte auf den Arm von Fitz, der die Hand zur Begrüßung eines anderen Offiziers gehoben hatte. „Ah, junge Liebe. Erinnerst du dich?"

„Ich habe eine vage Erinnerung daran. Doch nun, da wir alt sind, fällt es mir schwer, mich zu erinnern", antwortete Fitz und zeigte damit, dass er zumindest teilweise zugehört hatte.

Phoebe atmete ein und ließ sich von der Stimmung der Feier anstecken. Heute Abend hatte sie etwas in einer ruhigeren Farbe gewählt als in letzter Zeit und so elegant, wie nur möglich. Sie trug ein graues

Seidenkleid, dessen Saum mit kleinen Biesen aus rosafarbenem Band eingezogen worden war und dessen Ärmel neben einem in Falten gelegten Mieder über die Schultern fielen. An den Ärmeln waren kleine rosafarbene Blumen aufgenäht, und ihre Empire-Taille war mit einer Schleife in demselben Rosa geschmückt. Sie trug ihr Haar hochgesteckt, wobei ihr die Hälfte der Locken über den Rücken fiel, und zwar in einem Stil, der für sie ziemlich gewagt war, von dem Lydia aber sagte, dass er einen neuen Trend setzen würde. Diamanten funkelten an ihren Ohren und ein zierlicher Anhänger an ihrem Hals, und ehe sie ging, hatte sie mit einem Blick in den Spiegel bestätigt, dass sie ihre Augen ebenso so zum Leuchten brachten, wie sie es sich erhofft hatte. Auf diese Weise gekleidet, hatte Phoebe das Gefühl, alles erreichen zu können.

Die Menge wurde immer dichter, und Phoebe drehte ihren Kopf hin und her, um einen Blick auf Frederick zu erhaschen. Sie fragte sich, ob er in seiner Uniform kommen würde. Wenn ja, wäre es fast unmöglich, ihn unter den scharlachroten Mänteln zu finden, die auf dem Ball im Überfluss vorhanden waren. Natürlich gab es die tiefschwarzen Uniformen der Braunschweiger, und die Highlander stachen in ihren Schottenröcken hervor, die Phoebe sehr überrascht hatten, als sie sie zum ersten Mal gesehen hatte. Einige Männer waren in Abendgarderobe gekleidet, darunter Lord Wellington, der soeben eingetroffen war. Doch der Anblick, den sie sich am meisten wünschte, blieb ihr im Moment verwehrt. Phoebe stockte vor Aufregung der Atem. Sie würde sich erst beruhigen, wenn Frederick da war, um ihr ein Fels in der Brandung zu sein.

Die Diener brachten geeiste Getränke, gefolgt von Platten mit Gerichten, die in ihrer Vielfalt extravagant waren. Soweit Phoebe sehen konnte, gab es Fisch mit Kräutern, geschmorte Gans, sautierten Fasan, Schildkröte mit Hummersauce und Blumenkohl mit Parmesan. Sie drehte sich um und sah einen weiteren Tisch mit pochierten Eiern und Trüffeln, Gelatineformen, etwas, von dem sie vermutete, dass es Blutwurst war, kleine Brote mit Körben voller Marmeladen und Brioche mit Käse. Dann gab es noch Pistaziengebäck, Orangenkekse und französischen Nougat zum Nachtisch. Die Köstlichkeiten waren an Phoebe verschwendet, da sie einfach nicht ans Essen denken konnte.

*Wo war Frederick?* Ihr letztes Gespräch beim Dinnertanz hatte sie nicht zufrieden gestellt. Da sie seine Küsse und seine Hingabe kannte, konnte sie sich nicht mit einem kurzen Händedruck und einer höflichen Unterhaltung zufriedengeben. Ihre Verlobung gab ihr Hoffnung - beflügelte ihr Herz auf eine Weise, die sie nicht kannte. Es war erst etwas mehr als zwei Monate her, dass sie gekommen war. Das war eine kurze Zeit, um von einer mädchenhaften Verliebtheit zu tiefer Zuneigung zu gelangen - und auf seiner Seite von einer fast gleichgültigen Haltung, abgesehen von brüderlicher Zuneigung, zur Liebe. Brüssel musste die Schuld für eine derart schnelle Entwicklung ihrer Gefühle tragen. Die Gefahr, die wie eine leise Unterströmung in der Stadt lauerte, in Kombination mit ihrer langen Geschichte, schien etwas in ihnen zu entfachen - und Änderung zu erzwingen, wie bei Essen, das in der Pfanne sprang und brutzelte, wenn man es aufs Feuer stellte.

Lydia drehte sich um, um etwas zu murmeln, aber Phoebe beachtete es nicht, denn vor ihr stand Frederick, der sich mit einem anderen von Wellingtons Adjutanten unterhielt. Sie konnte weder zu ihm gehen noch ihre Augen von ihm abwenden. Neben all den scharlachroten Mänteln der Offiziere trug Frederick einen dunklen Mantel und helle Kniehosen, und seine Erscheinung stellte jeden anderen Offizier oder Soldaten im Raum in den Schatten. Sie war wie gebannt.

Als hätte Frederick ihren Blick gespürt, wandte er sich um und sah sie, legte seinem Freund mit einem Wort die Hand auf den Arm und ging auf sie zu, ohne den Blick von ihr abzuwenden. Sein Gesicht wirkte ungewöhnlich ernst, und die Menschenmenge wich zur Seite, als er vorwärtsschritt.

„Frederick, gut siehst du aus", sagte Lydia und holte Phoebe auf den Boden der Tatsachen zurück, indem sie sie daran erinnerte, dass sie und Frederick nicht die einzigen Menschen auf dem Ball waren.

Frederick beugte sich vor, gab seiner Schwester einen Kuss und schüttelte Fitz die Hand. „Ich bin sicher, ihr beide werdet mich entschuldigen. Ich würde gerne mit meiner zukünftigen Frau tanzen." Er zeigte ein kurzes Lächeln, als er Phoebes Hand in seinen Ellbogen legte und sie zur Tanzfläche führte.

„Kaum ein Gruß, und schon ist er weg." Phoebe konnte hören, wie Lydias neckische Stimme ihnen folgte, aber für Phoebes empfindliche Ohren war es eine bewusste Anstrengung. In diesem Moment drangen die Gesichter anderer im Raum in ihr Bewusstsein, denn einige schienen ernster zu sein, als es ein solcher Anlass rechtfertigen würde. Es gab zwar viele, die tanzten und fröhlich lachten, doch andere saßen in Gruppen zusammen, und ihr Flüstern und Stirnrunzeln ließ die Gefahr eines drohenden Krieges noch größer erscheinen. Vielleicht würde dies das letzte große gesellschaftliche Ereignis der Saison sein, ehe ihre Männer in den Kampf zogen. Aber daran war im Moment nicht zu denken.

Frederick führte Phoebe an die Seite des Raumes, als das Orchester die ersten Töne zu spielen begann. Er ließ seine Hand an ihrem Arm hinaufgleiten und drehte sie sanft zu sich hin, wobei seine Augen von ihrem Kopf bis zu ihren Füßen wanderten. Sie fühlte sich in seinen Augen sowohl zierlich als auch schön. Und sie fühlte noch etwas anderes - sie fühlte sich ermächtigt.

„Phoebe", sagte er. „Ich werde nie vergessen, wie du heute Abend aussiehst." Mehr sagte er nicht, aber seine Augen blickten sie so eindringlich an, dass sie fast die unausgesprochenen Worte dahinter lesen konnte. Es klang wie ein Abschied.

*Nein*. Sie wies ihre Ängste scharf zurück. *Ich weigere mich, an etwas anderes zu denken als an diesen Augenblick.* Etwas so Schönes konnte ihr doch nicht entrissen werden, nachdem sie derart lange darauf gewartet hatte.

„Du siehst auch sehr gut aus, Frederick." Sie erlaubte sich, seinen Blick zu erwidern, ohne auf die Blicke der anderen zu achten.

Frederick sah auf die Tanzfläche, auf der die Paare eine Reihe bildeten, anstatt einen Kreis, und er runzelte die Stirn. „Ich dachte, dies sei der Walzer, doch das muss der nächste Tanz sein. Ich bin gerade nicht in der Stimmung, einen Reel zu tanzen. Wollen wir stattdessen einen Punsch trinken, während wir warten?"

Phoebe nickte und folgte ihm zu dem Erfrischungstisch. Er nahm zwei silberne Becher mit schlanken Henkeln entgegen und reichte ihr einen. Sie nippte an dem Getränk und hielt ihren Blick auf den Prinzen von Oranien gerichtet, der sich angeregt mit Lord Uxbridge unterhielt. Als der Prinz Lord Wellington sah, ging er auf ihn zu und sprach mit der gleichen Lebhaftigkeit. Der Duke antwortete ihm mit ruhiger Nachsicht.

Frederick beobachtete die Diskussion ebenfalls. Als er jedoch bemerkte, dass Phoebe ihn ansah, küsste er sie auf die Wange. Dann lächelte er sie an und berührte die Stelle, an der seine Lippen gewesen waren.

Die Geste hatte etwas Zärtliches und beinahe Trauriges an sich, und sie studierte ihn einen Moment lang, wobei ihr Gefühl der Beunruhigung wuchs. „Da braut sich etwas zusammen, nicht wahr?“

Frederick hielt sich einen Moment mit einer Antwort zurück, doch schließlich nickte er. „Das stimmt. Die Franzosen sind auf dem Vormarsch. Sie haben die Preußen bei Charleroi angegriffen und deren Flanken durchbrochen. Sie müssen auf dem Weg nach Quatre Bras sein, wenn sie nicht bereits dort sind. Wir werden morgen sicherlich auf sie treffen.“

Ein Summen erfüllte Phoebes Ohren, während ihr Herz pochte. Der Raum wurde langsam warm und stickig, als immer mehr Menschen hineinströmten. Aus verschiedenen Ecken des Raumes drangen laute Gespräche und schallendes Gelächter, doch die Fröhlichkeit hatte etwas Vorsätzliches an sich. Junge Frauen vergaßen ihren üblichen Anstand und erlaubten den Soldaten, sie auf die Wangen zu küssen und ihnen die Arme um die Hüften zu legen. Ältere Männer unterhielten sich, während ihre Frauen den Vorsitz über die Zusammenkunft führten, die Köpfe zusammensteckten und Beobachtungen austauschten. Nur Lord Wellington zeigte sich unbeeindruckt, nickte mit dem Kopf im Takt der Musik und ließ seinen Blick durch die Menge schweifen. Er verneigte sich vor einer Matrone und ihren Töchtern, und als sie gingen, flüsterte er einem Untergebenen etwas ins Ohr. Die Musik spielte weiter.

„Frederick“, sagte Phoebe, „ich verstehe nicht, wie die Leute überhaupt tanzen können. Ich verstehe nicht, wie sie so unbeschwert sein können. Sie wissen es wohl nicht.“

Frederick schüttelte den Kopf. „Vielleicht ist es noch nicht allgemein bekannt, doch das wird sich rasch ändern. Es spricht sich herum, und der Duke hat es unseren Gastgebern soeben bestätigt, ehe ich zu dir kam. Merke dir meine Worte. In fünfzehn Minuten wird die gesamte Versammlung sich dessen gewahr sein.“

Phoebe verspürte keinerlei Lust mehr zu tanzen. Sie beobachtete, wie Lady Georgy sich Lord Wellington näherte und zu ihm hinauf lächelte, während sie ihn in ein Gespräch verwickelte. Als sie sich unterhielten, wurde ihr Lächeln schwächer, und Lord Wellington kniff ihr leicht ins Kinn, als wollte er ihre Stimmung aufhellen. Abgesehen von einer gelegentlichen Furche auf seiner Stirn war seine Freundlichkeit ungebrochen, während er die Gäste begrüßte, fast so, als wäre er von den Neuigkeiten völlig unbeeindruckt.

Phoebe betrachtete schweigend das Tanzen und die Unterhaltungen. Es gab nichts zu sagen. Als der Reel endete und die Leute begannen, einen Kreis zu bilden, wandte sich Frederick an sie. „Tanz den Walzer mit mir."

Sie sah ihn an, runzelte die Stirn und schüttelte langsam den Kopf. „Wie könnten wir das tun? Mir ist nicht länger danach zu tanzen."

„Genau deshalb musst du tanzen, mein Liebling. Nutze das Heute und lass den morgigen Tag auf dich zukommen. Jeder Tag hat seine eigene Plage."

Die Musik setzte wieder ein, und ohne ein zweites Mal zu fragen, zog Frederick Phoebe in seine Arme, wobei er eine Hand um ihre Taille legte und die andere nach oben reichte, um ihre Hand über ihrem Kopf zu ergreifen. Auf diese Weise folgten sie dem Kreis, und als sie sich einander zuwandten, ließ sich Phoebe von der Behaglichkeit seiner Nähe einlullen. Ihr Herz begann an seiner Seite gleichmäßiger zu schlagen. Auf diese Weise mit ihm zu tanzen - seine Augen auf sie gerichtet, in dem Wissen, dass er sie mehr als alle anderen Frauen schätzte - war etwas, wovon sie geträumt hatte, seit sie alt genug für die Liebe gewesen war. Nun liebte er sie, doch die Fähigkeit, sich darüber zu freuen, war ihr gestohlen worden.

Frederick würde in den *Krieg* ziehen und warum sollte er verschont werden? Ein Gefühl des Grauens, welches Übelkeit ähnelte, machte sich in ihrem Bauch breit. Sie hatten einen Kloß im Hals und Mühe, ihn hinunterzuschlucken. Wenn Frederick sie auf diese süße Art und Weise ansah, so voller Liebe, war ihr nach Weinen zumute. Warum sollte sie mehr Glück haben als jede andere junge Frau, die darauf hoffte, dass ihr Geliebter nach Hause zurückkehren würde?

Sie sprachen nicht, während sie tanzten, doch sie stellte fest, dass Frederick sie immer öfter betrachtete und besorgt war, als er sah, dass ihre Augen vor Tränen glänzten. Als der Walzer endete, führte er sie von der Tanzfläche, während sich andere für das nächste Set formierten. Die Soldaten schienen sich in die Fröhlichkeit des Augenblicks zu stürzen. Selbst der Prinz von Oranien lümmelte sich auf einem Sofa und unterhielt eine Gruppe junger Damen. Lydia war bei Fitz untergehakt und beide unterhielten sich leise mit einem anderen Offizier und dessen Frau. Lydias Augen waren schmal.

Es herrschte ein reges Treiben, und die Menge trennte sich, um der Duchess einen Platz in der Mitte des Saals einzuräumen. Ihre klare Stimme durchbrach das Getöse. „Ich habe einen Auftritt der Gordon Highlanders für uns arrangiert. Bitte heißen Sie sie mit mir willkommen.“

# KAPITEL EINUNDZWANZIG

Frederick führte Phoebe zu einem Platz am Rande der Menge, von dem aus sie sehen konnten, was vor sich ging, und sie beugte sich zu ihm, um zu fragen: „Kennst du sie?“

„Die Highlanders?“, antwortete Frederick, der sich mehr über ihre Nähe als über die zu erwartende Vorstellung freute. „Ein bisschen wegen ihres Rufs. Sie sind das 92. Fußregiment, und sie sind dafür bekannt, furchtlos zu sein.“

Zwei der Soldaten, die dunkelblaue Schottenröcke, rote Mäntel und schwarze Federhüte mit roter Schottenkrempe trugen, führten Dudelsäcke an ihre Lippen. Es herrschte erwartungsvolle Stille, als vier ähnlich gekleidete Offiziere nach vorne traten und ihre Breitschwerter im Kreis ablegten. Sie stemmten die Hände in die Hüften und verbeugten sich. Als die klagenden Noten des Dudelsacks den Raum erfüllten, begannen die Highlander mit ihrem Tanz. Die Offiziere waren für Männer erstaunlich beweglich, und ihre Röcke wogten, als sie ihre kräftigen Beine nach außen stießen und dann mit den Füßen auf den Boden stampften wie der Schlag von Trommeln. Sie tanzten über ihre Schwerter, eine Hand in die Luft gehoben, als die Musik anschwoll und ihre Füße im Takt der Dudelsäcke flogen.

Frederick beugte sich hinunter und Phoebes Locken kitzelten seine Wange. „Der, der da rechts tanzt, ist Major Alexander Cameron. Er ist ein erfahrener Soldat und Offizier." Die Musik war derart melancholisch, dass Frederick einen Kloß im Hals hinunterschluckte, trotz des energischen Tanzes, der vor ihnen aufgeführt wurde.

Die Highlanders führten noch zwei weitere Tänze auf, und es war schon nach zwei Uhr morgens, als die Vorstellung zu Ende war. Fredericks Blick fiel auf die Bewegung eines Offiziers, der sich durch die Menge schlängelte, um Lord Wellington eine Nachricht zu überreichen, die dieser las. Dann ging er zum Duke of Richmond hinüber und beriet sich kurz mit ihm, ehe sie sein Arbeitszimmer betraten und die Tür schlossen. Frederick fragte sich, welche Neuigkeiten er bringen würde, befürchtete jedoch, dass es keine guten sein würden. Obwohl es nicht viele bemerkt hatten, war die Veränderung der Stimmung noch deutlicher geworden.

Frederick schaute zu Phoebe hinunter, deren besorgten Augen nichts zu entgehen schien. Sie wusste sicher, dass er nicht viel länger bleiben konnte. „Lass uns zu Lydia gehen", sagte er, und Phoebe nickte.

Sie gingen hinüber zu Lydia, die allein war. Frederick ließ Phoebe los und streckte seine Hand aus, um seine Schwester zu umarmen - eine ungewöhnliche Zurschaustellung von Zuneigung, selbst zu Hause und höchst ungewöhnlich für eine öffentliche Gesellschaft. Es schien niemanden zu interessieren. Lydia liefen die Tränen über das Gesicht. Fitz war nicht mehr zu sehen.

„Fitz ist fort?"

„Er ist gegangen, um die Kutsche zu rufen. Wir sollen am Eingang zu ihm stoßen, aber"- sie warf einen Blick auf Phoebe - „ich wollte euch mehr Zeit geben."

Frederick küsste sie auf die Wange. „Du bist die beste aller Schwestern." Er warf einen Blick auf Phoebe, der die Tränen kamen, und zog sie an sich. „Pass auf meine Verlobte auf, ja? Und pass auf dich auf. Ich habe nur eine Schwester."

„O Freddie." Lydia schluchzte nun ganz offen. „Wie kannst du so etwas sagen? Du bist es, der in Gefahr ist. Und du bist alles, was ich habe."

So sehr er die Emotionen auch verstand und teilte, das Übermaß an Sensibilität half ihm nicht, sich auf das vorzubereiten, was vor ihm lag.

Sobald ihm das klar wurde, unterbrach er die Verabschiedung und legte Lydia eine Hand auf die Schulter.

„Ich werde zurückkehren und ich werde Fitz mitbringen." Es war eine nutzlose Zusicherung, doch es war alles, was er anbieten konnte. Lord Wellington war aus dem Arbeitszimmer gekommen und rief Frederick zu sich.

„Entschuldigt mich", sagte er zu den beiden Damen und ging zum Duke.

„Ingram, die Truppen haben den Befehl erhalten, sich bei ihren Regimentern einzufinden und um drei Uhr marschbereit zu sein. Sie und die anderen Adjutanten werden mich in Quatre Bras treffen. Ich werde Brüssel um sechs Uhr verlassen und erwarte, Sie um zehn Uhr dort zu sehen."

„Ich werde da sein", versicherte Frederick ihm. Er warf einen Blick auf Phoebe, die noch immer neben Lydia stand, ihren Blick aber auf ihn gerichtet hatte. Es war Zeit, sich zu verabschieden. Frederick kehrte von Lord Wellington zurück und ergriff Phoebes Arm.

„Komm." Es gab einen Platz im hinteren Teil des Kutschenhauses, der sich durch seine spärliche Dekoration und die rauen Wände vom Rest der Festlichkeiten abhob, und er führte sie dorthin. Das Summen von Gesprächen und Musik wurde in seinem Schutz gedämpft, als er sich ihr zuwandte. „Ich muss gehen."

Phoebe richtete ihren Blick nach unten, während die Tränen ungehindert flossen. Sie sprach nicht, obwohl er sah, wie sie zweimal schluckte, und er ahnte, dass sie dies erst tun würde, wenn sie ihre Stimme unter Kontrolle hatte. Frederick saugte den Anblick seiner Geliebten in sich auf. Er hatte zu lange gebraucht, um zu erkennen, dass Phoebe die Richtige für ihn war. Sie hatten im Laufe ihres Lebens viele kostbare Momente miteinander geteilt, doch was nützte das, wenn sie nicht in der Lage waren, den Rest ihres Lebens gemeinsam zu verbringen? Was sie miteinander geteilt hatten, war nur ein flüchtiger Eindruck gewesen; das Beste - die Realität - stand noch aus.

Eine solch düstere Vorahnung lag nicht in Fredericks Natur, und er atmete tief durch und schüttelte sie ab.

Er hielt Phoebes Hände in den seinen, und in ihrem Schweigen ließ er seinen Blick durch den Raum schweifen. Wellington verbeugte sich über der Hand der Duchess of Richmond, ehe er ging und Frederick wusste, das war sein Zeichen. Es war an der Zeit zu gehen. Die Musik hatte aufgehört zu spielen, und einige Soldaten begannen, sich von ihren Liebsten zu verabschieden, die offen weinten, während andere sich fröhlich von ihren Flirts verabschiedeten. Die ungebundenen Soldaten gingen gemeinsam in Gruppen hinaus, plaudernd und scherzend im Überschwang der Schlacht, während sie Arm in Arm zur Tür gingen. Für sie konnte es keinen anderen Ausgang als den Sieg geben.

Sie hatten keine Zeit mehr zu verlieren. Phoebe musste es gespürt haben, denn sie hob ihren düsteren Blick zu Frederick. Was vor ihm lag, war zu groß für Worte, also umfasste er ihre Schultern und beugte sich zu ihr hinunter. Noch einmal erlaubte er seinen Lippen, die ihren zu berühren. Es war gerade genug, um sich an ihren Geschmack zu erinnern, um ihn in seinem Gedächtnis zu bewahren, wenn er kämpfte. *Himmel, sie ist so wunderschön.*

Phoebe packte ihn vorne am Mantel und rief leise: „Geh nicht!"

Wusste sie nicht, dass sie ihm damit nur das Herz brach?

Dann hob sie ihr Kinn. „Verzeih mir, Frederick. Ich habe ... ohne Verstand gesprochen. Natürlich musst du gehen. Natürlich musst du tapfer sein und kämpfen. Ich werde dich nicht daran hindern. Wenn nur die Gebete und das Flehen meines Herzens dich vor Schaden bewahren könnten, würde ich beten und flehen und niemals schlafen."

Frederick legte einen Arm um ihre Taille und zog sie an sich. Mit seiner anderen Hand berührte er ihre Wange. „Schlafe, meine Liebste. Es wird mir Mut machen, zu wissen, dass du sicher und geborgen bist. Versprich mir nur eines."

Sie spielte an dem Revers seines Mantels herum, wo ihr Blick hängen geblieben war. Sie richtete ihren Blick zu ihm nach oben. „Alles."

Frederick war hin- und hergerissen zwischen dem Wunsch, sie zu beruhigen und dem Bedürfnis, sie in Sicherheit zu bringen. „Sollte es irgendeine Gefahr geben ... das heißt, ich glaube nicht, dass wir verlieren werden, aber sollte es irgendeine ..." Er brach ab, weil er wusste, dass seine Worte ihm nicht gehorchten. Sie würden nicht zur Beruhigung beitragen, doch sie mussten gesagt werden.

Er holte tief Luft und fuhr fort. „Wenn es nicht so aussieht, als würden wir gewinnen, möchte ich, dass du mir versprichst, dass du um jeden Preis nach England fliehen wirst. Bleibe nicht in Brüssel. Geh einfach fort. Ich könnte es nicht ertragen, zu wissen, dass du hier dem Feind in irgendeiner Weise ausgeliefert bist. Du musst es mir versprechen."

Phoebes Augen zeigten ihre Sorge. „Was ist mit deiner Schwester?"

Frederick seufzte und sah kurz zu Lydia hinüber, ehe er seinen Blick wieder auf Phoebe richtete. „Ich glaube nicht, dass Lydia Brüssel verlassen wird, und ich glaube auch nicht, dass ich sie dazu überreden könnte. Sie wird auf die Rückkehr von Fitz warten. Doch so sehr ich meine Schwester auch liebe, ist sie im Moment nicht meine Sorge. Ich mache mir viel mehr Sorgen um dich."

„Warum?" Phoebe runzelte die Stirn. „Ist es wegen Stratford - wegen einer dummen Verpflichtung, die du ihm gegenüber empfindest? Hältst du mich für zu schwach, um zu bleiben und ebenfalls auf dich zu warten?"

Als ihre Stirn so in Falten lag, konnte Frederick nicht anders, als sich zu ihr hinunterzubeugen und sie auf die Stirn küssen. „Nein, mein Gänschen. Weil ich dich liebe." Er musste lachen, obwohl er am liebsten geweint hätte. „Wenn wir verdrängt werden, wird die Invasionsarmee nicht freundlich sein. Ich muss wissen, dass du ihnen in deiner Unschuld nicht zum Opfer fallen wirst. Ich versichere dir, dass du mir mit diesem Versprechen meine letzte Angst nimmst. Ich habe mir bereits die Freiheit genommen, mit Lydia darüber zu sprechen, und sie stimmt mit mir überein. Sie erwähnte jemanden namens Martha Cummings und ihren Bruder. Sie sagte, dir wurde bereits ein Platz in ihrer Kutsche angeboten?"

Phoebe schüttelte den Kopf. „Ich möchte dich nicht verlassen ..."

Der Raum leerte sich allmählich, und die verbliebenen Menschen drängten sich an der Insel vorbei, die er mit Phoebe bildete. So ungern Frederick sie auch verlassen wollte, mit der Gefahr, sie nie wiederzusehen, so wusste er doch, dass ihm nicht mehr viel Zeit blieb. „Wenn du mich in die Schlacht schicken willst, ohne dass mich diese Sorge belastet, musst du tun, was ich sage. Du musst Brüssel beim ersten Anzeichen von Gefahr verlassen. Versprich es mir."

Phoebe ließ seinen Mantel los und ihre Hand auf seinem Arm ruhen, während sie seinen Blick erwiderte. „Ich verspreche es."

„Ich muss gehen", sagte er erneut. In seinen Worten schwang das Bedauern mit, das er empfand, und als sie sie hörte, sah Phoebe erschüttert aus. Sie klammerte sich nicht mehr an ihn, sondern versteifte sich nur in seinen Armen und ließ ihn zurücktreten.

„Ich verstehe", antwortete sie leise und die Tränen begannen erneut zu fließen.

Frederick griff in seine Manteltasche, in der noch immer ihr Taschentuch steckte. Stattdessen holte er sein eigenes heraus, um ihr die Augen abzuwischen. Er betrachtete sie und las die Emotionen, die über ihr Gesicht huschten. „Ich habe dich auch immer geliebt, weißt du."

Phoebe hob den Kopf ruckartig und er lächelte, als er die Überraschung in ihrem Gesicht sah. „Du hast recht. Nicht auf diese Weise. Ich habe dich immer als Menschen geliebt, der ein unersetzlicher Teil meines Lebens war. Du warst Stratfords kleine Schwester, Lydias Freundin - das bescheidenere, sanftere und weisere Gegenstück zu Anna. So habe ich dich damals gesehen."

Phoebe senkte ihr Kinn, um ein Lächeln zu verbergen. Frederick hatte ihre Hände ergriffen und streichelte sanft ihre Knöchel.

„Die veränderten Gefühle, die ich für dich empfand, kamen nicht auf einmal. Abgesehen davon, dass ich deine guten Eigenschaften schon immer schätzte und mir in London auffiel, dass du zu einer sehr hübschen jungen Frau herangewachsen bist, warst du für mich nur die Schwester meines Freundes"- er lachte gequält - „und die Freundin meiner Schwester. Da ich bald abreisen werde, möchte ich sicherstellen, dass du hörst, was ich jetzt fühle, bevor ich gehe."

„Ich ertrage das nicht", sagte Phoebe. Er wusste, dass sie darum gekämpft hatte, ihre Stimme ruhig zu halten, doch nun brach sie. „Es ist, als sagtest du mir das, weil ich dich nie wieder sehen werde."

„Ich sage es dir, weil du es verdient hast, es zu hören. Ich weiß nicht, ob es die Tatsache war, dass ich aus unserer gewohnten Umgebung herauskam, die mich dazu zwang, dich in einem neuen Licht zu sehen, aber *das* habe ich. Von meinem ersten Tag in Brüssel an, als ich dich sah, nun ja ..."

Frederick atmete aus. Die Erinnerung und die Sehnsucht waren zu schwer geworden, als dass er sie hätte ertragen können. „Wir werden heiraten, und ich halte es nur für recht, dich zu warnen, dass unsere Ehe nicht einfach die Verbindung zweier Familien sein wird, die schon lange in Freundschaft verbunden sind. Es wird keine Vernunftehe sein, denn ich empfinde eine leidenschaftliche Liebe für dich, die sich nicht unterdrücken lässt. Und *das* ist es, was ich dir sagen möchte.“

Phoebe sah ihm in die Augen, und von ihrem Lächeln wurde ihm warm ums Herz. „Das freut mich, denn eine Vernunftehe würde mir ganz und gar nicht zusagen. Zudem würden die Gefühle, die ich für dich hege, derlei unmöglich machen.“

Die Menge lichtete sich, als immer mehr Soldaten und Offiziere gingen, und ihre Frauen und Familien mit ihnen - obwohl einige Soldaten so aussahen, als würden sie bis zum Morgengrauen bleiben. Sie aßen und tranken und legten ihre Arme um die jungen Damen, um sie auch ohne Musik zum Tanzen zu bewegen. Die scharlachroten Mäntel waren jedoch in der Minderheit und Kleider gab es noch viele. Die Gäste, die vom Ball der Duchess of Richmond übrigblieben, waren zu einem großen Teil weiblich.

Da Phoebe wusste, dass die Zeit verrann, genoss sie jeden Zentimeter von Fredericks Gesicht - seine gerade Nase, die Falte auf einer Seite seines Mundes, seine Haut, die so glatt war, dass sie aussah, als könnte sie kaum einen Bart sprießen lassen. Nachdem er ihr Gesicht einen Moment lang ebenfalls studiert hatte, lächelte Frederick schwach und fast gequält. „Ich kann nicht versprechen, dass ich aus diesem Krieg lebend zurückkomme.“

Phoebe stieß ein ersticktes Schluchzen aus, und er drückte ihre Hände fest. „Doch ich werde alles in meiner Macht Stehende tun, um am Leben zu bleiben, und sei es nur, um zurückzukehren und dich zu meiner Frau zu machen.“

„Ich werde dafür beten, dass du das tust“, murmelte sie. „Inbrünstig, inbrünstig Beten.“ Sie wusste, dass er eher die Bewegung ihrer Lippen sehen als hören konnte, was sie sagte, als eine Gruppe von Soldaten an ihnen vorbeiging und sich lautstark unterhielt.

Frederick beugte sich vor und küsste sie noch einmal auf die Lippen. „Es bringt mich um, dass ich dich verlassen muss. Betrachte dies als eine Anzahlung, bis du später etwas Größeres beanspruchen kannst.“

Phoebe legte ihm die Hände auf die Schultern. Sie musste daran glauben, dass er zurückkommen würde. Sie musste daran glauben, dass sie heiraten würden. Frederick zog sie in seine Arme und hielt sie fest, und Phoebe atmete eine Mischung aus Gewürzen ein, die ihr vertraut wurde.

Dann drückte er ihr einen kurzen Kuss auf die Lippen, trat zurück und ging ohne einen weiteren Blick.

# KAPITEL ZWEIUNDZWANZIG

Frederick schlief zwei Stunden lang. Es hätten mehr sein sollen, denn Caldwell hatte alles vorbereitet, Josef versprach, die Pferde bereit zu halten, und es gab nichts mehr für ihn zu tun. Aber er verschwendete kostbare Zeit damit, sich in seinem Bett zu wälzen, und da war das unaufhörliche Dröhnen einer Stadt, die nicht schlief, während sie sich auf den Krieg vorbereitete - Trommeln, Pfeifen und Soldaten, die zu marschieren begannen.

„Hast du dich ausgeruht?", fragte er seinen Kammerdiener, der das Rasierzeug brachte, sobald Frederick begann, sich in seinem Zimmer zu bewegen.

„Hier und da", erwiderte Caldwell etwas vage.

Frederick ging in das Speisezimmer seiner Suite, wo er sich zwang, etwas zu sich zu nehmen. Der Kaffee war eher willkommen. Er hatte bereits drei Tassen getrunken, bis das schwache Licht der Morgendämmerung den Gegenständen im Raum Gestalt verlieh und die Kerzen nicht länger notwendig waren. An seinem Fenster marschierten noch immer Fußsoldaten in Richtung des Tores von Namur, begleitet von der Kavallerie und berittenen Offizieren.

Schließlich stellte er seine Tasse ab und öffnete die Tür zu seinen Zimmern. Unten war Caldwell dabei, seine Ausrüstung zu ordnen, während die Hoteldiener in einer Reihe standen und anscheinend darauf warteten, ihn zu verabschieden. Josef war gegangen, um seine Lieblings-Vollblutstute Salome zu holen, und würde später mit drei weiteren Pferden nachkommen, die als Ersatzpferde dienen sollten. Als er und Caldwell die Pferde gesattelt hatten und bereit waren, marschierten die letzten Soldaten zu den Klängen der Pfeifen und dem Takt der Trommeln vorbei. Frederick trieb sein Pferd zum Trab an und ließ sich die frische Morgenbrise um die Nase wehen, während er die Straße entlangritt, die aus Brüssel führte.

„Ingram", rief eine Stimme hinter ihm, und Frederick zügelte sein Pferd und wandte sich um. Es war Dalrymple, der frisch wie ein Schuljunge aussah, obwohl er immer noch seine Ballkleidung mitsamt den Pantoffeln trug.

„Sie haben nicht geschlafen, nicht wahr?"

Dalrymple grinste. „Ich musste mich verabschieden."

„Hmm", war Fredericks einzige Antwort. Er lächelte über die Naivität des Adjutanten, trotz seiner eigenen düsteren Stimmung. Ach, jung müsste man sein.

Sie unterhielten sich während des Ritts entspannt und in der Nähe von Quatre Bras schloss sich ihnen Wrotham an, der verspätet aufgebrochen war und sein Pferd galoppieren ließ, um aufzuholen. Es war kurz nach zehn Uhr, als die drei in Quatre Bras ankamen, und Lord Wellington war mit den meisten seiner Adjutanten, darunter Pinkton, Calloway, Sutherland und Stewart, schon dort. Der Duke hatte sein Fernrohr gezückt und untersuchte die entscheidende Kreuzung, die Brüssel mit Nivelle verband - die Straßen, die die Alliierten sichern mussten, wenn sie ihre Kommunikationslinien offenhalten wollten.

Frederick zückte ebenfalls sein Fernrohr und studierte die vielen blauen Uniformen, die man aus einer Meile Entfernung durch die Bäume und hohen Roggenfelder sehen konnte. Es gab keine Trompetenklänge, die auf feindliche Truppen im Anmarsch hindeuteten. Keine dunkelblauen Uniformen schlichen stetig durch die hohen Roggen- und Maisfelder. Es ertönten keine Trommeln, die vor anrückender Artillerie warnten. Er spürte nur Erleichterung darüber, dass sie nicht sogleich in den Kampf ziehen würden, zumal es noch viele Stunden dauern würde, bis der Rest ihrer Truppen eintraf.

„Nun", bemerkte der Duke, „wenn sie nicht angreifen, werde ich sie nicht provozieren". Er schickte vier seiner Adjutanten aus, um die

Offiziere zu informieren, dass er angekommen war und sie sich bereithalten sollten, sobald die Franzosen angriffen. Da Frederick nicht zu den Adjutanten gehörte, die mit einer Nachricht ausgesandt worden waren, nutzte er die Gelegenheit, sich aus dem Sattel zu schwingen, um wieder etwas Blut in seine Beine zu bekommen. Er nahm einen großen Schluck aus seiner Feldflasche und wischte sich die Stirn ab, während er zum Himmel hinaufblickte. Die Morgensonne brannte bereits heftig auf ihn herab und ließ ihn schwitzen.

„Ich glaube, du bist in der besten Verfassung von uns allen." Sutherland blieb neben ihm stehen und nahm seinen Hut ab, ehe er sich mit den Fingern durch sein dünnes braunes Haar fuhr. „Um wie viel Uhr bist du schlafen gegangen?"

Frederick schirmte seine Augen vor der Sonne ab, während er zu Sutherland hinaufblickte. „Drei Uhr nachts. Oder besser gesagt, ich war um drei Uhr zu Hause. Das Einschlafen fiel mir nicht leicht."

Dalrymple hatte begonnen, im Sattel zusammenzusacken, und sein Blick war vor Müdigkeit stumpf geworden. Sutherland deutete mit einer Bewegung des Kinns auf ihn. „Klingt, als wäre es dir besser ergangen als Dolly hier. Das hat er davon, dass er sich eine niederländische Geliebte gesucht hat. Du und ich haben Glück, dass wir noch Junggesellen sind."

Frederick zögerte, ehe er antwortete. „Ich habe nicht vor, lange einer zu bleiben." Er sah, wie der Duke sein Pferd wendete, und schwang sich wieder in den Sattel, um bereit zu sein.

Sutherland ritt neben ihm her, seine Augen leuchteten verständnisvoll. „Miss Tunstall." Frederick nickte kurz.

Wrotham war nicht weit weg und hatte die Bemerkung mitbekommen. „Ich konnte sehen, woher der Wind wehte. Ich wünsche dir viel Glück."

Frederick lächelte. „Danke." Es war nicht seine Art, über seine Gefühle zu sprechen, nicht einmal mit guten Freunden wie Sutherland und Wrotham, doch er musste von Phoebe erzählen, und sei es nur, um sich an ihre Verlobung zu erinnern. Über ihre Verbundenheit zu sprechen, machte diese so greifbar wie ihr Seidentaschentuch, das er in seiner Brusttasche aufbewahrte. Zudem war es eine angenehme Alternative, über sie zu sprechen, anstatt an die düsteren Ereignisse zu denken, die vor ihnen lagen.

„Ich muss mich mit Blücher treffen“, verkündete Wellington und
riss Frederick aus seinen Gedanken. „Ich muss herausfinden, wie die
Lage in Ligny aussieht. Dann werden wir wissen, wie wir weiter
vorgehen.“

Daraufhin konzentrierte Frederick seine Gedanken. Er musste
wachsam bleiben. Der Duke schickte Stewart mit einer Nachricht
voraus, dass Blücher ihn an der großen Windmühle bei Bussy treffen
sollte, und Frederick und die übrigen Adjutanten ritten mit ihm. Die
Windmühle war schon von weitem sichtbar. Sie war aus Ziegeln gebaut
und hatte vier lange hölzerne Flügel, die im Moment noch stillstanden.
Eine lange hölzerne Leiter reichte vom Boden bis zur Tür der Windmühle, und im Inneren war vermutlich eine Treppe, denn in mehreren
Stockwerken Höhe befand sich ein Ausguck, von dem aus man einen
gewissen Überblick über Ligny im Osten und Quatre Bras im Westen
hatte.

Sie mussten nicht lange warten, bis Blücher mit seinen preußischen
Adjutanten eintraf. Die beiden Feldmarschälle stiegen ab, um sich zu
begrüßen, und unterhielten sich, während sie zur Windmühle gingen
und die Leiter hinaufstiegen. Als sie drinnen waren, verschwanden sie
aus dem Blickfeld, bis sie die Spitze erreichten, wo sich der Ausguck
befand. Frederick sah, wie sie ihre Fernrohre herausholten und auf
Grenzmarken deuteten, die sie sehen konnten, dann auf die Karte, die
einer der Adjutanten ausgerollt hatte, während sie über Kampftaktiken
diskutierten. Kanonendonner aus dem Osten veranlasste die beiden
militärischen Führer, sich umzudrehen.

Frederick begegnete Dalrymples neugierigem Blick. „Die Schlacht
um Ligny hat soeben begonnen“, erklärte er.

Der Tag war bereits vorangeschritten, als Phoebe erwachte.
Lydia war im Salon und ging auf und ab, und es sah nicht so aus, als ob
sie überhaupt geschlafen hätte. Phoebe ging hinein und suchte sich
einen Platz, wohlwissend, dass sie keine Plattitüden von sich geben
sollte. Auch sie hatte nun etwas zu verlieren. Sie könnte ihre gesamte
Zukunft mit einem Mann verlieren, den sie ihr ganzes Leben lang
gekannt und geliebt hatte, ohne jemals von seiner Güte gekostet zu

haben. Dieser Gedanke schob eine schwere Wolke über Phoebe und drohte, ihr alle Hoffnung auf ein glückliches Ende zu rauben.

Sie rief sich in Erinnerung, dass Lydia mehr zu verlieren hatte - den Ehemann und Vater ihres Kindes sowie ihren Bruder - die einzigen beiden lebenden Verwandten, die sie hatte. Trotz Lydias Aufregung, die ihre Verzweiflung verriet, war da ein entschlossener Zug um ihren Mund, der Phoebe Mut machte.

„Komm", sagte Phoebe sanft. „Frühstücke etwas." Draußen auf der Straße hatte sich eine unheimliche Stille ausgebreitet, als hielte die ganze Stadt den Atem an und warte darauf, dass etwas geschah, das die Unregelmäßigkeit des Tages zeigen würde. So still wie es in der Stadt war, wollte Phoebe sich beinahe fragen, ob der ganze Krieg und die Kriegsgefahr nur ein Traum gewesen waren.

Lydia begegnete Phoebes Blick, und um ihre Augen zeigte sich die Anspannung. Sie schüttelte den Kopf. „Ich glaube nicht, dass ich das kann."

Phoebe stand auf, legte ihren Arm um Lydia und führte sie in den Frühstücksraum. „Vielleicht wirst du es nicht können, doch du musst es versuchen. Wenn du dein Bestes für deinen Mann und dein Kind geben möchtest, musst du alles in deiner Macht Stehende tun, um bei Kräften zu bleiben. Fitz verlässt sich auf deine Stärke." Sie stupste Lydias Arm an. „Du darfst ihn nicht im Stich lassen."

Die Mahnung schien zu wirken. Lydia sagte nichts weiter und erlaubte Phoebe, sie in den Frühstücksraum zu geleiten. Sie füllte ihren Teller mit einem Vier-Minuten-Ei, Schinken und einem englischen Brötchen, aß alles auf und trank dazu zwei Tassen Tee. Phoebe sah ihr zufrieden zu.

Das Essen hatte Lydia etwas Leben eingehaucht, denn die Augen, die sie nach dem Essen auf Phoebe richtete, waren heller und hoffnungsvoller.

„Das ist schon besser", sagte Phoebe. „Ich wollte dich schon lange fragen, doch schien nie der richtige Zeitpunkt zu sein. Ist Fitz in dem Wissen in den Krieg gezogen, dass er Vater werden wird?"

Lydia antwortete mit einem schwachen Lächeln. „Er hat letzte Woche erraten, wie die Dinge stehen, und mich gescholten, weil ich es für mich behalten habe. Ich wollte ihn nicht ablenken, aber ich hätte wissen müssen, dass er es erraten wird."

Phoebe fuhr mit dem Finger über den glatten Silbergriff ihres Löffels. „Das wird ihm noch mehr Grund geben, wie der Teufel zu kämpfen, damit er nach Hause kommen kann.“

„Phoebe!“ Lydia lachte. „Das ist ein Ausdruck, von dem ich nie gedacht hätte, dass ich ihn aus deinem Mund hören würde.“

„Das war sehr vulgär von mir, nicht wahr?“ Phoebes Lippen kräuselten sich. „Ich hasse es, mich zurückzulehnen und nichts zu tun. Ich wünschte, ich könnte auch kämpfen. Vielleicht hätte ich dann große Angst, doch hier zu sitzen ist schlimmer.“

„Ich glaube nicht, dass Frederick mit deinem Wunsch zu kämpfen einverstanden wäre, doch ich *kann* dich verstehen. Es ist unerträglich, dass die Männer die ganze Gefahr ertragen und den ganzen Ruhm ernten und wir Frauen nur warten und die Hände ringen müssen.“ Sie warf Phoebe einen nahezu spielerischen Blick zu. „Du wirst eine gute Offiziersfrau sein.“

Phoebe errötete vor Freude und sah aus dem Fenster. Sie schaute wieder auf, als Lydia sagte: „Es ist so ruhig. *Zu* ruhig. Ich glaube, wir sollten hinausgehen und sehen, was wir in Erfahrung bringen können, auch wenn es sicherlich noch zu früh ist, um tatsächliche Nachrichten zu erfahren.“

Phoebe legte ihre Serviette auf den Tisch und stand auf. „Haben die Bediensteten etwas gesagt? Oftmals sind sie die Ersten, die wissen, wenn etwas im Gange ist.“

„Von unseren Bediensteten kam nichts“, erwiderte Lydia, „doch ich vergaß, dir etwas zu sagen. Wir hatten heute Morgen frühe Besucher. Martha Cummings kam vorbei, um dich zu sehen, und sie war voller Panik. Sie hatten nur einen einzigen Diener mitgebracht und sie sagte, dass ihre belgischen Diener den Untergang für die Alliierten voraussagen. Sie kann sie in der Küche Französisch sprechen hören, und die Art, wie sie reden, ist die von Leuten, die den Sieg feiern. Sie sagte, sie habe Angst, dass sie ihr im Schlaf die Kehle durchschneiden würden.“

„Um ehrlich zu sein, finde ich ihre Angst vernünftig“, sagte Phoebe. „Es stellt sich die Frage, *wessen* Sieg die Diener feiern? Sie müssen zu den Belgiern gehören, die den Kaiser bevorzugen und seine Rückkehr herbeisehnen, damit er auf seine Weise die Ordnung wiederherstellen kann.“ Sie versuchte, ihre Sorgen zu zerstreuen. Wie viele der Stadtbewohner dachten ebenso? „Ich hoffe, ihre Unterstützung für den Kaiser ist nicht so groß, dass sie ihrem Herrn und ihrer Herrin Schaden zufügen würden.“

Lydia dachte ernsthaft darüber nach, verwarf den Gedanken dann aber mit einem Kopfschütteln. „Ich glaube nicht, dass sie so blutgierig sind. Doch ich nehme an, es ist nicht überraschend, dass einige Belgier Napoleon verehren, wenn man bedenkt, dass die Hälfte ihrer Truppen noch vor einem Jahr für Napoleon gekämpft hat. Wusstest du, dass sogar ihre Uniformen französisch sind? Sie haben erst kürzlich die Adler von ihren Tschakos entfernt!“

Phoebe begegnete Lydias Blick mit großen Augen. „Davon hatte ich nicht gehört.“ Um die Vorahnungen zu vertreiben, schlug sie vor, dass sie ihre Schuten aufsetzen sollten. „Lass uns gehen und sehen, was wir herausfinden können.“

Zuerst wollten sie bei Mrs. Marshall Halt machen, die Lydia gut genug kannte, um unangemeldet bei ihr zu erscheinen. Auf dem Weg dorthin bemerkten sie, dass einige der Geschäfte geöffnet hatten, obwohl sie nicht besonders voll zu sein schienen. Phoebe deutete auf den englischen Hutmacherladen. „Ich kann mir nicht vorstellen, dass heute jemand in der Stimmung für den Kauf eines Huts ist.“

Lydia warf einen Blick ins Innere des Ladens. „Ich nehme an, es ist eher ein Ort, um Informationen zu erlangen, als um Käufe zu tätigen. Sieh nur. Es sind alles Engländer. Ich erkenne sie. Aber es ist niemand dabei, den wir gut genug kennen, um ihn anzusprechen. Eine Schande.“

Im Haus von Mrs. Marshall erfuhren sie nicht mehr als das, was sie bereits wussten, nämlich dass die meisten Truppen die Stadt vor dem Morgengrauen verlassen hatten. Sie blieben gerade lange genug, um einen Tee zu trinken, denn selbst Mrs. Marshall konnte sie nicht mit ihrem üblichen Gleichmut begrüßen.

„Ich hätte mit Mrs. De Lancey, der jungen Frau des Generalquartiermeisters, nach Antwerpen fahren sollen“, sagte Mrs. Marshall. „Sie sind erst seit drei Monaten verheiratet. Sir William bat mich, sie dorthin zu begleiten, doch ich habe abgelehnt. Ich konnte meinen George schlicht nicht verlassen.“

„Mit wem ist sie gereist?“, erkundigte sich Lydia.

„Ich weiß es nicht. Er sagte, er würde sich darum kümmern, doch der arme Mann sah so geplagt von seinen Pflichten aus, dass ich mich für egoistisch hielt, ihm diese eine Bitte zu verweigern. George sagte mir das ebenfalls, doch er wusste, dass ich ihn nicht verlassen konnte und drängte mich nicht, zu gehen. Ich muss hier auf seine Rückkehr warten" - sie knetete ihr Taschentuch zwischen den Fingern, während sie versuchte, ihre Stimme zu kontrollieren - „in welcher Form das auch immer sein mag."

Phoebe warf einen Blick auf Lydia, um deren Reaktion zu sehen. Die Worte von Mrs. Marshall hatten ihre Ängste nur noch verstärkt. Mit Sicherheit hatten sie Phoebes eigene Ängste nicht gelindert. Doch Lydia atmete ein und legte ihre Hand auf die von Mrs. Marshall. „Das werde auch ich tun. Nichts könnte mich dazu bewegen, Brüssel jetzt zu verlassen."

„Nun, das war unergiebig", sagte Lydia, als sie auf die Straße traten. Sie blieb plötzlich stehen und hob den Kopf. Phoebe blickte verwirrt zum Himmel und suchte nach Sturmwolken, die nicht da waren. Das Wetter war furchtbar heiß und unbewegt. Was durch die Luft schallte, war ein düsteres *Bumm, Bumm, Bumm.*

„Die Schlacht hat begonnen", sagte Lydia leise. Sie hakte sich bei Phoebe unter und zog sie an sich, während sie weiterging. Andere auf der Straße waren ebenfalls stehen geblieben, um zu lauschen, und einige liefen zu den in die Stadtmauer eingebauten Steintreppen, die sie eilig erklommen, um zu sehen, ob sie einen Blick auf die Schlacht werfen konnten.

„So nah bei uns?", fragte Phoebe sie. „Es hört sich an, als wären sie direkt vor Brüssel."

„Fitz sagte mir, dass sie nach Quatre Bras marschieren, also nehme ich an, dass sie dort kämpfen. Es liegt vierzehn Meilen südlich von hier, doch die Kanonen sind bis zu fünfzig Meilen weit zu hören." Sie lächelte matt. „Das ist etwas, das ich weiß, seit ich dem Regiment folgte."

Sie gingen schweigend weiter, wobei sie gelegentlich vor den Häusern zurückwichen, damit die Leute ihren Weg kreuzen und zu den Wällen laufen konnten. An der nächsten Straße bog Lydia abrupt in Richtung Niederbrüssel ab. „Ich glaube, wir sollten Martha Cummings besuchen. Du könntest sie brauchen, wenn du fliehen willst."

Phoebe schüttelte den Kopf, doch Lydia ging entschlossen weiter und Phoebe musste ihr folgen. „Das haben wir doch bereits besprochen", sagte Phoebe. „Wie konntest du denken, ich würde dich verlassen - und das auch noch, wenn du schwanger bist? Wenn du mich je gebraucht hast, dann jetzt, und ich muss hier bei dir sein."

„Ich werde noch nicht mit dir streiten", sagte Lydia, die noch immer entschlossen in Richtung des Hauses der Cummings ging. „Doch du solltest wissen, dass ich fest entschlossen bin, dich gehen zu lassen, wenn wir von einer Bedrohung erfahren sollten. Ich bin meinem Mann gegenüber verpflichtet, zu bleiben. Und ich habe meinem Bruder versprochen, dich in Sicherheit zu bringen."

Phoebe war nicht einverstanden, aber Fredericks Namen zu hören, erinnerte sie an das Versprechen, das sie ihm gegeben hatte. Dennoch ... es war nicht gerecht. „Wie kann er von dir ein Versprechen für meine Sicherheit und keines für deine verlangen?"

„Er weiß, dass ich Fitz unterstehe, und mein Mann verlangte nicht von mir zu gehen." Lydia reckte ihr Kinn in der sturen Art, die Phoebe gut kannte. „Ich werde nirgendwo hingehen."

Phoebe seufzte, aber Lydia hatte recht, es hatte keinen Sinn, nun darüber zu streiten. Im Moment waren nicht *sie* es, die in Gefahr waren.

# KAPITEL DREIUNDZWANZIG

Blücher und Wellington blieben fast eine Stunde lang an ihrem Aussichtspunkt in der Windmühle. Während Frederick darauf wartete, dass die Feldmarschälle ihr Gespräch beendeten, unterhielt er sich mit einem der preußischen Adjutanten. Der Adjutant hatte nicht viel Neues zu berichten, außer dass er der Meinung war, dass sie den Franzosen ebenbürtig waren.

Als sich die beiden ranghöchsten Offiziere trennten, ritten Frederick und die anderen Adjutanten mit dem Duke zurück nach Quatre Bras, wo sie am Nachmittag eintrafen. Noch bevor sie die Kreuzung erreichten, war klar, dass die Schlacht um Quatre Bras während ihrer Abwesenheit begonnen hatte, und Wellington vergeudete keine Zeit und trat in Aktion. Er schickte Sutherland mit einer Nachricht zu dem englischen Oberst, der Gémioncourt am nächsten war, um zu versuchen, den Hof, der den Franzosen in die Hände gefallen war, zurückzuerobern. Dann richtete er seine Aufmerksamkeit auf die Schlacht um Piraumont - den Hof im Osten, den die Franzosen ebenfalls erobert hatten - und schickte Wrotham mit dem Befehl, ihn zurückzugewinnen. Auf dem Feld vor ihnen kämpften die französischen Truppen links und rechts der Hauptstraße, um die Höfe zu halten und den Bossu-Wald zu erobern. Es war ein verzweifelter Kampf, und Fredericks Nerven waren zum Zerreißen gespannt.

Meilen entfernt startete der französische Befehlshaber Maréchal Ney einen heftigen Angriff der leichten Kavallerie auf die zahlenmäßig unterlegenen britisch-belgischen Truppen. Als Frederick sie durch die hohen Roggenhalme stürmen sah, bemerkte er Dalrymple, der den Angriff beobachtete und vor Müdigkeit und Nervosität ganz grün aussah. Frederick ritt hinüber und zügelte sein Pferd neben dem von Dalrymple.

„Passen Sie auf, was sie tun werden", sagte er ihm. Er wusste, dass es einen beruhigenden Einfluss auf den unerfahrenen Adjutanten haben würde, wenn er Dalrymple in ein Gespräch verwickelte. „Sehen Sie, wie sich unsere Männer aufstellen? Die vorderste Reihe jedes Regiments wird in drei Linien aufgestellt. Die vordere Reihe kniet mit erhobenen Bajonetten auf einem Bein und die Truppen dahinter haben ihre Musketen im Anschlag. So. Sie sind in Position."

Während sie zusahen, schwärmten die Soldaten hinter den vorderen Reihen zu beiden Seiten aus und bildeten zusätzliche Mauern aus Männern, bevor sie sich mit ihren Bajonetten und Musketen in Position brachten, und Frederick erklärte die Strategie. „Sie bilden Verteidigungskarrees. Der Rest der Division wird sich links und rechts von der ersten Reihe aufstellen, während die Nachhut sich umdreht, um das Karree zu schließen - Schwerter und Musketen nach außen gerichtet."

Frederick hielt inne, als eine Welle französischer Kavallerie über das Feld donnerte. „Sehen Sie, wie die Kürassiere angreifen. Sehen Sie, wie es ihrer Kavallerie nahezu unmöglich ist, durch unser Karree zu dringen? Die Soldaten dort in der Mitte werden jede Lücke im Karree rasch schließen, indem sie die verwundeten Soldaten ersetzen."

Frederick hielt es nicht für nötig *oder den Platz der toten Soldaten einnehmen* hinzuzufügen. Dalrymple war nun völlig wach, und sah schon verängstigt genug aus.

Nachdem die Kürassiere angegriffen und so viel Schaden wie möglich angerichtet hatten, wurden sie auf ihre Linie zurückgerufen. Als Nächstes hörte Frederick das Donnern der feindlichen Kanonen und das Pfeffern der Musketen, als die Verteidigungskarrees der Alliierten von einer Salve der französischen Artillerie beschossen wurden. Frederick sah, wie Soldaten fielen, ehe frische Truppen ihren Platz einnahmen. Die Verwundeten und Toten wurden in die Mitte des

Karrees gezogen, das dadurch zu einem behelfsmäßigen Lazarett wurde, während Verstärkungen die Lücken, die sie hinterlassen hatten, weiter füllten.

Frederick stand aufgeregt da und wartete auf Befehle, doch es war Wellington, der in die Schlacht ritt, als er sah, dass seine Truppen unter dem anhaltenden Angriff ins Stocken gerieten. Der Duke stellte sich weit in die Schusslinie, um die Verteidigungskarrees zu stärken und die Männer zu ermutigen, die Stellung zu halten. „Haltet stand! Wir dürfen nicht geschlagen werden! Was wird man in England darüber sagen?“, rief er.

Fredericks Pferd spürte seine Erregung, denn es wich aus, und Frederick hielt die Zügel fest in der Hand. Zu seiner Rechten bildete sich ein weiteres Verteidigungskarree, das aus den deutschen Braunschweigern in ihren schwarzen Uniformen bestand. Sie arbeiteten nicht mit der gewohnten Effizienz und Frederick runzelte die Stirn, als das Karree ins Wanken geriet und begann, auseinanderzufallen.

*Was zum Teufel?* Er verstand bald den Grund für ihre Verwirrung, als er sah, wie die französischen Dragoner die braunschweigische Kavallerie auf die Straße jagten, konnte jedoch nicht glauben, dass ein derart diszipliniertes Regiment aus dem Glied treten konnte. Frederick trieb sein Pferd vorwärts, doch Wellington war ihm zuvorgekommen.

Der Duke galoppierte vorwärts und rief die verwirrten Braunschweiger mit einem aufmunternden „Nun, meine Herren!“ wieder zur Ordnung. Doch vergeblich. Die Flut der fliehenden deutschen Kavallerie ritt am Duke vorbei, wodurch er den umherstreifenden französischen Lanzenreitern schutzlos ausgeliefert war. Fredericks Herz schlug ihm bis zum Hals, als er dies hilflos beobachtete. Wenn Wellington getötet wurde, würden die Truppen allen Mut verlieren.

Lord Wellington wendete sein Pferd auf dem offenen Feld, um dem Feind auszuweichen, der ihn heftig verfolgte, und ritt um sein Leben. Er trieb sein Pferd auf das nächstgelegene Verteidigungskarree zu, nämlich das der 92. Highlanders.

„Legt euch hin, Jungs“, rief er. Die unteren Ränge gehorchten und zogen ihre Musketen und Bajonette mit sich, während der Duke über die Reihen von Männern, Musketen und Speeren in die Sicherheit des Karrees sprang. Die Soldaten sprangen mit erhobenen Waffen wieder auf und wehrten die französischen Lanzenreiter ab.

„Der Herzog von Braunschweig wurde getötet", erklärte Wrotham, als er zu Frederick ritt. „Ins Herz geschossen." Der Anführer der Braunschweiger war jung, galant und bei seinen Soldaten sehr beliebt gewesen, und ohne seinen beruhigenden Einfluss hatten die Truppen den Mut verloren.

Es war nicht das einzige Mal, dass ein Karree aus dem Glied treten sollte.

„Seht dort, Mylord." Caldwell deutete auf ein Verteidigungskarree von Truppen zu ihrer Linken und machte Frederick auf das vermutlich 69. Regiment aufmerksam. „Sie werden mit Sicherheit niedergeschlagen."

Das Regiment war aus dem Karree in eine Kolonne beordert worden, wo es von den anrückenden französischen Husaren im hohen Roggen in Stücke geschnitten wurde. Erneut sah Frederick entsetzt zu. *Wer hatte einen solch katastrophalen Befehl gegeben?*

Es war nicht seine Aufgabe, doch er ritt vorwärts, außerstande, dem Gemetzel tatenlos zuzusehen. Fitz, der ein Regiment desselben Bataillons befehligte, ritt in Fredericks Blickfeld, ehe dieser weit kommen konnte. Fitz brüllte Befehle und forderte die Männer auf, die Reihen zu schließen. Der verhängnisvolle Befehl, aus der Reihe zu fallen, war sie teuer zu stehen gekommen. Die Franzosen machten sich davon und die Hälfte ihres Regiments wurde abgeschlachtet, ehe sie das Karree schließen und festigen konnten.

Ein weiterer Angriff der französischen Kürassiere zu Pferd kam unverzüglich, und die abschreckende Salve der britischen Artillerie auf ihre Brustschilde klang wie Hagel auf Glas. Frederick betrachtete den verzweifelten Kampf, fast betäubt von dem Gemetzel. Wellington ritt zu ihrer Position zurück und rief ihm zu. „Ingram. Sehen Sie nach, wo die Verstärkung bleibt."

*Endlich!* Frederick brauchte keine weiteren Anreize. Was er *brauchte,* war etwas zu tun. Er ritt Salome im Galopp über die *Chaussée de Bruxelles* zurück und wurde sich erst jetzt seines Durstes bewusst. Es war später Nachmittag, aber die Sonne brannte, als wäre es Mittag. Er ignorierte seine ausgedörrte Kehle und ritt weiter in Richtung Brüssel. Er musste nicht lange reiten, bis er in der Ferne die Infanterie marschieren sah. Sie schienen sich im Schneckentempo fortzubewegen, aber er wusste, dass das, was er sah, eine Illusion war und dass sie unaufhörlich marschierten. Er kam an der Spitze der Kolonne an und erkannte Honorable Fred Ponsonby, der die 12. Leichten Dragoner anführte.

„Sie sind ein willkommener Anblick", rief Frederick, als er sein Pferd verlangsamte und wendete, damit es sich ausruhen und neben Ponsonbys Wallach gehen konnte.

„Sie werden schwer getroffen, was?", fragte Ponsonby.

Frederick zog seine Feldflasche heraus und trank einen großen Schluck. Er wischte sich mit seinem Ärmel über die Stirn und nickte. Die Flanken seines Pferdes hoben sich. „Ney schickt eine Kavalleriewelle nach der anderen, und wir halten die Verteidigungsposition, aber Sie werden gebraucht."

Ponsonby drehte sich um und blickte auf die hinter ihm marschierenden Kolonnen. „Ich werde zurückreiten und Alten berichten, wie die Lage ist. Wenn Ihr Pferd sich erholt hat, lassen Sie den Duke wissen, dass wir auf dem Weg sind."

Als Frederick Wellingtons Position erreichte, gab er seine Einschätzung ab, dass die Verstärkung innerhalb einer Stunde eintreffen würde. Ein „Gut" und ein knappes Nicken waren seine Antwort, ehe der Duke sich umdrehte, um einen Befehl an Wrotham weiterzugeben.

Einige Untergebene des Dukes waren von ihren verschiedenen Einsätzen zurückgekehrt, und Frederick entdeckte Sutherland und ritt zu ihm hinüber. „Wo sind Stewart und die anderen?", fragte er.

„Tot", sagte Sutherland. „Stewart jedenfalls. Er wurde getroffen, als er versuchte, die Nachricht an die 33. zu überbringen, dass sie in den Bossu-Wäldern Zuflucht suchen sollten."

*Stewart ist tot!* Das würde nicht ihr einziger Verlust sein, doch Frederick drehte sich um und biss die Zähne zusammen, als er die Nachricht hörte. Er hatte keine Zeit, darüber nachzudenken, bevor seine Aufmerksamkeit wieder auf die Schlacht vor ihm gelenkt wurde und die Ankunft der Verstärkung ihnen die willkommene Erleichterung brachte, die sie brauchten. Mit Hilfe der Dragoner konnten die Alliierten ihre Position noch vor Einbruch der Dunkelheit sichern.

Frederick wurde ausgesandt, um einen Hof zu finden, auf dem sie übernachten konnten. Eine Meile nördlich ihrer Position fand er einen, der Wellington und den Großteil seines Stabs beherbergen konnte. Die Schlacht war für diesen Tag beendet, und Frederick, Sutherland und Wrotham machten sich auf den Weg nach Gieppe. Dalrymple schloss sich ihnen bald an und ritt mit seinem gescheckten Wallach neben den anderen.

„Eine Nacht Schlaf wird helfen", sagte Frederick. Dalrymple antwortete mit einem müden Nicken.

Fredericks Schultern schmerzten vor Anspannung. Sein Gehirn war dumpf vor Erschöpfung, und die Geräusche der Schüsse hallten in seinem Kopf wider. Er konnte sich kaum noch auf den Beinen halten, um zu essen und sich bettfertig zu machen. Er hoffte, dass Fitz in Sicherheit war. Als er sich hinlegte, dachte er an Phoebe und wünschte, er könnte sie wissen lassen, dass er noch am Leben war. Der Schlaf übermannte ihn, ehe er einen anderen Gedanken fassen konnte.

Martha Cummings empfing sie mit weit aufgerissenen Augen in ihrem Salon und Phoebe fragte sich, ob sie auch nur einmal geblinzelt hatte, seit sie an diesem Morgen ihr Haus verlassen hatte. Es konnte nicht gut für sie sein, in einem solchen Zustand der Besorgnis zu verweilen.

Martha streckte ihre Hände aus und drückte Phoebes. „Ich bin so froh, dass Sie hier sind. Ich war vollkommen *außer* mir vor Angst. Und haben Sie die Kanonen gehört? Es gibt nun keinen Zweifel mehr, dass es ein Gefecht gibt. Vielleicht wird die Schlacht heute entschieden - vielleicht sogar noch in dieser Stunde! Ich frage mich, wo sie stattfindet und wie schnell wir von diesen Franzosen befreit werden können. Aber was ist, wenn die Franzosen gewinnen? Was soll dann aus uns werden?" Weder Lydia noch Phoebe machten sich die Mühe zu sagen, dass niemand damit rechnete, dass die Franzosen so leicht besiegt werden würden oder dass die Angelegenheit so kurz nach Beginn der Schlacht bereits entschieden werden könnte.

Martha führte Phoebe und Lydia in ihren Salon und bat sie, Platz zu nehmen, als ihr Bruder den Raum betrat. Er war nicht ganz so redselig wie seine Schwester, doch seine Aufregung war offensichtlich. „Jemand ist in die Ställe eingebrochen und hat meine Kutschpferde gestohlen", sagte er. Phoebe konnte die Mischung aus leiser Wut und

Angst in seiner Stimme hören. „Ich habe diese Pferde extra für den Fall behalten, dass wir zur Grenze fliehen müssen. Und nun muss ich eine andere Lösung finden, die mich vermutlich teuer zu stehen kommt."

Martha rang nach Luft. „O Albert. Was sollen wir tun?"

Lydia warf einen Blick auf Phoebe und runzelte die Stirn, als sie sich wieder den Cummings zuwandte. „Sie gehen doch nicht so bald schon? Sie ... haben vor zu fliehen, bevor Sie erfahren, welche Seite den Sieg davontragen wird?"

Mr. Cummings blähte sich empört auf, konnte Lydia jedoch nicht in die Augen schauen. „Ich habe vollstes Vertrauen in unsere Truppen. Aber ich bin ein Mann, der gerne vorbereitet ist. Ich werde abwarten, für wen sich das Blatt wendet, aber wenn es irgendeinen Zweifel gibt, dann werden wir nicht hierbleiben. Einige Bekannte sind bereits abgereist und andere weigern sich, ihre Pferde zu verkaufen, falls sie überstürzt abreisen müssen. Aber wenn es Pferde zu kaufen gibt, werde ich sie ausfindig machen."

Marthas blasse Augen waren wieder weit geöffnet und ihr Mund ebenfalls. „O ja. Bitte finde Pferde für uns. Ich kann den Gedanken nicht ertragen, hier zu bleiben, falls etwas geschehen sollte. Man sagte uns, dass es keine Kanalbootpassage gibt, wir können uns also auf dieses Transportmittel nicht verlassen." Sie streckte ihre Hand nach Phoebe aus. „Wir haben in unserer Kutsche Platz für eine weitere Person, was ausreichen würde, falls Mrs. Fitzwilliam tatsächlich bleiben möchte. Wir würden uns freuen, wenn Sie uns begleiten würden. Ich weiß, dass Sie nicht so töricht sein werden, das abzulehnen."

„Ich bin mir nicht sicher...", begann Phoebe.

„Das ist höchst großzügig von Ihnen", antwortete Lydia und warf Phoebe einen Blick zu. „Wir werden auf jeden Fall in Kontakt bleiben, sollte sich ein solcher Bedarf ergeben."

Phoebe wusste nicht, wie sie den Rest des Tages überstanden, aber bis zum Abend ertönten immer wieder Kanonaden. Sie aßen wenig zu Abend und gingen zu Bett. Bei jedem Knall hatte sie um Frederick gefürchtet, und das Phantomgeräusch in ihrem Kopf ließ nicht nach, als sie die Augen schloss. Was, wenn er sich in Reichweite dieser tödlichen Schüsse befunden hatte?

# KAPITEL VIERUNDZWANZIG

Am nächsten Morgen wachte Frederick auf, steif vom Schlafen auf dem Boden und mit dem verwirrenden Gefühl, nicht zu wissen, wo er war. Einige der anderen Adjutanten waren bereits aufgestanden und liefen umher, doch Dalrymple schlief noch tief und fest. Als Frederick ihn ansah, musste er unwillkürlich an Stewart denken, der nicht mehr bei ihnen war.

Draußen war die Luft schwer von Feuchtigkeit und einem anhaltenden Geruch nach Schießpulver. Obwohl keine Morgenbrise wehte, und die Erleichterung von frischer Luft brachte, vermutete Frederick, dass die Luft schwer genug war, dass es an diesem Tag regnen könnte. Er trank zwei Tassen Kaffee und aß sein Frühstück. Er war nicht in der Stimmung, sich an den Gesprächen zu beteiligen, die am Tisch geführt wurden. Er fragte sich, was Phoebe gerade tat und ob sie von dem knappen Ausgang am Vortag gehört hatte. Würde das ausreichen, um sie wieder nach England reisen zu lassen? Er hoffte es - und er hoffte auch, dass sie noch nicht ganz abgereist war. Wenn sich die Alliierten heute nur mit den Preußen zusammenschließen könnten, hätten sie gemeinsam die stärkere Armee und der Sieg sollte ihnen gehören. Wie schön wäre es, die Schlacht schnell zu beenden und zu Phoebe zurückzukehren. Sie - süß duftend und weich - in seine Arme zu ziehen. Er würde sie heftiger küssen, als er es sich bisher gestattet hatte.

Doch das war im Augenblick nur ein müßiger Traum. Ohne die Preußen waren sie zahlenmäßig unterlegen, also durfte er noch nicht an den Sieg denken.

„Mylord!" Pinkton betrat das Bauernhaus, gefolgt von einem preußischen Offizier. „Dieser Mann hat Neuigkeiten von Blücher."

Wellington las den Brief von Blücher in dem Raum, der ihm zur Verfügung gestellt wurde, und Calloway lud den preußischen Adjutanten ein, sich einen Stuhl zu nehmen und etwas zu essen, während er wartete.

„Wie ist es Ihnen gestern ergangen?", fragte Frederick ihn.

Der Preuße, der von dem ihm gereichten Teller aß, hielt inne und schüttelte den Kopf. „Wir wurden bei Ligny übel zugerichtet. Wir mussten uns zurückziehen."

Frederick und Wrotham wechselten Blicke. Die Preußen würden nicht in der Lage sein, ihnen zu Hilfe zu kommen. Der preußische Adjutant sagte nichts weiter, sondern leerte schnell seinen Kaffee, als der Duke aus dem Zimmer kam und verkündete: „Blücher zieht sich mit seinen verbliebenen Truppen bis nördlich von Wavre zurück."

Dalrymple war inzwischen hellwach und Frederick, der seinen leeren Blick sah, erklärte: „Das ist ein Dorf auf der anderen Seite des Flusses, östlich von hier."

Inzwischen war das gesamte Personal vollständig mobilisiert und Caldwell ging hinaus, um Joseph zu bitten, die Pferde bereit zu machen. Er kam zurück, führte sein eigenes Pferd und Salome und Frederick nahm die Zügel und schwang sein Bein über den Sattel. In Quatre Bras angekommen, zückte Wellington sein Fernrohr und schätzte die Bewegungen des Feindes ein. Frederick tat dasselbe. Die französischen Truppen waren aufgereiht und erstreckten sich etwa drei Meilen über die Felder, aber sie schienen sich nicht wirklich auf eine Schlacht vorzubereiten.

Frederick wechselte einen überraschten Blick mit Wrotham. „Was hältst du davon?"

„Ich weiß nicht, *was* ich davon halten soll", gab Wrotham zurück. „Ich kann mir nicht vorstellen, warum er die Hände in den Schoß legt, es sei denn, er wartet auf Verstärkung - oder er glaubt, dass wir zusätzliche Truppen versteckt haben, und fürchtet einen Angriff."

Mit hinter dem Fernrohr gerunzelter Stirn beobachtete Wellington den Feind auf der anderen Seite der Felder und schien zu einem Entschluss zu kommen. Er schloss sein Fernrohr mit einem Schnappen. „Wenn Blücher sich nach Wavre zurückgezogen hat, müssen wir uns ebenfalls zurückziehen. Wir können nicht zulassen, dass unsere Linien abgeschnitten werden, und wenn sie jetzt nicht mit uns kämpfen wollen, werden wir die Schlacht zu unseren eigenen Bedingungen führen."

Der Duke zog sein Notizbuch heraus und kritzelte auf eines der Papierblätter. Er riss es ab, faltete es mittig zusammen und reichte es Calloway, ehe er eine weitere Nachricht schrieb. „Nördlich von Waterloo, am Mont St. John, gibt es einen niedrigen Bergrücken, der einen guten Aussichtspunkt für uns bietet, und wir werden uns dorthin zurückziehen. Wir müssen eine Front aus Kavallerie und Infanterie aufrechterhalten, um den Rückzug zu verdecken. Calloway, überbringen Sie dies dem Generalmajor der Hausbrigade und sorgen Sie dafür, dass sie sich zurückziehen. Sutherland, bringen Sie das zu Ponsonby. Die Unionsbrigade wird sich ebenfalls zurückziehen. Die Hannoveraner werden an Ort und Stelle bleiben. Dalrymple, bringen Sie dies zu Alten, um ihn zu informieren. Ingram, Sie bringen das hier zur 5. Brigade."

Froh, wieder von Nutzen zu sein, nahm Frederick das Papier und galoppierte dorthin, wo die 5. stationiert war. Er übermittelte seine Anweisungen an Sir Colin, der die Brigade mit Fitz' Regiment führte, und ging dann zu seinem Schwager, um mit ihm zu sprechen. Obwohl es wahrscheinlich reiner Zufall war, dass er mit der Brigade, in der sich das 33. Regiment befand, in Verbindung gebracht wurde, war er dankbar, als er hinaufritt und Fitz unversehrt vorfand.

Fitz salutierte von seiner Position auf dem Pferd hinter seinem Regiment. „Nachricht vom Duke?"

„Wir ziehen uns auf den Mont St. Jean zurück. Eure Bewegungen werden teilweise gedeckt sein, aber wir müssen uns sofort bewegen, um unsere Linie mit Blüchers Armee zu halten." Frederick blickte zu den sich bildenden dunklen Wolken hinauf. „Es sieht so aus, als ob wir ein wenig Regen bekommen werden."

„Das könnte sich als Untertreibung erweisen", antwortete Fitz, während er seinen Unterkommandanten herüberwinkte, um die

Befehle weiterzugeben. „Es sieht so aus, als ob der Himmel uns wegen unserer armseligen Bemühungen belehren will."

Der Major kam herüber und hörte sich Fitz' Anweisungen an, ehe er davoneilte. Fitz wandte sich wieder an Frederick. „Gibt es noch andere Befehle auszuführen?"

„Bleib einfach am Leben. Ich kann dich gut leiden", sagte Frederick. Fitz blickte über das Feld und dann wieder in den Himmel, ein Lächeln auf den Lippen. Er begegnete Fredericks Blick und nickte ihm kurz zu.

Frederick wendete sein Pferd und hob zum Abschied die Hand. Er erreichte Wellington und die anderen Adjutanten schnell, und noch vor Mittag waren sie auf dem Marsch. Die aufziehenden bedrohlichen Wolken boten eine willkommene Abwechslung von der Hitze, aber solche dunklen Wolken konnten nichts anderes als einen schweren Sturm bedeuten. Es dauerte nicht lange, bis er eintraf. Bald ertönte ein gewaltiger Donnerschlag, gefolgt von einem Blitz aus dem dunklen Himmel, der im Zickzack vor ihm niederging. Der Regen begann in Strömen zu fallen. Er prasselte auf Fredericks Hut, sickerte durch seinen Mantel und benetzte seine entblößten Knie.

Der befestigte Feldweg verwandelte sich schon bald in Schlamm, und Wrotham ritt neben Frederick her. „Die Franzosen haben es geschafft, ihre Benommenheit abzuschütteln", sagte er. „Sie haben sich hinter uns mobilisiert und mit dem Vormarsch begonnen."

„Miss!" Mary war außer Atem, als sie in den Salon stürmte, in dem Phoebe und Lydia saßen. „Verwundete Soldaten. Sie kommen in die Stadt. Zuhauf!"

Phoebe und Lydia wechselten einen Blick, standen auf und banden sich rasch ihre Schuten um, während sie nach draußen eilten. Sie liefen zügig zum Ende der Straße, wo Phoebe die Verwundeten sah, die die belebte Kreuzung entlangstapften. Andere Belgier kamen aus ihren Häusern, als weitere Soldaten durch das Tor hereinströmten. Einige eilten zu ihnen hinüber, während andere zurück ins Haus zu rennen schienen, um Vorräte zu holen. In der Ferne verdunkelten sich die Wolken, doch das stand in einem seltsamen Gegensatz zu dem beigen Himmel und der brutalen Sonneneinstrahlung, wo sie standen.

Es waren tatsächlich Etliche. Die Soldaten in schlechterer Verfassung wurden in Wagen transportiert, doch es gab nicht genug Transportmittel, um alle zu befördern, die es nötig hatten. Einige der Soldaten konnten vor lauter Wunden und Blutverlust kaum noch laufen, und viele erlaubten sich, zu Boden zu sinken, sobald sie in der Stadt angekommen waren. Phoebe wusste nicht, wann sie und Lydia sich trennten. Sie konnte an nichts anderes denken als an die Verzweiflung, die sie überkam - das Bedürfnis, jeden Mann zu untersuchen, um zu sehen, ob sie das Gesicht eines von ihnen erkannte.

Sie weigerte sich, das Schlimmste zu befürchten, doch ihr Blick verweilte auf denen, deren Gesichter mit Blut von einer Kopfwunde bedeckt waren. Ein Mann starrte sie mit einem so intensiven Blick des Erkennens an, dass sie auf ihn zuging. Sein helles Haar war dunkel vor Blut und etwas, das wie Ruß aussah, und es waren seine blassblauen Augen, die sie schließlich erkannte.

„Mr. Conroy, Sie sind verletzt worden. Wo ist Ihr Pferd?" Phoebe ging nach vorne, um ihm zu helfen. Erst als sie nach ihm griff, bemerkte sie, dass der Ärmel seines Mantels an einer Seite verkohlt und leer war. Seine Augen waren hohl vor Schmerz, und er antwortete nicht.

Sie ging auf seine andere Seite, legte ihren Arm um seine Taille und führte ihn aus der heißen Sonne zu einem von Bäumen umgebenen Steinplatz mit einem Brunnen in der Mitte. Sie half ihm, einen der Baumstämme hinunterzurutschen, bis er an den Stamm gelehnt im Schatten saß.

„Ich gehe Ihnen Wasser holen", sagte sie und lief zum nächsten Laden, der seine Türen geöffnet hatte, um zu verteilen, was immer sie an nötigen Ressourcen entbehren konnten. Sie brachte ein Glas Wasser und half Mr. Conroy zu trinken.

„Danke", flüsterte er.

„Erlauben Sie mir, Ihre Wunden zu reinigen." Phoebe holte das Taschentuch aus ihrem Pompadour und tauchte es in den Brunnen, dann kehrte sie zu ihm zurück. Ihre Hand zitterte und sie schluckte ihre Übelkeit hinunter, als sie das oberflächliche Blut wegwischte und den Schnitt an seinem Kopf untersuchte. Mit ein paar Stichen würde es besser werden, doch sie war keine Chirurgin. Sie blickte auf ihr Taschentuch hinunter, das nun rostfarben war und Blutflecken aufwies. Sie wollte es wieder einweichen, als ihre Gedanken zu dem Tag zurückkehrten, an dem sie Frederick ihr Taschentuch als Glücksbringer für das Kricketspiel gegeben hatte. Sie fragte sich, ob er es noch bei sich hatte und ob es immer noch ... weiß war.

Die Schneiderei brachte Stoffstreifen heraus, von denen viele zu fein waren, um sie zum Verbinden von Wunden zu verwenden. Phoebe schnappte sich einen ganz oben auf dem Stapel, der blassrosa war, und verband Mr. Conroys Kopf mit dem Stoff. Sie befestigte ihn mit einem Knoten, um ihn an Ort und Stelle zu halten. Der rosa Stoff verlieh ihm ein groteskes, clowneskes Aussehen. Sie runzelte die Stirn und wünschte, sie könnte mehr für ihn tun.

Er griff mit seiner einzigen verbliebenen Hand nach ihr und hielt ihre Hand. „Als ich am Ende der Schlacht ging, war Ihr Lord Ingram noch am Leben. Ich habe ihn selbst gesehen.“

Sie hielt seinem Blick stand, und ihre Augen füllten sich mit Tränen - mit Mitleid für Mr. Conroy und das, was nicht sein konnte; mit Dankbarkeit für sein großzügiges Geschenk, ihr Nachrichten von Frederick zu überbringen; mit wilder Hoffnung für ihren Geliebten. Er hatte den ersten Tag überstanden. Vielleicht würde er überleben! Dieser Optimismus währte nicht lange und wurde von einer zweiten Welle von Ängsten abgelöst. Vielleicht war er, kurz nachdem Mr. Conroy ihn gesehen hatte, getötet worden und war für sie jetzt verloren.

Phoebe saß bei Mr. Conroy, während sich die Gewitterwolken schnell näherten. Eine kalte Brise strich ihr über die Wange, gerade als das Wetter umschlug und der Regen einsetzte. Der Sturm wurde schnell heftig, und sie wusste, dass sie Mr. Conroy nicht dort lassen konnte.

„Kommen Sie.“ Sie versuchte, ihm auf die Beine zu helfen, und ein Belgier eilte ihr zu Hilfe. Gemeinsam stützten sie Mr. Conroy bis zur Schneiderei, wo die mitfühlende Modistin ihnen gestattete, ihn auf ihr Sofa im Hinterzimmer zu legen.

Sobald er sicher untergebracht war, wurde Phoebe von einer seltsamen Angst erfüllt, die durch den Sturm geschürt wurde und sie wollte nur noch nach Hause eilen. Alles schien so ungewiss und beängstigend. „Es tut mir leid, aber ich muss Lydia suchen."

Mr. Conroy nickte verständnisvoll und Phoebe flüchtete in den Regen. Donner zerriss den Himmel und die Straße wurde von einem Blitz erhellt, als Bäche von Wasser an ihr vorbei auf die Straße flossen. Sie war nun völlig durchnässt. Phoebe eilte in Richtung Zuhause, und obwohl die meisten der verwundeten Männer Schutz gefunden hatten, saßen einige noch immer im strömenden Regen am Straßenrand. Sie sahen wie betäubt aus, von den Wunden und dem Schock der Schlacht - betäubt von den Donnerschlägen und Blitzen. Es waren zu viele, als dass sie ihnen allen helfen konnte, also half sie keinem von ihnen. Und als Phoebe nach Hause eilte, wurde ihr klar, dass auch sie wie betäubt war.

Näher am Haus waren keine Soldaten, doch an der Kreuzung sah sie Lydia zur gleichen Zeit ankommen. In diesem Moment wurde Phoebe vom Anblick eines düsteren Gefolges überrascht. Acht Männer trugen eine Leiche, die auf einer Trage aufgebahrt und mit einer schwarzen Flagge bedeckt war. Sie erkannte die Uniformen sofort und wusste aufgrund der Zeremonie der Prozession, dass es sich um den Leichnam des Herzogs von Braunschweig handeln musste. Sie blieb stehen. Der Himmel ließ Regen auf ihre Schute prasseln und durchnässte ihr Kleid, während die Männer ihren Herzog trugen, mit Gesichtern, so düster, als hätten sie ihren eigenen Verwandten verloren. Der Anblick raubte Phoebe den Atem. Dies war jemand, der noch vor zwei Tagen lebendig gewesen war und getanzt hatte.

*O lieber Gott, wie zerbrechlich wir doch alle sind.* Phoebes Augen waren trocken, doch sie fragte sich, ob sie jemals wieder lächeln würde. Frederick befand sich mitten in der Schlacht. Wenn das einem Herzog widerfahren konnte, würde Gott dann ihren Liebsten verschonen?

Als Phoebe und Lydia sich trockene Kleidung angezogen hatten und darauf warteten, dass der Tee gebracht wurde, klopfte es an der Tür. Der Sturm tobte, schrecklich und unablässig, und Mary beeilte sich, die Tür zu öffnen, damit Mr. Cummings eintreten konnte. Er kam ins Zimmer, schüttelte die Tropfen von seinem Regenschirm und stampfte mit den Füßen im Eingang zum Salon.

„Guten Abend, Miss Tunstall. Guten Abend, Mrs. Fitzwilliam. Ich bin wie versprochen gekommen, um Ihnen mitzuteilen, dass ich

Pferde besorgt habe, falls wir aufbrechen müssen. In Anbetracht der vielen verwundeten Soldaten wird eine Flucht am Ende wohl notwendig sein, und ich empfehle Ihnen, sich darauf vorzubereiten, unverzüglich aufbrechen zu können.“

Phoebe und Lydia wechselten besorgte Blicke und Mr. Cummings hob die Hand und fügte hinzu: „Ich will damit nicht andeuten, dass eine unmittelbare Gefahr besteht, doch es ist klug, sich in Bereitschaft zu halten. Ich verspreche, Sie auf dem Laufenden zu halten, sollte ich weitere Informationen erhalten. Ich könnte es mir nicht verzeihen, wenn ich meine Schwester in Sicherheit brächte, aber nichts für die Frauen getan hätte, die so freundlich zu uns waren. Mrs. Fitzwilliam, sollten Sie Ihre Meinung ändern, werden wir in der Kutsche Platz für Sie machen. Unser Dienstmädchen kann neben dem Stallknecht sitzen. Wir werden Sie nicht zurücklassen.“

„Sie sind die Freundlichkeit selbst“, antwortete Lydia.

Phoebe rang sich ein Lächeln ab, sagte aber nichts weiter. Es war großzügig von Mr. Cummings, an sie zu denken, doch wie könnte sie gehen? Wie könnte sie zulassen, dass Lydia allein blieb und sie nicht hier war, um Frederick zu begrüßen, wenn er zurückkehrte? Oder falls Fitz verletzt werden sollte ... Sie konnte den Gedanken nicht ertragen, dass einem der beiden Männer etwas zustoßen könnte. Sie würde hier sein müssen, um Lydia zu unterstützen.

Außerdem würde sie in Brüssel sofort erfahren, wenn etwas geschehen würde. Wenn sie nach London ginge, würde es Wochen dauern, bis sie Nachricht erhielt, und das wäre eine Qual, die sie nicht ertragen könnte.

„Ich bitte Sie um Verständnis. Ich kann nicht bleiben.“ Mr. Cummings neigte seinen Hut und verabschiedete sich mit einem weiteren Blick auf Phoebe, ehe er in den Sturm hinausging.

„Phoebe“, sagte Lydia, als er fort war. „Du musst einsehen, dass es unmöglich ist, sein Angebot abzulehnen. Wenn er geht, musst du mit ihm in der Kutsche sitzen. Das ist das Beste, was ich für meinen Bruder tun kann.“

Phoebe starrte auf die Möbel in dem Raum, der ohne Tageslicht dunkel wirkte. Keine von beiden hatte genug Energie, um nach Kerzen zu verlangen. „Hast du bemerkt, wie ruhig es heute war?“, fragte sie.

„Ich glaube nicht, dass wir eine einzige Kanone gehört haben. Meinst du ... könnte es sein, dass die Schlacht vorbei ist?“

Lydia schüttelte den Kopf. „Wenn die Schlacht vorbei wäre, wären Fitz und mein Bruder zu Hause. Ich fürchte, das Schlimmste steht uns noch bevor. Wir müssen unsere Kräfte sammeln und uns darauf vorbereiten. Während unsere Männer da draußen kämpfen, darf es uns selbst an Mut nicht mangeln.“

# KAPITEL FÜNFUNDZWANZIG

Es war bereits dunkel, als die Stabsoffiziere ihr Hauptquartier in dem Gasthaus im Zentrum von Waterloo aufschlugen. Es regnete weiter, und obwohl die alliierten Truppen ihr Ziel erreicht hatten und ihr Lager aufschlagen durften, beneidete Frederick sie nicht darum, in donnerndem Regen, der nicht aufhören wollte, biwakieren zu müssen. Sein Pferd war gut ausgebildet und schreckte vor dem Sturm nicht zurück, doch der grollende Donner und die scharfen Blitze ließen selbst Frederick, einen erfahrenen Feldherrn, unruhig werden. Es war, als ob der Himmel weinen würde.

Von seinem höher gelegenen Aussichtspunkt aus drehte sich Frederick um und sah den französischen Vormarsch. Sie folgten den Briten, aber er wusste aus Erfahrung, dass es nur langsam vorangehen würde. Ihre Kanonen konnten in diesem Schlamm unmöglich rollen, und selbst die ergebensten Soldaten würden nur schwerlich Begeisterung aufbringen, unter solchen Bedingungen für ihren Kaiser zu kämpfen. Er war nie dankbarer als in dem Moment, in dem er Salome an Joseph übergab und sich zu den anderen Adjutanten ins Gehöft begab.

Der Regen ließ in der Nacht nicht nach und Frederick hatte wirklich Mitleid mit den Soldaten, die am nächsten Morgen nicht ein einziges trockenes Kleidungsstück besitzen würden. Als der Morgen dämmerte, betrat ein anderer Adjutant der preußischen Armee das

Gasthaus und überbrachte eine Nachricht von Blücher. Pinkton führte ihn in das Zimmer, in dem der Duke sein Frühstück einnahm.

Sutherland kam kurz darauf von seinem Botengang, um Wellingtons Befehle an die Offiziere weiterzuleiten, zurück. Er schüttelte seinen Mantel aus und legte ihn über einen Stuhl, obwohl der Regen nachgelassen hatte. „Ist das Kaffee? Schenk mir eine Tasse ein."

Frederick tat ihm den Gefallen, und Sutherland trank, während Calloway zu Wellington gerufen wurde und mit einer Depesche wieder herauskam. „Was gibt es für Neuigkeiten?", fragte Frederick.

„Blücher sagte, er würde bei Tagesanbruch mit seinen Truppen losmarschieren und dann zu uns stoßen, sobald er kann. Der Duke hat sich verpflichtet, unsere Position zu halten, bis er eintrifft."

Frederick zog sich einen Stuhl ans Fenster und stellte sein Rasierset auf das Fensterbrett. Er öffnete sein Rasiermesser und kratzte an den Stoppeln, während er in den kleinen tragbaren Spiegel schaute. Als Calloway mit dem Brief ging, sagte Frederick: „Stewart hätte es nicht leidgetan, den Sturm verpasst zu haben. Er hasste Regen. Er sagte, er würde ihm die Haare kräuseln wie einem Pudel."

Sutherland lächelte wehmütig. „Er hätte allerdings gerne mehr Aktion gesehen. Wenigstens sind die Soldaten guter Dinge."

„Sind sie das?" Frederick sah ihn erstaunt an. Er konnte sich nicht vorstellen, wie sie das sein konnten, wenn sie bis auf die Haut durchnässt waren.

„Sie sagten, der Regen sei ein gutes Omen. Es regnete immer vor Wellingtons früheren Siegen, und dies war ein gewaltiger Regen."

Der Gedanke, dass die Truppen den Regen als etwas Gutes ansahen, erheiterte Frederick, und als sie an diesem Morgen aufbrachen, sah er eine Reihe von Soldaten um Lagerfeuer versammelt, die sie irgendwie entzündet hatten. Sie tranken Tee, redeten und scherzten, während sie ihre Kleidung trockneten und auf den Marschbefehl warteten.

Es war kurz nach Tagesanbruch, als Frederick und der Rest des Stabes den Duke zu dem weitläufigen Hof von Hougoumont zu ihrer Rechten begleiteten. Das Schloss und die umliegenden Gebäude sowie der Obstgarten waren von einer dicken Mauer aus Ziegeln umgeben. Wellington beriet sich mit Oberstleutnant MacDonnell von den *Coldstream Guards* und empfahl einige Änderungen an der Befestigung des

Schlosses. Der Duke schärfte ihm ein, wie wichtig es sei, Hougoumont als strategischen Punkt um jeden Preis zu sichern, und MacDonnell versprach, es zu halten.

Nach Hougoumont folgten Frederick und die Stabsoffiziere dem Duke, als er seine Tagesstellung in der Nähe einer einsamen Ulme auf dem Bergrücken einnahm. Von dort aus hatten sie einen hervorragenden Blick auf die feindlichen Truppen. Die Luft war noch frisch, doch der Boden war durchnässt, und bisweilen versanken die Hufe seines Pferdes tief im Schlamm, selbst auf höherem Boden. Im Tal vor ihnen lag La Haye Sainte, ein weiterer Hof, den sie laut Wellington als wichtige Festung halten sollten. Zu ihrer Linken lag ein kleinerer Hof namens Papelotte, den sie ebenfalls zu schützen hatten.

Ein tiefes Tal erstreckte sich zwischen den beiden gegenüberliegenden Höhenzügen - die Engländer auf der Seite, die Brüssel und die zur Küste führende Straße verteidigte, und die Franzosen näher an Quatre Bras und der französischen Grenze weiter südlich. In der Mitte des Tals befanden sich hohe Roggen- und Maisfelder. Durch sein Fernrohr sah Frederick, wie sich massenhaft Franzosen im Tal versammelten, doch für den Augenblick herrschte eine überraschende Ruhe. Er entdeckte Napoleon und seine Reisekutsche auf dem gegenüberliegenden Bergrücken. Gelegentlich hielten Soldaten an, um sein Pferd zu küssen, das in der Nähe graste, doch die Franzosen schienen sich nicht zum Kampf zu versammeln.

Der Duke beobachtete das Treiben ebenfalls, und als er nichts von Interesse zu finden schien, begann er, die Gesellschaftsseiten einer Zeitung zu lesen, die jemand mitgebracht hatte. Wenn er auf interessante Klatschgeschichten stieß, las er sie laut vor und lachte.

Frederick teilte ein Lächeln mit Wrotham, während er mit dem Kinn auf Wellington deutete. „Absolut gelassen", sagte Frederick über den Beau. Dann blickte er wieder über das Tal. „Was hältst du von Boney? Man sollte meinen, wir würden die Kanonen hören, die den Beginn der Schlacht signalisieren. Ich kann die Verzögerung nicht verstehen."

„Weiß ich nicht. Aber alles, was uns Zeit verschafft, damit die Preußen zu uns stoßen können, kann nur gut sein." Wrotham stieg ab und führte sein Pferd dorthin, wo das Gras weniger in den Schlamm getrampelt war.

De Lancey war eingetroffen und beriet sich mit dem Duke über den Status der königlichen Wagenkolonne und den Stand der Versorgung mit Nachschub und Munition. Wellington schickte Pinkton, um den Zustand der Straßen nach Ostende zu prüfen, und um herauszufinden, wie es um Verstärkung bestellt war, einschließlich der erwarteten Ankunft weiterer Truppen.

Als Frederick im Sattel saß und wartete, überkam ihn eine Welle der Müdigkeit und er wollte sich nur noch auf Boden zusammenrollen, ganz gleich, wie matschig dieser war. Er hatte in den letzten Nächten nur wenig Schlaf bekommen. Doch er stählte seine Nerven durch schieren Willen. Er wusste, dass diese Schlacht alles entscheiden konnte, und viel auf dem Spiel stand. Seine Schwester und Phoebe waren in Brüssel, und wenn die Alliierten sich nicht behaupten konnten, bestand die sehr reelle Gefahr, dass die Stadt vom Feind überrannt wurde. Das durfte nicht geschehen.

Eine einzelne französische Kanone gab drei Schüsse ab und signalisierte damit den Beginn der Schlacht. Frederick zog seine Taschenuhr hervor. Es war elf Uhr dreißig.

In dem Tal, das sich vor Frederick ausbreitete, bildeten die Alliierten ihre Verteidigungskarrees, um sich auf die Schlacht vorzubereiten, doch die Franzosen konzentrierten ihre Bemühungen stattdessen auf die rechte Seite und begannen ihren Angriff auf Hougoumont. Wellington führte seinen Stab schnell zu der Straße, die in einem Bogen zum Eingang des Schlosses führte, um die Bewegungen der Franzosen zu beurteilen. Von dort aus waren die französischen Truppen zu sehen, die von der südlichen Seite des ummauerten Geländes heranrückten und eine heftige Artilleriesalve auf die Gebäude und den Hof des Bauernhofs abfeuerten. Die Männer im Inneren erwiderten das Feuer.

Zufrieden, dass die Schotten ihre Stellung hielten, wandte sich Wellington an Frederick. „Ingram, Sie und Dalrymple halten hier Wache. Geben Sie mir Bescheid, wenn es einen Durchbruch gibt." Dann gab er seinen anderen Adjutanten ein Zeichen, wieder ihre Position in der Mitte einzunehmen, und sie ritten los.

Dalrymple hatte begonnen, zu Frederick zu schauen, wenn er etwas erklärt haben wollte, und Frederick beschrieb die Strategie der Alliierten. „Die Verteidigung des Schlosses durch die Highlander wird ausreichen müssen. Der Duke wird unsere Truppen nicht dort konzentrieren und unser Zentrum ungeschützt lassen. Das würde seine Verbindung zu Blüchers Armee schwächen, die auf unserer linken Flanke eintreffen wird, wie Sie wissen. Wir können nicht zulassen, dass die Franzosen unsere Armeen trennen, sonst ist alles verloren."

Dalrymple leckte sich über die Lippen und drehte sich um, um zu sehen, wie die französischen Truppen aus dem Wald kamen und begannen, die Mauern, den Hof und die Dächer des Schlosses und der umliegenden Gebäude mit Schrotladungen und Artilleriefeuer zu beschießen.

FÜR PHOEBE WAR DER MORGEN DES 18. JUNI EINE QUAL - SIE sehnte sich nach Neuigkeiten und befürchtete zugleich das Schlimmste. Der donnernde Sturm des Vorabends war einer temperamentvollen Sonne gewichen, die nichts von der intensiven Hitze der letzten Tage mit sich brachte. Allerdings hatte der Regen die staubigen Straßen in einen reinen Sumpf verwandelt.

Lydia betrat das Haus und begab sich direkt in den Salon. Der Saum ihres Kleides war dem Schmutz nicht entkommen, welcher seinen tadellosen Zustand beeinträchtigte, obwohl das Devonshirebraune Kleid gerade deshalb gewählt worden war, damit Schmutz unsichtbar blieb. Sie nahm Platz und ließ ihre Arme über die Seiten des Stuhls hängen. „Ich habe nicht mehr erfahren können, als dass der Duke seine Truppen in das Dorf Waterloo zurückgezogen hat."

Bei dieser Nachricht überkam Phoebe eine Welle der Panik. Sie holte heftig Luft und presste die Hände zusammen. „Die Engländer sind auf dem Rückzug? Das ist eine sehr schlechte Nachricht, nicht wahr?"

„Nicht unbedingt." Lydias Mundwinkel verzogen sich zu einem schiefen, müden Lächeln. „Lord Wellington ist für strategische Rückzüge bekannt. Als ich Fitz auf der Halbinsel folgte, habe ich keinen erlebt, doch er hat an solchen Rückzügen teilgenommen. Wellington wird keine Zeit damit verschwenden, Boden zu halten, der nicht von Vorteil ist. Er wird sich auf eine stärkere Position zurückziehen."

„Glaubst du, dass er das jetzt auch tut?" Phoebe hoffte verzweifelt auf eine gute Nachricht, doch Lydia zuckte nur mit den Schultern.

Es klopfte an der Tür und Phoebe hörte, wie Sam ging, um sie zu öffnen. Er, Mary und Sarah wirkten beruhigend, seit die Soldaten in den Kampf gezogen waren. Wenn die Bediensteten Angst hatten, verbargen sie dies gut und erfüllten ihre Pflichten mit ruhiger Zuversicht. Phoebe hörte die Stimme von Martha, die Sam im Eingang antwortete, und sie erhob sich. Möglicherweise hatte sie Neuigkeiten.

Martha zog an einem Knoten in den Bändern ihrer Schute, als sie den Salon betrat, und ihr Unbehagen ließ ihre Worte schneller als gewöhnlich herauspurzeln. „Ich bin *so* erleichtert, dass Sie hier sind. Ich bin noch immer ganz erstaunt, dass Sie gestern den Verwundeten geholfen haben. Ich könnte dergleichen nie tun. Ich hätte Angst, dass sie auf der Stelle umkommen, während ich ihnen etwas zu trinken gebe – oder schlimmer! Dass sie mich berühren würden." Es gelang ihr schließlich, ihre Schute abzunehmen, und ihre blonden Korkenzieherlocken fielen ihr ins gerötete Gesicht.

„Wo ist Ihr Bruder?", fragte Phoebe.

„Albert kümmert sich um die letzten Angelegenheiten. Er ist alles andere als zuversichtlich, dass wir den Sieg davontragen werden. Haben Sie Ihre Truhe gepackt, für den Fall, dass Sie mit uns kommen müssen?"

Phoebe konnte den Blick, den Lydia ihr zuwarf, deutlich verstehen. Sie sollte fügsam sein. „Das habe ich. Aber ich muss mich an die Hoffnung klammern, dass dergleichen nicht notwendig sein wird. Wir müssen Vertrauen in unsere Truppen haben."

„*Natürlich* habe ich Vertrauen in sie. Unsere Truppen sind die besten der Welt. Aber möglicherweise sind sie nicht in der Lage, sich diesem Tyrannen zu widersetzen. Es scheint, dass sich ihm nichts in den Weg stellen kann. Was ist, wenn die Franzosen alle töten und niemand mehr da ist, der uns verteidigen kann?"

Lydia antwortete nicht, sondern schaute aus dem Fenster, und Phoebe fiel nichts ein, was sie hätte sagen können. Im Salon herrschte Stille, und draußen waren die üblichen Geräusche der Stadtbewohner zu hören, die ihrem Alltag nachgingen. Da das Haus der Fitzwilliams nicht dort lag, wo sich die meisten Verwundeten aufhielten, konnte sich Phoebe beim Anblick der belaubten Äste vor ihrem Fenster fast einreden, dass es ein ganz normaler Sommertag war. Die Stille wurde durch den Knall einer Kanone unterbrochen, gefolgt von einem weiteren und dann noch einem. Lydia setzte sich aufrecht hin.

„Oh, es geschieht erneut", sagte Martha. „Ich kann es schlicht nicht ertragen. Der Lärm ist furchteinflößend."

„Diesmal ist es näher", sagte Phoebe leise, und Lydia nickte.

Martha setzte ihre Schute auf und begann, die Bänder zu binden. „Du liebe Güte, ich sollte jetzt besser gehen", sagte sie atemlos. „Albert wird sich sicher fragen, wo ich bin, und ich will sehen, ob es Neuigkeiten gibt. Vielleicht lässt er, während wir sprechen, gerade die Pferde anspannen." Martha ging hinüber und ergriff Phoebes Hand. „Ich gebe Ihnen mein Wort, dass wir Brüssel nicht ohne Sie verlassen werden."

„Danke", war alles, was Phoebe zustande brachte. In Wahrheit machte ihr das Geräusch der Kanonen, die so nah waren, Angst, und Marthas offensichtliche Unruhe trug nicht eben zu ihrer Gelassenheit bei. Und dann war da auch noch das Versprechen, das sie Frederick gegeben hatte. Sie hatte ihm versprochen, dass sie aus Brüssel fliehen würde, falls es nötig werden sollte. Dieses Versprechen ließ ihrem Verstand keine Ruhe, sondern drehte sich, seit die Männer gegangen waren, immer wieder im Kreis. Denn wenn sie jetzt gehen würde, müsste sie Lydia zurücklassen, und das erschien ihr wie ein Mangel an Mut. Mehr noch, es erschien ihr wie Verrat.

Nachdem Martha gegangen war, drehte sich Lydia zu ihr um. „Ich weiß, was du denkst, Phoebe. Aber ich muss dir sagen, dass ich fest entschlossen bin, dass du gehst, wenn es einen Grund dafür gibt. Ich werde das Versprechen, das ich meinem Bruder gegeben habe, gewissenhaft einhalten, und wenn es das Letzte ist, was ich tue. Außerdem bist du keine Soldatenfrau - zumindest noch nicht. Wahrlich, ich werde mich viel wohler fühlen, wenn du sicher auf dem Weg nach England bist."

Phoebe widersprach nicht mehr gar so entschieden wie noch am Vortag und antwortete beschwichtigend. „Nun gut. Wir werden sehen. Vielleicht gibt es ja doch keinen Grund für uns zu gehen."

# KAPITEL SECHSUNDZWANZIG

Die Schlacht um das Schloss tobte schon seit fast einer Stunde. Fredericks Gesicht war voller Entschlossenheit, während er sie beobachtete, trotz seiner Bestürzung, zu sehen, wie die alliierten Streitkräfte aus dem Bossu-Wald bei Hougoumont getrieben wurden. Die Franzosen konzentrierten all ihre Kräfte auf Englands rechte Seite, so schien es, und die Alliierten waren zahlenmäßig unterlegen und konnten den Angriff nicht aufhalten.

„Ich weiß nicht, wie sie das aushalten können", sagte Dalrymple, der die Masse der feindlichen Soldaten im Blick hatte, die sich auf den Eingang konzentrierten.

Frederick antwortete nicht. Inzwischen hatten mehrere der kleineren Gebäude durch den Kanonenbeschuss Feuer gefangen, und die Franzosen kletterten die Mauern hoch und kämpften gegen die Tore der Anlage. Als die Tore nach innen aufbrachen, verbarg Frederick alle Anzeichen von Emotionen, als er Dalrymple befahl: „Gehen Sie und lassen Sie den Duke wissen, dass Hougoumont durchbrochen worden ist. Ich werde bleiben, um den Ausgang zu sehen und mit einem zweiten Bericht nachkommen."

Dalrymple galoppierte in Richtung Mont St. Jean, und Frederick hielt seine Augen weiterhin auf das Schloss gerichtet, während der heftige Kampf weiterging. Von seinem Aussichtspunkt aus konnte er nicht hinter die Mauern blicken und das Geschehen nur anhand der Menge an Soldaten außerhalb des Schlosses beurteilen. Sie schienen nicht hineinzuströmen, was bedeutete, dass der Kampf weiterging und die Coldstream Guards die Stellung hielten, wie sie es versprochen hatten. Schwarzer Rauch stieg auf, als die Soldaten einige der Brände im Innenhof löschten.

Frederick hörte die erste Welle von Kanonenschüssen aus der Mitte und wusste, dass darauf ein Kavallerieangriff im Tal folgen würde. Fitz, das wusste er, stand mit seiner Division an der Front, die den Franzosen am nächsten war, und er schickte ein unzusammenhängendes Gebet gen Himmel, dass er verschont bleiben möge. Frederick hielt noch eine Stunde lang Wache und befragte einige der alliierten Soldaten auf dem Rückzug, doch sie berichteten nichts, als dass es in den Wäldern von Franzosen nur so wimmelte.

Zunächst war er unsicher, doch je länger Frederick beobachtete, desto sicherer wurde er, dass die Franzosen von ihrem Zugang zum Schloss abgeschnitten worden waren, was bedeutete, dass es den Briten gelungen war, die Tore wieder zu verriegeln. Außerhalb der Mauern wurden die feindlichen Truppen von Scharfschützen aus den Fenstern des Schlosses beschossen und waren gezwungen, sich in den Wald zurückzuziehen.

„Bei Gott!", rief Frederick aus. Er konnte sich nicht zurückhalten. Sie hatten den Hof gegen jede Wahrscheinlichkeit zurückerobert. Es würde sicher einen weiteren Versuch geben, denn Hougoumont war zu wichtig, um es kampflos aufzugeben, aber Frederick war schon zu lange von der Kommandozentrale fort und wagte es nicht, länger zu verweilen. Er schwang sich auf seine Stute und ritt zu Wellington, um die Nachricht zu überbringen.

Kurze Zeit später erreichte er den Mont St. Jean und gab seinen Bericht ab, als die feindlichen Geschütze gerade eine weitere donnernde Kanonade abfeuerten. Das Tal, das am frühen Morgen noch friedlich und unberührt gewesen war, war nun mit so viel Schlamm bedeckt, dass es schwierig war, ein Regiment - oder auch nur eine Seite - von dem anderen zu unterscheiden. Pferde und Soldaten waren gleichermaßen mit Schlamm bedeckt.

Wrotham sah Fredericks starren Blick, als er versuchte, sich einen Reim auf das Durcheinander im Tal unter ihnen zu machen. „Die Felder sind durch die sintflutartigen Regenfälle derart aufgeweicht, dass die meisten Schrotladungen im Schlamm versinken und abprallen, anstatt zu explodieren." Er lachte. „Das kommt uns gelegen. Wir haben nicht genug Schrot, um es ihnen heimzuzahlen."

„Haben die Franzosen unser Zentrum nicht angegriffen?", fragte Frederick.

„Das haben sie, aber La Haye Sainte gehört immer noch uns."

Beim Geräusch eines Pferdes, das in schnellem Tempo auf sie zu ritt, wirbelte Frederick seinen Kopf herum. Es war Pinkton, der von einer Aufgabe zurückkehrte. „Ich habe eine Nachricht für den Duke."

Wellington war ins Tal hinuntergeritten, um die Truppen zu ermutigen, ihre Karrees gegen das heftige Artilleriefeuer zu halten, und war nun auf dem Weg zurück zu ihrem Treffpunkt. Als er zurückgekehrt war, erzählte Pinkton ihm, dass er bei Hougoumont vorbeigekommen war und dass sie dringend Artillerie benötigten. *Ich muss helfen*, dachte Frederick, als er sein Pferd vorwärtsbewegte. Er hatte seinen Posten zu früh verlassen. Bevor der Sieg sicher gewesen war.

De Lancey hörte die Bitte und ritt auf Wellington zu, um dem Verlangen nachzukommen, doch er wurde von einer Schrotladung in den Rücken getroffen. Er flog vorwärts von seinem Pferd, landete auf dem Rücken und stand wieder auf. Sofort fiel er nach hinten um und blieb dort liegen.

„Holen Sie einen Chirurgen her und sagen Sie ihm, dass mein Generalquartiermeister verletzt ist", befahl Wellington Sutherland, der davoneilte.

De Lanceys Assistent stieg ab und ergriff seinen Arm. Frederick kannte den Generalquartiermeister nicht gut, hoffte aber, dass dessen junge Braut keine schlechten Nachrichten erhalten würde. Seine Aufmerksamkeit wurde von einem Boten erregt, der auf sie zu ritt und dem Duke einen Brief überreichte. Er las ihn, schrieb dann eine kurze Nachricht und reichte sie Frederick.

„Schauen Sie, was Sie tun können, um mehr Munition nach Hougoumont zu bringen."

Frederick wusste ungefähr, wo er den königlichen Wagenzug finden konnte, der sich auf halbem Weg zwischen dem Zentrum und dem Hauptquartier in Hougoumont zu seiner Rechten befand, und er ritt darauf zu. Als er vor dem Versorgungswagen anhielt und sich umdrehte, um Befehle zu rufen, traf ihn eine abgeprallte Musketenkugel seitlich an der Brust und warf ihn zurück in den Sattel. Er setzte sich auf und wartete auf den Schmerz, der sicher zusammen mit dem Blut kommen würde, doch er fühlte nur einen dumpfen Druck, als hätte er den schlimmsten Faustkampf seiner Laufbahn hinter sich.

Als er nach unten sah, war sein Mantel nicht blutverschmiert, obwohl er ein Loch hatte. Verblüfft schwang sich Frederick von seinem Reittier herunter und befühlte seinen Mantel. Darin befand sich die Musketenkugel, die noch intakt war und in dem Seidentaschentuch steckte, das Phoebe ihm vor dem Kricketspiel gegeben hatte und das er in seiner Innentasche zu einem festen Quadrat gefaltet aufbewahrt hatte. Er öffnete das Taschentuch, das nun zerfetzt war, es jedoch geschafft hatte, eine Musketenkugel, die wahrscheinlich kaum noch Kraft gehabt hatte, davon abzuhalten, sich in sein Fleisch zu bohren.

Der kommandierende Offizier des Wagenzugs erblickte Frederick. „Hat es Sie erwischt?“

Frederick befühlte wieder seine Brust, wo sich eine Beule zu bilden begann. Sie war empfindlich und er würde einen blauen Fleck bekommen, doch er hatte Glück gehabt. Er schüttelte den Kopf, anstatt sich zu erklären, und hielt die Nachricht von Wellington hin. „Hougoumont braucht dringend Munition.“

Ein junger Gefreiter trat vor. „Gestatten Sie, Oberst. Ich werde dafür sorgen, dass es erledigt wird.“

Der Oberst rief den in der Nähe stehenden Soldaten zu. „Der Gefreite Brewster hat sich freiwillig gemeldet, um die Munition nach Hougoumont zu bringen, also lassen Sie uns keine Zeit verlieren und ihn losschicken.“

Es war ein gefährliches Unterfangen, denn es bedeutete, den ganzen Weg zum Schloss auf einer ungeschützten Straße zu reiten. Frederick hielt an und beobachtete nicht wenig besorgt, wie der Gefreite in halsbrecherischem Tempo und unter schwerem Beschuss einen Munitionswagen den ganzen Weg zum Schloss fuhr. Er erreichte die Tore, die sich öffneten, um seine wertvolle Ladung zu empfangen. Ein atemloses Lachen der Erleichterung entkam Frederick, er schüttelte bewundernd den Kopf, zog vor dem Oberst den Hut und ritt zurück zu ihrem Treffpunkt in der Nähe der Ulme.

Mit einem weiten Blick über das Tal schätzte Frederick etwa 17.000 eigene Infanteristen, die sich zwischen dem mittleren Hof La Haye Sainte und dem kleinsten Hof Papelotte auf ihrer linken Flanke aufstellten. Bislang hatten sie Glück gehabt und keinen ihrer strategischen Höfe verloren. Am Nachmittag sah es jedoch so aus, als ob die Franzosen entschlossen wären, dies zu ändern, als sie ihre schwere Offensive auf das Zentrum begannen. Es begann mit donnernden Feuersalven, die Soldaten in den vorderen Reihen niedermähten. Die Nachrücker zogen sie in die Mitte des Karrees zurück und füllten tapfer die Löcher von Männern, Musketen und Schwertern.

Die Artillerie hörte erst auf, als die Alliierten einer zweiten Welle angreifender Kürassiere trotzten, die durch und um die Karrees herumritten. Die Kurzschwerter der Briten waren den Lanzen der ankommenden Kavallerie nicht gewachsen.

„Geben Sie Befehl, auf die Pferde zu schießen, nicht auf die Männer", rief Wellington. „Und wenn sie sich zwischen den Angriffen befinden, sollen sich die Truppen hinlegen, um die Verluste durch die Artillerie zu minimieren."

Frederick und die anderen Adjutanten eilten los, um Wellingtons Befehl weiterzugeben. Frederick ritt zuerst zu den Prince of Wales Own Volunteers, einem der Regimenter, die die Hauptlast des Angriffs trugen, und sie öffneten das Karree, um ihm Eintritt zu gewähren, gerade als die Kürassiere den Boden zwischen den Inseln roter Soldaten überfluteten. Nachdem Frederick dem dortigen Generalmajor die Nachricht überbracht hatte, stieg er ab, legte seine Hand auf Salomes Sattel und betrachtete das Zentrum des Karrees, das sich in einen Morast aus Verwundeten und Toten verwandelt hatte. Schwarzer Rauch von der Artillerie vermischte sich mit einem Nebel, der von der aufsteigenden Feuchtigkeit herrührte und jeden Zentimeter der Männer bedeckte, den der Schlamm nicht erreicht hatte. Das Stöhnen und die Schreie der Verwundeten mischten sich mit dem Klang des Musketenfeuers, und Frederick sah, wie schnell sich der Boden mit gefallenen Soldaten füllte. Bald würde kaum noch ein Meter übrig sein.

Er rieb sich über das Gesicht und wartete darauf, dass sich die Kavallerie zurückzog, ehe er die Sicherheit des Karrees verließ. Artilleriefeuer zischte an ihm vorbei, als er hinter den Formationen zu dem gemeinsamen Bataillon galoppierte, zu dem auch das 33. Regiment gehörte, in dem sich Fitz befand. Frederick betrat das Karree, als der nächste Artilleriebeschuss aufhörte und der neuerliche Angriff der Kürassiere begann.

„Um Himmels willen, hinunter mit dir, Ingram!“, rief Fitz von einer der Seiten des Karrees, wo er half, einen toten Mann aus der Flanke zu ziehen und einem anderen Soldaten bedeutete, dessen Platz einzunehmen und die Reihen zu schließen.

Frederick winkte zum Gruß und stieg von seinem Pferd ab. Er führte seine Stute zu Fitz, wobei das Vollblut behutsam durch das Feld schritt, um den verwundeten Soldaten auszuweichen. „Wo ist der Oberst?“

„Tot“, antwortete Fitz. „Ich bin der amtierende Kommandant.“

Frederick schüttelte mitfühlend den Kopf. „Das ist harte Arbeit.“ Er gab die Anweisungen von Wellington weiter, und Fitz antwortete, dass er bereits ähnliche Befehle gegeben hatte, diese aber noch bekräftigen würde.

Eine Bewegung zu seiner Linken veranlasste Frederick, sich umzudrehen, als die belgische Kavallerie den Hügel hinunterstürmte, um den Angriff der französischen Kürassiere zu kontern. Die Belgier ritten mit voller Wucht heran, und die französische Kavallerie stürmte mit Gebrüll ebenso schnell. Im letzten Augenblick zügelten die Belgier ihre Pferde, wendeten in panischer Angst und flohen vom Schlachtfeld. Ihr Kommandant rief ihnen zu, sich neu zu formieren, doch sie ignorierten ihn und ritten weiter. Der Schlamm flog von den Hufen ihrer Pferde, als sie die Straße nach Brüssel entlangdonnerten.

„Was zum ...“ Frederick hätte vor Frustration schreien mögen. Hätten sie ihre Stellung nicht halten können? Sie würden andere unerfahrene Truppen verunsichern. Und sie flohen nicht nur vom Schlachtfeld, sondern auch direkt in die Stadt, wo sie Phoebe und Lydia zu Tode erschrecken würden.

Mit zusammengekniffenen Lippen begegnete Fitz seinem Blick und Frederick konnte seine eigene Wut im Gesicht seines Schwagers widergespiegelt sehen.

PHOEBES WUNSCH, DASS ES KEINEN GRUND GEBEN MÖGE, AN Flucht zu denken, erwies sich als vergeblich. Am Nachmittag, nachdem sie die ersten heftigen Kanonendonner ertragen hatten, gefolgt von einer langen Stille in der Ferne, gefolgt von einer weiteren Welle von Kanonendonner, was sich nach dem gleichen Muster wiederholte, wurde ihre sorgenvolle Ruhe gestört. Eine Kavalkade aus donnernden Hufen und Schreien strömte in die Stadt, vom Namur-Tor aus in Richtung Waterloo.

„Gütiger Himmel!", rief Lydia, die ihre Fassung verloren hatte. Zutiefst besorgt folgte Phoebe ihr aus dem Haus und auf die Straße, wo sie zu dem Tumult in der *Rue Haute* eilten. Dort hatte sich eine kleine Menschenmenge versammelt, die einer scheinbar fliehenden Truppe von Soldaten in blauer Uniform hinterherstarrte.

Phoebe berührte den Arm der Frau neben sich und fragte: „Was ist los? Was ist geschehen?"

Die Frau war Belgierin und antwortete auf Französisch. *„Les Alliés battent en retraite. C'est une déroute complète!"*

Phoebe drehte sich zu Lydia um, um ihre Reaktion zu sehen. Die alliierte Armee war vollständig besiegt worden und befand sich nun auf dem Rückzug. Lydias Augen waren vor Schreck geweitet, doch ihr Gesicht war entschlossen.

„Komm", sagte Lydia und hakte sich bei Phoebe unter. „Es ist soweit. Die Cummings werden dich in Kürze abholen, und wir müssen deine Truhe herunterbringen lassen."

„Du musst ebenfalls mitkommen!", insistierte Phoebe, während sie neben Lydia herlief. Dann keuchte sie. „Und die Dienerschaft! Wir können sie nicht zurücklassen. Wir müssen einen anderen Weg finden."

„Nichts wird mich dazu bringen, fortzugehen. Ich werde nicht ohne Fitz gehen, und Sarah hat gesagt, die Dienerschaft ist entschlossen, nicht ohne mich zu gehen."

Phoebe wurde von Lydias Entschlossenheit mitgerissen, auch wenn sie mit sich selbst rang. Einerseits hatte sie wirklich Angst, und sie *hatte* Frederick ein Versprechen gegeben. Andererseits fürchtete sie, dass sie sich selbst für den Rest ihres Lebens verachten würde, wenn sie nur an sich selbst dachte und des Landes floh. Doch sie hatte nicht genug Kraft, gegen Lydias Entschluss anzukommen und auch nicht gegen das Drängen der Cummings, die innerhalb einer halben Stunde eintrafen.

Selbst Mary schien keinen Gedanken an sich selbst zu verschwenden, als sie Sam dabei half, Phoebes Truhe hinunterzubringen. Ihr Lächeln war zittrig, aber ihre Worte waren ermutigend. „Das wird schon, Miss. Sie müssen nun gehen.“

„Wir haben keine Zeit zu verlieren“, rief Mr. Cummings. „Miss Tunstall, bitte, erlauben Sie mir, Ihnen in die Kutsche zu helfen. Mrs. Fitzwilliam, sind Sie sicher, dass Sie nicht mit uns kommen wollen?“

„Ich bin fest entschlossen, zu bleiben“, sagte Lydia und drängte Phoebe in den Wagen. „Es wird mir hier sehr gut ergehen. Wenn es sein muss, werden die Dienerschaft und ich zu Mrs. Marshall gehen, wo wir uns gemeinsam etwas ausdenken werden.“

Phoebe hatte ihre Hand an das offene Fenster der Kutsche gelegt und lehnte sich hinaus. Sie hatte sich noch nicht einmal richtig von Lydia verabschiedet und hob ihren Arm, als die Kutsche davonfuhr - ihre Freundin war eine einsame Gestalt auf der Straße, die immer kleiner wurde, während die Kutsche davonraste. Sie hatte Lydia zurückgelassen. Phoebes Schicksal war besiegelt.

„Nun“, sagte Martha und spielte mit den Schnüren ihres Pompadours. „Zumindest haben wir es geschafft, Pferde zu beschaffen, im Gegensatz zu so vielen anderen Engländern, die keine finden konnten. Bruder, ich applaudiere deiner Emsigkeit. Du hast uns möglicherweise das Leben gerettet.“

„Nun, ich war recht entschlossen“, erwiderte er mit einem Blick auf Phoebe. Er umklammerte sein Portmanteau mit den Händen. „Doch wir sind noch nicht außer Gefahr. Wir werden unsere Reise in Gent unterbrechen und morgen schon früh aufbrechen. Ich werde beruhigt sein, wenn wir eine Schiffspassage gebucht haben und sicher auf dem Weg nach England sind. Hoffen wir nur, dass dieses korsische Monster uns nicht nach England folgt und etwas auf unserem eigenen Boden versucht. Wir würden es ihm schon zeigen.“

Phoebe blieb stumm. Sie konnte sich nicht dazu durchringen, Mr. Cummings zu beglückwünschen oder ihm gar zu danken, so sehr war sie von sich selbst enttäuscht, sein Angebot angenommen zu haben. Sie wandte ihr Gesicht zum Kutschenfenster und wusste, dass sie sich für den Rest ihres Lebens für diesen Moment verachten würde – für ihren unverzeihlichen Mangel an Mut und Entschlossenheit. Alles, was von ihr verlangt worden war, war genug Loyalität, um zu bleiben und Lydia in ihrer Not zu unterstützen, und nicht einmal dazu war sie imstande gewesen.

# KAPITEL SIEBENUNDZWANZIG

Frederick richtete seine Aufmerksamkeit von der fliehenden Kavallerie zurück auf ihre Truppen. Fitz' Karree hielt trotz des Kavallerieangriffs stand, und Frederick ließ sein Pferd in der Mitte des Karrees auf einer Fläche grasen, die nicht mit Schlamm bedeckt war. Er ging mit Fitz zur vorderen Verteidigungslinie und beobachtete das Geschehen außerhalb ihres Karrees. Junge Rekruten waren neben abgehärteten Veteranen aufgestellt worden, und die Gelassenheit der älteren Soldaten schien die Jüngeren zu stärken. Auf der weiten Fläche vor ihrem Karree türmten sich die Leichen von Pferden und Männern, durch eine Angriffswelle der Kürassiere nach der anderen.

Hinter Frederick ertönte das Horn, das den Alliierten befahl, die angreifende Kavallerie zu attackieren. Diesmal waren es die Unions- und die Haushaltsbrigade, die angriffen, deren Pferde darauf trainiert waren, das Chaos zu ignorieren. Frederick kehrte zu seiner Stute zurück und hielt das Zaumzeug fest, als er die Brigaden an den Verteidigungsplätzen vorbeidonnern sah. Die schiere Menge der alliierten Kavallerie, die auf den Feind zustürmte, reichte aus, um ihn abzuschrecken, so dass er mitten im Angriff abdrehte und sich in die Sicherheit seiner Linien begab. Vom Erfolg beflügelt, galoppierten die alliierten Brigaden bis weit in die feindlichen Linien hinein, obwohl ihre Offiziere die Gefahr erkannten und ihren Männern zuriefen, sie sollten anhalten und sich neu formieren. Die Trompeten riefen jedoch vergeblich zum Rückzug auf. Der Nervenkitzel der Verfolgung war zu groß für die Kavallerie und die Brigaden ritten den ganzen Hang hinauf, um die Soldaten an den feindlichen Geschützen auszuschalten.

Als sie zum Rückzug bereit waren, war es bereits zu spät. Die französischen Lanzenreiter hatten sich von links herangeschlichen und ihnen den Zugang zur alliierten Front abgeschnitten. Die Pferde waren nun erschöpft und wurden durch den Schlamm aufgehalten und so waren die Truppen eine leichte Beute für die französische Kavallerie. Die Briten versuchten, die feindlichen Linien zu durchbrechen und zu fliehen, aber sie wurden niedergemäht, bevor sie dies tun konnten, und nur die mit den besten Pferden konnten entkommen. Obwohl dreihundert Schotten ausgeritten waren, kehrten nur ein paar Dutzend zurück.

Frederick beobachtete bestürzt das Massaker an ihren Reitern. Innerhalb ihres Verteidigungskarrees kniete einer der jungen Soldaten zu Fredericks Füßen, hielt seine Muskete und sein Mund stand vor Entsetzen offen. „Sie fliehen, als ob der Schrecken über sie gekommen wäre."

Der runzelige Soldat neben ihm lud seine Muskete mit sicheren Bewegungen nach und antwortete: „Wir müssen den Schaum wegblasen, bevor wir an das Bier kommen."

Fitz verließ seine Position und ging zu Frederick hinüber. „Immer noch hier?" Sein Gesicht war rußgeschwärzt, und angesichts der rauchigen Luft nahm Frederick an, dass er nicht viel besser aussah.

„Ich bin gerade dabei zu gehen", erwiderte er.

Ein Schuss zischte durch die Luft und Frederick sah, wie Fitz zusammenzuckte, als er hörte, wie die Kugel in das Fleisch traf. Ein purpurroter Fleck breitete sich auf Fitz' Arm aus und seine Stirnfalten wurden ausgeprägter.

*Fitz!* Frederick rannte die zwei Schritte auf ihn zu. Er konnte nicht sagen, ob die Kugel nur den Arm getroffen hatte oder ob es ein Durchschuss gewesen war, der vielleicht etwas Lebenswichtiges getroffen hatte. „Hat deine Brigade einen Chirurgen?"

Fitz schüttelte den Kopf. „Belästige ihn nicht. Schneide ... schneide einfach meinen Ärmel hier auf und versuche, ihn zu verbinden. Es ist nichts weiter als eine Fleischwunde."

Frederick nahm sein Messer aus dem Stiefel und zerschnitt den Stoff von Fitz' Jacke. Er steckte das Messer zwischen die Zähne, während er die Wunde untersuchte. Es war mehr als nur eine Fleischwunde, aber die Kugel schien den Knochen nicht getroffen zu haben, und war nicht in die Brust eingedrungen.

Fitz' Fähnrich kam angerannt. „Hier, Sir. Wir haben ein paar Leinenstreifen für diesen Zweck." Er reichte Frederick einen, der die Wunde verband, um die Blutung zu stillen. Fitz biss die Zähne zusammen, als Frederick den Stoff festzog, doch dann schob er seinen Hut fester auf den Kopf und drehte sich um, um die vordere Flanke zu betrachten.

„Die Kugel ist noch da drin. Lass das so rasch wie möglich untersuchen, damit es sich nicht entzündet", sagte Frederick. Fitz nickte knapp, ehe er zur vorderen Flanke rannte, wo die Ersatzleute zu langsam waren, um die Lücken zu füllen, die die Verwundeten hinterlassen hatten. Frederick verließ ihn nur ungern, aber er musste darauf vertrauen, dass sein Schwager in der Lage war, das zu tun, wofür er ausgebildet worden war.

Frederick wartete, bis der Kavallerieangriff nachließ, und ritt dann aus dem Karree, um sich Wellington wieder anzuschließen. Es war später Nachmittag und sie standen unter starkem Druck, als sich das Tal mit Chaos und Tod zu füllen begann. Die Preußen waren noch nicht eingetroffen, um sie zu unterstützen, und die Männer auf dem Feld begannen, den Mut zu verlieren. Er hoffte, dass der Abend kommen würde, bevor sie die Niederlage erklären mussten.

DIE FAHRT MIT DER KUTSCHE GING TROTZ DES DURCHEINANDERS innerhalb der Stadt gut, und sie schafften es durch das Anderlecht-Tor, ohne aufgehalten zu werden. Als sie jedoch die Straße in Richtung Gent entlangfuhren, wurde die Fahrt immer schwieriger. Wegen des Schlamms, der von den heftigen Regenfällen des Vortags herrührte, war es unmöglich, einen gleichmäßigen Trab beizubehalten.

„Es ist sehr ärgerlich, dass wir so langsam vorankommen", sagte Mr. Cummings, „doch vielleicht erreichen wir unser Ziel doch noch heute Abend." Sie waren nicht die Einzigen, die auf dem Weg nach Gent waren. Gelegentlich wurden sie von anderen Kutschen überholt, die weniger Ladung mit sich führten. Und ihre Kutsche überholte auch andere, schwerere Kutschen.

Phoebe starrte weiter aus dem Fenster und war nicht geneigt, ein Gespräch zu führen. *Bitte, Gott, verschone Frederick*, war ihr einziger, sich ständig wiederholender Gedanke. Sie begann, englische Fußsoldaten zu bemerken, die in die entgegengesetzte Richtung nach Brüssel zogen. Fast wollte sie ihnen zurufen, dass sie umkehren sollten, denn alles war verloren. Wenn sie ihnen das Leben retten könnte, hätte diese reumütige Entscheidung, zu fliehen, wenigstens einen Segen.

Doch natürlich konnte sie nichts dergleichen tun, und selbst Phoebe wusste, dass ein Soldat die Befehle seines Obersts befolgen würde und nicht die eines Fräuleins, das zufällig in die entgegengesetzte Richtung floh. Sie lehnte sich zurück und hatte einen perfekten Blick auf den Straßenrand, wo sie die Kavallerie beobachten konnte, die die Fußsoldaten begleitete. Bald schien es ein ganzes Regiment zu sein, das nach Osten zog. Dieser Anblick verstärkte Phoebes Unbehagen bei dem Gedanken abzureisen nur. Ihre Rückkehr nach England konnte nichts anderes als unpatriotisch sein, wenn sie geliebte Menschen zurückließ.

Mr. Cummings zog seine Taschenuhr heraus und warf einen Blick darauf. Er beugte sich zur Seite, sah aus dem Fenster und ließ die Uhr zuschnappen. Er zeigte weitere Anzeichen von Aufregung, sagte aber nichts weiter, um ihre Fahrt zu unterbrechen. Martha machte seinen Lapsus wett, indem sie abwechselnd über Banales sprach und auf Dinge hinwies, die sie am Straßenrand entdeckte. Dann wiederholte sie ihre Sorgen, dass sie nicht mit dem Boot fahren könnten und dass etwas geschehen würde, was sie aufhalten könnte.

Schließlich verlangsamte sich die Fahrt auf ein Schneckentempo. Mr. Cummings klopfte an die Decke, und die Kutsche kam zum Stehen, während der Lakai sich herunterschwang, um seine Befehle entgegenzunehmen. „Wir fahren so langsam. Versuchen Sie herauszufinden, was uns aufhält."

„*Das* kann ich selbst beantworten. Kutschen stecken im Schlamm fest und wir müssen einen Weg um sie herum finden."

Mr. Cummings seufzte frustriert. „Nun gut. Tun Sie, was Sie tun müssen, aber lassen Sie uns nicht zu einer der Kutschen werden, die im Schlamm stecken bleiben.“

„Jawohl, Sir.“ Der Lakai nahm seinen Platz neben dem Stallknecht wieder ein, und die Kutsche ruckelte weiter.

Ein Großteil des Tages war inzwischen vergangen und es war später Nachmittag, als die Straße in ein Tal eintauchte. Mr. Cummings lehnte sich weit aus dem Fenster, um zu sehen, was vor ihm lag, als die Kutsche wieder langsamer wurde.

Er schnalzte mit der Zunge. „Zwei Kutschen stecken im Schlamm fest und versperren uns den Weg.“ Er lehnte sich aus dem Fenster und rief: „Wir werden um sie herumfahren müssen!“ Phoebe spürte, wie die Kutsche kippte, als sie von der Straße fuhr, mehrere Meter weit rollte und schließlich ganz zum Stillstand kam.

„Ich will verda...“ Mr. Cummings brach ab. „Ich bitte um Verzeihung, Miss Tunstall.“ Er sprang aus der Kutsche, und seine Stiefel versanken sofort im Schlamm.

„Hol‘s der Teufel!“ Er riss seinen Fuß aus dem Matsch und Phoebe konnte hören, wie er sich mit dem Lakaien und dem Stallknecht darüber beriet, wie man die Kutsche am besten freibekommen könnte. Er kletterte zurück auf die Straße und ging zu den Insassen der anderen Kutschen, um mit ihnen zu sprechen. Die Parade von Truppen und Kavallerie in Richtung Brüssel schien aufgehört zu haben, und Phoebe fragte sich, ob noch mehr kommen würden. Sie lehnte sich aus dem Fenster, um nachzusehen.

Martha seufzte laut. „Es ist genau, wie ich befürchtete. Es war viel zu einfach, aus Brüssel zu kommen. Nun sitzen wir hier über Nacht fest, Räubern und wilden Tieren ausgesetzt, und der Feind wird über uns herfallen, bevor wir fliehen können.“ Sie setzte den quengelnden Monolog fort, ohne eine Antwort abzuwarten, und Phoebe war nicht gezwungen, eine zu geben.

Stattdessen schaute Phoebe zur Seite ihrer Kutsche und studierte untätig ihre Umgebung, als eine Bewegung ihre Aufmerksamkeit erregte. Es war der blonde Kopf eines Kindes, der sich kaum von der Farbe des Weizens auf dem Feld auf der anderen Straßenseite abhob. Phoebe lehnte sich aus dem Fenster und hielt Ausschau nach einem Erwachsenen, konnte jedoch keinen sehen. Der Junge schien ganz allein zu sein. Sie öffnete die Tür der Kutsche.

„Phoebe, was machen Sie?", rief Martha. „Wenn Sie die Kutsche verlassen, werden Sie ganz schlammbeschmutzt."

„Da ist ein Kind. Ich kann mir nicht vorstellen, warum es ganz allein ist, aber ich muss dafür sorgen, dass es unversehrt bleibt."

Am Straßenrand hatten der Stallknecht und der Lakai begonnen, nach Ästen zu suchen, die sie unter die Räder der Kutschen legen konnten, damit diese aus dem Schlamm rollen konnten, während Mr. Cummings bei den Pferden stand. Die Insassen der anderen Kutschen hatten begonnen, dasselbe zu tun. Phoebe überquerte die Straße und ging zu dem Jungen hinüber. Sein Gesicht war von der Sonne verbrannt, und seine Hose schien mit etwas anderem als Schlamm beschmutzt zu sein. Er konnte nicht älter als drei Jahre sein, und seine Lippen zitterten, als sie zu ihm hinüberging.

„Guten Tag, junger Mann. Wo ist deine Mutter?"

Das Kind sah sie besorgt an und antwortete nicht. *Natürlich - er musste er Belgier sein*, erinnerte sie sich. Sie wiederholte die Frage, diesmal auf Französisch, und sein verwirrter Blick änderte sich nicht.

„*Koeien*", sagte er.

Phoebe zog die Stirn in Falten. Welch Pech. Er sprach Niederländisch, was sie nicht konnte. Armer Junge. Es war undenkbar, dass sie ihn hier zurücklassen würde, ohne dass jemand da war, der sich um ihn kümmerte. Sie streckte ihre Hände nach ihm aus, und er kam bereitwillig. Sie hob ihn hoch, trotz seiner schmutzigen Hose, und zog ihn an sich. Seine Arme hingen an seiner Seite, und Phoebe stützte sein ganzes Gewicht, während sie zur Kutsche hinüberging. „Wir müssen die Familie dieses kleinen Jungen finden, denn er hat sich verlaufen. Es ist kein einziges Haus in Sicht."

Mr. Cummings war gerade dabei, die Befreiung des Wagens zu überwachen. „Das Kind ist im Moment nicht meine Sorge", sagte er kurzangebunden.

Ihr Dienstmädchen warf einen Blick auf den Jungen und sah dann weg, und Martha rutschte zur Seite der Kutsche, um nachzusehen. „Oh, aber er ist so schmutzig. Es tut mir leid, Phoebe, aber wir können ihn unmöglich in unsere Kutsche mitnehmen. Was sollten wir mit ihm *machen*? Außerdem haben wir keine Zeit zu verlieren. Wir müssen heute Abend in Gent ankommen, sobald unsere Kutsche frei ist. Setzen Sie ihn ab. Seine Eltern werden sicher kommen."

Phoebe sah den kleinen Jungen an, dessen Nase zu laufen begonnen hatte, und eine wilde Entschlossenheit durchströmte sie und gab ihr Kraft. „Ich werde dich nicht im Stich lassen“, murmelte sie dem Jungen zu. Als sie ihren Blick wieder auf die Cummings richtete, sagte sie: „Wenn Sie diesem Jungen nicht helfen wollen, fürchte ich, müssen Sie ohne mich weiterfahren.“

„Aber, Phoebe, das ist doch Wahnsinn“, rief Martha. „Sie bringen sich umsonst in Gefahr. Das Kind ist nicht einmal *Engländer*!“

„Dennoch bin ich fest entschlossen. Lassen Sie meine Truhe im Gasthaus in Ostende stehen, und ich werde sie holen, ehe ich ein Schiff nach England besteige - nachdem ich herausgefunden habe, woher dieses Kind stammt und es mit seiner Familie wiedervereint habe.“

„Miss Tunstall, ich bitte Sie dringend, dies noch einmal zu überdenken. Sie bringen sich damit in große Gefahr.“ Mr. Cummings, der immer noch die Zügel in der Hand hielt, drehte sich um und sprach mit ihr. „Wir wissen nicht, wann die Franzosen in diesen Teil des Landes einfallen werden. Sie werden hier nicht sicher sein.“

Phoebe konnte nicht verstehen, wie sie dieses arme Kind sich selbst überlassen konnten und war versucht, eine knappe Antwort zu geben. Aber sie war ihnen eine freundliche Antwort schuldig, nachdem sie sich ihretwegen derart viel Mühe gemacht hatten.

„Ich verstehe und danke Ihnen für alles, was Sie für mich getan haben. Aber ich kann dieses Kind nicht mit gutem Gewissen allein auf sich gestellt hier zurücklassen. Guten Tag, Mr. Cummings.“ Phoebe drehte sich um und ging in die Richtung, in die das Kind am Straßenrand gelaufen war. Es schien ihr am logischsten, sich zuerst dort umzusehen, denn selbst wenn sie sich irrte, würde ihn vielleicht jemand aus der Gegend erkennen oder ihr helfen, den Jungen zu seiner Familie zu bringen.

Das Kind wurde schwer, aber Phoebes Beschützerinstinkt gab ihr eine Kraft, von der sie nichts gewusst hatte. Schließlich steckte das Kind seine Finger in den Mund und legte seinen Kopf an ihre Brust. Phoebe war gerührt von dieser Geste und ging weiter, obwohl ihre Arme und ihr Rücken zu schmerzen zu begonnen hatten und ihre Beine vor Erschöpfung leicht zitterten. Als sich ein kleiner Feldweg von der Straße in die Bäume schlängelte, folgte sie ihm, weil sie dachte, dass sie hier eher ein Haus finden würde als an der Straße. Und als sie den ruhigen Pfad entlang stapfte, auf dem nur ab und zu ein Windhauch die Blätter aufwirbelte, stellte sie fest, dass sie ihre Entscheidung keineswegs bereute. Alle Zweifel waren verflogen. Vielleicht hatte sie sich feige verhalten, als sie wider besseres Wissen Brüssel, Lydia – und *Frederick* – verlassen hatte. Doch sie hatte eine Chance bekommen, sich zu rehabilitieren.

FREDERICK FOLGTE SEINEM WEG ZURÜCK DEN HANG DES TALS hinauf und änderte seinen Kurs dorthin, wo Wellington die Truppen verstärkte. Mit unerschütterlicher Ruhe korrigierte der Duke die Formationen und rief ihnen zu, sich zu straffen. Den Divisionen, die das Schlimmste abbekommen hatten, rief er Ermutigungen zu.

„Hart zuschlagen, meine Herren. Sehen wir, wer am längsten durchhalten kann."

Der Duke schien unter einem Glücksstern geboren worden zu sein. Ganz gleich, wie viele Schüsse an ihm vorbeiflogen, nicht einer traf sein Ziel. Frederick schloss sich Wellington und Dalrymple an, als diese zum Aufklärungspunkt auf dem Kamm zurückritten. Auf höherem Boden angekommen, sah Frederick aus der Ferne die Linie der Preußen, die sich von Osten her auf sie zubewegte. Blüchers Truppen hatten sich wohl Gefechte mit den Franzosen geliefert, wenn er sich derart verzögerte, doch nun zählte nur noch, dass es ihnen endlich gelungen war, die Franzosen zurückzuschlagen und Wellington zu Hilfe zu kommen. Frederick richtete sein Fernrohr auf den Hof in der Mitte, La Haye Sainte, um den es nun noch kritischer stehen musste. Napoleon würde die Verstärkung gesehen haben und darauf bedacht sein, die zentrale Festung einzunehmen und die preußische und britische Armee zu trennen, ehe es zu spät war.

Es überraschte ihn daher nicht, dass Wellington Dalrymple mit dem Befehl entsandte, La Haye Sainte in jedem Fall zu halten. Der junge Adjutant ritt den Abhang hinunter in Richtung der Formationen. Es war zwischen zwei Kavallerieangriffen und Frederick drängte ihn im Stillen, sich zwischen den Verteidigungskarrees hindurchzuschlängeln, um weniger Angriffsfläche für die Artillerie zu bieten, doch Dalrymple schlug stattdessen die Hauptstraße ein, die direkt zum Hof führte. Er hatte es nicht an den alliierten Truppen vorbei geschafft, ehe er erschossen wurde. Frederick erstarrte, als er den Jungen fallen sah. Es war ein Schuss in die Schläfe - tödlich.

Er hatte keine Zeit zu trauern, denn der feindliche Angriff auf den zentralen Hof und die Truppen im Tal wurde immer erbitterter. Die Franzosen schickten Welle um Welle von Kavallerieangriffen, und die Kämpfe wurden zu heftig, als dass die Briten hätten standhalten können. In weniger als einer Stunde fiel La Haye Sainte an die Franzosen.

Wellington richtete sein Fernrohr auf die Preußen, die sich in einem stetigen Tempo näherten, doch noch zu weit entfernt waren, um ein Hindernis für den Feind zu bieten. „Wir ziehen uns zurück", rief er. „Geben Sie Befehl zum Rückzug, während wir auf Hilfe warten."

Nahezu jeder verfügbare Adjutant ritt nun ins Tal, um den befehlshabenden Offizieren die Befehle zu überbringen, und die Karrees der Infanterie zogen sich zurück und stiegen den Abhang hinauf. Der Effekt war beeindruckend. Selbst für Frederick, der wusste, was sie taten, sah es wie ein vollständiger Rückzug aus.

Wellington wartete auf der Spitze des Bergrückens und führte die Männer über den Kamm und auf den rückwärtigen Hang, wo er ihnen befahl, sich außer Sichtweite zu ducken. Er forderte seine verbliebene Kavallerie auf, auf dem Kamm als dünne Verteidigungslinie Stellung zu beziehen. Sie sahen wie ein leicht zu besiegender Feind aus - beinahe wie Kanarienvögel für eine Katze. Frederick konnte alles sehen, und obwohl er wusste, dass hinter der Kavallerie Truppen standen, die sich erheben und kämpfen würden, fühlte er sich selbst wie ein Kanarienvogel, kurz davor, gerupft zu werden.

Diesmal gab es kein Artilleriefeuer, sondern nur einen Ansturm der feindlichen Kavallerie. Sobald die alliierten Truppen über den Kamm und außer Sichtweite waren, ließ Napoleon seine *Immortels* - die kaiserliche Garde - heftig vorstoßen, um die dünne Linie des britischen Widerstands, die an der Mittellinie sichtbar war, zu durchbrechen und die alliierte Stärke zu spalten.

Die französische Garde ritt mit dem Wind das Tal hinunter auf das schlammige Schlachtfeld und dann den Hang hinauf zu dem Kamm, auf dem die Alliierten warteten. Wellington rief den Reservisten zu, die auf der Lauer lagen. „Ruhig jetzt. Noch nicht."

Frederick hielt den Atem an, zwang den Feind im Stillen, sich ihnen zu nähern - denn es musste einfach enden, die Schlacht war zu viel gewesen - und die Alliierten, sich zu zeigen und zu kämpfen. Der Feind kam auf hundert Yards heran, dann auf hundert Fuß, seine Pferde in voller Geschwindigkeit.

Bei sechzig Fuß schrie Wellington: „Maitland, jetzt!"

Die Soldaten der Alliierten standen sofort auf und stürmten den Hang hinauf. Sie starteten einen direkten Angriff auf die kaiserliche Garde, die weder dem Überraschungsangriff noch der zahlenmäßigen Überlegenheit standhalten konnte. Die *Immortels* schrien auf und wendeten ihre Pferde, um sich in Panik zurückzuziehen.

Frederick hörte Schreie von „*Trahison!*", als die französische Garde ins Tal zurück zu ihrem Lager floh. Innerhalb von Minuten erreichte die preußische Kavallerie endlich den Mont St. Jean. Sie waren müde von ihrem Marsch, aber das war nichts im Vergleich zu dem, was die Briten an diesem Tag auf dem Schlachtfeld ertragen hatten. Die preußische Kavallerie stürmte im Galopp auf das Feld und verteilte sich in dem Tal, während sie die Franzosen verfolgte. Lord Wellington stand in seinen Steigbügeln, hob seinen Hut hoch in die Luft und schwenkte ihn nach vorne, um den allgemeinen Vormarsch zu signalisieren.

Es gab einen Moment der Fassungslosigkeit, bis Frederick begriff, was vor sich ging. Der Feind floh in Massen auf die andere Seite des Tals, während die Alliierten ihm dicht auf den Fersen waren. Napoleon war es nicht gelungen, die Verteidigung der Alliierten zu durchbrechen, und nun, da sich die Preußen mit den Briten in der Mitte vereinigt hatten, gab es für den Feind keine Hoffnung mehr auf einen neuen Angriff. Dieser Rückzug war endgültig.

Diejenigen, die den ganzen Tag in Waterloo gekämpft hatten und noch standen, senkten ihre Waffen. Einige stießen müde, aber herzliche Jubelschreie aus. Reiterlose Pferde grasten auf jedem Flecken, der nicht niedergetrampelt war, oder rannten einer Herde hinterher, die ziellos umherlief. Von allen Seiten erklang Stöhnen und es war schwer, die Männer vom Schlamm zu unterscheiden. Die toten Pferde und Soldaten lagen über das Feld verstreut, als hätte man sie achtlos beiseite geworfen. Und unter den Toten befanden sich ein paar von

Fredericks engen Freunden. Irgendwann würde er sich dem stellen müssen.

Bald darauf donnerten die letzten Preußen über das Feld, um die besiegte Armee zurück nach Paris zu eskortieren, und die Alliierten hatten eine Begnadigung vor Napoleons mörderischem Angriff bekommen. Frederick konnte kaum glauben, dass der Krieg nach drei Tagen voller tragischer Verluste, die in sieben Stunden brutaler, unerbittlicher Kämpfe gipfelten, vorbei war. Doch er war vorbei.

Er fühlte sich zu betäubt, um klar darüber nachzudenken, was er nun tun musste. Selbst wenn er es gekonnt hätte, war er sich nicht sicher, ob seine Gliedmaßen ihm gehorchen würden. Nur ein Gedanke wiederholte sich in seinem Kopf: *Wir haben gewonnen!*

# KAPITEL ACHTUNDZWANZIG

Der kleine Junge war schwer und die Last wurde fast zu viel für Phoebe, als sie den sonnigen Weiler erreichte, der aus fünf bescheidenen Häusern und einem weiteren Gebäude bestand, das - den Geräuschen nach zu urteilen - einen Stall darstellte. Sie packte den Jungen, der nun schlief, fester und ging zur Seite des ihr nächsten Hauses, wo es einen niedrigen Unterstand für Brennholz gab, der von einer Art Werktisch bedeckt war. Der Unterstand lag im Schatten und war vom Hauptbereich aus nicht einsehbar, so dass es ein geeigneter Platz für den Jungen war, um sein Nickerchen fortzusetzen, während sie Hilfe suchte.

Phoebe legte ihn behutsam hin und runzelte die Stirn bei dem Gedanken, dass sein zarter Kopf auf dem rauen Holz lag. Aber sie hatte nur ihren Pompadour als Kopfkissen, und darin befanden sich zu viele Wertsachen, als dass sie ihn unbeaufsichtigt lassen konnte. Es war alles, was sie hatte, um zurück nach England zu gelangen. Schließlich behielt sie ihn an ihrem Handgelenk und ging los, um Hilfe zu suchen.

Mit nun freien Armen umrundete Phoebe das erste Haus und klopfte an die Eingangstür. Ihr Herz schlug ihr bis zum Hals bei dem Gedanken, Fremde anzusprechen, die wahrscheinlich kein Englisch sprechen konnten. Sie erhielt keine Antwort. Phoebe ging zum zweiten Haus, das dem ersten am nächsten lag, und klopfte erneut, doch es gab keine Antwort. In diesem Moment fiel ihr auf, dass der Weiler ungewöhnlich ruhig war. Er konnte nicht verlassen sein, denn sie hörte die Hühner und Pferde im Stall, doch es gab keine Geräusche von Frauen und Kindern, die normalerweise einen ländlichen Weiler bevölkern. Selbst wenn die Männer zur Arbeit gegangen waren, hätten die Frauen sicher nicht ebenfalls das Haus verlassen. Nein, jemand musste hier sein.

Sie ging hinüber zum dritten Haus auf der gegenüberliegenden Seite, dann zum vierten Haus, das sich daneben befand, hatte aber bei beiden keinen Erfolg. Als sie zum letzten Haus des Weilers ging, das den Abschluss der Häuserreihe bildete, bemerkte sie Kleidung, die auf einer Leine daneben hing und sich sanft im Wind wiegte, und war sich nun sicher, dass die Leute, wo immer sie auch waren, nicht weit weg sein konnten. Trotz dieser Gewissheit konnte Phoebe sich nicht erklären, warum mitten am Tag niemand in dem Weiler war.

Sie klopfte an das letzte Haus. Als dieses Mal keine Antwort kam, drückte sie die Türklinke und trat über die Schwelle. Der Raum war abgedunkelt und es waren keine Fenster zu sehen, außer denen, die auf das Zentrum des Dörfchens gerichtet waren. Doch ihr Blick fiel auf die auf dem Tisch stehenden Schüsseln mit Essen, neben denen saubere Löffel lagen, was darauf hindeutete, dass niemand mit dem Essen begonnen hatte. Einer der Stühle war umgekippt, als ob die Leute eilig verschwunden waren. Ein Gefühl der Beunruhigung machte sich in Phoebes Brust breit.

Was könnte einen solchen Schrecken ausgelöst haben, dass jemand sich nicht die Zeit nahm, den Stuhl aufzurichten? Was würde diese Menschen dazu veranlassen, ihr Zuhause, ihren Besitz und sogar ihre Mahlzeiten zurückzulassen? Die Antwort kam ihr sofort in den Sinn. *Die Franzosen hatten die Alliierten schließlich überrannt. Sie hatten sich auf dem Land verteilt.*

Phoebe schluckte ängstlich, doch ihre Kehle war ausgetrocknet. Sie war ihnen schutzlos ausgeliefert. Wer würde sie vor ihnen beschützen? Schreie aus den Wäldern rund um das Dorf drangen an ihre Ohren, und das konnte nur eines bedeuten. Französische Soldaten waren im Anmarsch, und sie würden sie nicht freundlich behandeln, wenn sie sie fanden. Phoebe verspürte die starke Versuchung, im Haus zu bleiben und sich irgendwo zu verstecken, doch sie biss die Zähne zusammen und griff nach der Türklinke. Der arme Junge schlief draußen auf dem Werktisch, und *er* hatte niemanden, der ihn beschützen konnte. Sie würde ihn nicht seinem Schicksal überlassen.

Phoebe rannte nach draußen in die sonnendurchflutete Anlage, wo die Rufe der Männer lauter wurden. Doch es waren keine Soldaten, die in ihr Blickfeld kamen. Zu ihrem Erstaunen rannte eine Frau zwischen das letzte Haus und eines der beiden Häuser, die einen Teil der Anlage bildeten. Als sie Phoebe entdeckte, keuchte sie und eilte zu ihr hinüber, wobei sie panisch in einer Sprache auf sie einredete, die Phoebe nicht verstehen konnte. Sie packte Phoebe an beiden Armen, doch Phoebe runzelte die Stirn und schüttelte den Kopf.

„Das verstehe ich nicht. *Je ne comprends pas.*" Sie versuchte es noch einmal auf Französisch, aber das Gesicht der Frau zeigte kein Verstehen. Ihre Panik verstärkte Phoebes Angst. Sie war sich sicher, dass die Frau ihr zu verstehen geben wollte, dass die Soldaten ihr auf den Fersen waren und dass Phoebe sich verstecken musste.

Sie folgte ihr ins Haus, um zu sehen, was sie vorhatte, doch ehe sie ganz eintreten konnte, schob sich die Frau an Phoebe vorbei hinaus, in den Händen ein Stück Stoff.

Völlig perplex kehrte Phoebe in das Zentrum des Weilers zurück. Ihre Beunruhigung hatte nicht nachgelassen, doch hatte sie keine klare Vorstellung davon, was sie tun sollte, und wusste nur, dass sie auf den Jungen aufpassen musste, den ihr die Vorsehung in Obhut gegeben hatte. Sie ging zurück zum ersten Haus, wo sie den nackten Fuß des schlafenden Jungen ausmachen konnte, was sie ungemein beruhigte. Sie hatte gerade den Entschluss gefasst, bei ihm zu bleiben, bis sie sich einen Reim auf die Geschehnisse machen konnte, als ein Jagdhund auf die Lichtung stürmte und sie sich ruckartig umwandte. Eine Menschenmenge folgte dem Hund dicht auf den Fersen, als dieser in den Weiler rannte.

Das Verhalten des Hundes jagte Phoebe Angst ein. Sie fühlte sich zu keiner Zeit vollkommen wohl mit Hunden, obwohl sie sie durchaus mochte. Doch sie verstand die Tiere nicht immer, und dieser hier schnüffelte an ihrem Kleid, zerrte mit den Zähnen daran, umkreiste sie und bellte. Phoebe blieb wie gelähmt stehen, als die Menschenmenge auf sie zukam, ihre Gesichter eine Mischung aus Vorsicht und Angst. Zwischen den Männern und Frauen drängten sich Kinder.

Völlig verwirrt begegnete sie ihren Blicken. „Ich bitte um Verzeihung, aber ich bin Engländerin. Spricht hier jemand Englisch?"

„Ja, Miss." Eine der jungen Frauen mit gepflegtem Äußeren trat vor und machte einen Knicks. „Guten Tag, Miss. Sie müssen uns verzeihen, aber wir sind im Moment ziemlich beunruhigt. Das Kind meiner Schwester ist verschwunden, und unser Hund hat uns zu Ihnen geführt. Wissen Sie, wohin das Kind gegangen ist? Haben Sie es gesehen?"

Die gesamte Anspannung in Phoebes Muskeln fiel auf einmal ab. Nun ergab alles einen Sinn. „Ja", sagte sie und lächelte erleichtert. „Ich habe ihn gefunden und ich habe ihn zu Ihnen gebracht." Sie wies auf den Tisch, der fast außer Sichtweite war. „Er ist gleich dort."

*„Hier zit'em!"*, rief die Frau.

Die andere Frau, die zuvor das Kleidungsstück geholt hatte, stieß einen erstickten Schrei aus und rannte auf den Tisch zu. Sie nahm den Jungen in die Arme und brach weinend über ihm zusammen, als er aufwachte und sich die Augen rieb. Die Menge versammelte sich um sie und eine Frau legte der Mutter eine Hand auf die Schulter. Die Männer nahmen eine entspanntere Haltung an und einer von ihnen beugte sich hinunter, um dem Hund den Kopf zu tätscheln.

„Sie sind ein Geschenk Gottes, Miss. Ich bin Tinneke, und meine Schwester heißt Trees." Sie stellte sich neben Phoebe, während das Gespräch in einer Sprache hin und her ging, der Phoebe nicht folgen konnte. „Bitte erzählen Sie uns, wie Sie meinen Neffen gefunden haben?"

Inzwischen war der Junge vollständig aufgewacht, legte bei all dem Trubel seine Arme um seine Mutter und seinen Kopf an ihren Hals. Phoebe war nicht in der Lage zu antworten, denn Trees brachte den Jungen zu Phoebe und sprach Worte, von denen Phoebe glaubte, sie auch ohne Übersetzung zu verstehen.

„Meine Schwester dankt Ihnen von ganzem Herzen", sagte Tinneke. „Sie möchte auch wissen, wie Sie Jos gefunden haben und wo. Sie dachte, die Frau meines Cousins würde auf ihn aufpassen, also muss er schon eine Weile fort gewesen sein, ehe wir es bemerkten."

„Nun", antwortete Phoebe, „ich war in einer Kutsche auf dem Weg nach Gent, dann Ostende, um ein Paketschiff nach London zu buchen, als unsere Kutsche im Schlamm stecken blieb. Ich blickte aus dem

Fenster und sah den Jungen. Ich konnte fast auf einen Blick erkennen, dass er ganz allein war, und das konnte ich einfach nicht ignorieren. Meine Begleiter waren nicht bereit, mir bei der Suche nach seiner Mutter zu helfen, also verabschiedete ich mich von ihnen und trug den Jungen in die Richtung, aus der er meiner Meinung nach gekommen sein könnte. Ich wusste nicht, ob ich Glück haben würde, hielt es aber für den wahrscheinlichsten Weg."

Der Junge wiederholte, was er zuvor gesagt hatte, und Phoebe wandte sich an Tinneke. „Er sagte eben dieses Wort, als ich ihn fand, doch ich spreche kein Niederländisch, also konnte ich nicht verstehen, was er sagte."

Sie und ihre Schwester unterhielten sich ernsthaft, und Tinneke sagte mit leicht verärgerter Stimme. „Er ist zu den *Kühen* gegangen. Daran hätten wir denken sollen. Er liebt Kühe, doch er muss sich verlaufen haben, denn die Kuhweide liegt in einer ganz anderen Richtung als die Straße, die nach Gent führt. Die Straße ist so stark befahren, dass es mich schaudert, wenn ich daran denke, was ihm hätte widerfahren können. Ich weiß nicht, was wir getan hätten, wenn Sie sich nicht um ihn gekümmert hätten."

„Die Entscheidung fiel mir leicht." Phoebe streichelte den Rücken des Jungen in den Armen seiner Mutter. „Ich konnte ihn nicht allein zurücklassen."

Die beiden Frauen sprachen wieder miteinander, und Tinneke sagte: „Meine Schwester besteht darauf, dass Sie mit uns ins Haus kommen, damit wir einen Weg finden, Ihnen zu helfen und uns für Ihre Güte zu revanchieren."

„Sie sind sehr freundlich. Wie kommt es, dass Sie so gut Englisch sprechen?" Die Familien verteilten sich, um in ihre Häuser zu gehen, und Phoebe folgte Tinnekes Schwester in ihr Haus.

„Ich war Dienstmädchen einer englischen Familie in Brüssel, doch sie sind vor zwei Tagen aus der Stadt geflohen, als sie hörten, dass die Franzosen angegriffen haben." Sie sah auf, als einer der Männer sie ansprach und einen Blick auf Phoebe warf. „Mein Cousin fragt, wie Sie nach London kommen wollen."

Das war die Frage. Würde sie noch immer versuchen, nach London fahren? Nach kurzem Zögern beschloss sie, dass sie es wahrscheinlich tun sollte. Nachdem sie all ihre Entschlossenheit aufgebraucht hatte, um dem Jungen zu helfen, hatte Phoebe nicht mehr den Mut, nach Brüssel zurückzukehren, zumal sie nicht wusste, was sie dort erwartete. Außerdem hatte sie den Cummings gesagt, sie sollen ihre Truhe in Ostende lassen, und obwohl nichts Unersetzliches darin war, wäre es doch nützlich, ihre Sachen zu haben.

„Das ist genau das Dilemma, das ich in meinem Kopf zu lösen versuche. Ich werde wohl zurück zur Straße gehen und sehen, ob meine Freunde noch da sind. Vielleicht steckt die Kutsche noch fest und ich kann mich ihnen anschließen, um unseren Weg nach Ostende fortzusetzen."

Tinneke übersetzte dies ihrem Cousin, der daraufhin antwortete. Er verließ das Haus, und Tinneke wandte sich an Phoebe. „Er wird Sie in seinem Wagen mitnehmen."

Phoebes Schultern sanken vor Erleichterung. Wenn sie das Glück hatte, wieder auf die Cummings zu stoßen, konnte sie ihr schmutziges Kleid ausziehen. „Das ist sehr gütig von ihm."

„Das ist das Mindeste, was wir tun können", versicherte Tinneke ihr, während sie Phoebe zum Wagen begleitete.

Der Cousin, von dem sie erfuhr, dass er Lorre hieß, spannte ein Pferd vor den Wagen, und sie fuhren über den Waldweg. Selbst in dem Wagen schien die Reise ewig zu dauern, und Phoebe konnte nicht glauben, dass sie derart weit gelaufen war und dabei einen solch schweren Jungen getragen hatte. Sie deutete an, wo die Kutsche war, doch als sie die Hauptstraße erreichten und zu der Stelle fuhren, an der sie in ein Tal eintauchte, war die Kutsche der Cummings schon fort. Ein Gefühl der Verzweiflung darüber, zurückgelassen worden zu sein, drohte Phoebes Mut zu übermannen, doch sie weigerte sich, dem nachzugeben. Sie hatte das Richtige getan, und Gott würde sich um den Rest kümmern.

Tinneke und ihr Cousin unterhielten sich auf Flämisch, und Phoebe betete um Kraft und Mut. Sie hatte keine eigenen Landsleute, auf die sie sich verlassen konnte.

Schließlich wandte sich Tinneke an Phoebe und verkündete: „Wir haben beschlossen, Sie nach Ostende zu bringen. Es ist eine lange Reise mit einem Wagen, wie wir ihn haben, und deshalb halten wir es für das Beste, bald aufzubrechen und sogar über Nacht zu reisen. Es ist nicht der Komfort, den Sie gewohnt sind, doch wir werden zuerst nach

Hause zurückkehren, um zu Abend zu essen und Decken für den hinteren Teil des Wagens zu holen, wo Sie sich unterwegs ausruhen können. Auch haben wir Freunde auf halbem Weg nach Ostende, die uns sicherlich gestatten werden, anzuhalten und ihr Pferd für den Rest der Reise zu leihen. Mit unserem langsamen Tempo und den Pausen werden wir morgen Nachmittag ankommen."

Phoebe hatte diesen Silberstreif der Barmherzigkeit nicht erwartet und sie rang die Hände. Dennoch zögerte sie. „Ich kann Ihnen nicht zumuten, meinetwegen eine solche Reise zu unternehmen."

Die Kutsche geriet in eine Fahrspur und sie prallten beide nach vorne, ehe Tinneke antworten konnte. „Es macht keine Mühe, doch ich fürchte, wir haben nicht genug Geld, um Ihre Überfahrt zu bezahlen."

Phoebe lehnte sich wieder zurück und schüttelte den Kopf. „Ich habe, was ich brauche. Wenn ich Glück habe, wird meine Truhe im Gasthaus in Ostende auf mich warten. Andernfalls muss ich sie zurücklassen. Doch ich habe Geld für die Überfahrt."

„Wir werden zum Haus meiner Schwester zurückkehren, um ihr Bescheid zu geben, und ich glaube, wir sollten zuerst essen. Wie ich sehe, ist Ihr Kleid verschmutzt. Wenn Sie bereit sind, für einen Teil der Reise eines der meinen zu tragen, kann ich es vor unserer Abreise waschen und über Nacht trocknen lassen."

„Sie sind so liebenswürdig", erwiderte Phoebe und drückte Tinneke die Hand. Es war eine spontane Geste für jemanden, den sie gerade erst kennengelernt hatte, aber Tinneke erwiderte den Druck, als Lorre zurück in den Weiler fuhr.

ALS DER LETZTE TEIL DER PREUSSISCHEN ARMEE ZUR VERFOLGUNG der Franzosen verschwunden war, war alles, was auf den beiden gegnerischen Bergkämmen und dem Tal dazwischen zurückblieb, ein Gemetzel - Schlamm, zurückgelassene Waffen und Munition, verwundete Pferde und Männer und eine unüberschaubare Zahl von Toten. Dies würde einen Sanitäts- und Bestattungsdienst erfordern, der die Kapazitäten der alliierten Armee überstieg, und nicht einmal der

Generalquartiermeister war vom strafenden Beschuss verschont geblieben, um sich darum zu kümmern.

Als der Abend hereinbrach, wendete Frederick sein ermüdetes Pferd in Richtung Norden und begleitete den Duke zurück zum Gasthaus in Waterloo, in das Caldwell vorausgegangen war und wo Joseph die anderen Pferde untergebracht hatte. Der Stab, der mit Lord Wellington zurückkehrte, war stark reduziert. Dalrymple und Wrotham waren tot, ebenso wie Stewart. Calloway hatte einen Arm verloren. De Lancy, so hatte Frederick zuletzt gehört, hatte nicht mehr lange zu leben.

Frederick wurde ein Abendessen vorgesetzt, welches er mechanisch verzehrte. Er war müde bis auf die Knochen, aber seine Nerven waren noch immer angespannt von der Angst, der Energie und der Verwüstung des Tages. Es würde einige Zeit dauern, bis er den Verlust verkraftet hatte, und er war schon fast abgestumpft, was den Sieg betraf. Während er sein Essen hinunterschluckte und aus dem Krug trank, den man ihm gereicht hatte, huschte Phoebes Gesicht durch Fredericks Gedanken. Er konnte keine Emotionen aufbringen, doch der Gedanke an sie war ein Versprechen auf bessere Dinge, die kommen würden.

Blücher würde die preußische Armee hinter den besiegten Franzosen zurück nach Paris führen, und Wellington würde sich ihm dort in ein paar Tagen anschließen. Frederick würde zweifellos ebenfalls nach Paris reisen müssen, und es war sehr wahrscheinlich, dass er seine Wiedervereinigung mit Phoebe auf dem Korrespondenzweg einleiten musste. Er würde sowohl an das Haus von Fitz in Brüssel als auch an das Haus von Stratford in England schreiben, denn Frederick konnte nicht sicher sein, ob Phoebe das Land verlassen hatte, wie er es ihr nahegelegt hatte. Er weigerte sich, in Betracht zu ziehen, dass sie möglicherweise noch in der Nähe war. In jedem Fall rechnete er nicht damit, sie sehen zu dürfen, denn er würde den Duke sicherlich nach Paris begleiten, um dort für Ordnung zu sorgen.

Wellington rief ihn in sein Zimmer, wo die Reste eines Abendessens auf einem Tisch in der Nähe standen. Er schüttelte den Sand von einem Brief, den er geschrieben hatte, und bedeutete Frederick einzutreten. „Ich bin sehr froh, Sie lebend zu sehen, Ingram. Zu viele hatten kein solches Glück." Frederick nickte, und sie wechselten einen düsteren Blick, ehe der Duke den Brief faltete und mit geschmolzenem Wachs versiegelte.

„Das war die knappste Angelegenheit, die man je sah", sagte Wellington. „Das habe ich Bathurst selbst in dem Brief mitgeteilt. Wenn die Preußen nicht gekommen wären, als sie es taten ..." Er schüttelte den Kopf. „Ich werde die Armee in zwei Tagen nach Paris begleiten, und ich möchte, dass Sie diesen Brief ins Hauptquartier nach London bringen - und zwei der erbeuteten Fahnenadler mit dazu. Haben Sie noch gutes Vieh, das Sie dorthin bringen kann?"

Fredericks Gehirn hatte Mühe, die Informationen zu verarbeiten, die er soeben erhalten hatte. Er würde nicht nach Paris reisen müssen, sondern tatsächlich nach Hause gehen. Er antwortete wie betäubt: „Ja, Sir."

Wellington erhob sich und ging zu den erbeuteten goldenen Fahnenadlern hinüber, die an der Wand lehnten. Er griff nach den langen blauen Stäben unter den Flaggen und brachte sie zu Frederick. „Ich kann mir vorstellen, dass ihr Anblick ein Grund zum Feiern sein wird, also bringen Sie sie unverzüglich, zusammen mit diesem Brief. Brechen Sie gleich morgen früh auf."

Frederick nahm den Brief an sich und blickte zu den Adlern hinauf, die oben auf den Stäben thronten. „Sie können sich auf mich verlassen. Mein Offiziersbursche und ich werden uns eilen. Dies ist eine Aufgabe, die ihm ebenso viel Freude bereiten wird wie mir."

„Nun denn, ich empfehle Ihnen, etwas zu schlafen." Der Duke wandte sich dem Schlafzimmer zu, das an sein privates Wohnzimmer grenzte. „Ich habe vor, das Gleiche zu tun."

Die Erschöpfung, die er bislang durch bloßen Willen in Schach gehalten hatte, überwältigte Frederick plötzlich. Er betrat das Zimmer, das er sich mit Caldwell teilte, ein Arrangement, an das sie auf Feldzügen gewohnt waren. Sein Kammerdiener war dabei, aufzuräumen.

„Caldwell, wir reisen morgen nach London ab." Er brachte die Adler zu seinem Handkoffer, behielt den Brief jedoch in der Hand. Er würde mit ihm schlafen. „Ich muss dir nicht erst sagen, dass wir diese hier mit unserem Leben schützen müssen."

„Das müssen Sie nicht, Mylord. Diesen Schönheiten wird nichts geschehen." Sein Kammerdiener nahm die Adler mit dem grimmigen Blick des Patrioten, der er war, und brachte sie zu seinem Quartier auf dem Boden. Frederick war zu müde, um mehr zu tun, als sich mit dem Wasser, das Caldwell bereitgestellt hatte, Gesicht und Hände zu waschen, seine schmutzige Kleidung auszuziehen und zu Bett zu gehen. Der Brief kam unter das Kopfkissen. Er sagte sich, dass er mit der Morgendämmerung aufwachen musste und vertraute darauf, dass er dies trotz seiner Müdigkeit tun würde.

# KAPITEL NEUNUNDZWANZIG

Die Reise nach Ostende war in ihrem bescheidenen Gefährt in der Tat hart. Es war die unbequemste Reise, die Phoebe je unternommen hatte. Auf dem Wagenbett mit seinen dicken Holzrädern wurde sie hin und her geschüttelt, bis sie sicher war, dass sie blaue Flecken sehen würde, wenn sie sich das nächste Mal auszog. Doch noch nie hatte sie eine Reise mehr zu schätzen gewusst. Der Freund, von dem ihre Reisegefährten gesprochen hatten, war begierig zu helfen und nach einer Pause, die es Phoebe ermöglichte, ihre Steifheit zu überwinden und sich umzuziehen, servierten sie den Reisenden ein herzhaftes Frühstück. Sie boten ihnen sogar eine alte Barouche an, die eine Verbesserung zu dem Wagen darstellte, auch wenn sie von einem Zugpferd gezogen wurde, das sich nicht zum Trab bewegen ließ.

Als sie Ostende erreichten, war es bereits später Nachmittag. Phoebe tat jeder Muskel weh, und das geschäftige Treiben und der Anblick so vieler Menschen überwältigte sie. Sie schluckte nervös, denn sie wusste, dass sie ziemlich ungeschützt war. Tinneke bestand darauf, mit ihr zu kommen, um die Passage zu kaufen, damit sie nicht übervorteilt oder in irgendeiner Weise belästigt werden würde. Obgleich Phoebe es für unwahrscheinlich hielt, sah sie im Gasthaus nach ihrer Truhe, doch dort war keine, die auf sie wartete. Sie musste mit ihrem Kleid und ihren wenigen Habseligkeiten zurück nach London reisen.

Als sie sich dem Paketschiff näherte, beruhigten sie die gelegentlichen englischen Gesprächsfetzen, die sie hörte. *Sie war auf dem Weg nach Hause!* Phoebe hatte sich eine kleine Privatkabine sichern können und stand vor dem Boot, um sich von Tinneke und ihrem Cousin zu verabschieden. „Ich kann Ihnen beiden nicht genug danken", sagte sie, drückte Tinneke die Hand und nickte ihrem Cousin zum Dank zu.

„Wir hätten nicht weniger für die Person tun können, die meinen Neffen gerettet hat." Tinneke lächelte, trat zurück und winkte, als Phoebe sich umdrehte und den Landungssteg betrat.

Ein Matrose blickte Phoebe missbilligend von der Seite an, als sie das Schiff betrat, und sie wusste, dass sie einen ziemlich ungewöhnlichen Anblick bot. In einem zerknitterten Kleid, das nicht ganz fleckenfrei war, ohne Begleitung und ohne Truhe. In diesem Moment wurde ihr die Realität der Situation klar. Um weiteren Betrachtungen aus dem Weg zu gehen, flüchtete sie sich in ihre Kabine und fand großen Trost in der Tatsache, dass diese ein Schloss hatte. Dort konnte sie sich verstecken und war für die Zeit, die es dauerte, bis sie die englische Küste erreichten, in Sicherheit. Als das Boot in die Wellen eintauchte, ließ sie sich auf das Bett sinken und bereitete sich auf die kommenden Stunden vor. Die Fahrt selbst war nicht lang, doch sie mussten auf die Flut warten, um in See stechen zu können, und Phoebe hatte nicht daran gedacht zu fragen, wie lange das dauern würde.

Sie würde es schwer haben, wenn sie ankam - dessen war sie sich bewusst. Wenn es schon in den Niederlanden schockierend war, schmutzig und ohne Begleitung zu sein, dann würde dergleichen in England noch schlimmer sein. Sie würde Gottes Gunst brauchen, um sicher nach Hause zu gelangen, und sie vertraute auf seine Obhut.

Sie umklammerte ihre Hände fest. *Vertraue ich Frederick seiner Obhut?*

AM NÄCHSTEN TAG ERWACHTE FREDERICK VOR DEM Morgengrauen ohne die Hilfe seines Kammerdieners, obwohl Caldwell bereits auf den Beinen war, das Rasieren vorbereitete und dafür sorgte, dass der Kaffee auf dem Herd stand. Jeder Muskel in Fredericks Körper schmerzte, doch sein Geist hatte den Nebel des Schlafes abgeschüttelt und er dachte an den monumentalen Tag, der vor ihm lag. Heute würde er Brüssel verlassen und nach England zurückkehren, um ihren Sieg zu verkünden!

Heute - vorausgesetzt, sie hatte Brüssel noch nicht verlassen - würde er Phoebe sagen, dass er am Leben war und sie heiraten würde. Trotz des überwältigenden Schocks vom Vortag reichte dieser Hoffnungsschimmer aus, um ihm ein Lächeln ins Gesicht zu zaubern.

Es klopfte am Eingang des Gasthauses und Frederick hörte, wie die Tür geöffnet wurde und jemand eintrat und verkündete: „Ein Brief für Lord Ingram."

Er kam aus seinem Zimmer, und ein Soldat der ersten Reihe des 33. Regiments verbeugte sich. „Mylord, dieser Brief ist von Oberst Fitzwilliam."

*Lebendig! Und er ist in den Rängen aufgestiegen,* dachte Frederick. Sein Schwager hatte es verdient, auch wenn es traurig war, dass es dazu gekommen war, weil Fitz' vorgesetzter Offizier im Kampf gefallen war.

„Danke." Frederick brach das Siegel und überflog rasch den Inhalt.


*INGRAM,*


*MIR GEHT ES GUT. ICH SCHICKE FÄHNRICH KIRKLAND NACH BRÜSSEL, UM meine Frau zu holen, damit sie zu mir nach Paris kommen kann. Ich weiß nicht, ob Phoebe noch bei ihr ist, doch wenn ja, wird sie nach London zurückkehren wollen. Kirkland bringt einen Brief an Lydia mit, mit der Anweisung, dafür zu sorgen, dass Phoebe sicher nach London kommt, falls dies noch nicht geschehen ist und Du nicht imstande bist, dich darum zu kümmern. Ich wollte Dich davon in Kenntnis setzen, da Du ein gewisses Interesse an dieser Angelegenheit hast.*

*Wenn Du dies liest, nun - dann freue ich mich von Herzen darüber. Ich kann Dich ebenfalls gut leiden.*


*FITZ*

                                      · · ·

Ein Lächeln schlich sich auf Fredericks Gesicht, als er den
Brief zusammenfaltete und ihn in seine Manteltasche neben den von
Lord Wellington steckte. Er wandte sich an Fähnrich Kirkland.

„Sie können Caldwell und mich begleiten, denn unser erster Halt
ist das Haus von Oberst Fitzwilliam. Die Sache ist viel einfacher, als
ihm bewusst war, als er den Brief schrieb, denn ich beabsichtige, Miss
Tunstall nach London zurückzubringen, sollte sie noch in Brüssel sein,
und Mrs. Fitzwilliam wird Sie begleiten können. Wir werden in fünfzehn Minuten aufbrechen.“

„Ja, Mylord.“ Fähnrich Kirkland verließ das Gasthaus und wartete
darauf, dass sie aufbrachen.

Frederick beugte sich zu Caldwell. „Bringe dem Mann Kaffee und
etwas Frühstück, ja?“

Kurze Zeit später brachen sie auf und brauchten im flotten Galopp
etwas mehr als eine Stunde, um Brüssel zu erreichen. Als sie ankamen,
fanden sie die Stadt im Chaos vor. Verwundete strömten durch das Tor
auf die Straßen, und die Stadtbewohner konzentrierten sich darauf, auf
der einen Seite die Neuigkeiten über den Sieg zu feiern und auf der
anderen zu versuchen, die überwältigende Not zu lindern. Frederick
hoffte, dass Lydia klug genug gewesen war, zu Hause zu bleiben und auf
Neuigkeiten zu warten, denn er konnte seine Abreise nicht
aufschieben.

An ihrem Haus in der *Rue des Feuilles* ließ er Caldwell und den Fähnrich mit den Pferden zurück und lief zur Tür. Er öffnete sie, trat in den
Korridor und rief: „Lydia!“

„Fred! „ Er hörte den Schrei von oben.

„Wir haben die Nachricht gestern am späten Abend bekommen!“
Seine Schwester rannte die Treppe hinunter und wäre gestürzt, wenn
sie sich nicht am Geländer festgehalten hätte. Unten angekommen,
warf sie sich an seine Brust und legte ihm schluchzend die Arme um
den Hals. „Und Fitz?“

„Er ist am Leben und wohlauf. Er hat eine Fleischwunde am Arm,
die er, wie ich annehme, sicher gut versorgen lässt.“ Er drehte sie zu
der Tür, die zur Straße hin offen war, und machte eine Geste. „Dieser
Soldat soll dich ins Lager begleiten, denn Fitz soll mit seinen Truppen

nach Paris marschieren. Er hat einen Brief geschickt, um alles zu erklären. Bist du bereit aufzubrechen?"

„O ja", sagte Lydia, atmete bebend ein und wischte sich die Tränen fort. „Ich werde höchstens eine Stunde brauchen. Und die Dienerschaft ..."

Frederick unterbrach sie. Er hatte keine Zeit, sich ihre Vorbereitungen anzuhören. „Wo ist Phoebe?"

„Sie ist gestern mit Martha Cummings und ihrem Bruder abgereist. Sie sollte bereits auf dem Weg nach Ostende sein. Ich glaube, sie wollten in Gent übernachten."

„Sehr gut", sagte Frederick, außerstande, eine klare Reaktion auf diese Nachricht in sich zu erkennen. Natürlich war er erleichtert, dass sie es aus der Stadt geschafft hatte, denn hätte es eine Niederlage gegeben, hätte er sie um nichts in der Welt in Gefahr wissen wollen. Doch mit dem Wissen, dass sie fort war, kam auch eine dumpfe Enttäuschung darüber, dass er sie nicht so schnell in die Arme schließen konnte, wie er es gerne getan hätte. „Ich vertraue darauf, dass du weißt, was mit den Dienern, dem Haus und allem anderen zu tun ist."

„Ja, natürlich. Warum gehst du nicht auch nach Paris?"

„Ich überbringe die Nachricht", sagte er.

Lydia spähte hinaus und bemerkte schließlich Caldwell, der die Adler neben seinem Pferd hielt, und sie keuchte auf. „Ja, du musst gehen. Schicke den Soldaten herein. Ich habe mich auf alle Eventualitäten vorbereitet und er soll sehen, wie schnell ich bereit sein kann. Man soll von meinem Geschlecht nicht sagen, dass wir langsam sind."

Frederick drückte seiner Schwester die Hand und lachte. Nie hätte er sich in ihrer Jugend vorstellen können, welche Kraft hinter einem scheinbar oberflächlichen Äußeren steckte. Es war absolut trügerisch. Ihr Vater war immer stolz auf sie gewesen, aber Frederick wünschte, er hätte seine Tochter jetzt sehen können.

Er wollte das Haus schon verlassen, kehrte jedoch noch einmal um. „Lydia, wenn du irgendein grobes Tuch hast, gib es mir bitte, damit wir die Adler einwickeln können. Ich möchte nicht, dass die Leute wissen, was ich bei mir trage."

Seine Schwester wandte sich zu Frederick um und dachte kurz nach, ehe sie in die Küche eilte. Sie kam mit Tweed-Säcken zurück, die normalerweise zum Transport von Brot verwendet wurden. Mit Caldwells Hilfe wickelte Frederick den Stoff um die beiden Adler und band sie zusammen, so dass alles bis auf den blauen Teil an der Unterseite der Stäbe abgedeckt war. Das war schon viel besser.

Nachdem er sich von Lydia verabschiedet hatte, bestieg Frederick seinen Wallach und ritt mit Caldwell in zügigem Trab auf das Tor zu, das nach Gent führte. Sie würden ihre Reise unterbrechen müssen, wenn sie dort keine Pferde zum Wechseln finden würden, doch er würde alles in seiner Macht Stehende tun, um bis heute Abend auf einem Paketschiff nach London zu sein. Beide ritten auf frischen Pferden, die am Vortag nicht an der Schlacht teilgenommen hatten. Was Salome und Caldwells tapferes Pferd betraf, so überließ Frederick sie Josef, der dafür sorgen würde, dass sie sicher nach England zurückgebracht wurden. Sie hatten einen friedlichen Lebensabend verdient, grasend auf der Weide seines Landsitzes.

Die Straße zur Küste war streckenweise genauso in Aufruhr wie die Stadt Brüssel selbst. In Abständen steckten Kutschen im Schlamm fest - einige noch mit wartenden Insassen, andere völlig verlassen. Gelegentlich marschierte ein Regiment an ihnen vorbei in Richtung Stadt, wobei der Weg durch die zurückgelassenen Vorräte verlangsamt wurde. Wann immer sie Frederick sahen, hoben die Truppen ihre Hände zum Gruß und salutierten, hielten jedoch nicht an. Die Soldaten würden noch in Brüssel gebraucht, um alles wieder in Ordnung zu bringen.

Am frühen Nachmittag kamen Frederick und Caldwell in einem Gasthaus in Gent an. Dort konnte Frederick zu einem guten Preis einen Vollbluthengst von einem belgischen Patrioten erwerben, der überglücklich über die Nachricht von ihrem Sieg war. Das war ein großer Glücksfall, allerdings gab es nur ein Pferd.

„Nun, das war's dann wohl", sagte er zu Caldwell, während er den Inhalt des Kruges leerte, den ihm der Diener des Gasthauses gebracht hatte. „Du musst bei diesen Pferden bleiben und sie mit dem ersten Schiff, das du nach England buchen kannst, zurückbringen. Ich werde mit den Adlern weiterreisen und dich dann in London treffen."

„Ja, Mylord." Caldwell war abgestiegen, nahm die Zügel beider Pferde und machte sich auf den Weg zum Stall.

Frederick hatte ihm mehr als genug Geld dalassen, um für die Bedürfnisse der Pferde und seine eigenen zu sorgen. Nun musste er

sofort aufbrechen. Er musste das erste Schiff nach England nehmen -
am besten noch heute. Ein glücklicher Gedanke durchzuckte ihn. Vielleicht hatte er das Glück, auf demselben Schiff wie Phoebe zu sein, da
diese Brüssel am Tag zuvor verlassen und eine Pause eingelegt hatte. Er
schwang sich in den Sattel seines neuen Reittieres und wollte das Pferd
gerade anspornen.

„Lord Ingram! O Mylord, welch erfreulicher Anblick Sie doch sind.
Wenn Sie hier sind, bedeutet es das, was ich denke? Haben die Alliierten doch noch gewonnen?“

Frederick hatte sich in seinem Sattel umgedreht und nickte knapp.
Er erkannte die junge Frau vage wieder, doch er konnte keine Zeit mit
leerem Geplauder verschwenden. „Wenn Sie mich entschuldigen, ich
muss mich eilen.“

„Ja, natürlich. Es ist nur so, dass Phoebe ...“

Frederick hatte begonnen, loszureiten, doch als er Phoebes Namen
hörte, zügelte er sein Pferd. „Sie kennen Miss Tunstall? Wo ist sie?“
Auch Caldwell hielt in seinen Schritten inne und sah sich um.

„Ich weiß es nicht, Mylord.“ Diese Antwort kam von einem hell-
häutigen Gentleman, der das Gasthaus verließ und sich neben die
junge Frau stellte. Diese Leute mussten die Cummings sein, von denen
Lydia ihm erzählt hatte. „Sie war mit meiner Schwester und mir auf
dem Weg nach England, doch sie stieg unterwegs aus der Kutsche aus -
trotz all unserer Proteste, wie ich hinzufügen möchte - ehe wir in Gent
ankamen. Seitdem haben wir sie nicht mehr gesehen.“

Angst setzte sich wie ein Stein in Fredericks Magen fest. „Warum
ist sie aus der Kutsche gestiegen?“ Er konnte sich keinen Grund
vorstellen, der dringend genug war, dass Phoebe die Sicherheit ihrer
Begleiter verließ und allein durch die belgische Landschaft wanderte.

„Wir haben mit aller Macht versucht, sie aufzuhalten“, sagte der
Mann.

„Es war ganz und gar unsinnig“, rief Miss Cummings. „Sie sah ein
Kind, das am Straßenrand umherirrte, und bestand darauf, ihm zu
helfen. Sie sagte, sie müsse die Mutter des Kindes finden. Wir konnten
sie nicht zur Vernunft bringen.“

„Warum haben Sie das Kind nicht in der Kutsche mitgenommen
und ihr geholfen, die Mutter zu finden?“, fragte Frederick und verzog
den Mund vor Wut.

„Wir konnten nicht riskieren, das Paketschiff zu verpassen ...“, begann Mr. Cummings, doch seine Worte verstummten und seine Haut wurde unter dem vernichtenden Blick, den Frederick ihm zuwarf, vor Verlegenheit fleckig.

„Sie haben eine junge Frau ohne Begleitung in einem fremden Land umherirren lassen, weil Sie es derart eilig hatten, Ihre eigene Haut zu retten?“ Er ließ seinen strengen Blick auf ihnen ruhen, bis die Frau errötete und sie beide den Blick abwandten.

„Caldwell“, rief er. „Stell Nachforschungen an. Versuch, Miss Tunstall ausfindig zu machen. Schick eine Nachricht an mein Haus in London, wenn du das getan hast, und bleibe hier, bis du Nachricht von mir erhältst.“

„Jawohl, Mylord.“

„Da wäre noch ihre Truhe“, sagte Mr. Cummings. Er räusperte sich. „Ich dachte, es würde Sie interessieren, dass wir ihre Truhe haben.“

Eine ohnmächtige Wut erfasste Frederick. Phoebe hatte nicht einmal den Schutz ihrer Habseligkeiten. „Caldwell, tu alles, was nötig ist.“

„Jawohl, Mylord.“

Frederick wendete sein Pferd und trieb es in einen leichten Galopp. So gerne er auch galoppiert wäre, er wusste, dass er die Kräfte seines Pferdes schonen musste, wenn er es heute noch nach Ostende schaffen wollte.

Während er ritt, knirschte Frederick mit den Zähnen wegen dem Zwang, der ihm auferlegt wurde. Er konnte seine Mission nicht aufgeben, um Phoebe zu retten. Nach allem, was er wusste, hätte sie auch ins Unglück gestürzt sein können, doch was konnte er tun? Er hatte keine andere Wahl, als die Adler und den Brief zu Lord Bathurst zu bringen - um seine Pflicht als Patriot zu erfüllen. Das stand an erster Stelle. Sobald diese Pflicht erfüllt war, würde ihn nichts in der Welt davon abhalten, zu ihr zurückzukehren.

Wenn er nur nicht zu spät käme.

# KAPITEL DREISSIG

Frederick kam in Ostende an, als der Abend anbrach. Er fand die Ställe, die an das Gasthaus in der Nähe der Docks anschlossen, und brachte sein neu erworbenes Pferd dorthin. Er traf Vorkehrungen, dass der Vollblüter im Gasthaus untergebracht wurde, bis Caldwell ihn abholen konnte. Das Paketschiff lag noch am Dock, was ein Glücksfall war, denn er war sich nicht sicher gewesen, wann es auslaufen würde. Als Frederick eine Überfahrt buchen wollte, waren keine Kabinen mehr verfügbar, doch das war nicht wichtig. Wichtig war nur, dass er an Bord sein würde, wenn das Schiff in See stach, und dass er, sobald sie in England anlegten, seine Reise nach London so schnell wie möglich fortsetzen würde. Lord Bathurst würde täglich auf Neuigkeiten warten, und wie gut, dass Frederick etwas *Besseres* als Neuigkeiten mitbrachte. Er hatte die Adler und den Brief, in dem ihr Sieg beschrieben wurde.

Es war schon nach Mitternacht, als das Schiff in See stach, und so hatte Frederick mehr Zeit, als ihm lieb war, um herumzusitzen und nachzudenken. Er war froh über seine Voraussicht, die Adler mit Sackleinen zu bedecken und zu verbergen. Obwohl ihr Anblick eher Jubel auslöste, traute er skrupellosen Männern nicht, die versuchen könnten, sie zu ihrem eigenen Vorteil zu stehlen. Nun, da Frederick ohne seinen

Offiziersburschen auf sich allein gestellt war, musste er noch vorsichtiger sein.

Die Flut meinte es gut mit ihnen, doch es wehte nur eine schwache Brise, und es schien fast, als würde das Boot auf den Wellen verweilen, anstatt ihn weiter nach England zu bringen. Frederick wählte einen Platz an Deck, an die Reling gelehnt, mit den Adlern im Rücken. Als der Wind auffrischte, wehte er die Haarsträhnen von seiner feuchten Stirn.

Er konnte es sich nicht leisten, nachlässig in seiner Wachsamkeit zu werden, doch das Fehlen von Aktivität machte es für Frederick schwer, wach zu bleiben. Er war dankbar, als jemand kam und ihm etwas zu trinken und zu essen anbot, und er übergab ihm dafür ein paar Münzen. Das würde ihm die Zeit vertreiben und ihn wach halten - und er *war* hungrig.

Nachdem er gegessen hatte, fühlte Frederick sich wieder gestärkt, doch seine Gedanken blieben düster. Es hatte ein ungetrübter Sieg werden sollen. Er würde möglicherweise als der Mann in die Geschichte eingehen, der die Nachricht vom Sieg überbracht hatte. Doch wenn Phoebe verschwunden war, konnte es überhaupt kein Sieg sein. Was nützte es ihm, sein Land gerettet zu haben, wenn er nicht einmal die Frau hatte beschützen können, die er liebte? Diese Überlegungen drückten wie ein Band um seinen Schädel, als trüge er einen zu engen Hut. Ein Vorteil der Bewegung, des Reitens wie der Wind auf seinem Vollblüter, war gewesen, dass ihn diese Gedanken nicht quälten. Wenn er sich nicht bewegte, nagte die Sorge um ihre Sicherheit an ihm und störte seine Ruhe.

Der Himmel hatte sich rosa gefärbt, als die Begrüßungsrufe ertönten, die signalisierten, dass sich das Boot dem Land näherte. Frederick griff nach unten, nach den Adlern und stellte sich mit einer Hand auf der Reling hin. Er beobachtete, wie der Hafen von Ramsgate immer näherkam, und machte sich schließlich auf den Weg zu der Stelle auf dem Schiff, an der der Landungssteg ans Ufer geschoben werden würde. Alles, was er wusste, war, dass er der Erste sein musste, der von Bord ging. Nichts durfte ihn daran hindern, das beste Pferd zu mieten, das er finden konnte, und nach London zu eilen.

Das Boot neigte sich zum Dock, und jemand an Deck warf ein Seil aus, um das Boot anzuziehen. Frederick rutschte auf seinen Füßen umher, die Augen auf die Straße gerichtet, wo er wusste, dass er einen zuverlässigen Stall finden würde. Sobald das Tor geöffnet wurde, eilte er den Steg hinunter und sprang auf englischen Boden. Er schritt zu dem Gasthaus und als er den Stall betrat, verlangte er nach dem schnellsten Pferd, das sie hatten. Die Bediensteten des Gasthauses kamen auf ihn zu und boten ihm Fleischpasteten und Bier an, doch er schüttelte den Kopf.

„Du da!“, rief er dem Stallknecht zu, der sich für Fredericks Geschmack noch nicht schnell genug bewegte. Der Junge war noch immer im Hof, anstatt in den Stall zu eilen, um ein Pferd zu satteln. „Es gibt eine Belohnung für dich, wenn du dich eilst.“

Daraufhin stürmte der Junge in den Stall, und Frederick wandte den Kopf ab, um seine Geduld zu zügeln. Sein Blick blieb an den Passagieren hängen, die von dem Boot stiegen. Da war eine englische Familie, die vermutlich aus Brüssel geflohen war, wenn man den dankbaren Ausdruck auf dem Gesicht der Frau richtig deutete. Ein älterer Herr half seiner Frau über den Landungssteg. Hinter ihnen stand eine junge Frau mit ungepflegtem, aber vornehmem Äußeren, die mit gesenktem Kopf den Steg überquerte. Es war nicht leicht, sie im schwachen Licht der Morgendämmerung zu erkennen, aber ...

Sicherlich täuschten ihn seine Augen. Frederick machte zwei Schritte nach vorne, sein Herz schlug ihm bis zum Halse.

„Mylord, Ihr Pferd.“

Ohne den Blick von der Frau abzuwenden, rief Frederick über seine Schulter: „Gleich!“

Das konnte nicht sein! Derartiges war *unmöglich*, doch - so sicher wie er lebte - es war Phoebe. Sie stieg von dem Landungssteg und brauchte eine Minute, um sich zu beruhigen. Ihr Gesicht war so weiß wie ein Laken und ihr Kleid war schmutzig. Ihr Haar war unter ihrer Schute zerzaust.

„Phoebe!“, rief er.

Sie blickte erst überrascht und dann schockiert auf. Frederick ließ alles fallen, was er in der Hand hielt, und rannte an den Leuten vorbei, die ihm im Weg standen. Sie rief: „Fred!“

Er erreichte Phoebe, gerade als sie in Ohnmacht zu fallen drohte, und er legte seine Arme um sie und hob sie hoch. Phoebe fiel nicht in Ohnmacht, sondern warf ihre Arme um seinen Hals und hielt sich fest.

Frederick sah sie nicht an - er konnte es nicht. Seine Augen waren geschlossen, und ihm liefen Tränen aus den Augenwinkeln. Und er konnte spüren, wie Phoebe in seinen Armen zitterte. Das Unerwartete ihres Anblicks, gepaart mit ihrer Nähe, raubte ihm jeden rationalen Gedanken. Mehrere Augenblicke lang sprach keiner von beiden. Schließlich löste er sich gerade so weit von ihr, dass er sie ansehen konnte.

Auf ihrem blassen Gesicht befanden sich nun zwei rote Flecken, und ihre Augen leuchteten, als sie den Anblick seines Gesichts in sich aufnahm. Sie griff nach oben und berührte seine stoppeligen Wangen. „Du bist am Leben." Phoebes Stimme war leise. „Du musst mir verzeihen. Ich glaube ... Ich glaube, ich bin in einem Schockzustand."

In diesem Moment war Frederick außerstande zu sprechen. Er beugte sich zu ihr hinunter und küsste sie, ohne sich darum zu scheren, wer sie sah oder dass sie sich inmitten einer Menschenmenge befanden. Er nahm Phoebes Gesicht in seine Hände und schätzte das Geschenk, das Gott ihm zurückgebracht hatte. Sie erwiderte seine Küsse ebenso leidenschaftlich und schlang ihre Arme um seine Brust, um ihn festzuhalten.

Es war nicht der Anstand, der sie auseinanderriss, sondern der Blitz der Realität - und Panik. Frederick hatte in seiner Eile, Phoebe zu sehen, die Adler zu Boden fallen lassen, und er lief Gefahr, sein Land zu enttäuschen, wenn er sie verlor. So schnell er konnte, und ohne Phoebe loszulassen, rannte er mit ihr zurück in den Hof des Stalls. Sie stellte keine Fragen, schien aber seine Dringlichkeit zu spüren und ging bereitwillig mit ihm.

„Verzeih mir", sagte er. Als er den Innenhof des Gasthauses betrat, sank er vor Erleichterung fast auf die Knie. Da waren sie. Die Adler lagen auf dem Boden, der Stoffbeutel noch immer um sie gewickelt, nicht weit von der Stelle, an der der Stallknecht mit dem Pferd stand. Niemand hatte daran gedacht, nachzusehen, was sich in dem Beutel befand.

Er wollte Phoebe nicht loslassen und Frederick ließ kurz seine Hand von ihrer Taille gleiten und griff nach unten, um die Adler aufzuheben, dann drehte er sich zu ihr um.

„Meine Liebste." Er lehnte seine Stirn gegen ihre und flüsterte. „Wir haben gesiegt. Ich soll die Adler nach London bringen, zusammen mit einer Nachricht von Wellington an den Kriegsminister. Ich habe das schnellste Pferd im Stall satteln lassen und muss los. Ich kann dich nicht nach London begleiten, und es zerreißt mir das Herz, dich zurückzulassen ...“

Er konnte wegen des plötzlichen Kloßes in seinem Hals nicht zu Ende sprechen, doch Phoebe schüttelte ernst den Kopf, ihre Stirn noch immer an seine gedrückt. „Du musst ohne mich gehen. Natürlich musst du das. Mir wird es gut ergehen.“

Frederick löste sich von ihr, um ihr Gesicht zu betrachten, und sein Herz zersprang fast angesichts ihres Mutes - angesichts der Schönheit von Phoebes Seele. Er warf einen Blick auf den Stallknecht, der das Pferd hielt, und traf dann eine schnelle Entscheidung. „Du da. Halte das Pferd für mich. Ich brauche nur einen Moment.“ Frederick schritt voran, den Arm noch immer um Phoebe gelegt, während er sie zum Gasthaus führte. „Es *wird* dir gut ergehen und ich werde dafür sorgen.“

Als sie im öffentlichen Speisesaal waren, rief er dem Gastwirt zu, der gerade aus der Küche kam. „Ich bin Lord Ingram“, verkündete er. „Haben Sie eine Privatstube zu vermieten?“

„Ja, Mylord. Soll ich eine vorbereiten, für Sie und Ihre ...?“ Seine Stimme verstummte, als er Phoebes Äußeres in sich aufnahm.

„Dies ist meine Verlobte, Miss Tunstall. Wir sind soeben mit dem Schiff aus den Niederlanden angekommen, wo die Alliierten in den Krieg gezogen sind, wie Sie sicher gehört haben. Miss Tunstall hat auf ihrer Reise zurück nach England viel durchgemacht.“ Frederick blickte in die Runde der interessierten Gesichter. „Aber ich denke, ich sollte Ihnen das alles besser in der Abgeschiedenheit Ihrer Stube erklären.“

„Natürlich, Mylord.“ Er führte sie zu einer der Türen auf der anderen Seite des Speisesaals, öffnete sie und führte sie in einen angenehmen Raum, in dem Rosensträucher zu sehen waren, die an der Wand vor dem Fenster emporrangen. Der Gastwirt deutete mit einer stolzen Geste auf den Raum. „Ich hoffe, es ist Ihnen genehm. Wie kann ich Ihnen behilflich sein, Mylord?“

Frederick ließ seinen Arm um Phoebe gelegt und zog sie fest an sich. „Haben Sie eine Frau? Wenn ja, würde ich sie gerne kennenlernen.“

Der Wirt verbeugte sich und ging sofort wieder. Er kam mit einer Frau zurück, die Frederick mit ihrer Ordentlichkeit und Tüchtigkeit

überzeugte. Sie verbeugte sich vor Frederick. „Guten Morgen, Mylord."
Ohne wegen Phoebes Erscheinungsbild auch nur mit der Wimper zu
zucken, verbeugte sie sich auch vor ihr. „Guten Morgen, Miss."

„Ich sehe mich außerstande, Miss Tunstall zurück nach London zu
begleiten, denn ich habe eine dringende Aufgabe zu erfüllen. Ich
möchte jedoch keine Kosten für ihren Komfort scheuen. Sie braucht
ein Dienstmädchen, das sie den ganzen Weg nach London begleiten
kann, ebenso wie angemessene Kleidung zum Wechseln. Auch muss
ich eine Nachricht an meinen Kammerdiener auf dem Kontinent schicken. Darf ich all dies Ihnen anvertrauen?"

Die Frau des Gastwirts knickste. „Ich werde dafür Sorge tragen,
dass Ihrer Verlobten nichts geschieht, Mylord. Ich weiß, wem ich
vertrauen würde, sie nach London zu begleiten."

„Sehr gut." sagte Frederick. „Wenn Miss Tunstalls Reise nach
London dank Ihrer Fürsorge friedlich und ohne Sorgen verläuft, werde
ich Ihnen einen weiteren Ausdruck meiner Dankbarkeit per Post
schicken."

Der Gastwirt wechselte einen Blick mit seiner Frau. „Ja, Mylord",
sagte er mit einer weiteren Verbeugung.

Seine Frau richtete sich auf. „Das ist sehr freundlich von Ihnen,
Mylord. Aber auch wenn dem nicht so wäre, würde ich dafür sorgen,
dass die Miss nicht von Sorgen geplagt wird."

Das Paar ließ sie allein und schloss die Tür hinter sich, und Frederick wusste, dass er nur noch einen Moment Zeit hatte. Er lehnte die
Adler an die Wand, nahm Phoebe in den Arm und blickte sie ernst an.

„Ich sah Mr. und Miss Cummings in Gent. Sie sagten, du seiest
ohne Begleitung fortgegangen. Ich kann dir nicht sagen, wie quälend es
war, nicht zu wissen, ob dir etwas zugestoßen war - und nicht nach dir
suchen zu können."

„Ich konnte den Jungen nicht allein lassen", erwiderte Phoebe. „Ich
habe seine Familie gefunden, und sie waren es, die mich nach Ostende
brachten. Wir sind über Nacht in einem Wagen gereist."

Er strich ihr mit den Fingern über die Wangen. Er konnte nicht
genug von ihrer weichen Haut und dem Anblick ihres Gesichts
bekommen. „Natürlich konntest du ihn nicht zurücklassen. So bist du
nicht. Du, Phoebe, bist eine höchst mutige, unerschrockene, wunderschöne"- er drückte ihr einen sanften Kuss auf die Lippen - „herzens-

gute Frau. Und ich kann es kaum erwarten, dich zu meiner Braut zu machen."

Ihr Gesicht war ihm derart charmant zugeneigt, dass er nicht widerstehen konnte, ihr einen weiteren Kuss zu geben, den sie höchst bezaubernd erwiderte.

Sie unterbrach den Kuss mit einem scharfen Atemzug. „Fitz! Das hätte ich fast vergessen. Hast du ihn gesehen?"

Frederick nickte. „Es geht ihm gut. Ich bin mit einem Soldaten nach Brüssel zurückgekehrt, der Lydia zu ihrem Mann begleiten soll. Fitz muss mit seinem Regiment nach Paris gehen."

Phoebe lächelte und seufzte erleichtert auf. „Ah, das sind in der Tat gute Neuigkeiten. Sie werden wiedervereint sein. Das war alles, was Lydia sich wünschte - auch wenn es bedeutet, dass sie noch nicht nach London zurückkehren wird. Doch ich glaube nicht, dass ihr das etwas ausmacht." Wie beflügelt von der Wiedervereinigung von Lydia und Fitz, schmiegte sie sich enger an Frederick.

„Ist es auch noch eine gute Nachricht, wenn es bedeutet, dass unsere Hochzeit sicherlich verschoben werden muss, bis sie aus Paris zurückkehren?", fügte Frederick mit hochgezogener Augenbraue hinzu.

„Ich bin bereit, so lange zu warten wie nötig, nur um deine Schwester bei unserer Hochzeit dabei zu haben", sagte Phoebe. Sie hatte endlich aufgehört zu zittern und schien sich in seinen Armen wohlzufühlen, gerade als er sie verlassen musste.

„Ich bin nicht so großzügig", erwiderte Frederick und küsste sie erneut. Dieser Kuss musste der letzte für heute sein. Er musste die Mission erfüllen, die ihm aufgetragen worden war.

Er zwang sich dazu, sich von ihr zu lösen und legte ihr seine Hände auf die Schultern. „Wenn du in London ankommst, wird Stratford, so wie ich ihn kenne, in seinem Stadthaus auf dich warten. Wenn er aus irgendeinem Grund nicht da ist, komm zu mir. *Ich* werde auf dich warten. Doch nun ..."- Frederick strich ihr eine Haarsträhne, die ihr ins Gesicht gefallen war, hinter die Ohren -„muss ich gehen."

„Das musst du." Phoebe lächelte und trat zurück. „Es gibt Menschen, die mit großer Spannung auf diese Nachricht warten. Sie werden wissen müssen, dass wir gesiegt haben. Geh und überbringe sie ihnen."

„Und du, mein Liebling - meine *kühne* Phoebe“, sagte er. „Ich werde mit großer Spannung warten, bis du sicher bei mir in London bist.“

„Ach, jemand, der derart kühn wie ich ist, könnte sich kaum vor etwas derart Gewöhnlichem wie einer Reise nach London fürchten“, neckte sie.

„Dann werde ich mit großer Spannung warten, bis du sicher in meinen Armen liegst.“ Wie in Erwartung schlang er seine Arme um sie, küsste sie auf die Stirn, dann auf die Lippen und verließ den Raum.

# EPILOG

Mary steckte eine letzte Nadel in den Kranz aus winzigen weißen Blumen, der eine Krone auf Phoebes Haar bildete, und trat dann zurück. „Sie sehen wie ein Gemälde aus, Miss." Sie war in den Monaten nach der Schlacht von Waterloo Phoebes Zofe gewesen, seit sie mit Sam, Sarah und dem, was Lydia nicht mit nach Paris genommen hatte, angekommen war.

Phoebe lächelte ihre Zofe in dem Spiegel an und stand dann auf. Sie drehte sich zu Anna um, die auf dem Bett saß und ihre kleine Tochter, Jane, im Arm hielt. Die Augen ihrer Schwester füllten sich mit Tränen, was nicht ganz unerwartet kam. Immerhin hatte Anna Harry Aston gerade sein zweites Kind geschenkt und war - wie sie es nannte - eine regelrechte Gießkanne.

Anna legte das schlafende Baby sanft auf das Bett, kam herüber und nahm ein paar kleine Anpassungen an Phoebes Kleid vor, das in zartem Blau gehalten und mit belgischer weißer Spitze besetzt war. „Ich sage voraus, dass Ingram bei deinem Anblick zu sprachlos sein wird, um sein Gelübde abzulegen."

„Das wäre nicht sehr praktisch, nicht wahr?" Phoebe gluckste. Sie holte tief Luft, zog ihre Handschuhe fester und glättete die Vorderseite ihres Kleides. „Ich nehme an, wir müssen gehen, sonst kommen wir zu spät."

Anna ging hinüber, um Jane auf den Arm zu nehmen. „Wenn Ingram mit Lydia als Schwester nicht schon daran gewöhnt ist, zu warten, dann wird er es bald genug lernen.“

Phoebe lächelte, obwohl es ihr schien, als hätten ihre Nerven Flügel bekommen und würden in ihrem Bauch flattern. „Ich bin sicher, dass Frederick der geduldigste Mann der Welt ist - abgesehen von deinem heiligen Rektor“, fügte sie trocken hinzu. „Doch ich bin mir nicht sicher, ob es gerecht ist, dasselbe vom Pfarrer von St. Helen zu verlangen.“

„Sehr wahr. Nicht jedem geistlichen Mann ist die heilige Geduld meines Mannes vergönnt“, sagte Anna mit spöttischem Stolz, obwohl Phoebe wusste, dass sie es tief im Inneren ernst meinte. „Lydia und Eleanor warten unten, und Stratford ist gegangen, um sich um die Kutsche zu kümmern.“

„Wo ist Fitz?“, fragte Phoebe, drehte sich um und nahm den kleinen Pompadour entgegen, den Mary ihr reichte und der nur das Nötigste enthielt.

„Ich glaube, er ist bereits in der Kirche. Ich habe gesehen, wie er seine Westentasche abklopfte, um sich zu vergewissern, dass er die Ringe hat.“ Mary öffnete die Tür, und Anna folgte Phoebe in den Korridor. „Natürlich erst, nachdem Lydia ihn daran erinnerte.“

Als Phoebe den Salon betrat, stand Eleanor auf und kam zu ihr herüber. „O Phoebe.“ Sie lachte leise, während ihr die Tränen in die Augen stiegen. „Du siehst umwerfend aus.“

Ihr Kind, Sophie, saß auf einer Decke neben dem Sofa und nuckelte an einem Holzspielzeug, welches sie sodann auf den Boden donnerte. Mollige Beine lugten unter ihrem Kleid hervor. Annas Sohn Peter lag auf dem Bauch zu ihren Füßen und reichte Sophie ein anderes Spielzeug, um sie auf sich aufmerksam zu machen. Er hing sehr an seiner kleinen Cousine, die ihn auslachte, während er seine Schwester kaum beachtete. „Alles, was sie tut, ist essen und schlafen“, teilte er seinem Vater angewidert mit.

Lydia erhob sich, was kein leichtes Unterfangen war, denn sie stand kurz vor ihrer Niederkunft. Ihr Gesichtsausdruck strahlte die tiefe Freude aus, die sie seit ihrer kürzlichen Ankunft in London zu durchdringen schien, angesichts der bevorstehenden Geburt und des glücklichen Umstands, ihren Bruder endlich verheiratet zu sehen. Fitz hatte sein Regiment nach Paris begleitet, und obwohl er nicht der Erste war, der nach Hause zurückkehren durfte, hatte man ihnen schließlich die Erlaubnis erteilt. Die Fitzwilliams waren erst eine Woche zuvor in London eingetroffen, und da Frederick bei seiner eigenen Ankunft keine Zeit mit dem Aufgeben des Aufgebots vergeudet hatte, verschwendete er auch keine Zeit, um die Hochzeit zu vollziehen.

„Ich war sehr erleichtert, als ich erfuhr, dass Fitz nach London zurückgeschickt wird", hatte Lydia gesagt, als sie sich in der Gesellschaft von Frauen befand. „So sehr ich auch von den Fähigkeiten der französischen Hebammen überzeugt bin, ziehe ich es vor, nicht in einer fremden Sprache kommunizieren zu müssen, während ich mich in den Qualen der Wehen winde."

„Ich glaube nicht, dass es viel ausmacht, welche Sprache du sprichst", hatte Anna mit einem Augenzwinkern geantwortet. „Schreie sind für Frauen eine universelle Sprache." Eleanor hatte nur gekichert und Sophie auf ihrem Schoß hüpfen lassen.

„Du siehst sehr gut aus, Phoebe", sagte Harry, als er den Salon betrat. Er nahm seine Tochter auf den Arm und streckte die Hand nach Peter aus. „Wie würde es dir gefallen, mit mir und John-Kutscher auf dem Bock zu reiten?"

„Oh, sehr!" Ihr Sohn vergaß seine kleine Cousine und ergriff die Hand seines Vaters.

Es gab zwei Kutschen. Eine davon gehörte Stratford, und er half Lydia hinein und dann Eleanor, die Sophie auf dem Arm hatte. Phoebe würde mit der Familie ihrer Schwester fahren. Nur Anna und das Baby saßen mit Phoebe in der Kutsche, denn Harry und Peter hatten sich mit dem Kutscher auf den Bock gesetzt. Sie sprachen nicht viel, doch Anna streckte ihre Hand aus und Phoebe legte ihre hinein.

„Ich bin froh, dass wir diese paar Minuten für uns haben. Du bist mir wirklich die liebste Schwester. Es war keine Angst, dass dir in Brüssel etwas zustoßen könnte, nötig, um das zu erkennen." Anna drückte Phoebes Hand.

Phoebe beugte sich vor und gab Anna einen Kuss auf die Wange. Dann drückte sie einen weiteren Kuss auf Janes Kopf, die sich daraufhin wand und einen kleinen Schrei ausstieß, ehe sie wieder einschlief. „Du hast Glück, dass sie noch schläft", murmelte Anna.

„Wir wollen doch nicht, dass unser geliebtes Baby während der gesamten Zeremonie weint."

Nach kurzer Zeit hielt die Kutsche vor der alten Kirche. Frederick und Phoebe hatten beschlossen, dass dies eine Familienhochzeit sein sollte. Keine Gäste, die nicht zur unmittelbaren Familie gehörten, sollten eingeladen werden. Zum einen war die Hochzeit recht kurzfristig angesetzt worden, da sie nicht gewusst hatten, wann Lydia und Fitz aus Paris zurückkehren würden. Zum anderen gab es trotz der Genugtuung über das Ende des Krieges genug nüchterne Nachkriegsprobleme, die Fredericks Aufmerksamkeit erforderten. Er stellte fest, dass er nicht in der Stimmung für eine Hochzeit im großen Stil war. Phoebe versicherte ihm, dass es ihr nichts ausmachte.

Frederick war seit seiner Ankunft in Brüssel nicht untätig gewesen. Es gab Soldaten, die aus dem Krieg zurückkehrten, viele von ihnen verwundet und nicht in der Lage, eine andere Arbeit zu finden als die eines Soldaten, welcher nicht mehr gebraucht wurde. Frederick hatte alles in seiner Macht Stehende getan, um das Thema im Parlament zur Sprache zu bringen und Vorkehrungen für sie zu treffen. Niemand wusste besser als er, wie sehr sie es verdienten. Aber seit Fitz' Rückkehr hatte er das in seinem Eifer, zu heiraten, eine Zeit lang beiseitegeschoben.

Als sie die stille Kirche betraten, konnte Phoebe Frederick sehen, der vorne auf sie wartete. Er stand bei dem Vikar, mit Fitz an seiner Seite, und schon von weitem konnte sie das Lächeln sehen, das bei ihrem Anblick auf seinem Gesicht aufleuchtete. Ihr Herz machte einen Satz. Sie wollte zu ihm rennen, doch Stratford hielt sie mit einer sanften Berührung am Arm zurück. Sie blickte zu ihm auf.

„Mutter und Vater wären heute glücklich gewesen. Dessen bin ich mir gewiss. Sie wären zufrieden mit dem Wissen, dass jeder von uns jemanden gefunden hat, der wirklich würdig ist - jemanden, den wir von ganzem Herzen lieben. Sie waren bereit, die Ansichten der vornehmen Gesellschaft beiseitezuschieben, damit sie heiraten konnten, und ihre Ehe war glücklich. Jeder von uns hat Leidenschaft gefunden und kein einziges Opfer auf sich genommen." Stratford lächelte zu ihr herab und tätschelte ihren Arm. „Ich glaube, das ist alles, was sie sich für uns gewünscht hätten."

Phoebe blinzelte die Tränen weg, die eine Mischung aus Nostalgie und Freude waren, und drückte den kleinen Strauß, den sie in ihrer freien Hand hielt, fester. Sein Duft und seine Farben schienen den antiken Steinen der Kirche Leben einzuhauchen. Stratfords Tochter schlug ihr Spielzeug auf die Holzbank, ehe Eleanor sie aufhalten konnte, und der Vikar lächelte dem Kind trotz des Lärms wohlwollend zu. Das Leben war voller Reichtum - so zart und komplex - so reich an Barmherzigkeit und Gnade.

„Ich sehe, dass Ingram langsam unruhig wird“, bemerkte Stratford. „Erlösen wir ihn von seinem Leid, ja?“

Phoebe begegnete Fredericks Blick aus der Ferne und nickte. Stratford führte sie den langen Gang entlang. Ihre in Pantoffeln steckenden Füße machten auf dem Steinboden keinerlei Geräusche. Frederick wartete auf sie, die Hände vor sich verschränkt. Er wandte seinen Blick nicht von seiner Braut ab, während sie sich ihm näherte, auch nicht, als sie neben ihm stand. Die Bedeutung des Augenblicks spiegelte sich in seinen Augen wider, und sie sah, wie er schluckte. Das beruhigte sie. *Er ist ebenso nervös wie ich.*

Die Zeremonie war kurz, gefüllt mit edlen Anweisungen und lieben Schwüren, ehe der Vikar sie zu Mann und Frau erklärte. Phoebe blickte zu Frederick auf und er küsste sie unter dem lauten Jubel der Familienmitglieder auf die Lippen. Der junge Vikar schien die Ausgelassenheit zu schätzen, denn er gab keinen Ton des Vorwurfs von sich, sondern lächelte breit und beugte sich hinunter, um mit Peter zu sprechen.

„Lady Ingram“, murmelte Frederick und lächelte zu ihr hinunter. „Wie gut dir das steht.“

„Ich stelle fest, ich bin der gleichen Meinung“, antwortete Phoebe.

Sie gingen zum Eingang der Kirche, wo Ingram eine Privatkutsche organisiert hatte, die nur die beiden befördern sollte. Die Kutsche würde sie zum Hochzeitsfrühstück in Stratfords Haus bringen, wo sie mit den Menschen feiern würden, die ihnen am Herzen lagen. Nach dem Frühstück würde die Kutsche sie zu Fredericks Haus in London bringen, ehe sie aufbrechen würden, um die Feiertage auf seinem Landsitz zu verbringen.

Weihnachten war bereits in einem Monat, und die Sehnsucht, wieder vereint zu sein, war allgegenwärtig und stark genug, dass alle vier Paare darüber stritten, wer von ihnen die anderen zu diesen ersten

Feiertagen als echte Großfamilie einladen sollte. Frederick war fest entschlossen, diesen Streit zu gewinnen und meinte, dass Lydia ihre Bettruhe an dem Ort halten sollte, an dem sie aufgewachsen war - und mit der Amme, die als Kind für sie gesorgt hatte, auch wenn die Amme bereits in die Jahre gekommen war. Dieses Argument schien alle zu überzeugen.

Die Vorfreude auf den vor ihnen liegenden Tag und die kommenden Wochen - ja gar Jahre - drängten sich in Phoebes Gedanken, bis sie keinen Platz mehr für etwas anderes hatte. Sie war voll und ganz damit beschäftigt, glücklich zu sein, und sie war entschlossen, auch das letzte Quäntchen davon zu genießen.

Frederick schloss die Tür zur Kutsche, und endlich waren sie allein. Er klopfte an das Dach, damit der Kutscher losfahren konnte.

Als sich die Kutsche in Bewegung setzte, sah er zu Phoebe hinüber und schenkte ihr ein vertrauliches Lächeln. „Ich finde, du bist viel zu weit weg."

Sie erwiderte seinen Blick und bemühte sich, einen unschuldigen Ausdruck zu bewahren. „Aber ich sitze doch direkt neben dir."

„Du bist dennoch zu weit weg, Frau." Frederick griff hinüber und zog Phoebe mit einer Bewegung so, dass sie seitlich auf seinem Schoß saß, während ihre Beine an der Kante des Sitzes baumelten, und es war nur logisch, dass sie ihren Arm um seinen Hals legte. Sie wusste, dass ihr Gesicht vor Verlegenheit feuerrot sein musste, doch sie konnte nicht anders, als vor Vergnügen zu lachen.

„Ich werde ganz zerzaust sein, wenn wir ankommen. Die Leute werden sich fragen, was geschehen ist."

„Ich verspreche, sehr vorsichtig zu sein. Ich werde nur deine Lippen durcheinanderbringen." Frederick küsste sie. „Und da sie bereits so rot wie eine reife Frucht sind, wird es niemandem auffallen."

„Nun", sagte Phoebe und seufzte voller Tragik. „Dagegen kann ich wohl nichts einwenden."

# NACHWORT

Liebe Leserin, lieber Leser,

ich habe in der Vergangenheit über die Schlacht von Waterloo gelesen und sogar bei belgischen Freunden übernachtet, die gegenüber dem Hügel wohnen, auf dem die Schlacht stattfand. Ich wünschte, ich hätte damals schon gewusst, dass ich eines Tages darüber schreiben würde. Ich hätte auf einer Führung bestanden. Ich habe mir sagen lassen, dass das Château von Hougoumont, das von Schüssen durchlöchert wurde, noch steht.

In den letzten fünf Monaten bin ich in die Geschichten rund um Waterloo und die Stadt Brüssel in den Monaten vor dem Ereignis eingetaucht. Ich gehe mit Gedanken daran zu Bett und

denke über die Geschichten nach, wenn ich aufwache. Da ich in Frankreich lebe und durch meine Heirat die Staatsangehörigkeit habe, sind die Franzosen nicht meine Feinde. Es sind nicht die Alliierten, die Napoleon besiegten, die mich so sehr begeistern, sondern die Geschichten von Menschen, die ihre Feinde besiegen, sei es ein physischer Feind auf dem Bergkamm gegenüber oder einfach die Angst, die eigene Komfortzone zu verlassen, wie es bei Phoebe der Fall war.

Fans von William Thackeray und Georgette Heyer - insbesondere von Heyer - werden den Einfluss dieser Größen in meinem Buch

281

erkennen, obwohl ich darum gekämpft habe, meine eigene Geschichte
zu erzählen. Ich fand, dass mein Buch die Fahrt mit dem Kanalboot,
das Picknick mit Blick auf das Tal und die verwundeten Soldaten, die
nach Brüssel zurückkehren, brauchte, um richtig erzählt zu werden.
Mein Held musste Mitglied von Wellingtons Stab sein, damit er die
Kämpfe aus der Vogelperspektive beobachten konnte. Ich entschuldige mich bei denjenigen, die meinen, dass selbst diese Szenen auf die
Romane, die vor meinem erschienen sind, zurückgreifen.

Viele der Zitate von Lord Wellington stammen aus meinen Recher-
chen, ebenso wie das Zitat des erfahrenen Veteranen an den jungen
Rekruten, als die britische Kavallerie vor den Kürassieren floh. Die
meisten Ereignisse, von denen Sie in den Schlachten von Quatre Bras
und Waterloo gelesen haben, haben sich so zugetragen, wie ich sie
erzählt habe. Der Gefreite Brewster hat wirklich einen Munitionswagen nach Hougoumont gefahren, und ein Mann wurde wirklich
durch ein Seidentaschentuch in seinem Mantel vor einer Kugel gerettet. (Mein Sohn hat wirklich eine französische Landstraße verlassen,
um die Kühe zu sehen). Abgesehen von ein paar direkten Zitaten
wurden die historischen Figuren in meinem Buch jedoch für meine
Zwecke modelliert. Dies bleibt ein Werk der Fiktion.

Mein Wissen stammte - neben unzähligen Seiten Online-Lektüre
und historischen Karten von Brüssel und Waterloo - aus den folgenden
Büchern:

*The Sharpe Companion*, Mark Adkin
   *Redcoat*, Richard Holmes
   *The Regency Years*, Robert Morrison
   *Our Tempestuous Day*, Carolly Erickson
   *High Society in the Regency Period*, Venetia Murray
   *Dancing Into Battle*, ein Download von The Goodwood Estate

(Und in geringerem Maße, auch für den Aufbau der Welt):

*Barbara und die Schlacht von Waterloo*, Georgette Heyer
   *Jahrmarkt der Eitelkeit*, William Makepeace Thackeray
   *Regency London*, Stella Margetson
   *Le Grognard Putigny*, Bob Putigny

Das letztgenannte Buch erzählt von einem des Lesens unkundigen Bauern, der loszog, um dreiundzwanzig Jahre lang für Napoleon zu kämpfen. Er erlebte die Enthauptung Ludwigs XVI., kämpfte gegen die Royalisten, führte einen Feldzug auf der Halbinsel, entkam gerade noch lebend aus Russland und beendete seine Karriere bei Wavre gegen die Preußen am Tag vor Waterloo. Er lernte lesen und schreiben, wurde von Napoleon selbst zum Baron des Kaiserreichs ernannt und hinterließ uns ein Memoir seines Lebens, welches wir zweihundert Jahr später noch lesen können.

Ein ganz besonderer Dank geht an meine lieben Freunde und Kritikpartner: Jess Heileman, Arlem Hawks, Julie Christianson und Emma Le Noan. Ohne Euch wäre dieses Buch nicht das, was es ist. Vielen Dank an Christophe und Geneviève Lépinois für die Führung durch Brüssel vor all den Jahren, einschließlich des Besuchs des einzigen dort verbliebenen Kanals, und für Eure jüngste Hilfe, die belgische Geschichte besser zu verstehen. Danke, Tinne De Beckker - Tinneke, zu Ehren Deines Vaters - für all die niederländische Hilfe. Eure kollektiven Ratschläge, Kritiken und Informationen waren von unschätzbarem Wert. Ein besonderer Dank geht an meine Lektoren: Rachel Hathcock und Heather Holm. Ich möchte auch Cedar Fort dafür danken, dass ich so wunderbar mit Euch zusammenarbeiten kann. Ihr wart geduldig bei all meinen Anfragen und habt euch die Mühe gemacht, wunderschöne Cover und Hörbücher zu erstellen und alles zu tun, damit diese Serie ein Erfolg wird.

*Ein kühner Antrag* scheint ein passendes Ende für die Familien Tunstall, Ingram, Aston und Fitzwilliam zu sein, auch wenn der Abschied schwerfällt. Da die Süße des Lebens oft durch seine Sorgen gemildert wird, mussten diese Familien mit dem Anblick der Soldaten fertig werden, die zu Tausenden aus Belgien zurückkehrten. Da vielen von ihnen Gliedmaßen fehlten und sie keine Aussicht auf Arbeit hatten, waren sie gezwungen, auf den Londoner Straßen zu betteln. Unsere Heldinnen und Helden werden Zeuge der Ungerechtigkeiten, die durch die Festsetzung der Getreidepreise im Parlament verursacht werden (gegen die Jack Blythefield in *Philippa hält Hof* kämpft), und sind entsetzt über das Massaker von Peterloo, bei dem sich die Menschen aus Protest gegen die hohen Brotpreise erhoben und von der britischen Kavallerie niedergeschlagen wurden.

Aber die Tunstalls, die Astons, die Ingrams und die Fitzwilliams
sind eine mitfühlende Truppe und sie würden denen, die in Not sind,
jede erdenkliche Hilfe zukommen lassen, während sie den Segen der
Ehe und der Kinder - die süßen Freuden, die sie haben - feiern und das
Leben in vollen Zügen genießen.

*Sie denken nur selten über die Tage ihres Lebens nach, weil Gott sie mit Freude
des Herzens beschäftigt.*

-Prediger 5:20

# BÜCHER VON JENNIE GOUTET

**UNVERGESSLICHE HEIRATSANTRÄGE**

Ein unerfreulicher Antrag

Ein himmlischer Antrag

Ein kühner Antrag

**CLAVERING CHRONIKEN**

Selenas Sturz in Ungnade

Philippa hält Hof

Die Kunst des Ehestiftens

# ÜBER DIE AUTORIN

Jennie Goutet ist eine in Amerika geborene Anglophile, die mit ihrem französischen Mann und ihren drei Kindern in einer kleinen Stadt außerhalb von Paris lebt. Ihre Fantasie dreht sich um das England der Regency-Zeit, wo auch ihre authentischen Bestseller-Regency-Romane spielen. Mehr über Jennie und ihre Bücher erfährst Du auf der deutschen Seite ihrer Autoren-Website: jenniegoutet.com. Dort findest Du einen Link zu ihrem Newsletter und wenn Du Dich dafür anmeldest, erhältst Du eine kostenlose Novelle. Sie verschickt nur dann Newsletter, wenn es eine Neuerscheinung gibt oder ein deutsches Buch heruntergesetzt erhältlich ist.

* Photo: Caroline Aoustin